결혼부터
합시다

결혼부터 합시다

1판 1쇄 찍음 2015년 2월 27일
1판 1쇄 펴냄 2015년 3월 4일

지은이 | 신새라
펴낸이 | 고운숙
펴낸곳 | 봄 미디어

기획·편집 | 손수화, 정수경

출판등록 | 2014년 08월 25일 (제387-2014-000040호)
주소 | 경기도 부천시 원미구 소향로17, 304(두성프라자) (우)420-864
영업부 | 070-5015-0818 **편집부** | 070-5015-0817 **팩스** | 032-712-2815
E-mail | bommedia@naver.com
소식창 | http://blog.naver.com/bommedia

값 9,000원

ISBN 979-11-5810-001-8 03810

※파본은 구입하신 서점에서 교환하여 드립니다.

결혼부터
합시다

Will you Marry Me?

신새라 장편 소설

contents

chapter 1
결혼하래요

빼곡히 들어선 빌딩과 아파트를 지나 인왕산 끝자락에 도착하면 멋들어진 기와집 한 채가 자리 잡고 있다. 이 집은 사시사철 변하는 인왕산을 병풍처럼 두르고 서울 도심이 한눈에 내려다보이는 탁 트인 정경이 일품이었다.

조선 시대를 떠올리게 하는 외관과 달리 현대식 가구로 꾸며진 집 안은 과거와 현재가 절묘한 조화를 이루고 있었다. 작년 이맘때, 고즈넉한 분위기와 화려함을 동시에 담았다는 찬사를 들으며 건축상을 받기도 했다.

안주인 자영은 정원 한쪽에 앉아 해지는 노을을 화폭에 담았다. 마음의 빈자리를 그림으로 채운 지 30년. 여전히 이것만 한 것을 인생에서 찾지 못했다. 사람의 온기와 정보다 자영에게는 그림이 더 따뜻했다.

"저 왔어요."

연락을 받고 서둘러 퇴근한 시호는 윤 비서와 집으로 들어오며 그림을 그리고 있는 어머니의 뒷모습을 보았다.

남편과 자식보다 그림을 더 사랑하시는 어머니. 하지만 섭섭하거나 밉지는 않았다. 이제 이해할 수 있으니까.

"무슨 일이세요?"

평소라면 작업 중인 그림에 대해 말을 꺼냈을 테지만 오늘은 호출한 이유가 궁금해 그것부터 물었다.

"윤 비서는 그만 들어가 쉬도록 해."

가벼운 이야기가 아닌가 보다. 한집에 살면서 자신의 그림자 같은 윤 비서까지 물리는 것을 보며 시호는 긴장을 했다. 넓은 정원에 남은 이는 자영과 시호, 단둘뿐이었다.

"네가 올해 몇이지?"

그림에 시선을 고정하고 부지런히 손을 놀리는 어머니의 무심한 태도에 시호의 입가가 조금 삐딱해졌다. 아니, 더 정확히 말하면 어머니의 질문에 마음이 상했다 하는 것이 옳았다. 고작 그 물음에 답하려고 결재 서류를 쌓아 놓고 온 것은 아니었다.

"아들 나이도 모르시진 않잖아요."

"물론 알고 있지. 네가 모를까 봐 묻는 거야."

지금까지 본인 나이도 모를 만큼 일에 빠져 살거나 현실을 외면하지는 않았다. 시호는 갑자기 이 같은 질문을 한 어머니의 의도를 짐작할 수 없었다.

"네 나이가 벌써 서른두 살이란다."

"이제 겨우 서른두 살이죠."

"엄마는 결혼할 시기를 훌쩍 넘었다고 생각하는데."

"저는 결혼할 시기가 아직 멀었다고 생각하는데요."

시호의 반박에 자영은 붓을 내려놓고 돌아앉았다. 바지 주머니에 양손을 찔러 넣고 거만하게 서 있는 아들의 모습을 올려다보며 새삼 이런 생각을 했다. 말투도, 표정도, 서 있는 모습까지도 남편을 똑 닮았다고.

"네 의사는 중요하지 않아."

그 한마디에 시호의 말문이 막혔다. 결혼을 해야 하는 당사자의 의사가 중요하지 않다니. 남들에게는 납득할 수 없는 일이겠지만 이 집안에서는 가능한 일이었다.

"좋은 혼처라도 나왔나 보죠?"

이 집에서 결혼이란 집안과 사업을 위한 큰 행사에 불과했다. 사랑이란 감정은 사치일 뿐. 부모님 역시 그렇게 맺어진 분들임을 시호는 잘 알고 있었다.

생각해 보면 일찍 결혼을 시키는 이 집안에서 지금까지 자신을 선 자리에 밀어 넣지 않은 게 오히려 이상한 일이었다.

"좋은 혼처보다 어쩔 수 없는 혼처라고 하는 것이 맞겠지."

어쩔 수 없는 혼처? 시호의 눈매가 가늘어졌다. 많은 생각들이 머릿속을 복잡하게 만들었다.

"한번 보죠."

피해서 될 일이 아니었다. 괜한 고집도 시간 낭비였다. 꼭 해야 한다면 서둘러 끝내는 편이 정신 건강에 좋을 것 같아 시호는 긍정의 뜻을 내비쳤다. 그가 생각하는 결혼, 또는 사랑이란 그저 귀찮은 일이었으니까.

"혹여 말하지만 엎으려는 생각은 마라. 이미 결혼 준비는 진행 중이니까."

만나서 상대방을 평가하는 것 자체가 무의미하다는 말이었다. 통보에 가까운 말을 듣고 난 시호의 표정은 충격적이지 않을 수 없었다.

"하지만……."

"내가 아닌 아버지 결정이야. 따지려거든 아버지께 해."

"그러죠."

이미 끝난 일이라는 어머니의 태도에 시호는 따지려던 입을 다물었다. 어머니 말씀처럼 모든 결정권은 아버지가 가지고 계시니까.

어머니 역시 아버지께 이런 식으로 통보를 받았을 것이다. 자신 앞에서 태연한 척하고 계시지만 얼마나 많이 아버지와 다투셨을지 시호는 짐작할 수 있었다. 더는 어머니를 괴롭히고 싶지 않았다.

방으로 향하는 시호의 발걸음이 무거웠다.

시호가 정원을 벗어나자 자영은 일어서서 도심을 내려다보았다. 하나둘 켜지는 불빛이 밤이 오는 것을 알리는 신호 같았다. 자영의 얼굴에 쉽게 풀리지 않을 근심이 가득했다.

'혹시 모르지. 그 아이가 널 변하게 할지도…….'

방으로 들어서자마자 넥타이를 풀어 침대 위로 던진 시호는 소파에 털썩 주저앉았다. 모든 일이 피곤하다는 듯 두 눈을 감은 시호의 표정에는 짜증이 묻어 있었다.

아버지와 대화를 할 수 있을까. 그런 의문이 들자 비상구가 없는 건물에 갇힌 기분이었다. 탈출할 입구를 찾아 정신없이 돌아다니다 지쳐서 포기한 자신이 머릿속에 그려졌다.

구해 줄 사람이 있을까 싶다가도, 누군가 밖에서 꺼내 주길 기다리고 있는 자신의 모습이 한심하게 느껴졌다.

그때 벌컥, 문이 열리는 소리에 시호는 상념에서 빠져나와 눈을 떴다. 방으로 들어서는 비서 수연의 모습이 보였다.

"넌 알고 있었지?"

수연을 향한 그의 물음이 얼음장처럼 차가웠다.

"물론 알고 있었죠."

"말하지 않은 이유는?"

"말해도 바뀌는 건 아무것도 없으니까."

군더더기 없는 깔끔한 대답이었다. 수연 역시 이 집안에 대해 너무도 잘 알고 있었다. 시호의 비서로 들어와 한집에서 같이 생활한 지 6년째. 그의 아버지인 권 회장의 결정에 반박한다는 것은 계란으로 바위치기였다.

수연은 시호의 앞에 서류 봉투 하나를 내밀었다.

"뭐야?"

"결혼보다 더 중요한 일이라고 해 두죠."

수연의 엄포에 시호는 서류를 받아 들 용기가 나질 않았다.

11

머리가 지끈지끈 아파 오는 것 같아 짧은 한숨을 내쉬었다.

"말로 해 드려요?"

소파에서 일어난 그가 수연에게서 서류를 받아 들었다.

팔짱을 끼고 책상에 기대서서 미적거리는 시호를 바라보는 수연의 표정은, 마치 성적표를 나눠 준 교사가 학생을 바라보는 것 같았다.

마지못해 봉투를 여는 시호의 손동작이 거칠었다. 잠시 후, 서류를 훑어보는 시호의 낯빛이 창백해졌다.

"사실이야?"

"네."

서류를 책상 위에 던진 시호는 자리에서 일어나 어느새 캄캄해진 창밖을 내다보았다.

'8년 만인가……'

8년 만에 다시 보는 사촌과 큰어머니. 하지만 시호는 가족이나 친척이 아닌, 적과 대면하는 기분이었다.

"가지고 있던 주식과 미국 자택까지 정리하신 걸 보면 단순히 벚꽃 구경하자고 한국에 들어오시는 건 아닌 것 같아요."

"그러시겠지. 마음에 담아 둔 한이 누구보다 많은 분이시니까."

지병이 있었던 큰아버지께서 돌아가시면서 회사 경영권은 아버지에게로 넘어갔다. 회사를 아들인 지호에게 물려주고 싶었던 큰어머니의 바람은 그렇게 한순간 물거품이 되어 사라졌다. 스물두 살 동갑이었던 시호와 지호의 사이는 그때부터 틀어지기 시작했다.

"아버지께서도 알고 계신가?"

"당연한 말씀."

"입국 날짜는?"

"일주일 뒤, 2시 도착이에요."

"성대한 환영 파티까지는 아니어도 마음에 준비는 해야겠군."

중얼거리는 시호를 바라보며 수연은 흡족해했다.

지난 6년간 시호를 이 자리에 올리기 위해 얼마나 많은 노력과 시간을 들였던가. 예리하고 냉철하게 변하는 시호의 모습에 그녀는 가슴이 뛰었다. 그는 자신이 만든 작품이었으니까.

"어떤 여자인지 알아봐."

서류를 챙기던 수연의 손이 멈췄다. 여자……라니? 사촌 지호의 입국이 무엇을 뜻하는지 알면서 결혼 이야기가 오가는 여자에 대해 묻는 시호를 이해할 수 없었다. 뛰던 가슴이 순간 멈추는 느낌이었다.

"대답이 없는 걸 보니 벌써 알고 있는 눈치군. 나가기 전에 털어놔."

"실망하실 거예요."

"실망?"

서류를 집어 든 수연의 표정을 살피며 시호는 많은 생각이 들었다. 수연이 말하는 실망이란 무슨 뜻일까. 시호는 이어질 그녀의 말을 기다렸다.

"내세울 만한 학벌도, 집안도 아니에요. 그러니 본부장님께 도움이라고는 눈곱만치도 안 되겠죠. 물어야 할 상대가 바뀌었다는 생각은 안 드세요? 예를 들어, 지호 씨에 대해 물었다면 해 줄 말이 많았을 텐데……."

"그놈은 더 알 것도 없어. 알고 싶지도 않고."

시호의 대답에 수연은 코웃음이 났다. 아직도 그녀에게 있어 시호는 사춘기 소년이었다.

사태의 심각성을 감지하지 못한 것인지, 아니면 자신의 위치가 영원할 거라 자만하는 것인지는 알 수 없지만 지호가 8년 동안 어떻게 변했는지 몰라서 나오는 반응 같았다.

"학벌도, 집안도 내세울 것 없는 여자와 결혼을 진행 중이라……. 아버지의 의도를 전혀 모르겠군. 넌 알아?"

"더 알 것도 없고. 알고 싶지도 않고. 그런 거죠."

한 방 제대로 먹었다.

가끔 시호의 행동과 생각이 마음에 들지 않으면 수연은 이런 식으로 공격을 해 왔다. 절대 방심할 수 없도록 시호를 현실 세계에 묶어 두는 수연의 방법은 늘 탁월했다.

하지만 웬일인지 오늘은 수연의 방법이 잘 통하지 않았다. 시호는 결혼이란 화제에서 빠져나오지 못하고 있었다.

"너에게도 기회가 주어진 것 같지 않아?"

"무슨 말이에요?"

요점을 벗어난 질문을 이해하지 못해 수연은 인상을 찌푸렸다.

14

"너와 결혼한다고 하면 아버지께서 팔팔 뛰지는 않을 것 같다고. 그런 평범한 집 여자를 받아 줄 정도면 내 곁에서 6년 동안 지내며 능력을 인정받은 넌 하이레벨 아닐까?"

"장난치지 마세요."

"장난 아니야, 윤수연."

성큼성큼 다가와 수연을 벽 쪽으로 밀친 시호는 양팔을 뻗어 벽을 짚었다. 답을 하지 않으면 보내 주지 않을 것 같은 시호의 표정이 수연을 긴장하게 만들었다.

"어때, 생각 있어?"

낮고 또렷한 시호의 목소리가 수연의 귓가에 울렸다.

"정중히 사양할게요."

"뭐?"

한 발 물러난 시호는 놀란 표정으로 수연을 바라보았다. 일말의 망설임도 없이 거절하는 당당한 태도에 시호는 저도 모르게 입안에서 혀를 찼다.

"난 권시호라는 남자보다 권 본부장님이 더 매력적이거든요."

"권시호의 아내보다 본부장의 비서가 낫다?"

"빙고. 관상용 꽃처럼 집 안에 앉아 있을 여자는 나 아니어도 찾아보면 많을 거예요. 하지만 권 본부장님의 조력자가 돼서 그를 좌지우지할 사람은 윤수연, 나란 여자밖에 없죠. 어때요, 내 선택이 탁월하지 않아요?"

"하! 기가 막힐 정도로."

두 손을 번쩍 들어 보인 시호는 수연을 말로는 도저히 이길 수 없음을 또 한 번 알게 되었다. 비상구가 수연일지도 모른다는 생각이 일순간 깨져 버렸다.

"이만 쉬세요."

도도한 표정으로 시호의 방을 나온 수연은 나무 기둥에 등을 기대고 숨을 크게 들이마셨다.

조금 전 자신을 벽으로 밀치던 시호의 모습에 가슴이 터질 뻔하였다. 그의 강렬한 눈빛에 빠져 온몸에 전율이 흐른 것도 사실이었다. 하지만 결혼으로는 절대 권시호란 남자를 온전히 차지할 수 없다는 것 또한 알고 있었다.

'당신 옆자리 정도는 내줄 수 있어. 그래야 당신 마음을 가질 수 있을 테니까.'

수연이 택한 사랑의 방법은 위험한 외줄 타기였다.

❀   ❀   ❀

"뭐? 결혼!"

아르바이트를 끝내고 돌아와 냉수를 들이켜던 하율은 입 밖으로 물을 분출했다. 입가에 남아 있는 물을 손등으로 슥 닦으며 엄마를 바라보는 하율의 눈동자가 당장이라도 튀어나올 것 같았다.

"평생 같이 살 수는 없잖아."

"그건 알지만……. 이런 식의 통보는 너무해."

'올 것이 왔구나'라는 표정으로 거실 바닥에 주저앉은 하율은 입을 삐죽 내밀었다. 사실 작년부터 엄마를 바라보는 집주인 아저씨의 눈초리가 심상치 않았다. 명절이면 과일을 보내 주시고 고장 난 곳이 있으면 직접 와서 고쳐 주셨다.

처음에는 그저 다정하고 좋은 분이시구나 했지만 날이 갈수록 방문 횟수가 늘어나자 은근히 걱정을 했는데 이렇듯 현실로 다가왔다.

엄마가 아빠와 사별하고 지금까지 얼마나 외로웠는지 이해하지만 섭섭한 마음이 드는 것은 어쩔 수 없었다.

"물론 조금 이르지만 일찍 결혼하는 만큼 좋은 점도 있으니까 잘 생각해 봐."

그럴 수도 있겠다. 새 아빠가 생기고, 지금보다 생활이 넉넉해진다면 학비 걱정도 덜하게 될 것이다. 하지만 타인이 갑작스레 가족이 된다는 사실은 어찌할 수 없을 만큼 불편하고 어색해 당장은 풀리지 않을 숙제 같았다.

어느 쪽으로도 기울지 않고 수평을 이루는 장단점을 비교하며 하율은 짧은 한숨을 내쉬었다.

"아빠가 살아 계실 때 늘 하시던 말씀 기억나?"

하율의 두 손을 꼭 잡은 엄마의 목소리가 미세하게 떨렸다.

"무슨 말?"

"하율이 짝은 이미 정해져 있다고 아빠가 입버릇처럼 말씀하셨잖아."

"치! 아빠 친구 아들? 어디 사는 누군지도 모르는 사람이 친구야? 엄마, 그 말을 믿어?"

"믿어. 그 친구분이 잊지 않고 찾아오셨으니까."

퍼즐 같은 이야기를 끼워 맞추던 하율은 머리가 어지러웠다. 엄마의 결혼 소식도 아직 정리되질 않았는데 갑자기 아빠 친구분은 왜 등장하신 걸까. 하율은 두 이야기가 어떤 연관성이 있는지 짐작도 할 수 없었다.

"좋은 분이시더라. 그런 분 밑에서 자란 아들이라면 반듯할 것 같아. 사회적으로 대단한 집안이라 좀 부담이 되기는 하지만 우리 하율이를 참 많이 예뻐해 주실 거야."

하율의 머릿속이 순식간에 뒤엉켰다. 요지를 빗나간 엄마의 말을 들으며 하율은 이맛살을 찌푸렸다.

"엄마, 지금 무슨 말을 하는지 하나도 모르겠어. 엄마 결혼 얘기하다가 갑자기 아빠 친구분 얘기는 왜 꺼내는 거야?"

"엄마 결혼?"

"어, 엄마 결혼."

"엄마가 결혼을 왜 해?"

"그럼 누가 결혼해?"

"너."

"나?"

아……. 짧은 탄식이 하율의 입안에서 흘러나오며 모든 상황이 일사불란하게 정리가 되었다.

아빠 친구분이 나타나셨단다. 그동안 우리 모녀를 찾기 위하여 많은 노력을 기울였다는 말을 전해 듣는 하율의 얼굴색이 서서히 어두워져 갔다.

"정 싫다면 억지로 보내지는 않을 거야. 하지만 엄마는 하율이가 현명한 선택을 했으면 해."

현명한 선택이 결혼은 아니지. 하율은 엄마의 말을 속으로 반박하며 정신을 차렸다.

"엄마, 이건 말이 안 돼. 나 아직 4학년이야. 졸업도 안 했다고."

"상관없다고 하셨어. 더구나 고맙게도 그쪽에서 학비까지 대 주시겠대."

무슨 광신도처럼 엄마의 말에는 빈틈이 없었다. 하율은 말문이 막혀 멀뚱멀뚱 눈만 깜박거렸다.

"우리 딸, 지금까지 예쁜 원피스에 구두 한번 신어 본 적 없지? 남들 다 가는 여행도 못 가고, 매일 학비 걱정에 아르바이트하느라 정신없었잖아. 이제 그만해도 돼."

군대에 있을 때 불의의 사고로 왼쪽 손가락 세 개가 절단된 남편이 사회에 나와 할 수 있는 일은 한정적이었다. 착한 마음에 이끌려 결혼했지만 살림살이가 넉넉할 수는 없었다.

하율이 고등학교를 졸업하던 해, 당뇨와 긴 싸움을 했던 남편은 합병증으로 세상을 떠났다. 자신과 하율에게 남겨 준 건 갚아야 할 빚뿐.

아주 슬픈 일이지만, 가끔 남편의 죽음이 자신과 하율을 살렸다는 생각이 들 때도 있었다. 빚이 더 늘어나지는 않을 테니까.

"엄마는 우리 딸이 고생 그만하고 좋은 남편 만나서 공주처럼 그렇게 살았으면 좋겠어."

"내가 언제 원피스 입고 싶다고 했어? 구두 사 달라고 졸랐냐고. 학비가 없으면 당연히 벌어서 다니는 거지, 그게 무슨 고생이야? 남들도 다 그렇게 학교 다녀."

갑자기 설움이 복받쳐 끝말이 갈라졌다. 마음이야 엄마 말처럼 다 하고 싶었다. 학비 걱정 없이 편하게 학교에 다니고 싶은 마음도 있었다.

하지만 이런 상황은 누구의 잘못도 아니었고 투정을 부린다고 해서 바뀌는 것도 없었다. 하율은 현실에 수긍하며 사는 것이 최선이라 생각했다.

"아빠가 하늘에서 너 고생하는 모습 보기 싫었나 봐. 좋은 친구분을 보내 주셨잖아. 아빠 선물 거절하지 마, 하율아."

이런 식의 선물은 사양하고 싶었다. 엄마와 떨어져 지낸다는 것은 하율에게 있어 기댈 기둥을 뽑아 가는 것과 같았다. 문득 모두 다 미워졌다. 돌아가신 아빠도, 자신을 떠나보내려는 엄마도, 갑자기 나타난 아빠 친구분도……

"엄마 오늘 이상해!"

버럭 화를 내고 방으로 들어온 하율은 흐르는 눈물을 꾹 참았다. 나약해지지 않으려고, 그래도 행복하다고 스스로를 위로하며 지냈는데 공든 탑이 무너지는 기분이었다. 이 생활에서 벗어날 수 있다는 엄마의 말이 외면할 수 없는 유혹처럼 다가왔다.

'아빠…… 정말 아빠가 주는 선물이야?'

작은 창문을 열고 밤하늘을 올려다본 하율의 눈에는 걱정과 불안, 슬픔이 가득했다.

❊   ❊   ❊

주차장으로 걸어오는 권 회장을 발견하자 운전기사는 급히 뒷좌석 문을 열었다. 운전기사와 짧게 눈인사를 하고 뒷좌석에 오른 권 회장은 차 안 모니터를 주시했다. 아침 뉴스가 시작되고 있었다.

"잠시만요!"

문을 닫으려는 운전기사에게 소리친 시호가 차 안으로 자신의 몸을 밀어 넣었다. 무작정 차에 오른 시호에게 밀려 옆 좌석으로 옮겨 앉은 권 회장의 표정이 잔뜩 일그러졌다. 직접 문을 닫은 시호는 재킷 단추를 풀고 편히 자리를 잡았다.

"무슨 짓이야?"

낮고도 차가운 권 회장의 목소리가 시호의 귓가에 울렸다. 그사이 운전기사가 운전석에 올라 안전띠를 맸다.

"우선 출발하시죠."

시호의 한마디에 차는 미끄러지듯 주차장을 빠져나와 속도를 내기 시작했다. 차가 외곽 도로를 달릴 동안 두 사람은 말이 없었다.

"저한테 하실 말씀 있으시잖아요."

차창 밖을 내다보며 무심히 던진 시호의 말에 권 회장의 낯빛이 어두워져 갔다. 대화를 시도하는 시호의 태도가 못마땅한 듯 그는 대꾸도 하지 않았다.

"무슨 생각을 하고 계신 거예요?"

밤새 고민을 해 봐도 아버지의 의도가 무엇인지 시호는 답을 찾지 못했다. 회사를 위해서 아들의 결혼까지 이용할 것 같았던 아버지가 이런 선택을 했다는 사실이 시호를 불안하게 만들었다.

과연 아버지의 머릿속에는 어떤 그림이 그려져 있는 걸까?

시호는 시선을 돌려 아버지를 바라보았다. 늘 그렇듯 무표정한 모습에 가슴이 서늘했다.

"내가 갚아야 할 빚이라 해 두자."

아버지의 빚? 타인에게 대가 없는 부탁을 하는 분이 아니셨다. 기대거나 도움을 요청하는 것은 상상도 할 수 없는 아버지께 빚이라니. 시호는 믿을 수 없다는 표정으로 아버지를 응시했다.

"너에게는 아까운 여자다. 그러니 마음 아프게 할 생각은 마. 그것은 내가 용서할 수 없어."

이는 결혼을 하고 말고의 문제가 아니었다. 사랑을 듬뿍 주지 않으면 질타가 쏟아질 것 같은 아버지의 태도에 시호는 놀라지 않을 수 없었다.

결혼 상대자에 대해 이미 많은 것을 알고 있는 것 같은 아버지의 말투가 그를 긴장하게 만들었다.

"아버지께서 말씀하신 빚은, 돈으로는 갚을 수 없는 거군요."

이렇게까지 나오는 걸 보면 진짜 빚을 지신 모양이었다. 돈으로 해결할 수 없는 마음의 빚이라면 어떠한 희망도 보이지 않았다. 결혼을 자신 쪽에서 마다할 수 없다는 뜻과 같기에 시호는 급히 대화의 방향을 틀었다.

"아버지께서 가지고 계시는 그 무거운 마음의 빚, 제가 대신 갚죠. 하지만 아버지께서는 이제 제게 빚을 진 겁니다. 언젠가는 갚으셔야 함을 잊지 마세요."

부모와 자식 간의 맹목적인 믿음과 사랑은 이 집안에서 통하지 않았다. 하나가 가면 하나를 받고, 약속을 지키지 못하면 응당 대가를 치러야 했다. 무서우리만큼 냉정한 집안에서 자란 시호는 자신도 모르게 권 회장을 닮아 가고 있었다.

어느새 차는 사옥 주차장에 멈췄다.

"먼저 올라갈게요."

뒷좌석 문을 열고 차에서 내린 시호는 재킷 단추를 천천히 채우며 굳은 결심을 했다. 다시 원점으로 돌려놓겠다고. 하지만 이것은 어디까지나 시호의 자만심이었다.

시호가 내린 뒤에도 권 회장은 생각에 잠긴 듯 한동안 그 자리에 앉아 있었다.

갚을 수 있는 빚이었다면 결혼 이야기가 오가는 지금, 한결 마음이 가벼워져야 하는 것이 옳았다. 하지만 권 회장의 마음은 여전히 무거웠다. 빚을 갚기 위한 결혼이 아니라 더 많은 빚을 지는 결혼임을 이미 알고 있었으니까.

'결혼 하나만으로 아비의 빚을 갚을 수 있다는 오만한 생각은 버려라. 그 아이가 널 사람으로 만들어 준다면 빚은 늘어나는 거니까.'

권 회장이 차에서 내렸을 때에는 시호의 그림자도 보이지 않았다.

❄   ❄   ❄

사무실에 앉아 있던 시호는 점심시간이 되자 결재 서류를 한쪽으로 밀어 놓고 일어났다. 중요한 일을 앞둔 사람처럼 그의 표정에는 긴장감이 가득했다.

뚜벅뚜벅 사무실을 걸어 나와 회장실로 향하던 시호는 비서실 앞에서 방향을 틀었다. 찾는 이가 따로 있는 듯 비서실을 두리번거리는 시호를 여직원이 환하게 웃으며 맞이했다.

"오셨어요, 본부장님."

"비서실장님 좀 볼 수 있을까?"

"절 찾으십니까?"

여직원이 대답하기도 전에 시호의 등 뒤에서 김 실장의 목소리가 들렸다. 시호는 몸을 돌려 여러 개의 서류철을 들고 있는 김 실장과 마주했다.

"조용한 곳으로 가시죠."

"이런, 본부장님이 이렇게 나오시면 무서워집니다."

"속으로 만만히 보시는 거 다 압니다. 아버지 아시면 시끄러워지니까 옥상으로 자리 옮기죠."

시호가 앞장서 엘리베이터 앞에 서자 김 실장은 여직원에게 눈짓을 하고 그 뒤를 따랐다.

아무도 없는 조용한 옥상, 두 사람은 벤치에 나란히 앉았다.

"신상 정보 주세요."

"누구 말입니까?"

"아시잖아요."

다른 것은 다 넘겨도 결혼은 쉽게 넘길 수 없었나 보다. 짓궂은 표정으로 시호를 바라보던 김 실장은 피식 웃고 말았다. 얼마나 다급했으면 자신을 다 찾아왔을까 하는 생각이 절로 들었다.

"안 넘겨주시면 제가 직접……."

"여기 있습니다."

시호의 말보다 김 실장의 행동이 더 빨랐다. 김 실장이 서류철 사이에서 봉투를 빼내 건네자 서류를 꺼내 세세히 훑어보는 시호의 눈매가 가늘어졌다.

"귀여운 아가씨더군요."

"보셨어요?"

여전히 서류에서 시선을 떼지 않은 시호가 김 실장에게 물었다.

"예, 회장님과 함께. 아, 안에 사진도 있습니다."

시호가 봉투를 거꾸로 들어 흔들자 사진 한 장이 바닥으로 떨어졌다.

"전 예쁜 여자가 더 좋은데요."

사진을 본 시호의 표정은 떨떠름하다 못해 실망스러움까지 담고 있었다.

"지금부터 취향을 바꾸시면 됩니다."

그 한마디를 남겨 놓고 김 실장은 옥상을 내려갔다. 권 회장의 그림자와 같은 그는 자리를 오래 비울 수 있는 입장이 아니었다.

묻고 싶은 말을 다음으로 미뤄야 하자 시호는 짜증스럽게 얼굴을 구겼다. 급한 마음에 서류를 다 살피지도 않고 자리를 털고 일어났다. 옥상을 내려가는 발걸음이 빨라졌다.

✽   ✽   ✽

어느새 봄이 찾아왔다. 긴 겨울잠에서 깨어난 꽃과 나무들이 활기를 치고, 지나가는 사람들의 옷차림도 한결 가벼워졌다. 두꺼운 외투에서 바바리나 카디건으로 바뀐 것만 봐도 봄이 왔음을 알 수 있었다.

하율은 오랜만에 친구와 수다의 세계로 빠져들기 위해 교정을 나섰다. 일주일 중 딱 하루, 오늘은 하율이 누릴 수 있는 금쪽같은 휴식 시간이었다.

잠시 바쁜 일상에서 벗어나 자유를 만끽하는 하율의 발걸음은 가볍다 못해 날아갈 것 같았다. 서둘러 버스 정류장으로 향하던 하율은 갑자기 자신의 앞을 막는 검은색 세단에 놀라 한

발 뒤로 물러섰다.

"뭐야!"

벌렁거리는 가슴을 한 손으로 쓸어내리며 눈을 부릅뜬 하율이 차 안을 노려보았다. 하지만 선팅이 진하게 되어 있어 운전자의 얼굴을 확인할 수 없었다.

입을 삐쭉 내밀고 차를 피해 돌아가려는 찰나, 운전석 문이 벌컥 열리며 말끔한 남자가 내렸다. 하율의 시선이 자연적으로 그쪽을 향해 움직였다.

한없이 올려다봐야 할 만큼 큰 키에 남색 슈트를 차려입은 모습은 잘생긴 남자의 표본이었다. 깔끔한 헤어스타일과 건강한 구릿빛 피부가 남성미를 더욱 돋보이게 만들고 있었다.

검은 선글라스를 벗어 한 손에 든 남자가 하율을 바라보았다. 지나가던 사람들의 시선이 남자에게 향하고 있음을 하율은 느낄 수 있었다.

"이하율 맞지?"

"누……구……세요?"

남자의 입에서 튀어 나온 자신의 이름에 놀란 하율은 기어 들어 가는 목소리로 물었다. 주위의 시선이 자신에게 고정되는 것을 알아챈 그녀는 얼떨떨함과 설렘을 동시에 느꼈다.

"타."

물음에 대답해 줄 생각이 없는 듯, 남자는 하율을 향해 고갯짓을 하였다. 잘생긴 얼굴과는 다르게 조금 거만해 보이는 태도에 하율은 슬쩍 인상을 썼다.

"낯선 남자의 차를 덥석 탈 만큼 바보는 아니거든요."

팔짱을 낀 하율은 경계의 눈빛으로 남자를 응시했다.

"정혼자 차는 타도 돼."

'지금 뭐라고…… 정혼자?'

정혼자에 대해 아는 것이라고는 아빠 친구분의 아들이라는 사실이 전부였다. 얼굴은커녕 이름조차 모르는 정혼자가 학교까지 찾아올 줄은 상상도 못 했다. 하율은 눈만 깜빡거렸다.

"안 탈 거면 여기서 얘기하고."

점점 사람들이 몰려들자 하율은 난처함을 느꼈다. 한창 멋진 남자를 갈구하는 여대생들이 하율과 남자의 주변을 에워싸고 있었다.

하율은 혹여 자신을 알아보는 친구들이 있을까 봐 불안한 눈빛으로 주변을 살폈다. 정혼자가 있다는 사실이 알려진다면 학교생활이 피곤해지는 것은 자명한 결과였다.

"타죠."

그렇게 하율을 태운 차는 도심을 빠져나와 속도를 내기 시작했다.

한 시간쯤 달리니 차창 밖으로 꽃과 나무가 그려졌다. 노란 개나리를 시작으로 하얀 벚꽃과 색색으로 물든 산이 긴장하고 있던 하율의 마음을 평온하게 만들어 주었다. 처음으로 가져 보는 마음의 여유로움이었다.

'시원하다.'

창문을 내린 하율은 손을 뻗어 불어오는 바람을 느꼈다. 자연이 전해 주는 향기가 코끝을 자극했다.

"닫아. 먼지 들어와."

평온함이 깨지는 순간이었다. 하율은 대답 없이 창문을 닫았다. 어색한 침묵이 흐르는 사이 차는 한적한 산길에 올라 멈췄다.

"내려."

"여기가 어디예요?"

"별장."

하율은 그제야 엄마가 해 준 말이 떠올랐다. 별장을 가지고 있을 만큼 대단한 집 아드님이 심지어 잘생기기까지 했다. 불공평하다는 생각이 문득 들자 입술이 삐딱해졌다.

"근데, 왜 자꾸 반말이세요?"

먼저 성큼성큼 걸음을 옮기는 시호의 뒤를 따르며 하율이 물었다.

"왜? 듣기 싫어?"

"네. 자꾸 그러시면 저도 반말할……."

"하지 마, 넌."

뒤따라가던 하율의 발걸음이 멈춰 버렸다. 배울 만큼 배우고, 가질 만큼 가진 사람들이 다 이 남자와 같지는 않겠지만, 이 무슨 개 같은 경우인가.

말을 나눌수록 두 사람의 거리는 좁혀지기는커녕 점점 멀어지고 있었다.

"안 오고 뭐해?"

시호는 별장 문을 열고 선 채, 자리에 가만히 멈춰 있는 하율을 짜증스런 표정으로 바라보았다.

"별로 들어가고 싶지 않아요. 예의 없는 남자랑 나눌 말도 없을 것 같고."

"네가 초등학교 다닐 때 난 대학생이었거든."

헉! 도대체 몇 살 차이야? 하율의 입이 떡하고 벌어졌다. 사실 그 정도로 나이가 들어 보이지 않아 놀라기도 했다.

물론 나이 차이가 난다고 해서 반말을 해도 된다는 생각은 뜯어고쳐야 할 문제이지만 지금 이 시점에서 따지기에는 굉장히 사소한 일이었다.

"이름 정도는 말해 줄 수 있잖아요."

"시호, 권시호. 이제 좀 들어오지?"

시호가 고갯짓을 하자 하율은 그제야 발을 움직여 별장 안으로 들어섰다. 등 뒤로 문 닫히는 소리가 들렸다.

"앉아."

주방으로 향하는 시호를 바라보며 하율은 소파에 엉덩이만 살짝 걸치고 앉았다.

조심스레 주위를 두리번거리던 하율은 탁자 위에 놓인 액자를 보게 되었다. 열 살쯤 되어 보이는 여자아이 양쪽으로 남자아이 둘이 서서 환하게 웃는 사진이었다.

혼자 자라면서 언니나 오빠가 있는 친구들을 부러워해서일까. 다정한 아이들의 표정이 보기 좋아 하율의 시선은 한동안 액자에 머물러 있었다.

잠시 후 달그락거리는 소리가 주방 쪽에서 들리더니 시호가 걸어 나왔다.

"이것밖에 없으니까 다른 걸로 바꿔 달라는 소리는 하지 마."

시호가 건넨 머그잔에는 오렌지 주스가 있었다. 별로 마시고 싶지 않았지만, 성의가 있으니 하율은 한 모금을 머금고 탁자 위에 내려놓았다.

"결혼이 중대한 일이기는 하지만 굳이 여기까지 올 필요가 있었을까 하는 생각이 드네요."

"난 누구처럼 커피숍에 앉아 있을 만큼 평범한 사람이 아니라서."

무엇을 기대하고 말했을까. 조용하고 한적한 곳에서 진지하게 말을 나누고 싶었다? 아님 너란 여자에 대해 좀 알고 싶었다?

너무도 유명하신 당신 때문에 이곳까지 왔다 하니 하율은 허무해졌다.

"결혼은……."

"네 쪽에서 안 하겠다고 해."

"왜요?"

왜 내 쪽에서 먼저 그래야 하냐는 물음이었지만, 막상 내뱉고 보니 마치 결혼을 왜 하지 않느냐는 물음처럼 들렸다.

"빚을 진 쪽에서 마다할 수는 없잖아."

"지금 빚이라고 했어요?"

"인정하고 싶지는 않지만 그렇다더군."

또 한 번 하율의 머릿속이 혼란스러워졌다. '빚'은 뭐고, '그렇다더군'이라는 말의 뜻은 또 무엇인가. 하율은 양쪽 눈썹을 치켜세우며 눈동자를 요리조리 굴렸다. 한국말이 이렇듯 어렵게 다가온 적은 이번이 처음이었다.

"청산은 원하는 쪽으로 해 주지. 결혼만 아니라면 무엇이든 상관없어."

듣자 하니 빚을 핑계로 결혼을 강요한 입장이 된 것 같은 느낌이었다. 왜 이런 대접을 받으면서 여기 앉아 있어야 하는지조차 하율은 이해할 수 없었다.

"인생 참 재미있네요."

"뭐?"

엉뚱한 하율의 말에 시호는 눈살을 찌푸렸다.

"평생 갚아야 할 빚만 있는 줄 알았는데 내가 받을 빚이 있다니 재밌잖아요."

"난 재미없어."

"물론 그쪽은 재미없겠죠. 갚아야 할 당사자니까. 사실 빚이라는 것이 갚아야 할 입장에서는 더럽게 재미없거든요."

하율의 말투가 점점 삐뚤어져 갔다. 될 대로 되라는, 자신도 모르겠다는, 기분이 상했다는 것을 그대로 표현했다.

"결혼은 나도 싫으니까 그쪽 제안, 생각해 보도록 하죠. 할 말 다 끝난 것 같으니까 일어날까요?"

더 있고 싶지 않았다. 더 있을 이유도 없었다. 하율은 자리에서 벌떡 일어났다.

"지금 날 '그쪽'이라고 부른 거야?"

"이름을 부를 수는 없잖아요. 원하신다면 그렇게 하고요."

"됐어."

하율의 말에 시호의 미간이 좁아졌다.

"아! 아저씨 어때요? 정확히 나이가 어떻게 되시는지는 모르겠지만 보통 그쪽 정도 되면 아저씨라 부르거든요. 아! 저! 씨!"

하율을 따라 일어난 시호가 헛웃음을 흘렸다. 표정으로 보건대 어이가 없는 듯했다.

"어른에게 '그쪽'이란 말은 버릇없지 않나?"

"그쪽만 하겠어요?"

현관문을 열고 성큼성큼 걸어 나간 하율은 시원한 공기를 마시며 생각했다. 두 번 다시 그를 만나고 싶지 않다고. 하지만 쉽게 끊어질 인연이 아님을 하율은 알지 못했다.

'당돌하군.'

하율을 따라 나온 시호는 먼저 운전석에 앉았다. 두 사람을 태운 차는 다시 서울을 향해 달리기 시작했다.

❉   ❉   ❉

다음 날, 하율의 오후는 언제나와 마찬가지였다. 먼저 와서 일을 하고 있던 동욱에게 눈인사를 하고 앞치마를 맨 하율은 카운터 앞에 서서 주문을 받았다. 바쁜 오후 시간이라 숨 돌릴 틈도 없었다.

일이 끝난 시각은 밤 10시경이었다. 서둘러 옷을 갈아입고 나온 하율은 커피숍 안을 두리번거리고 있는 동욱에게 인사를 했다.

"고생하겠다."

커피숍은 새벽까지 문을 열고 있어 주말이나 더운 여름에는 손님이 많은 편이었다. 오늘은 평일임에도 자리를 잡고 있는 손님이 많아 하율은 은근 걱정이 되었다.

"괜찮아, 빨리 가. 밤길 조심하고."

남자라고 자신을 걱정해 주는 동욱에게 하율은 괜히 미안함마저 들었다.

"그럼 수고해."

짧은 인사를 뒤로하고 커피숍을 나온 하율은 버스 정류장으로 걸어갔다. 여섯 시간을 서서 일한 탓에 발걸음이 무거웠다. 더욱이 어제 시호와의 만남을 떠올리자 표정까지 구겨졌다.

"조금만 늦었어도 못 보고 갈 뻔했다."

낯익은 남자의 목소리에 하율은 뒤를 돌아보았다. 언제나 그렇듯, 깔끔한 슈트를 차려입은 중년의 남자에게 그녀는 환한 미소를 지어 보였다.

"아저씨!"

한걸음에 달려가 남자 앞에 선 하율은 꾸벅 인사를 했다.

하율이 커피숍 아르바이트를 시작하면서 하루도 빠지지 않고 같은 시간에 찾아오던 손님이었다. 늘 똑같은 음료를 주문하고 하율의 일하는 모습을 지켜보던 아저씨와 말을 트기 시작한 것은 다섯 달 전에 있었던 사건 때문이었다.

일이 익숙지 않았던 그때, 한 무리의 손님이 우르르 들어오자 혼자 음료를 만들던 하율은 그만 실수를 했다.

생과일주스는 다 갈리지 않았고, 카페모카는 생크림 없이 나갔다. 죄송하다고 거듭 사과하며 다시 만들어 주겠다는 하율의 태도에도 계속 면박을 주던 손님들이 목소리를 낮춘 것은 아저씨가 끼어들고부터였다.

음료 값은 모두 본인이 지불할 테니 너그럽게 넘어가 달라는 아저씨의 말에 손님들은 입을 닫았다. 이후로 두 사람은 가까워졌다.

"잘 지내셨어요?"

"그럼. 하율이는?"

"저야 뭐…… 잘 지냈죠."

시호만 아니라면 하율의 일상은 여느 때와 마찬가지로 평범했을 것이다. 그러나 단 몇 시간의 만남이 하율에게 불쾌함으로 남아 버렸다. 다 하지 못한 말이 입안에서 맴돌았다.

"잘 지낸 표정이 아니네."

아저씨의 물음에 하율은 긍정의 뜻도, 부정의 뜻도 내비치지 않았다.

"우선 늦었으니까 집에 데려다 주마."

아저씨를 따라 차에 오른 하율은 창밖을 바라보았다. 지나가는 사람들과 높은 건물들 사이로 자신의 얼굴이 차창에 비쳤다. 근심 있는 자신의 표정에 입술이 삐죽 나와 버렸다.

"조용하니까 하율이답지 않은데?"

아저씨의 말 한마디에 하율의 입안에서 한숨이 새어 나왔다.

"아저씨가 알면 안 되는 일인가?"

"그냥 뭐……."

무릎 위에 올려놓은 가방끈을 매만지며 뜸을 들이던 하율이 어렵게 입을 열었다.

"저…… 결혼하래요. 엄마가……."

"그래서?"

그래서? 하율은 아저씨의 반응에 의아함을 느꼈다. 드라마에서처럼 급브레이크를 밟으며 경악의 표정을 짓는 것까지는 아니어도 갑자기 웬 결혼이냐며, 무슨 일이 있냐고 물어볼 줄 알았다.

그러나 아저씨의 표정과 말투는 너무도 담담하고 차분했다. 그래서 오히려 하율이 당황하고 말았다.

"하율이는 그 결혼을 어떻게 생각하지?"

미처 생각의 정리가 끝나기도 전에 아저씨의 두 번째 질문이 던져졌다.

"물론 안 하겠다고 했죠."

"그랬……구나."

어라? 이제 아저씨의 목소리에는 실망스러움이 가득 담겨 있었다. 도무지 아저씨의 마음을 이해할 수 없었던 하율은 눈동자만 이리저리 굴렸다.

"사람은 만나 봐야……."

"만났는데요."

차가 급정거하며 찻길 한쪽에 멈췄다. 물론, 하율이 예상했던 타이밍은 아니었지만.

"만났다고?"

아저씨의 목소리는 살짝 흥분된 상태였다.

"네."

"그래서?"

다시 돌아온 '그래서?'라는 물음에 하율은 살짝 미간을 찌푸렸다. 아저씨의 반응으로 짐작해 보면, 결혼이라는 그 자체보다 결혼의 말이 오고가는 상대방에게 더 관심이 있는 듯했다. 아저씨가 이런 태도를 보이는 이유를 하율은 알 수가 없었다.

"배려와 예의라고는 전혀 없는, 오만한 사람이었어요."

원하던 답이 아니었나 보다. 아저씨의 입안에서 끙 하는 소리가 살짝 새어 나오더니, 아무 말 없이 정면을 응시하며 다시 운전을 시작했다.

한동안 두 사람 사이에는 침묵이 흘렀다.

"몇 번 더 만나 보면 그 사람의 다른 모습도 보이지 않을까?"

"더 만나 보라고요?"

5개월 동안 알고 지낸 자신보다 본 적도 없는 결혼 상대방을 두둔해 주는 아저씨의 모습에 하율은 마음이 상했다.

나쁜 놈이라고 역성을 들어 주지는 못할망정 다시 만나 보라는 권유는 자신을 위해 해 주는 말이 아닌 것 같았다.

"아저씨, 지금 누구 편이세요?"

속상한 마음에 하율의 입안에서 엉뚱한 말이 흘러나왔다.

사실 편을 들어 달라고 꺼낸 이야기는 아니었다. 그동안 자신에게 일어난 일에 대해 이야기하고 조언을 얻으려던 의도가, 아저씨의 예상치 못한 태도에 옹졸한 마음으로 변해 버렸다.

하율은 고개를 숙이며 자신이 뱉은 말을 후회했지만 주워 담을 수 없다는 것을 잘 알고 있었다.

"다 왔다."

어느새 차는 하율의 집 대문 앞에 멈췄다. 죄송한 마음에 서둘러 차에서 내린 하율은 꾸벅 인사를 하고 돌아섰다.

"하율아."

아저씨의 부름에 발걸음이 멈췄다. 조금 망설이다 돌아선 하율은 허리를 숙이고 아저씨와 눈높이를 맞췄다.

"그놈이 오만해 보였을 수도 있어. 아니, 하율이 말처럼 배려도, 예의도 없는 놈일지도 모르지. 하지만 처음부터 그런 놈은 아니었단다. 누군가에게 사랑을 받고 누군가를 사랑하는 것에 서툴 뿐이야. 그러니까 아저씨를 봐서라도 다시 생각해 보면 안 될까? 하율이라면 우리 시호에게 사랑이 무엇인지 느끼게 해 줄 것 같은데. 시호 아버지로서 부탁한다."

눈앞이 캄캄해지면서 종소리가 들리는 것 같았다. 아저씨가 던진 말들이 귀에서 윙윙거리는 느낌이었다.

하지만 두 가지 사실만은 또렷하게 하율의 머릿속에 각인되었다. 아저씨가 아빠의 친구이자, 거만한 결혼 상대자의 아버지라는 사실. 하율은 멍한 표정으로 대답 없이 아저씨를, 아니, 시호의 아버지를 바라보았다.

당황스러워 아무런 말도 하지 못하고 가만히 서 있는 하율에게 아저씨는 부탁한다는 말을 남겨 놓고 떠났다. 다시는 찾아오지 않을 사람처럼.

가슴에 서늘한 바람이 부는 것 같았다. 그동안 아저씨는 그저 안면만 있는 사람이 아니었다. 고민을 털어놓고, 같이 저녁을 먹으며 아빠 같은 정을 주던 사람이었다. 공허한 마음을 채워 주는 아저씨를, 하율은 항상 고맙게 생각했다.

그런 아저씨를 다시 볼 수 없을지도 모른다는 생각을 하니 시호가 더 미워졌다. 정이라고는 눈곱만큼도 없을 것 같은 시호와 아저씨가 부자지간이라는 사실이 쉽게 믿기지 않았다. 이 세상은 왜 다 가진 자에게 더 주는 세상일까?

차가 사라지고 나서도 어둠 속에 한참을 서 있던 하율은 영혼 없는 표정으로 터벅터벅 발걸음을 대문 안으로 밀어 넣었다.

"이제 오니?"

"응."

기운 없는 목소리로 대답하고 엄마 옆에 앉은 하율은 한 손으로 턱을 괴고 생각에 잠겼다.

"무슨 생각을 그렇게 하는 거야?"

불안한 엄마의 목소리가 하율의 생각을 끊어 냈다.

"엄마."

"왜."

"결혼……할까?"

"어젯밤에는 펄쩍 뛰면서 안 하겠다고 하더니. 하루 사이에 생각이 바뀐 거야?"

그랬다. 시호를 만나고 돌아와 성질을 부리며 결혼을 안 한다고 말했던 것이 바로 어제였다. 시호의 말투와 태도를 머릿속에 떠올리던 하율은 고개를 세차게 흔들었다. 그러다 대답 없이 한숨을 푹 내쉬었다.

"나도 어떤 선택이 옳은 건지 모르겠어, 엄마."

"결혼 전에는 신부들이 다 너와 같은 고민에 빠진단다. 넌 지극히 보편적인 고민을 하고 있는 거야. 하지만 그 답은 본인만이 찾을 수 있지. 지금부터 열심히 생각해서 결정하면 돼. 다만 현실을 피하지는 마. 훗날 후회할 테니까."

엄마의 충고는 하율의 머릿속을 더 복잡하게 만들었다. 결혼을 하느냐 마느냐의 고민은 어느 한쪽으로도 기울지 않고 평행을 이루며 하율을 괴롭혔다.

'아빠…… 이건 선물이 아니잖아.'

하율의 원망이 괜한 이에게 향했다.

❀   ❀   ❀

"너 뭐야?"

며칠 만에 시호를 다시 만난 하율은 입도 벙긋 못 하고 차

40

안에 앉아 있었다. 보자마자 왜 혼사가 진행 중이냐고 따져 묻는 시호의 성질에 하율은 아무런 대꾸도 하지 못했다. 도무지 말할 틈을 주지 않는 사람이었다. 물론, 남의 말을 잘 들어줄 사람도 아니었지만.

"빚은 결혼을 제외한 다른 것으로 갚겠다고 했잖아! 원하는 것으로 해 준다고! 지금 뭐하자는 거야!"

시호는 아무 대꾸도 없는 하율을 보자 화가 머리끝까지 솟아올랐다. 사람이 물으면 답을 해 주는 것이 순서인데 하율은 꿀 먹은 벙어리처럼 조수석에 앉아 자신을 바라보기만 했다. 더 기분 나쁜 것은 한심하다는 감정이 섞인 눈빛이었다.

"하, 그러게요. 내가 지금 당신하고 뭘 하려는 걸까요?"

"뭐?"

하율의 무거운 입이 열리고 그토록 기다리던 대답이 나왔지만, 시호가 원하는 답은 아니었다.

'아저씨만 아니면……'

다 하지 못한 말이 하율의 입안에서 삼켜졌다. 아저씨와 시호의 관계만 아니면 이런 고민 따위는 할 필요도 없었다. 다시 원점으로 돌아온 기분이었다.

첫 만남이 기분 좋게 이루어지지는 않지만 나쁜 녀석은 아니라던 아저씨의 말이 계속 맴돌았다. 어쩌면 그도 갑작스러운 결혼 이야기에 황당했을 것이다. 그래서 직설적으로 표현했을 수도 있다.

하율은 결혼에 앞서, 유예기간을 가지는 것도 좋은 방법 중

하나라는 생각을 했다. 이 사람을 판단하고, 충분히 납득할 수 있는 그런 기간이 서로에게 필요하다는 결론을 내렸다. 아저씨와 엄마의 말처럼.

"원하는 걸 말해 보라고!"

"당신."

하율의 대답에 시호는 아무 말도 할 수 없었다. 아니, 어이가 없고 기가 차서 무슨 말을 어떻게 해야 할지 몰랐다. 어린 꼬맹이에게 뒤통수를 얻어맞은 기분이었다.

"원하는 것이 나……라고?"

"네."

영혼 없는 하율의 대답이 시호를 미치게 만들었다. 사실 이같은 결정을 내린 하율도 미칠 것 같은 건 마찬가지였다.

"너 지금 나하고 장난하자는 거야?"

"바쁘신 분 붙잡고 그럴 수야 없죠."

시호는 차라리 입을 닫고 있을 때가 더 나았다는 생각이 문득 들었다. 한마디도 지지 않고 말대꾸를 하는 하율 때문에 피가 거꾸로 솟는 느낌이었다.

"분명 그때 원하는 것은 다 들어준다 했잖아요."

"물론 그랬지. 결혼은 빼고."

"당신만 있으면 된다니까."

결혼은 아니고 나만 있으면 된다? 시호는 그 두 가지가 무엇이 다른지 알 수 없었다. 계약서를 확인하고 결재하는 일을 수도 없이 했지만 이번처럼 이해가 되지 않는 말은 처음이었다.

"뭐가 달라?"

"당신한테는 달라지는 것이 없겠지만 저한테는 많은 차이가 있거든요. 적어도 당신을 계속 만난다면 아저씨와의 관계가 유지될 것 같단 말이죠."

아저씨? 알아들을 수 없는 말을 던지는 하율을 멍하니 바라보는 시호의 표정은 혼란스러움 그 자체였다. 하율을 찾아온 이유조차 잊어버렸다.

"결혼은 모르겠고, 우리 만납시다."

"만납시다?"

하율의 선홍빛 입술이 벌어질 때마다 시호의 혈압이 상승했다. 할 수 있다면 하율의 입을 막고 싶었다.

"이제 선택은 그쪽이 해야겠네요. 그럼 이만 내릴게요."

뭐라 반문할 틈도 없이 차에서 내리는 하율을 바라보자 시호는 헛웃음이 흘러나왔다. 결혼은 하고 싶지 않지만 만나자는 하율의 조건이 우습다 못해 황당했다. 여자라고 하기에도 어쭙잖은 꼬맹이의 건방진 태도가 시호를 얼빠지게 만들었다.

처음 결혼 사실을 알고 아버지를 설득하겠다는 무모한 결심은 하지 않았다. 다만 아버지는 어찌할 수 없어도 당사자와는 말이 통할지 모른다는 희망이 있었다.

서로 원치 않는 결혼이라면 빚이 있다 해도 얼마든지 다른 결론을 내릴 수 있겠다 싶었지만, 이 또한 아버지를 설득하는 것만큼 무모한 짓임을 시호는 이제야 알았다.

멀어지는 하율의 뒷모습을 바라보며 시호는 생각했다.

이러다 진짜 결혼하면 어쩌지?

❀ ❀ ❀

주말은 하율에게 더 바쁜 날이었다. 가족, 그리고 연인과의 시간을 즐기기 위해 거리로 쏟아져 나온 사람들 덕분에 커피숍은 늘 북적였다. 이제 익숙해질 만도 했지만 주말이 다가오면 여전히 무서웠다.

하율은 출근하자마자 같이 일하는 동욱과 함께 남은 재료를 확인하고 매장을 청소했다. 간간이 들어오는 테이크아웃 손님까지 받아 가면서 말이다.

오늘은 유독 아침부터 손님들이 많아 청소가 더뎌지고 있었다. 그나마 자리를 잡는 손님이 없어서 다행이었다.

출근한 지 한 시간이 지나서야 청소가 끝났다. 그제야 하율은 한숨 돌리며 동욱과 나란히 계산대 앞에 놓인 의자에 앉았다.

바쁜 시간대에는 의자도 모두 한쪽 구석으로 밀어 버렸다. 좁은 공간에서 빠르게 움직이려면 거치적거리는 것들은 치우는 편이 좋기 때문이다. 그래야 일의 능률도 오르고 부딪쳐서 커피가 쏟아지는 것을 막을 수 있으니까. 이 모든 것이 다 경험에서 얻은 결과였다.

잠깐의 휴식을 즐기고 있는 하율의 귀에 문 열리는 소리가 들렸다. 자동으로 '어서 오세요'라는 말을 던지며 의자에서 일어난 하율은 입을 떡하니 벌렸다. 이런 일이 일어날 확률이 얼마나 될까?

"우……연?"

하율이 계산대 앞에 서서 자신만큼 놀란 시호를 바라보며 더듬거렸다.

"어. 우연."

우연 맞다고, 이상한 상상은 하지도 말라고 시호의 눈빛이 그렇게 말하고 있었다.

"아…… 우연."

"뭐야? 아는 사이야?"

하율은 시호 옆에 다정히 서 있는 여자에게로 눈을 돌렸다. 팔짱을 끼고 매달려 있는 여자에게 시선을 고정한 하율은 기가 찼다. 이건 또 무슨 경우인가.

결혼할지도 모르는 상황에서 다른 여자와 나타난 시호를 하율은 이해할 수 없었다. 만나 보자는 자신의 의견을 깡그리 무시하는 것 같았다.

"아는 여자냐고."

여자는 끝까지 시호에게 확인받고 싶은 표정이었다. 문득 하율도 시호의 대답이 궁금해졌다. 자신을 어떻게 소개할지 기대가 되면서 화들짝 놀랄 여자의 표정이 그려지기도 했다.

"그냥 이름 정도만 아는 사이야."

'뭐? 이름 정도? 야! 우리가 이름 정도만 아는 사이냐!'

두 눈을 부릅뜨고 시호를 노려보았지만 사실 결혼 이야기가 오고가는 사이치고 서로에 대해 알고 있는 것은 없었다. 아주 틀린 말은 아니라 따져 묻기에도 민망했다.

"오빠가 여자 이름을 다 기억한다고? 내 이름은 1년이 지나서야 불러 줬으면서."

"내가 그랬나?"

"그래. 맨날 기찬이 여동생이라고 했잖아."

"그럼 네가 기찬이 여동생이지, 아니야?"

"나도 이름이 있다고!"

토라지듯 말하는 여자의 목소리가 하율을 간지럽게 만들었다. 두 사람을 빨리 자신 앞에서 사라지게 만들고 싶었다.

"주문 도와 드릴까요?"

점원으로 돌아간 하율은 최대한 미소를 지으며 시호가 아닌 여자를 바라보았다. 주문을 받고 난 하율이 재차 물었다.

"테이크아웃이시죠?"

아니라고 하지 마. 지금 바로 나가 줘. 그리고 다시는 오지 마! 속으로 외쳐 봤자 아무 소용이 없었다. 시호의 표정을 보아하니 오히려 그의 심술만 자극한 것 같았다.

"여기서 마시고 갈 거야."

젠장. 신은 자신의 편이 아니었다.

"왜? 날씨도 좋은데 걸으면서 마시자, 응?"

여자의 애교 섞인 목소리가 커피숍 안에 퍼졌다. 속이 살짝 울렁거리기는 했지만 지금은 적극적으로 여자 편을 들 수밖에 없었다. 하율은 심술기가 가득한 시호를 바라보며 차근차근 말을 이었다.

"그러세요. 조금만 더 걸어가면 공원도 있고……."

"여기서 마시겠다고."

하율의 말을 싹둑 자른 시호는 지갑에서 카드를 꺼내 내밀었다. 하율은 속으로 온갖 욕을 퍼부으며 결제를 했다. 우연이 악연으로 뒤바뀌는 순간이었다.

재수가 더럽게 없는 날이었다. 저번 주말만 하더라도 땀을 흘리며 일을 했는데 오늘은 어떻게 된 일인지 한산했다. 들어오는 손님마다 죄다 테이크아웃을 해서 카페 안은 썰렁하기 그지없었다.

바쁘기라도 해야 두 사람에게 신경 쓸 틈이 없을 텐데, 바쁘기는커녕 계산대 가장 가까운 자리에 앉은 두 사람의 대화까지 다 들을 수 있었다. 하율에게는 고문이나 다름없었다.

시호는 일부러 하율이 잘 보이는 곳에 자리를 잡고 앉았다. 계산대를 등지고 앉은 여자는 시호의 그런 속셈도 모르고 수다를 늘어놓고 있었다.

팔짱을 낀 채 가끔 고개를 끄덕이는 시호의 태도에서 상대의 말을 건성으로 듣고 있다는 게 명확하게 보였다. 거기다 그의 시선은 아까부터 하율에게 고정되어 있었다.

"저 남자 손님, 아는 사람이야?"

동욱이 다가와 묻자 카운터를 정리하고 있던 하율이 고개를 작게 끄덕였다.

"어, 뭐…… 조금."

"조금 알고 있는 사이라고 하기에는 수상한데."

"왜?"

"아까부터 너만 바라보잖아."

갑작스런 동욱의 말에 하율은 화들짝 놀랐다. 저 인간이 미치지 않고서야 주변 사람이 눈치챌 정도로 대놓고 쳐다보다니. 짜증 나는 표정으로 하율은 시호를 노려보며 고갯짓을 했다. 상대편에게나 신경 쓰라는 뜻이었다.

하지만 시호는 전혀 알아듣지 못하는 표정이었다. 아니, 알면서도 못 알아듣는 척하는 것 같았다.

"뭐야? 너 귀찮게 하는 사람이야? 내가 따끔하게 말해 줄까?"

자리에 앉으며 주먹까지 쥐어 보이는 동욱 때문에 하율은 피식 웃고 말았다. 그래도 자신의 편을 들어주는 사람이 있어 다행이라는 생각이 들었다. 별 도움은 되지 않지만.

"장난치지 말고 일이나 하셔."

"말만 해. 내 주먹이 좀 세잖아."

"주먹까지 쓸 만큼 못된 사람은 아니거든."

뭐야? 내가 무슨 말을 한 거야? 지금 권시호 편을 든 거야? 미쳤어! 그렇다. 미쳤다는 표현이 맞을 것이다. 그렇지 않고서야 여자랑 같이 카페에 들러 자신을 약 올리는 남자 편을 들다니.

"그 주먹 얼마나 센데요? 맞아 봐야 알려나?"

헉! 갑자기 계산대 앞으로 불쑥 나타난 시호 때문에 하율과 동욱은 기겁했다. 심지어 동욱은 앉아 있던 의자에서 벌러덩 넘어질 뻔했다. 우스갯소리로 주고받았던 말을 당사자가 들었다는 생각에 두 사람은 식은땀이 다 흘렀다.

"남, 남자 화장실에 휴지 떨어진 것 같더라. 어서 채워 놔."

"어, 그래."

하율의 말에 동욱은 서둘러 휴지를 들고 바람처럼 사라졌다. 뒷모습이 꼭 다시는 돌아오지 않을 사람 같았다.

"남자 화장실에 휴지 떨어진 건 어떻게 알아? 들어가 봤어?"

급히 둘러댄 말은 항상 티가 나기 마련이었다. 하율은 황급히 시호의 눈빛을 피했다.

"같이 오신 여자분에게나 신경 쓰시죠?"

"보시다시피 통화 중이라."

시호의 고갯짓에 밖을 내다본 하율은 짧은 한숨을 내쉬었다. 언제 나갔는지 여자는 통화를 하며 커피숍 입구를 왔다 갔다 하고 있었다. 커피숍 안에는 시호와 하율, 두 사람뿐이었다. 최악의 경우가 아닐 수 없었다.

"더 주문하실 거 아니면 자리에 얌전히 앉아서 기다리시죠."

"오해하지 마. 친한 친구 동생이니까."

"궁금하지도 않거든요."

하율은 입을 삐쭉거렸다. 관심 없다는 말투로 대답했지만 표정까지 숨길 수는 없었다. 속마음으로는 시호가 더 자세하게 말해 주길 기다리고 있었다.

"하기는 네가 나한테 던진 말보다야 덜 충격적이지."

"그 말이 어때서요? 만나자는 말이 해서는 안 될 말이라도 돼요? 당신이 여자랑 내 앞에 나타난 것보다 지극히 정상적이고 도덕적인 말이거든요!"

"열 내니까 귀엽네?"

"이보세요!"

이성적인 행동을 보이고 싶었지만 감정 조절이 마음처럼 되질 않았다. 왠지 시호에게 당한 기분이 들었다.

"그러는 넌? 날 앞에 두고 화장실로 도망간 놈하고 희희낙락거리더군. 만나자고 고백한 남자 앞에서 할 짓인가?"

"같이 일하는 동료이자 학교 친구예요."

하율은 당당하게 대답했다.

'나는 엄연히 근무 중이고 이성과 희희낙락 놀고 있는 인간은 너라고.'

못다 한 말로 하율의 입안이 근질거렸다.

"아, 요즘은 남녀 사이에 친구도 있구나. 그래서 잘못한 것이 없다?"

"팔짱까지 끼고 여자랑 들어왔으니 저에게 충고할 입장은 못 되시죠. 손. 님."

"손님?"

"네, 손님. 이제 그만 자리로 돌아가 앉아 주시겠어요? 다른 손님 들어오시잖아요."

하율의 말이 끝나기가 무섭게 한 남자가 커피숍 안으로 들어왔다. 하율은 한쪽으로 비켜 선 시호를 투명인간 취급하며 남자에게 집중했다. 남자는 주문 대신 무엇인가 고민하는 표정으로 계산대 앞에 서서 하율을 바라만 보았다.

"저기……."

"네, 손님. 말씀하세요."

"이거…… 같이 보러 갈래요?"

남자가 하율의 앞에 내민 것은 영화 티켓이었다.

"네?"

뜬금없는 말에 하율은 눈을 깜박이며 앞에 서 있는 남자를 쳐다보았다. 자세히 보니 어딘가 낯이 익은 것 같기도 했다.

하율은 얼마 지나지 않아 그가 요즘 자주 방문하던 남자 손님이라는 것을 기억해 냈다. 주문을 한 커피를 받아 들고 나서도 뭔가 할 말이 있는 듯 머뭇거리다 돌아가던 모습이 이상하다고 생각했었는데, 갑자기 이렇게 나타나 데이트 신청을 할 줄이야.

하율이 당황해하는 사이 옆에서 지켜보고 있던 시호가 콧방귀를 뀌었다. 전세는 역전되었고, 하율은 시호를 바라보며 고개를 저었다. 이것은 자신의 탓이 아니라고 부정하는 표정이었다.

"영화관 앞에서 기다릴게요."

"기다리지 마세요. 이 여자, 안 나갈 겁니다."

시호가 하율 대신 답을 했다. 그것도 아주 매서운 눈빛을 보내면서, 계산대 위에 놓인 영화 티켓을 남자에게 돌려주었다.

"누구세요?"

"이 여자가 먼저 만나자고 고백한 남자. 이 정도면 설명이
충분하겠죠?"

실망한 표정으로 하율을 바라본 남자는 티켓을 받지도 않고
서둘러 커피숍을 나갔다. 영화 티켓은 시호의 손 안에서 찢어
졌고, 그 모습에 하율은 미간을 찌푸렸다.

"너무하잖아요! 선택은 내가 하는 건데!"

"만나자고 고백하면서 선택은 내 몫이라고 네가 말했잖아.
그새 잊어버린 거야?"

"고백 아니거든요!"

"그럼 프러포즈인가?"

아악! 정말 미치겠다. 하율은 시호 때문에 인생 전부가 꼬이
는 기분이었다.

chapter 2

치명적 매력

　시호에게 이번 주는 지옥과 같았다. 줄지 않는 회사 일도 일이었지만, 8년 만에 돌아온 큰어머니와 지호의 존재가 스트레스를 가중시켰다.

　갑작스레 귀국해 집을 구할 때까지 이곳에 머무르겠다는 큰어머니를 가족 중 누구도 막을 수 없었다. 더욱이 해외사업 기획실장으로 발령받은 지호가 오늘부터 출근이었다.

　막연하게 생각했던 승계 싸움이 현실로 다가오자 숨통이 조여 오는 기분이었다.

　지호가 누구인지 알고 있는 임원들은 오전부터 집무실 앞에 줄을 서 있었다. 그의 집무실과 마주 보고 있는 구조라 밖이 시끄럽다는 것쯤은 일을 하면서도 알 수 있었다.

　서류를 넘기다 끝내 참지 못하고 사무실을 박차고 나온 시호는 찻잔을 들고 서 있던 수연과 마주쳤다.

"어디 가시려고요?"

수연은 잔뜩 일그러진 시호의 표정을 불안하게 바라보며 물었다.

"시끄러워서 일을 할 수가 있어야지. 기획안 좀 가져오라고 할 때는 그림자도 보이지 않던 분들이 여기 다 계시네."

지호의 집무실 앞에 서 있던 임원들이 저마다 시호의 눈빛을 피하며 헛기침을 했다. 그 말이 자신들을 향한 질타임을 모르지 않았다.

"들어가세요. 커피 식어요."

수연이 다정하게 말을 건넸지만 시호는 꼼짝도 하지 않았다.

"커피는 이분들에게나 드려. 본인 순서를 기다리느라 입안이 바짝바짝 마르실 것 같으니까."

시호는 미간을 찌푸리는 수연을 뒤로하고 회사를 나와 목적지도 없이 운전대를 잡았다. 어디로 가야 할지 몰라 마냥 달리고 있는 자신이 한심해 그는 자조적인 미소를 지었다. 시작도 하지 않은 싸움인데 벌써 지쳐 버린 기분이었다.

'도대체 여긴 왜 온 거야?'

한참을 달려 도착한 곳은 하율의 학교 앞이었다. 학교 주차장에 차를 세워 놓고 이곳을 찾아온 이유를 생각하던, 아니, 애써 만들고 있던 시호는 코웃음을 쳤다. 이유가 아닌 변명만 머릿속에 가득했다.

'왔으니 보고는 가자. 할 말도 있고.'

휴대폰을 들고 메시지를 보내려던 시호는 순간 기가 막힌 표정으로 액정을 내려다보았다. 메시지가 되지 않는, 더 정확히 말해 스마트폰을 쓰지 않는 사람을 처음 접한 시호는 조금 망설이다 문자를 보냈다. 뭐, 세상 모든 사람이 스마트폰을 써야 한다는 법은 없으니까.

〈정문 주차장. 나와.〉

누구라고 설명도 하지 않았고, 기다린다는 말도 하지 않았다. 단지 위치만 알려 줬을 뿐.

'뭐야?'

20분이 지나자 짜증이 나기 시작했다. 상대가 문자를 읽었는지 안 읽었는지도 모르는 상태에서 마냥 기다리자니 답답한 마음이 아닐 수 없었다.

혹여 수업 중일까 전화 대신 문자를 보낸 시호는 이 시간이 지루하기만 했다. 그는 다시 한 번 문자를 보냈다.

〈10분 안에 와. 아님 방송으로 네 이름을 듣게 될 거야. 이! 하! 율!〉

정확히 15분 뒤, 주차장으로 뛰어오는 하율의 모습을 보고 시호는 승자의 미소를 지으며 차에서 내렸다.

"5분 늦었군."

손목시계를 들여다본 시호가 한쪽 눈썹을 치켜세웠다.

"사람 기다리게 하는 것이 취미인가?"

헉헉거리는 하율을 향해 시호의 질문이 던져졌다. 시호만큼 하율의 얼굴도 일그러져 있었다.

"왔으니까 됐고. 타."

시호를 바라보는 하율의 표정은 딱 이러했다.

'또 타?'

말로 꺼내지 않았지만 그녀의 생각을 알아챈 시호가 다시 입을 열었다.

"그럼 여기서 얘기……."

"알았어요. 타면 되잖아."

하율은 시호의 말이 끝나기도 전에 귀찮다는 듯 손을 내저으며 조수석 문을 열었다. 하율이 차 문을 닫자 시호도 운전석에 올랐다.

"제가 좀 바쁘니까 오늘은 가까운 곳으로 가죠."

그러나 하율의 말은 들리지 않는다는 표정으로 시호는 운전대에 손을 올렸다.

"너한테는 선택권이 없어. 앞으로도."

알았다는 말을 기대한 것은 아니지만 그는 배려라는 단어를 전혀 모르는 사람 같았다. 그럴 줄 알았다는 표정으로 차창 밖을 향해 시선을 돌린 하율은 짧은 한숨을 내쉬었다.

시끄러운 엔진 소리와 함께 출발한 차 안에는 침묵만이 가득했다.

하율은 차 문이 닫히는 소리에 눈을 떴다. 어젯밤 커피숍에 손님이 많아 늦게까지 일을 해서 피곤했는지 저도 모르게 깜빡 잠이 들었다. 푹신하고 포근한 시트와 시호의 부드러운 운전도 잠드는 데 한몫을 했다.

시간이 얼마나 흘렀는지, 도착한 곳이 어디인지조차 모르던 하율은 비어 있는 운전석을 바라보다 정면을 응시했다. 그리고 놀란 눈으로 입을 떡하니 벌렸다.

'헉! 바다다.'

여유롭게 놀러 왔다면 눈앞에 펼쳐진 바다를 보며 즐거워했을 것이다. 당장 밖으로 뛰어 나가 소리를 지르고 모래사장을 밟으며 까르르 웃었을 테지만 지금은 아니었다. 시간적 여유가 없는 하율에게 바다는 돌아가야 할 시간이 촉박하다는 현실만 일깨워 줄 뿐이었다.

차에서 내려 바다를 바라보고 있는 시호에게 따지려던 하율은 차마 말문을 열지 못했다. 한없이 공허한 눈빛으로 바다를 바라보는 시호의 모습에서 왠지 모를 연민이 느껴졌다.

드넓게 펼쳐진 푸른 바다를 보며 무엇인가를 마음속에서 떠나보내는 시호의 눈빛이 하율의 입을 다물게 만들었다.

도대체 저 남자는 어떤 사람일까? 무슨 생각을 하고 어떤 삶을 사는 거지?

어느새 시호와 같은 곳을 바라보는 하율의 머릿속에도 많은 생각이 얽혀 갔다. 한동안 두 사람은 파도가 일렁이는 바다를 감상했다.

"왜 말이 없어?"

바지 주머니에 두 손을 찔러 넣고 퉁명스럽게 질문을 던지는 시호의 시선은 여전히 바다를 응시하고 있었다.

"바로 이런 걸 배려라고 하는 거예요."

그 한마디에 시호의 시선이 하율에게 향했다. 하율이 무엇을 알고, 무슨 뜻으로 던진 말인지 이해할 수 없었다.

'이 꼬맹이가 뭔가 알고 있는 건가? 아니야, 그럴 리가 없어.'

두 사람은 서로에 대해 알 시간이 없었다. 심지어 결혼이라는 현실 앞에 개인사를 물어보거나 털어놓을 여유도 없는 사이였다.

그렇다면 도대체 하율의 말은 무슨 뜻일까?

시호는 흔들리는 눈동자에 하율의 모습을 가득 담았다.

"그렇게 대놓고 쳐다보면 민망하잖아요. 바다나 구경하시죠."

"너 뭐야? 나에 대해 뭘 알고 있는 거야?"

"당연히 잘 모르죠. 하지만 배려는 상대에 대해 알고 있어야 해 줄 수 있는 것이 아니거든요. 내가 느낀 건 지금 당신한테 생각할 시간이 필요하다는 것뿐이에요. 말없이 있어 주는 것이 내가 해 줄 수 있는 배려라고 생각했어요."

시호는 운전하는 내내 지호에 대한 생각을 떨쳐 버릴 수 없었다. 학창 시절을 같이 보내며 같은 생각을 공유하고 고민을 함께 나누었던 형제를 적으로 돌려야 한다는 현실을 인정하고 싶지 않았다.

어쩌면 인정하고 싶지 않았기에 이토록 고심하고 괴로워하고 있는지도 모른다. 생각을 정리하려고 했던 자신의 마음을 들켜 버린 시호는 하율의 배려를 받아들이고 싶지 않았다. 자존심은 지켜야 했으니까.

"주제넘은 행동이야."

'내가 뭘 해도 그렇게 생각할 거면서.'

입술을 삐쭉거리다 다시 바다를 바라본 하율은 이내 입꼬리를 양쪽으로 올렸다. 어쨌든 누구 덕에 바다를 볼 수 있게 되었으니 바쁜 일상은 잠시 던져 버리고 파도 소리에 취하고 싶었다.

하지만 그런 여유조차 하율에게는 과분하다는 듯, 시호의 한마디가 모든 것을 깨트렸다.

"전에 네가 했던 건방진 말을 생각해 봤는데."

만나자는 말이 건방진 말임을 오늘에서야 알게 된 하율은 살짝 콧방귀를 날렸다.

다른 좋은 단어들을 놔두고 기분 나쁜 단어만 골라 말하는 시호의 모습에 하율은 속으로 박수를 보냈다. 이것도 능력이라면 능력이었다.

"너와의 만남은 나한테 시간 낭비야."

"아니, 그게 왜요?"

사람이 사람을 알아 가는 시간이 어째서 시간 낭비인지 하율은 이해할 수 없었다. 그런 과정도 없이 결혼을 결정하는 이들은 많지 않을 것이다. 하율은 비딱해진 눈꼬리로 시호를 노려보았다.

"갚아야 할 빚이 있다는 사실만으로 날 옭아매고 싶다면 그렇게 해."

"예? 내가 무슨 사냥꾼도 아니고, 옭아매기는 누가 옭아매요."

"아니면 그냥 결혼하고."

결혼하자는 말에 하율은 머릿속이 멍해졌다. 처음부터 결혼은 배제했던 거래였는데 이제 와 다시 결혼이라니…….

하율은 손바닥 뒤집듯 쉽게 말하는 시호 때문에 자신의 이해력이 바닥이 된 듯한 기분이었다. 만남이 거듭될수록 상대에 대해 알아 가는 것이 아니라 같은 자리만 맴돌고 있는 것 같았다.

"갑자기 결혼하자고 하면 제가 '네'라고 대답할 것 같으세요? 결혼을 이렇게 쉽게 결정하는 사람이 어디 있어요?"

"있어. 우리 쪽에는 많아."

'우리 쪽'이란 단어는 시호가 어떤 사람인지 하율에게 확실히 인지시켜 주었다. 상위 1%, 내지는 로열패밀리로 불리는 사람들. 태어나면서부터 모든 것을 다 가지고 있는 사람들.

하율은 순간 시호가 다른 세계에 존재하는 사람임을 깨달았다.

"그래도 서로 좀 만나 보고 생각하는 것이……."

"너한테 신경 쓸 시간 따위 없다니까."

지호와 승계 싸움을 해야 하는 시점에서 아버지가 원하는 이 결혼은 사실 시호에게 득이었다. 능력도 중요하지만 무엇보다 아버지의 결정이 우선이라는 것을 그룹 내에서 모르는 사람은 없었다. 아버지의 뜻에 따라 결혼을 한다면 자신의 신의는 조금 더 높아질 터였다.

물론, 하율을 이용한다는 양심의 가책은 떨쳐 버릴 수 없지만 수연의 말처럼 자신에게 무엇이 우선인지를 따지기로 했다.

하율은 황당한 표정으로 시호를 뚫어져라 바라보았다. 어쩜 내뱉는 말마다 저렇게 땅이 갈라지듯 메말라 있는지, 입안에서 혀를 찰 수밖에 없었다.

"못 하겠다면요?"

하율의 말투는 반항적이었다.

"청담동에 비어 있는 빌라가 있어. 50평이라 좀 작기는 하지만 너희 어머니가 혼자 지내시기에는 불편함이 없을 거야. 내일이라도 당장 들어오실 수 있도록 준비해 두지."

'청담동 빌라? 50평이 작다고? 이 사람 지금 무슨 말을 하는 거야?'

어이없어하는 하율의 표정을 읽은 시호가 다시 입을 열었다.

"혼자 외출하시려면 기사 딸린 차도 있어야겠군. 원하는 차종 있으면 말해. 수입 차도 상관없어."

"아니, 이봐요."

"어머니 앞으로 상가 건물 하나 마련해 줄게. 월세 받으면 힘들게 일 다닐 필요도 없을 거야. 이 정도면 빚 청산에 결혼 조건으로 충분하다 생각하는데. 부족한가?"

하율은 머릿속이 복잡하다 못해 빙빙 돌았다. 50평짜리 빌라, 기사 딸린 차, 상가 건물까지. 다 악마의 유혹 같았다. 하율은 떡 벌어진 입을 다물지 못하고 있었다.

"물론 나와 결혼을 하지 않아도 내가 말한 것 중 하나는 아버지께서 해 주실 거야. 빚은 원래 아버지 것이니까. 이제 선택은 네가 해. 다 가질래, 아님 하나만 가질래?"

오, 신이시여. 저를 시험에 들게 하지 마소서.

하율은 시호의 말에 동요되지 않으려고 노력했지만 멀쩡히 뚫려 있는 두 귀가 팔랑거리기 시작했다.

이것은 많이 갖고 조금 갖는 차이가 아니었다. 앞으로 엄마가 걱정 없이 편하게 지내느냐, 아니면 빚만 청산하느냐의 차이었다.

물론, 빚만 없어도 살아가는 데 숨통이 트이겠지만 악마의 속삭임을 듣고 나니 마음이 흔들리지 않을 수 없었다. 양쪽 어깨에 천사와 악마가 나란히 앉아 하율을 괴롭혔다.

"생각할 시간을 줘야 하나?"

시호의 물음에 하율은 선뜻 답하지 못했다. 시간을 달라는 것조차 이미 흔들리고 있음을 입증하는 것이 아닌가.

순간 속물스러운 마음을 들켜 버린 것 같아 하율은 시호의 눈빛을 피했다.

"지금 당장 결혼을 승낙한다 해도 널 이상하게 생각하진 않

아. 그러니까 그런 걱정은 하지 않아도 돼. 인간 이하의 행동을 하고 있는 건 네가 아니라 오히려 나니까."

의외의 말이 시호의 입에서 흘러나왔다. 냉정한 사람이라 생각했는데 적어도 양심은 있나 보다. 하율은 시호를 곁눈질하며 그런 생각을 했다.

"결혼을 조건으로 돈을 주겠다는 내가 얼마나 더럽고 비열한 인간인지 알고 있어. 하지만 돈 말고 내가 너에게 해 줄 수 있는 것이 뭐가 있을까. 앞으로 노력해서 사랑하겠다는 말이 더 우습지 않아? 가식적이고 실현 가능성이 없는 말을 던지는 것보다 확실히 해 줄 수 있는 것을 말하는 편이 낫다고 생각해."

"돈은 확실하게 줄 수 있고, 사랑은 가식적이며 실현 가능성이 없다라……. 솔직해서 좋네요."

마음 한구석이 씁쓸한 이유를 하율은 알지 못했다. 적어도 이 결혼을 선택하는 순간 사랑은 없는 것이다. 과연 자신이 그런 삶을 견딜 수 있을지 하율은 장담할 수 없었다.

"1년만 참아. 1년 뒤에는 이혼해 줄 테니까."

그래, 1년이면…… 아니, 1년 안에 이 싸움을 끝내야 했다. 그것이 시호의 계획이었다. 질질 끌수록 서로의 가슴에 생채기만 남길 뿐이라는 것을 시호는 너무도 잘 알고 있었다.

더욱이 어느 한쪽은 패자가 될 수밖에 없는 싸움. 그 패자는 더 이상 설 자리가 없는 싸움. 사실 가장 좋은 방법은 피하는 것이겠지만 그럴 수 없다면 이길 수밖에…….

시호는 천천히 어금니를 꽉 물었다.

"이혼이요?"

이 사람 뭐라는 거야? 결혼도 쉽고, 이혼도 쉬워? 정말 그래? 목적을 달성하기 위해서는 사랑도 버리고 사람도 이용하겠다는 시호의 표정에서 하율은 섬뜩함을 느꼈다.

도대체 무슨 일을 겪으면 이렇듯 사람의 감정이 메말라 버릴 수 있을까. 이 사람에게 서로 사랑하는 마음보다 더 중요한 것이 과연 무엇일까. 말투에서 느껴지는 조급함은 또한 무엇일까.

하율은 강렬한 시호의 눈빛을 바라보며 많은 의문을 던졌지만 당장 답을 찾을 수는 없었다.

"생각할 시간은 주지. 네 말대로 쉽게 결정할 일이 아니니까. 하지만 빠른 시간 안에 마음을 정하는 편이 좋을 거야. 지금 이 순간에도 우리의 결혼 준비는 진행 중이니까. 설마 결혼 전날까지 생각하려는 것은 아니겠지?"

시간이 많지 않다는 것을 일깨워 주는 시호의 말에도 하율은 먼 바다만 바라보았다.

"왜 대답이 없어?"

"당신이 나를 위해 배려라는 것을 해 줄 사람이라고는 생각지 않지만 잠시만이라도 조용히 있어 줄래요? 당신이 입을 열 때마다 머릿속이 터질 것 같거든요."

"나로서는 충분히 배려하고 있는 거야."

"아, 청담동 빌라, 차, 상가 건물 따위로 배려하고 계시군요. 몰랐네요."

"비꼬지 마. 지금 네 태도는 없는 사람들의 열등감일 뿐이야."

내가 열등감이면 당신은 있는 자의 우월감이거든! 그 말이 목구멍까지 올라왔지만 말꼬리를 붙들고 유치한 말싸움을 할 상황은 아니었다. 열등감과 우월감보다 결혼이라는 현실이 하율에게는 더 중요했으니까.

"알았어요. 생각해 볼게요."

하율의 기운 빠지는 대답을 들은 시호는 용건이 끝났다는 표정으로 손목시계를 들여다보았다. 돌아가야 할 시간을 체크하는 시호의 표정이 조금 난처해 보였다.

"서둘러 가야겠군. 타."

시호는 올 때도, 돌아갈 때도 하율의 의견은 전혀 묻지 않았다. 상대의 사정은 별로 중요하지 않은 듯 휙 돌아서 성큼성큼 걸어가는 시호를 바라보며 하율은 눈살을 찌푸렸다.

시간적인 여유야 하율도 없기는 마찬가지였지만 오랜만에 보는 바다를 뒤로하려니 아쉬운 마음은 어쩔 수 없었다. 발걸음이 쉽게 떨어지지 않았다.

"안 타면 먼저 간다."

"가요, 가."

역시나……. 바다와 작별의 시간도 주지 않는 시호의 재촉에 하율은 힘없이 걸음을 옮겨야만 했다.

말없이 운전하는 시호를 힐끔거리며 하율은 고민에 빠졌다. 마음 같아서는 조용히 가고 싶었지만 뱃속에서 신호를 보내기 시작했다.

　처음에는 가볍게 가스가 차는 느낌이어서 참을 만했다. 하지만 시간이 지날수록 오토바이 소리가 나더니 이제 폭죽 터지는 소리가 들렸다. 등에서 식은땀이 절로 흘러내렸다.

　참다못한 하율은 휴게소 안내 표지판을 가리키며 목소리를 쥐어짰다.

　"자, 잠깐……만, 휴……."

　"뭐? 왜 그래?"

　보면 몰라! 왜 이러는지! 내 표정을 좀 보라고!

　알면서도 모른 척하는 건지, 아니면 정말 몰라 묻는 건지 알 수 없었지만 하율은 괴로운 표정으로 시호의 오른팔을 꽉 잡았다. 그제야 시호는 하율을 바라보았다. 하율의 표정은 단 한 가지만을 알리고 있었다.

　"급해?"

　하율은 망설임 없이 고개를 끄덕였다. 그제야 시호는 사태의 심각성을 알아차렸는지 휴게소 화장실 입구 쪽에 차를 세웠다.

　나름 배려라는 것을 해 주었으나 하율에게는 그것을 알아차릴 만한 여유가 없었다. 차가 멈추자마자 하율은 문을 열고 조심스레 걸음을 옮겼다.

　경보에 가까운 하율의 걸음걸이를 차 안에서 바라보며 시호는 웃음을 참지 못했다. 한동안 소리 내어 웃던 그는 자신의 모습에 놀라 순간 웃기를 거두고 차를 한쪽으로 주차했다.

　차에서 내린 뒤 하율을 기다리며 시호는 생각을 정리했다.

이 결혼은 지호보다 유리한 조건에 서 있기 위해 선택한 길이었다. 하지만 사실 자신은 없었고 승계에 어떤 영향을 미칠지도 모르는 일이었다.

지금까지 자신만을 위해 살았던 그가 누군가와 가정을 꾸민다는 것은 다른 세상 이야기나 다름없었다. 거기다 무사히 결혼을 한다 해도 언제까지 아버지의 눈을 속일 수 있을지 장담할 수 없었다.

문득 시호는 이혼이 결혼보다 더 어려울지도 모른다는 생각이 들었다. 그에게는 그 어느 쪽도 쉽지 않은 선택이었다.

'헉! 어디 있지?'

10분이 지나서야 화장실에서 나온 하율은 주위를 두리번거렸다. 화장실 앞은 주차할 수 있는 공간이 아니었고 당연히 그곳에 시호의 차는 없다. 번호판은 고사하고 차종조차도 모르는 하율이 그나마 알고 있는 것은 차의 색깔뿐이었다.

주차되어 있는 검은색 승용차들을 바라보며 하율은 한숨을 내쉬었다. 검은색 차량이 왜 이렇게 많아!

"되는 일이 없냐……."

"나도 마찬가지거든."

난데없는 시호의 등장에 하율이 화들짝 놀라며 어깨를 움츠렸다. 욕이라도 했으면 휴게소 미아가 될 뻔했다.

"볼일 끝났어? 앞으로 차 세울 일은 없겠지?"

"장담은 못…… 하죠."

잠잠해지기는 했으나 생리적인 현상을 막을 수는 없는 법. 하율은 시호의 눈빛을 피하며 작은 목소리로 대꾸했다. 남자 앞에서 보이고 싶지 않은 상황이 살짝 부끄럽기도 했다.

"못 세우니까 그런 줄 알아."

"아니, 왜?"

"아니, 왜? 말이 짧아도 너무 짧은 거 아닌가?"

"왜, 왜요?"

하율은 더듬거리며 다시 물었다. 너무하다는 표정으로.

"나에게 시간은 돈이니까."

'뭐래니?'

앞서 걷는 시호의 뒤를 따르며 하율은 입술을 삐쭉거렸다. 누구는 시간이 남아도는 줄 아나.

사실 시간이 돈인 사람은 시호보다 하율이었다. 최저 임금으로 일하는 대한민국 알바생에게 시간은 돈과 직결되니까 말이다. 하율은 조수석에 앉아 팔짱을 끼며 한마디를 툭 뱉었다.

"빨리 가죠. 저에게도 시간은 돈이자 생명줄이거든요."

지지 않는 하율의 말대꾸에 시호는 코웃음을 쳤다. 재미있기도 하고 귀엽기도 한 하율의 표정과 말투가 시선을 계속 머물게 만들었다. 이유는 모르겠지만 하율에 대한 호기심이 자꾸 커져 가는 것은 사실이었다.

휴게소를 빠져나와 10분쯤 달리자 시호의 휴대폰이 요란하게 울렸다. 화면에 뜬 상대가 수연임을 확인하고 잠시 망설이던 시호는 이어폰을 꼈다. 아니나 다를까, 수연의 첫마디는 시호의 예상에서 빗나가지 않았다.

―어디세요?

"돌아가는 중."

―오후에 회의 잡혀 있다고 분명히 말씀드렸잖아요. 30분 뒤에 시작이에요. 그 안에 꼭 돌아오셔야 해요.

"어렵겠는데."

―이번 회의가 얼마나 중요한지 아시잖아요. 회장님은 물론이고 권 실장님도 참석하는 자리예요. 회사 임원들의 관심이 이 회의에 집중되어 있다고요.

"알아."

시호의 대답에 수연은 말문이 막혔다. 알고 있으면서도 무책임한 태도가 그녀를 당황케 만들었다.

"정확하게 말하자면 내가 아니라 임원진에게 중요한 자리겠지. 누굴 선택하느냐에 따라 그들의 앞날이 달라질 테니까."

늘 그렇듯 수연은 숨을 고르고 화를 참았다. 그 누구보다 이성적이어야 하는 사람은 수연 자신이니까.

―거꾸로 생각하면 본부장님한테도 중요한 자리죠. 내 사람을 만들 수 있는 자리니까요. 임원진의 선택에 따라 본부장님의 앞날도 달라질 수 있다는 생각은 안 해 보셨나요?

수연의 화법에 시호는 입안에서 혀를 찼다. 말로 수연을 이겨 보겠다는 생각은 역시나 하지 않는 편이 좋았다.

―부딪치지 않으면 끝나지 않을 싸움이에요. 비겁해 보이니까 피하지 마세요.

비겁하다는 수현의 한마디가 시호의 자존심을 건드렸다. 운전대를 잡고 있던 손에 힘이 들어가고 아랫입술까지 잘근 씹어 버렸다. 잠시 두 사람 사이에 대화가 뚝 끊어졌다.

　─회의 시간 늦춰 볼게요. 서둘러 오세요.

　"아버지 일정까지 네가 조정할 수 있다는 건방진 생각은 마. 기다리실 분이 아니셔."

　─전 본부장님하고 달라요. 해 보지도 않고 포기부터 하는 사람이 아니거든요.

　시호는 대답 대신 낮은 한숨을 쉬었다.

　"오랜만에 밟는 중이니까 끊어."

　갑자기 빨라진 속력에 하율은 긴장하지 않을 수 없었다. 가까워지는 앞차와의 거리에 안전벨트를 꽉 쥐며 마른침을 삼키기까지 했다. 공포감이 그녀의 온몸을 감싸 안았다.

　"저기…… 제가 알바 시간에 늦기는 했지만 이렇게 하지 않으셔도 돼요. 사장님 잔소리 좀 듣고 늦은 시간만큼 일당에서 제하면 그만이거든요. 그러니까 좀 천천히……."

　"내가 바빠."

　당신 바쁘다고 내가 목숨까지 감수해야 할 필요는 없지 않을까? 하지만 상대가 귓등으로도 듣지 않는 것 같아 하율은 입을 꾹 다물었다. 단지 이 차에서 무사히 내릴 수 있기를 간절히 바랐다.

　"여기서 내려."

"여기요?"

정확히 한 시간을 달려 도착한 곳은 역삼동이었다. 손에 땀을 쥐는 레이스가 끝나고 빌딩이 들어선 거리를 창밖으로 바라보던 하율은 머릿속에서 지하철 노선을 그리기 시작했다.

지나치는 역들과 갈아타는 시간까지 따지면 족히 한 시간은 더 걸렸다. 선뜻 내리겠다는 답을 하지 못하고 머뭇거리던 하율은 시호를 힐끔 쳐다보았다.

빨리 내리지 않으면 당장 밀어낼 것 같은 시호의 표정에 하율은 고개를 돌렸다. 더 꾸물거려 봤자 돌아오는 것은 짜증스런 말뿐일 테니 기대를 접는 것이 옳았다.

차에서 내려 천천히 조수석 문을 닫은 하율은 허리를 살짝 숙이고 시호를 향해 오른손을 흔들었다.

"안녕히 가……."

하지만 짧은 인사가 끝나기도 전에 시호의 차는 하율의 시야에서 멀어져 갔다. 짜증이 발끝에서부터 스멀스멀 신경을 타고 올라오기 시작했다.

'젠장! 저런 놈하고 결혼을 해야 해?'

하루에도 몇 번씩 스스로에게 물으며 고민하는 문제였다. 사랑은 고사하고 가장 기본적인 예의나 배려조차 없는 차가운 남자 권시호. 과연 그와 결혼 생활을 할 수 있을까?

의문을 애써 삼키며 하율은 지하철역으로 발걸음을 옮겼다.

❋   ❋   ❋

"잘하셨어요."

회의가 만족스러웠는지 수연은 집무실 문을 닫으며 모처럼 입가에 미소를 지었다. 자신은 참석하지 않았지만 회의가 끝나고 밖으로 나오며 시호의 어깨를 두드리던 회장님의 모습에, 굳이 묻지 않아도 회의 결과를 짐작할 수 있었다.

그러나 이런 수연과 달리 조여 있는 넥타이를 느슨하게 풀고 양복 재킷을 벗어 옷걸이에 건 시호는 피곤한 얼굴로 책상 의자에 털썩 기대앉았다. 긴장감이 일순간 풀렸는지 그는 짧은 한숨과 함께 두 눈을 지그시 감았다.

회의 시작과 동시에 지호와 자신을 끊임없이 비교하고 아버지의 심중을 읽기 위해 떠보던 임원들의 모습이 머릿속에서 지워지지 않았다.

"결재 서류예요."

숨 돌릴 틈도 없이 책상 위에 서류를 내려놓은 수연이었지만, 평소와 다르게 오늘은 사인을 채근하지 않았다. 수연은 크게 인심이라도 쓰는 사람처럼 시호에게 말을 던졌다.

"퇴근 전까지만 해 주시면 돼요. 그럼, 잠시 쉬세요."

생각지도 못한 태도에 시호는 두 눈을 떴다. 이쯤은 해 줄 수 있다는 표정으로 살짝 눈인사를 한 수연이 돌아서자 문득 의문이 들었다.

도대체 회의 시간을 어떻게 늦췄을까. 공과 사가 분명한 아버지의 성격을 고려해 본다면 더욱 궁금하지 않을 수가 없는 일이었다. 돌아서는 수연의 발걸음을 시호가 잡았다.

"어떻게 한 거야?"

"뭘요?"

다시 돌아선 수연의 표정에는 시호의 물음이 무엇을 뜻하는지 알면서도 모르는 척하는 얄궂음이 가득했다. 그냥 넘어갈 시호가 아니었다.

"말해."

조금 망설이던 수연이 소파에 앉아 다리를 꼬며 시호를 바라보았다.

"지금 회장님의 관심사가 무엇일까 생각해 보면 어렵지 않게 답을 찾을 수 있으실 거예요."

"관심사? 그게 뭔데?"

시호는 의자 등받이에 기대 있던 허리를 꼿꼿이 세우고 생각하는 시간조차 아깝다는 듯 수연을 재촉했다.

"결. 혼."

"결혼?"

"네. 본부장님의 결혼 말이에요."

아버지의 관심사가 자신의 결혼에 있다는 수연의 말에 시호는 반쯤 수긍했다. 그러나 결혼보다 승계에 더 관심이 있을 거라는 생각이 여전히 나머지 반을 차지하고 있었다.

"알아듣게 말해."

"말해 주면 제가 나갈 때 결재 서류까지 가지고 나갈 수 있는 건가요?"

수연의 특기인 거래가 들어왔다. 책상 위에 놓인 서류를 내려다보며 시호는 한쪽 입꼬리를 올렸다.

"물론."

시호의 대답에 수연은 말을 이어 나갔다.

"누굴 좀 만나러 갔다고 말씀드렸죠."

"내가? 누굴?"

"누구더라…… 그러니까 이름이…….."

알면서도 수연은 입 밖으로 그 이름을 꺼내고 싶지 않았다. 시호 앞에서 그런 여자의 이름 따위는 기억할 필요도 없다는 표현을 돌려 한 것이기도 했다.

"본부장님 결혼 상대자 말이에요. 볼품없고 능력 없는 그런 여자. 아니, 그런 아이라고 하는 것이 맞겠네요. 여자가 뭔지도 모를 테니까."

수연은 시호가 결혼 상대자를 만나고 있다는 사실 하나만으로 회장님의 마음을 움직일 수 있다는 확신이 있었다.

갑작스럽고 강압적으로 결혼을 추진하고 있는 지금, 두 사람이 만난다는 것은 회장님에게 일말의 희망을 안겨 줄 수 있었기 때문이다.

해서 수연은 조금 과장된 설명을 권 회장에게 덧붙였다. 시호가 이 만남을 즐기고 있다고 말이다.

"어떻게 알았어?"

하율을 만났다는 사실이 들통 나자 시호는 어리둥절한 표정이었다. 수연이 미행이라도 붙였나 하는 말도 안 되는 상상을 하다 문득 다른 곳으로 생각이 미쳤다.

회의가 끝나고 자신의 어깨를 두드리던 아버지의 행동. 그것은 프레젠테이션을 잘해서가 아니라 결혼에 대한 격려 차원으로 해석할 수 있었다. 시호의 입가가 절로 삐딱해졌다.

"무슨 뜻이에요?"

예상에서 빗나간 시호의 물음에 수연은 적잖이 당황한 기색이었다.

"그럼, 모르면서 아버지한테 둘러댄 말이야?"

시호가 물을수록 수연은 정신이 아찔해져 감을 느꼈다. 이 남자, 왜 이럴까? 그 애송이 같은 여자아이가 뭐라고!

수연은 시호보다 더 많이 하율에 대해 알고 있었다. 심지어 하율이 아르바이트하는 가게까지 찾아가 손님인 척 커피를 시켜 그녀를 지켜본 적도 있었다.

여자의 매력이라고는 전혀 찾아볼 수 없는, 평범하고 단순한 어린아이에 불과했다. 그렇게 결정짓자 마음이 편안해졌다. 시호가 하율을 여자로 느끼는 일은 없을 테니까 말이다.

하지만 지금 시호의 행동은 그런 예상을 빗나가고 있었다. 궁금함에 한 번쯤 만날 수는 있다지만 오늘은 무슨 이유로 만났을까.

벌써 하율을 여자로 느끼거나 마음이 움직였다고는 생각되지 않지만 시호의 성격상 결혼 상대자가 누가 되었든 무관심이어야 하는 것이 옳았다. 시호의 예상 밖 행동이 수연을 자꾸 불안하게 만들었다.

"만나서…… 무슨 말을 했는데요?"

묻고 싶지 않았다. 알고 싶지도 않았다. 그러나 자존심 상하는 말인 줄 알면서도 시호의 마음을 알고 싶었다. 무관심이 왜 이렇듯 관심으로 변하는지.

"아버지의 관심사가 내 결혼이라는 것은 반쯤 인정하는 바야. 그래서 지호와 승계 싸움에 좀 더 유리한 쪽을 택하는 것이 나을 것 같아서 만났어."

수연의 머리가 빠르게 돌아갔다. 단순히 지호보다 유리한 입지를 다지기 위해 하율을 만난 거라면 자신이 걱정하는 불상사는 일어나지 않을 것이다. 하지만 수연은 확실하게 해 두고 싶었다.

"그렇다면 어떤 쪽으로 결론이 났죠?"

"아직……. 선택은 내가 아닌 그쪽이 해야 하니까."

더 이상의 확인은 무의미했다. 괜한 걱정을 떨쳐 버리며 수연은 천천히 일어나 시호를 똑바로 바라보았다.

"퇴근하시기 전에 결재 서류 가지러 올게요."

"뭐야? 지금 안 가져가?"

의외라는 듯 시호의 목소리가 흔들렸다.

"상이에요. 일 처리를 잘해서 드리는 상."

"하, 엄청 고맙군."

비아냥거리는 시호를 뒤로하고 집무실을 나온 수연은 잠시 생각에 잠겼다.

'그래, 넌 내 남자야. 이 사실은 영원히 변하지 않을 진리와

같아.'

사랑 앞에 변하지 않을 진리는 존재하지 않음을 수연은 알지 못했다.

❄   ❄   ❄

아침 햇살이 작은 방 창문 안으로 기어 들어왔다. 하율은 따스한 봄 햇살에 눈앞이 점점 밝아지자 다리 사이에 말려 있던 이불을 머리 위로 끌어당겼다.

더 자고 싶은 마음에 아침마다 똑같은 짓을 반복했지만 소용없는 일이었다. 얇은 커튼을 그대로 투시한 햇살은 휴대폰 알람만큼 확실하게 하율을 깨워 주었다.

오늘은 아침 강의가 없어 조금 늦장을 부려도 되는 날이었다. 침대 위에 누워 이리저리 뒹굴던 하율은 문뜩 거만하기 짝이 없던 시호의 얼굴이 떠올랐다.

아침부터 곱씹고 싶지 않은 상대지만 그가 제안한 유혹적인 조건이 마음을 흔들어 놓고 있었다.

'안 돼, 이하율! 정신 차려!'

하율은 벌떡 일어나 앉으며 머리를 세차게 흔들었다. 그러나 이것도 잠시뿐, 멍하니 있을 때면 다시 생각이 났다. 하율은 괴로운 마음에 뒤로 벌러덩 드러누웠다.

'나도 속물인가 보다. 이것도 고민이라고 하고 있으니.'

자신이 한심해 짧은 한숨을 내쉰 하율은 밥 먹으라는 엄마의 목소리에 이불을 한쪽으로 휙 젖혔다.

"그래, 먹고 생각하자."

언제 고민했냐는 듯 바람처럼 계단을 내려가 주방으로 향한 하율은 바삐 아침상을 차리는 엄마를 물끄러미 바라보다 뒤에서 꼭 끌어안았다.

"엄마, 잘 잤어?"

"너는?"

"나야 뭐……."

엄마의 되물음에 하율은 딱히 대꾸할 말을 찾지 못해 대충 얼버무렸다.

"어제 들어오자마자 결혼 안 한다고 화내며 올라갔잖아."

"내가 그랬나?"

그랬다. 시호가 내려 준, 아니, 강제로 내려진 역삼동에서 한 시간 넘게 고생을 하며 가게로 가야 했다. 익숙하지 않은 노선인 데다 중간에 지하철을 갈아타야 했기에 아르바이트가 끝나고 집에 돌아올 때까지 계속 짜증이 나 있었다.

이제 와 생각해 보니 엄마에게 괜한 화풀이를 한 것 같아 미안한 마음이 들었다.

"그냥…… 할까?"

"그새 마음을 바꿨어?"

"아니, 그게 아니라. 생각해 보니까 괜찮을 것 같기도 하고……."

말끝을 흐리며 의자에 앉은 하율은 엄마의 시선을 피했다.

엄마는 결혼이 '빚'을 청산하기 위한 조건이라는 것을 알지 못했다. 만약 지금 상황에 대해 말한다면 분명 당황하며 미안해할 게 뻔했다. 그래서 결혼 조건에 대해서는 말을 할 수가 없었다.

"오늘 저녁에 들어오면 또 안 하겠다고 할 것 같은데?"

"아마도."

하율은 엄마의 말에 부정하지 않았다. 어느 쪽으로 결론을 내릴지 자신도 알 수 없었으니 말이다. 조건에 흔들려 '할까?'라고 생각했다가도 시호의 얼굴을 떠올리면 다시 제자리였다.

이러다 시호의 말처럼 결혼 전날까지 결정을 못 하는 건 아닌가 하는 불안한 생각마저 들었다. 아니, 더 심하면 웨딩드레스를 입고도 식장에 들어갈까, 말까 고민할지 모른다. 밥맛이 한순간에 뚝 떨어졌다.

"먹고 생각해."

따끈한 계란말이를 앞쪽으로 밀어 주는 엄마의 입가에 미소가 번졌다.

"나 이러다 살찌는 거 아니야?"

고민이 있을 때마다 유독 살이 찌는 하율이었다. 먹는 걸로 스트레스를 푸는 것은 나쁜 습관이었지만 좀처럼 고쳐지지 않았다.

"너 요즘 쪘어."

"뭐? 정말?"

하율은 엄마의 솔직한 답변에 긴장했다. 결혼하겠다고 마음먹었다가 뚱뚱해진 자신의 몸 때문에 웨딩드레스가 터지는 상

79

상을 했다. '헉' 소리와 함께 입이 벌어졌다.

"왜 안 먹어?"

"밥맛이…… 없네."

하율은 작은 한숨과 함께 숟가락을 내려놓고 자리에서 일어났다. 뒤에서 자신을 부르는 엄마의 목소리가 들렸지만 애써 무시하며 기운 빠진 발걸음으로 계단을 올랐다.

방으로 들어온 하율은 침대 위로 푹 쓰러졌다. 심란한 마음에는 잠이 최고라는 나름 철학적인 생각을 가지고 있는 터라 주저 없이 실행에 옮기는 중이었다.

한쪽에 몰려 있는 이불을 끌어당기며 벌레처럼 꿈틀거리던 그때, 책상 위에서 휴대폰이 요란하게 울렸다.

'이 아침에 누구야!'

벌떡 일어나 앉은 하율이 책상 쪽으로 고개를 돌려 휴대폰을 노려보았다. 그렇다고 휴대폰이 자동으로 꺼지는 것은 아니었지만 자신이 움직이기 전에 벨소리가 끊기기를 바라는 마음은 간절했다.

그러나 전화를 건 상대가 더 끈질겼다. 참다못한 하율이 자리에서 일어나 휴대폰을 들었다.

—출근해야 하니까 바로 내려와. 집 앞이야.

뚜. 뚜. 뚜.

이것은 뭔가. 누구인지 묻기도 전에 들려오는 상대방의 익숙하면서도 거만한 목소리가 하율의 아침을 지옥으로 만들었다.

'잠깐…… 집 앞이라고!'

서둘러 창가로 다가간 하율은 창문을 열고 고개를 내밀었다. 2층이기는 하지만 다락방에 가까운 하율의 방은 일반 건물 2층 보다 낮았다. 차 안에서 운전대를 검지로 두들기는 시호의 손동작이 다 보일 정도였다.

늦게 내려가면 당장 경적을 올릴 것 같은 시호의 손동작이 하율을 대문 앞으로 순간이동 시켰다. 운전석 쪽에 서서 숨을 헐떡이던 하율은 빛의 속도로 움직인 자신에게 속으로 박수를 보내 주었다.

"그 옷차림……."

운전석 창문을 열고 한동안 하율을 위아래로 훑어보던 시호는 말문이 막혔다.

긴 머리는 헝클어져 산발이었고 목이 늘어난 하얀 티는 한쪽 어깨가 훤히 드러날 정도였다. 그리고 너무 빨아서 색이 날아간 짧은 반바지에 삼색 슬리퍼는 그를 더욱 어이없게 만들었다.

'내 옷차림이 어때서?'

시호의 말에 하율은 그제야 자신의 모습을 내려다보았다. 오…… 마이…… 갓! 이건 꿈이어야 했다. 괴로움에 식은땀을 흘리며 비명을 지르더라도 진정 꿈이어야 했다. 시호가 나온 악몽 말이다.

"우리가 결혼할지도 모르는 사이기는 하지만 민낯을 넘어선 추한 몰골은 좀…… 심하지 않나? 결혼 상대자라고 해도 예의는 아닌 것 같은데."

오…… 주여. 믿지도 않는 당신을 부르게 만드는 이 남자를 제 앞에서 사라지게 해 주시옵소서.

하율은 맑은 하늘을 올려다보며 작은 기도를 했다. 물론, 본인 자신도 추한 몰골임을 알고 있었다. 하지만 아침부터 연락도 없이 집 앞까지 찾아온 남자가 누구 앞에서 예의를 찾는가.

더욱이 상대의 대답은 단 한마디도 듣지 않고 전화를 먼저 끊은 남자에게서 예의라는 말이 나오자 하율은 코웃음이 절로 나왔다.

"예의가 없는 걸 따지면 그쪽이 한 수 위시거든요."

"예의도 예의 나름이지. 난 적어도 너처럼 추한 몰골은 보이지 않아."

속에서 부글부글 부아가 치밀어 오르기 시작했다. 아침부터 이런 말이나 듣자고 헐레벌떡 나왔나, 라는 생각이 들자 시호의 호출에 반사적으로 반응한 몸이 죽도록 원망스러웠다. 때론 곰처럼 미련하고 느려 터진 것이 좋겠다는 생각마저 들었다.

"됐고. 자, 받아."

"엄마야!"

무방비 상태였던 하율은 갑자기 운전석 쪽에서 날아든 상자를 저도 모르게 잡았다. 어찌 된 영문인지 몰라 시호의 얼굴을 뚫어져라 바라보자 그가 말을 이었다.

"놀란 표정으로 볼 필요 없어. 선물이기는 하지만 내가 필요해서 주는 거니까."

어제 걸려 온 전화 한 통이 시호를 이른 아침부터 이곳으로 오게 하였다. 갑자기 잡힌 모임이라고 친구 녀석이 둘러대기는 했지만 자신을 골탕 먹이려는 꼼수가 있다는 것을 통화하면서 짐작할 수 있었다.

여자 친구도 없는 자신에게 애인을 동반한 모임이라니. 그것도 당장 오늘 저녁에 말이다.

사실 이 사달을 만든 장본인은 시호였다. 저번 모임에서 아직 애인도 없냐는 친구들의 타박에 거짓말을 하고 만 것이다. 어떤 여자냐고 따져 묻는 친구들의 질문을 회피하기 위해 다음에 소개시켜 주겠다는 약속을 해 버렸다. 물론, 그때는 이와 같은 상황이 벌어질 거라고는 상상조차 하지 못했지만.

연말도 아니고 술값을 자신에게 옴팍 씌우려는 속셈임을 모르지 않았지만 이번만큼은 가만히 앉아 당하고 싶지 않았다.

친구들 술 한잔 사 주는 것이 아까워서가 아니었다. 매번 이런 식으로 자신을 놀리는 친구들에게 제대로 한 방 먹이기 위해 아침부터 하율을 대면하고 있는 것이었다.

마음 같아서는 편한 수연을 데려가고 싶었지만 수연이 자신의 비서임을 모르는 이는 없었다.

"선물? 왜?"

"말이 짧다."

"당황스러우니까 그렇죠……."

말끝을 흐리며 시호의 강렬한 눈빛을 피한 하율은 고개를 돌렸다.

"오늘 저녁에 친구들 모임이 있어. 상자 안에 입을 옷과 신발, 가방이 들었으니까 시간 맞춰 준비해. 데리러 올게."

이건 통보도 아니고 명령이었다. 군대나 직장 상사가 할 법한 말투. 도대체 이 인간 머릿속에는 뭐가 들었는지 두 쪽으로 쪼개 보고 싶을 정도였다. 보통 인간의 뇌와는 차원이 다른 무언가가 잔뜩 들어 있을 것만 같았다.

"메이크업과 헤어디자이너가 5시까지 여기로 올 거야. 사람 기다리게 하지 말고 일찍 준비 끝내고 기다려."

다짜고짜 준비만 하라는 식이었다. 왜 가야 하는지, 어떤 자리인지 같은 최소한의 설명조차 해 주지 않았다.

마치 알 필요 없다는 듯 행동하는 시호를 아니꼬운 표정으로 바라보던 하율은 들고 있던 상자를 다시 운전석으로 밀어 넣었다.

"못 해요."

"뭐?"

"안 간다고요."

"이유가 뭐야?"

옷이며 구두까지 빼놓지 않고 건네줬는데 무엇이 부족해서 안 간다고 하는 건지 시호는 전혀 이해하지 못하는 얼굴이었다. 하율은 그런 시호를 아주 한심하다는 듯 바라보았다.

"이봐요, 권시호 씨."

하율의 낮은 목소리가 순간 시호의 뒷목을 서늘하게 만들었다.

"다른 사람이 해 줬으면 하는 일이 있을 때는, 통보나 명령이 아니라 부탁을 하는 거예요. 아시겠어요?"

치밀어 오르는 화를 꾹꾹 누르고 최대한 부드럽게 알려 준 하율은 1초의 망설임도 없이 돌아섰다.

'흥! 매달려도 소용없어. 내가 가나 봐라.'

그럴 일은 없겠지만 붙잡는다 해도 절대 돌아서지 않겠다는 굳은 다짐까지 했다. 하율은 씩씩거리며 발걸음을 옮기다 등 뒤에서 들리는 신경질적인 액셀 소리에 흠칫 놀라며 고개를 돌렸다.

'뭐야? 간 거야?'

버려진 애인처럼 하율은 골목에 우두커니 서 있었다. 아침부터 찾아왔으니 한 번은 잡겠지 싶었던 생각은 완벽하게 빗나갔다.

"왕재수 똥!"

욕이 절로 나왔다. 더 심한 욕을 하고 싶었으나 지나가는 동네 주민들 눈치에 그쯤에서 참았다. 똥 밟은 표정으로 대문을 닫으려는 찰나, 급정거하는 소리가 들리더니 사라졌던 시호의 차가 다시 눈앞에 떡하니 나타났다.

운전석 차 문이 열리고 말끔하게 차려입은 시호가 하율의 집 대문 앞까지 걸어왔다. 순간 하율은 자신이 던진 욕을 들었나 싶어 움찔했다.

"남자가 쩨쩨하게 따지러 온 거예요?"

"뭘 따져? 너 혹시……."

"아니면 말고. 할 말 있으면 빨리하세요."

하율의 말본새가 미심쩍긴 했지만 시호는 그냥 넘겼다. 급한 일은 따로 있었으니까.

"부탁하면 같이 갈 건가?"

"네…… 네? 지금 당신이 부탁을 한다고요? 나한테?"

소사, 소사, 맙소사다. 이보다 더 놀랄 일은 없는 것처럼 하율이 입을 떡 벌렸다. 어지간히 급한 것 같다는 생각과 함께 과연 그가 어떤 식으로 부탁할지 궁금하기도 했다. 문득 하율의 장난기가 발동했다.

"좋아요. 정중하게 부탁하면 동행하죠."

팔짱을 끼고 어디 해 보라는 표정을 지으며 하율은 시호를 째려보았다. 제대로 하지 않으면 당장 대문을 닫아 버리겠다는 눈빛으로 말이다.

'미치겠네!'

거만한 하율의 행동을 보고 있던 시호는 점점 화가 올라오는 것을 느꼈다. 꼭 한 번 친구들의 코를 납작하게 만들고 싶다는 괜한 객기에 차를 돌리고 말았다. 태어나 처음으로 여자에게 부탁을 해야 하는 자신의 처지가 한심했고 정말 이렇게까지 해야 하는 생각이 들었다.

"하실 말씀 없으시면 대문 닫을게요."

하율은 질질 시간만 끌고 있는 시호가 못마땅해 문을 닫으려고 손을 뻗었다.

"알았어."

대문을 한 손으로 막은 시호는 크게 숨을 들이쉬더니 말을 뱉었다.

"애인 역할을 해 줄 사람이 필요해. 같이…… 가 줘."

"그게 다예요?"

"어."

하율은 시호의 말이 끝남과 동시에 두 손으로 대문을 닫으려고 했다.

"왜 이래? 부탁했잖아."

"마음이 담겨 있지 않아서 싫어요. 거절할래요."

"뭐가 이렇게 어려워!"

"어려우면 말든가."

급한 놈이 우물 판다고, 하율은 아쉬울 것이 전혀 없다는 표정이었다.

"알았어. 알았다고. 다시 할게."

반쯤 닫힌 대문이 활짝 열리며 하율이 고개를 빳빳하게 들었다.

"부탁이야. 같이 가 줬으면 해."

"뭐라고요? 잘 안 들려요."

검지로 귀를 파는 시늉을 하는 하율은 속으로 쾌재를 불렀다. 이게 웬 떡인가 싶었다. 하늘 높은 줄 모르던 시호의 거만함이 땅으로 사뿐히 내려앉아 조금은 인간다워 보이기까지 했다. 뭐, 아직 멀었지만.

"같이 갈 사람이 너밖에 없어."

'정말?'

"다른 사람은 생각조차 하지 않았으니까."

'뭐야, 이 사람.'

너무 달콤했다. 진지하기도 했고, 진심같이 들리기도 했다. 순간 깊은 시호의 눈빛에 빠져 버린 걸까? 하율은 아무 말도 하지 못하고 그를 바라보기만 했다.

"아직도 내 진심이 안 느껴져? 말 대신 행동으로 보여 줘야 하나?"

"아! 아니에요. 갈게요. 가요."

시호는 하율의 확답을 듣자 긴장이 풀리는 기분이었다. 비즈니스를 할 때도 이토록 긴장한 적은 드물었다. 지금까지 여자를 멀리한 것도 아닌데 하율 앞에 서니 작은 떨림이 있었다.

사실 하율이 운전석 옆에 서 있을 때부터 떨림은 시작되었다. 말로는 추한 몰골이라 했지만 긴 생머리와 살짝 드러난 어깨가 순간 예뻐 보였다.

지금까지 어울리던 여자들은 모두 진한 화장을 하고 야한 옷을 입은 관능적인 여자들뿐이었다. 어떻게든 자신의 환심을 사기 위해 눈빛, 말투, 몸짓 모두가 거짓인 여자들.

그런 여자들의 진한 향수 냄새와 술에 취해 하룻밤을 즐겼던 적도 있었다. 그런데 무슨 이유에서인지 지금 눈앞에 있는 하율의 모습이 그림처럼 아름다워 보였다. 순수하다는 것이 이런 느낌일까?

시호는 한동안 하율의 모습을 눈 속에 가득 담았다.

"안…… 가세요?"

시호의 뜨거운 눈빛을 받고 있는 하율은 온몸이 타들어 가는 기분이었다. 대답을 했음에도 시호는 어떠한 행동도 보이지 않았다. 그저 자신을 한없이 바라볼 뿐. 하율은 처음 마주한 이런 상황에 적응할 수 없었다.

"잠깐만. 상자 줘야지."

"네."

상자를 건네받고 시호의 차가 떠나는 것을 지켜보는 하율의 표정은 여전히 어리둥절했다.

갑자기 이 무슨 일인가. 조금 전까지만 해도 욕을 하며 화를 냈던 자신이 다른 것도 아닌 시호의 눈빛 한 번에 넘어갔다는 것을 쉽게 인정할 수 없었다.

고작 네 번 만난 사이였다. 더욱이 그 만남들 중에 좋은 기억은 하나도 없었다. 도대체 지금 이 상황을 어떻게 해석하고 받아들여야 하는지 하율은 알지 못했다.

'내 마음을 나도 모르겠다.'

이 감정은 과연 무엇일까? 하율은 시호가 사라지고 없는 골목 끝을 한동안 바라보았다.

시간은 빛의 속도로 지나가 버렸다. 하율은 거울 앞에 앉아 변신하는 자신의 모습을 보며 오늘 하루를 어떻게 보냈는지 떠올렸다.

무슨 생각으로 수업을 듣고 무슨 배짱으로 아르바이트를 못 가겠다고 했을까. 그렇게 할 거면 당장 그만두라는 사장님의 호통에 멍한 정신으로 '네'라는 대답까지 해 버렸다. 곰곰이 생각해 보니 종일 제정신이 아니었음은 확실했다.

부동자세로 앉아 있은 지 한 시간째. 눈을 감았다 떴다, 머리를 돌돌 말았다 꼬았다……. 이건 사람이 할 수 있는 일이 아니었다. 누군가 방문을 열고 들어와 도망가자고 손을 뻗으면 덥석 잡을 수 있을 것 같았다.

높은 탑에 갇힌 공주가 자신을 구해 줄 왕자를 기다리듯 하율은 원망스런 눈빛으로 시곗바늘만 노려보았다.

빵! 빵!

왕자라고 하기에는 예의 없고 오만한 시호가 드디어 나타났다. 이곳에서 탈출할 기회는 지금뿐이라고 생각한 하율은 자리에서 벌떡 일어났다.

"어머나! 아직 안 끝났어요. 앉으세요."

"그 사람이 데리러 와서요. 여기까지만. 고생하셨어요."

"네?"

마무리가 덜 된 상태로 방을 뛰쳐나가는 하율을 바라보던 헤어디자이너는 황당한 표정이었다. 잡을 틈도 없이 후다닥 계단을 내려가는 소리에 기가 막혔다.

손볼 곳이 없는데도 굳이 더 해 달라는 손님은 있었어도 하율처럼 중간에 도망가는 손님은 처음이었기에 선불로 웃돈까지 받은 헤어디자이너는 난처한 입장이었다.

그때 누군가 쿵쾅거리며 계단을 올라오는 소리가 들리자 헤어디자이너는 불안한 눈빛으로 문 쪽을 쳐다보았다.

"제가 가방을 놓고 가서……."

멋쩍게 웃으며 방으로 돌아온 하율은 책상 위에 놓인 민트색 가방만 들고 또다시 사라졌다. 닫힌 방문을 바라보던 헤어디자 이너는 이내 한숨을 쉬며 자신의 짐을 챙기기 시작했다. 얼굴 에는 여전히 어이없다는 표정이 떠올라 있었다.

"많이 기다렸죠?"

하율은 처음 만났을 때부터 지금까지 시호를 기다려 본 적이 없었다. 심지어 이토록 그의 등장이 반가웠던 적도 없었다.

하루아침에 비호감이 호감으로 변할 수 있다는 사실이 낯설 게 느껴졌다.

"출발하죠."

자신을 잡으러 마녀가 쫓아오기라도 하는 것처럼 하율은 서 둘러 걸음을 옮겼다.

"잠깐!"

앞장서 걷던 하율의 손목을 시호가 낚아채 돌려세웠다. 강한 힘에 몸이 돌아간 하율의 하얀 원피스가 바람에 흩날렸다.

"너 도대체 뭐하다 나온 거야?"

몰라서 물어! 눈을 동그랗게 뜨고 따지려 했던 하율은 순간 시호의 손동작에 멈칫했다. 손목을 잡고 있는 반대편 손이 하 율의 머리 쪽으로 향했다.

꿀밤이라도 주려는 듯한 동작에 눈을 살짝 감은 하율은 아픔 이 없자 슬그머니 눈을 떴다. 시호의 손에는 미용실에서 흔히 쓰는 작은 집게핀이 들려 있었다.

"설마 헤어디자이너가 이걸 머리 장식으로 꽂아 주지는 않았겠지?"

쥐구멍이 있다면 들어가고 싶었다. 아니, 쥐구멍도 필요 없었다. 대문을 막고 있는 시호를 밀치고 집 안으로 들어갈 수만 있다면 얼마나 좋을까. 하율은 창피한 마음에 시호의 따가운 눈빛을 요리조리 피했다.

"차라리 풀자."

"뭘요?"

시호의 두 손이 다시 한 번 하율의 목 뒤로 향했다. 하율은 움직일 수가 없었다. 숨 쉬는 것조차 할 수 없었다.

'심장이 미쳤나? 왜 이렇게 뛰지?'

시호의 가슴이 하율의 얼굴 가까이 다가왔다. 은은한 스킨 향이 코를 자극했다. 하율은 저도 모르게 살짝 고개를 들어 시호를 올려다보았다. 날렵한 턱 선과 여자인 자신보다 촉촉해 보이는 붉은 입술이 마음을 설레게 하였다.

"고개 좀 내리지. 잘 안······."

머리끈이 잘 풀리지 않자 고개를 숙인 시호와 하율의 눈이 딱 마주쳤다. 사슴 같은 눈방울로 자신을 올려다보는 하율의 모습에 시호는 말을 잇지 못하고 마른침만 삼켰다.

"으······ 흠."

시호는 괜한 헛기침으로 어색한 상황을 넘기려 했지만 자신의 손끝이 살짝 떨리고 있음을 느꼈다. 이해할 수 없는 오묘한 전율이 피를 타고 온몸으로 전해지는 것 같았다. 혹 이런 자신의 감정을 하율이 눈치라도 챌까 봐 시호는 머리끈을 푸는 것에 집중했다.

잠시 후, 머리를 하나로 묶고 있던 끈은 풀었지만 돌돌 말린 머리는 좀처럼 풀어지지 않았다. 시호는 자신도 모르게 하율의 말린 머리끝을 손가락 사이로 천천히 빼냈다. 그러자 자연스럽고 풍성한 웨이브 머리가 하율의 어깨를 덮었다.

'아…….'

하율은 시호의 손끝이 목덜미를 간질인 순간 짧은 탄성을 입 밖으로 뱉을 뻔했다. 소리는 가까스로 참았지만 붉게 달아오른 양 볼과 팔에 돋은 소름은 숨길 수 없었다. 처음 느끼는 감각이었다. 그저 머리카락을 쓸어내렸을 뿐인데 이토록 남자의 손길이 짜릿할 줄은 미처 몰랐다.

"됐어. 타."

조금은 무심한 듯 던지는 시호의 말투에 하율이 머뭇거렸다.

"저기……."

"왜?"

"아니…… 이렇게 차려입었으면 한마디 정도 해 줄 수 있지 않을까 해서…….

하율의 목소리가 점점 기어 들어갔다.

"좀…… 이상하죠?"

시호에게서 아무런 반응이 없자 하율이 먼저 입을 열었다.

"이상하지 않아."

"안 예쁘면 이상한 거지, 뭐…….."

섭섭한 마음이 그대로 목소리에 묻어났다. 이렇게 차려입은 것은 스무 해 넘게 살면서 처음이었다. 언제나 집과 학교를 오가며 정신없이 살아왔다.

예쁘게 차려입고 데이트를 하면 어떤 기분일까 항상 궁금했었는데, 이렇게 실현되자 왠지 모르게 좋은 말을 듣고 싶은 욕심이 생겼다.

하지만 시호는 그런 하율의 마음을 아는지 모르는지 원하는 대답을 하지 않고 있었다.

"됐어요, 됐어. 기대한 내 잘못이지."

무안함에 돌아선 하율은 입술을 삐쭉 내밀었다.

"난 거짓말 못 해. 그동안 예쁘고 섹시한 여자들 많이 봤어."

"예, 그러시겠죠."

퉁명스런 하율의 말투가 시호의 마음을 조급하게 만들었다.

"하지만…….."

그래, 하지만 뭘까? 그 많은 여자 가운데 이토록 내 심장을 뛰게 하는 매력이.

시호는 하율의 뒷모습을 바라보며 잠시 말을 잃었다. 지금 하율의 모습을 어떤 단어로 표현할 수 있을지 찾는 중이었다. 결국 시호는 하율이 듣고 싶은 말보다 자신이 하고 싶은 말을 꺼냈다.

"너처럼 하얀 원피스가 잘 어울리는 여자는 처음이야. 긴 웨이브 머리도."

기대도 하지 않았는데, 단지 '괜찮네' 정도면 만족할 생각이 었는데 그 이상의 말을 듣고 나니 하율은 정신이 없었다. 예쁘다 는 말보다, 아름답다는 말보다 백 배, 천 배 더 가슴에 와 닿는 말. 하율은 태어나 처음으로 자신이 여자임을 느낄 수 있었다.

"고마……워요."

고마운 건 고마운 거다. 상대가 진심이 아니라 해도, 아니, 적어도 지금 시호의 말투는 진실처럼 느껴졌다. 그래서 저도 모르게 고맙다는 말이 툭 튀어나와 버렸다.

"그만 차에 타지?"

이 상황이 어색했는지 시호가 화끈거리는 얼굴을 숨기며 먼 저 운전석 쪽으로 발걸음을 옮겼다.

"네!"

아이처럼 또랑또랑한 목소리로 답한 하율은 입가에 미소를 지으며 조수석에 올랐다.

비록 이 떨림이 마지막일지라도 오늘 시호가 보여 준 모습을 잊지 않기로 했다. 자신이 여자라는 것을 시호가 처음으로 일 깨워 줬으니까. 사람은 겪어 봐야 알 수 있다는 어른들의 말씀 을 이제야 조금 이해할 수 있을 것 같았다.

❋   ❋   ❋

모임 장소에 도착한 하율은 차에서 내려 옷매무새를 정돈했 다. 치맛자락이 접힌 곳은 없는지, 하얀 원피스에 이물질이 묻지는 않았는지 꼼꼼히 살피던 하율은 시호가 옆에 서 있는 것도 감지하지 못했다.

"대충하지. 여기서 시간 다 보낼 거야?"

그제야 시호가 옆에 서 있다는 걸 알아챈 하율이 입술을 삐죽였다.

"내가 친구들 앞에서 예뻐 보이면 좋잖아요. 못생긴 여자 데려왔다는 소리 들으면 어쩌려고 그래요?"

"아무리 꾸민다고 해도 원판은 변하지 않아."

"치! 아까는 예쁘다면서요!"

"잘 어울린다고 했지, 예쁘다고는 안 했어. 말 만들어 내지 마."

우씨! 욕이 절로 삼켜졌다. 단 한마디도 입바른 소리를 내뱉지 않는 시호의 모습에 하율은 혼자서 씩씩거렸다. 매번 당하면서도 기대를 가지는 자신이 오히려 바보처럼 느껴졌다.

"가요!"

조금 토라진 목소리로 말한 하율은 채 몇 걸음도 걷지 못하고 발을 삐끗했다. 높은 하이힐이 문제였다.

"이하율!"

한 발 뒤에서 따라오던 시호가 넘어지려는 하율의 허리를 잡았다. 하율이 고개를 돌리자 시호의 화난 표정이 시야에 들어왔다. 그가 아니었다면 개망신을 당할 뻔했다.

"힐이 높아서……."

"너 오늘 사고 한번 제대로 치겠다."

"조심할게요."

"껴."

"네?"

영문을 모르겠다는 표정으로 시호의 얼굴을 바라보던 하율의 시선이 아래로 내려가다 멈췄다. 시호는 한 손을 배꼽 앞에서 둥글게 만들었다.

"팔짱을 끼라고요?"

"넘어져서 추한 꼴 보이지 말고 껴. 네가 넘어지면 나도 쪽팔려. 게다가 내 친구들, 눈치 빠른 놈들이야. 대충해서는 속아 넘어가지 않으니까 끼고 들어가."

시호는 높은 힐을 신고 걷는 하율의 폼이 어정쩡하기도 했지만 넘어지면 다칠 것 같아 걱정이었다. 그렇다고 다정히 손을 잡기에도 어색한 사이라 파티에서 에스코트한다는 편한 마음으로 팔을 내밀었다.

하지만 하율이 팔짱을 끼자 다른 여자들과 다르게 설렘이 느껴졌다. 처음 느끼는 감정에 시호는 잠시 멍해진 기분이었다.

"안 들어가고 뭐해요?"

"어? 들어가야지. 가."

감정을 정리하고 안으로 들어간 시호는 자신을 기다리고 있던 친구들, 아니, 정확히 말해 데리고 올 여자를 기다리고 있던 녀석들과 악수를 하며 인사를 나눴다.

몇 년 만에 보는 친구도 있었고 불과 이틀 전 같이 술을 마신 친구도 있었다. 시호는 최대한 연인처럼 행동하며 하율을 소개시켜 줬다. 믿을지 안 믿을지는 잘 모르겠지만.

"오늘 무슨 날이야? 권시호가 여자를 다 데려오고."

"날은 무슨. 술값 안 내려고 잔머리 쓴 날이지. 애인 맞아?"

아니나 다를까, 예상했던 반응이 쏟아졌다. 의심의 눈초리로 바라보는 친구들을 향해 하율은 아리송한 미소로 답했다. 그리고 무슨 말을 어떻게 꺼내야 할지 몰라 시호만 바라보았다.

"맞아."

친구의 물음에 시호는 시선을 피하며 답했다.

"정말 맞아? 그럼 키스 정도는 했겠네."

"에이, 천하의 권시호가 이렇게 귀여운 여자를 두고 키스만 했겠어? 보여 줘 봐. 두 사람이 정말 애인이 맞는지."

친구들의 짓궂은 놀림에 하율은 좌불안석이었다. 어떻게 행동해야 될지 몰라 머릿속이 혼돈 상태가 되어 버렸다. 오로지 믿을 사람은 시호뿐이었다.

"지금 피로연하냐? 결혼할 놈은 내가 아니라 저놈이잖아."

시호가 한 사람을 지목하자 모든 이들의 시선이 그쪽으로 향했다. 하지만 1초도 지나지 않아 친구들의 시선은 다시 두 사람에게로 향했다.

"저놈보다 네가 더 재미있을 것 같단 말이지."

"그만해. 안 그래도 불편할 텐데 괴롭히지 마."

"뭐야? 감싸 주는 거야?"

"당연하잖아."

여기저기서 놀리는 듯한 함성이 터져 나왔다. 보기 드문 시호의 태도와 말투에 다들 즐기는 표정이었다. 하지만 정작 하율은 분위기에 적응이 되지 않아 온몸이 굳어졌다.

이미 시호의 본모습을 알고 있기에 손발이 오글거려 참을 수 없었다. 마음 같아서는 확 까발리고 싶었지만 공범인 관계로 입을 꾹 다문 채 어색한 미소만 지었다.

"와! 정말이에요? 재미있었겠다. 나도 해 보고 싶어요."

"하하하. 그때 정말 미친 듯이 놀았다니까요."

한 시간이 채 지나지 않아 하율은 어느새 그곳에 있는 사람들의 관심과 시선을 한 몸에 받고 있었다. 모였다 하면 여자와 사업 얘기가 전부였던 그들이 학창 시절 이야기를 꺼내며 하율과 자연스레 말을 주고받고 있었다.

심지어 어떤 녀석은 처음 보는 하율의 앞에서 고민을 털어놓기도 했다. 도대체 이게 어떻게 된 일일까.

시호는 하율을 지그시 바라보며 물음에 대한 답을 찾으려고 애썼다. 재미있는 얘기에는 웃어 주고, 고민은 같이 고심해서 들어 주고, 가끔 상대가 자신의 말을 자르고 끼어들어도 끝날 때까지 기다려 주는 하율의 태도에 시호는 처음으로 자신을 반성했다.

나를 위해서, 본인이 아닌 상대를 위해서, 참고, 넘어가 주고, 귀 기울여 주는 하율의 모습은 시호를 부끄럽게 만들고 있었다.

이것이 바로 하율의 매력일까? 그래서 친구 녀석들도 하율에게서 눈을 뗄 수가 없는 걸까?

정작 자신에게는 시선조차 주지 않는 친구 녀석들이었지만 그럼에도 기분이 좋은 이유를 시호는 설명할 수 없었다.

'하, 도대체 너란 여자는 어떤 사람인지 모르겠어. 모르는 것 투성이고, 그만큼 알고 싶은 것도 많아져. 왜일까? 왜 자꾸 너에게 눈길이 머물지?'

하율을 바라보는 시호의 눈빛이 점점 더 깊어졌다.

"어? 하율 씨 잔이 비었네. 한 잔 받아요."

"네. 고맙습니다."

하율이 비운 술잔이 벌써 열 잔을 넘어섰다. 시호는 하율의 볼이 발그스레해지자 걱정스런 마음에 가까이 다가가 앉으며 귓속말을 했다.

"그만 마시지."

"나 안 취했는데?"

하율의 목소리는 한껏 들떠 있었다.

"말 짧은 거 보니까 취했다."

"에이, 아니라니까요."

어깨를 살짝 건드리며 방긋방긋 웃는 모습에 시호는 순간 얼이 빠질 뻔했다. 술기운에 하는 행동임을 알면서도 가슴이 심하게 쿵쾅거렸다. 이런 속마음을 친구들에게 들킬까 봐 시호는 하율의 옆에서 떨어져 괜한 한숨만 내쉬고 있었다.

"하율 씨, 진짜 귀엽다. 사랑스럽고. 여동생 하고 싶네."

그때 한 녀석이 슬쩍 하율에게 다가와 앉았다.

"저도 다정하고 좋은 오빠가 있었으면 했어요. 오빠 있는 친구들이 엄청 부럽더라고요."

"그럼 우리 잘 맞는 것 같은데 오빠 동생 할까요?"

"좋죠."

좋아? 두 사람의 모습을 보고 있던 시호의 눈에서 레이저가 뿜어져 나왔다. 포커페이스는 그 누구보다 자신 있었는데 오늘만큼은 아니었다.

"친구 애인 앉혀 놓고 뭐야, 너?"

도전적인 시호의 말투에 친구의 표정이 살짝 굳어졌다. 순간 분위기가 싸해졌다.

"가자. 늦었어. 데려다 줄게."

"지금이요?"

"어. 빨리 일어나."

친구의 뜨거운 관심과 눈빛이 싫었는지 시호는 앉아 있던 하율을 일으켜 세웠다.

"어, 어어."

시호의 강한 힘에 하율이 자리에서 일어나기는 했지만 두 발은 아직 준비가 되어 있지 않았다. 높은 힐을 신고 있는 상황에서는 더욱더. 사고는 이럴 때 꼭 일어나기 마련이었다.

"악!"

하율의 몸이 휘청거리며 시호의 품에 안긴 채 소파 위로 넘어졌다. 묵직한 남자의 가슴에 안겨, 아니, 덮친 자세가 된 하율은 화들짝 놀라며 상체를 일으켜 앉았다. 주변 사람들의 시선을 느낀 하율의 얼굴은 홍당무가 될 수밖에 없었다.

'세상에, 이게 무슨 개망신이야!'

조금 전 싸했던 분위기와 달리 친구들은 저마다 키득거리며 고개를 돌렸다.

"권시호 표정 봐라. 좋아 죽겠다는 표정이다."

'정말?'

친구의 한마디에 시호를 힐끔거린 하율은 실망감을 감출 수 없었다. 어딜 봐서 좋아 죽겠다는 표정이야! 난처해 죽고 싶은 표정이구만! 괜한 기대를 가지고 있던 하율은 자리를 피하고 싶어 천천히 일어났다.

"잠깐, 실례할게요."

서둘러 나가는 하율을 따라 시호도 자리에서 일어났다. 하지만 친구의 두 손이 시호의 팔목을 덥석 잡았다.

"그렇게 좋아?"

"넘겨짚지 마."

"내가 널 모르냐. 넌 좋으면 꼭 그런 표정이더라."

"너 뭐야? 일부러 한 짓이야?"

"당연하지. 너 오기 전에 우리끼리 내기했거든. 덕분에 내가 이겼다."

친구들의 내기에 제대로 걸려 든 시호는 짜증스런 표정으로 팔을 뿌리쳤다. 그렇게 친구들을 뒤로하고 하율을 뒤쫓아 나와 주위를 두리번거렸다. 창피해서 먼저 간 것은 아닌가 하는 생각에 미안한 마음마저 들었다.

"뭐, 나 찾는 건 아닐 테지만 그래도 나와 주니까 좋네."

화장실 입구 쪽에 서 있는 하율의 모습을 보고 시호는 안도의 한숨을 내쉬었다. 그리고 조금 화가 난 표정으로 하율에게 성큼성큼 다가갔다.

"도대체 무슨 여자가 그렇게 헤퍼?"

"내가 뭘요?"

"주는 술 다 받아 마시고 그렇게 아무한테나 웃어 줘도 돼?"

"그럼 무뚝뚝하고 도도하게 다리 꼬고 앉아 있을까요? 난 당신 때문에 분위기 맞추려고 노력한 건데, 고생했다는 말은 못 할망정 지금 화내는 거예요?"

"누가 하라고 했어? 시키지도 않은 짓을 해 놓고 내 앞에서 생색내는 거야?"

"이봐요, 권시호 씨!"

미안하다는 말은 못 들어도 고맙다는 말은 들을 줄 알았다. 웃어 줄 거라고는 생각하지 않았지만 설마 화를 낼 줄이야. 하율은 사람들 앞에서 부끄럽고, 시호 앞에서 자존심이 상했다. 더는 이 자리에 있고 싶지 않았다.

"어? 여기들 있었네?"

두 사람을 찾으러 나온 친구 용하가 눈치를 살피며 말을 걸었다.

"두 사람, 싸운 거 아니죠?"

"네? 아, 아니에요. 싸우기는요."

하율은 말을 더듬으며 용하의 시선을 회피했다.

"친구들이 장난으로 내기한 거니까 시호 쥐 잡듯이 잡지 마세요."

"제가 잡기는 누굴……."

오히려 반대라고 외치고 싶었지만 그럴 수는 없는 일. 하율
은 최대한 밝게 웃으려고 노력했다.

"그럼 들어가요. 하율 씨를 위해서 친구들이 좋은 술을 준비
했거든요. 자, 어서."

용하가 하율의 손을 잡아끌며 안으로 들어가자 시호도 마지
못해 따라 들어갔다. 안의 분위기는 아까보다 무르익어 한껏
들떠 있었다.

하율은 주는 술을 마다하지 않았고, 시호도 그런 하율을 말
리지 않았다. 이미 서로 틀어진 마음이라 될 대로 되라는 심정
이었다.

"결혼하자고? 웃기시네. 내가 할 줄 알아? 어림도 없다, 이
나쁜 놈아!"

시간이 늦었다며 친구들은 하나둘씩 돌아갔고, 어느새 가게
안에 남은 사람은 시호와 하율, 둘뿐이었다.

혀가 꼬일 대로 꼬인 하율의 말은 알아들을 수 없을 정도였
다. 하율의 옆에 나란히 앉아 술주정을 받아 주던 시호는 아무
말이 없었다.

속 좁게 괜히 하율에게 화를 냈음을 알고 있었다. 다만, 하
율 앞에서 그런 자신의 마음을 들키고 싶지 않았다. 미안하다
거나 고맙다는 말은 더 할 수 없었다.

"야!"

"뭐? 야아?"

하율의 술주정이 점점 더 거칠어졌다.

"그래. 너 말이야, 너. 넌 어쩜 그렇게 이기적이니? 세상 너 혼자 사니? 좋은 표현들 놔두고 말을 꼭 그렇게 해야겠어? 난 뭐 여자도 아닌 줄 알아!"

하율은 삿대질까지 했다. 이 상황이 어이가 없어 당장이라도 자리를 뜨고 싶었지만 술 취한 하율을 두고 갈 수는 없었다. 두 발로 걸어갈 상태가 아닌 하율을 시호가 번쩍 안아 들었다. 힘 겹게 주차장까지 그녀를 안고 온 시호는 숨을 헐떡였다.

'왜 이리 무거워.'

시호는 어렵게 조수석 문을 열고 하율을 앉혔다. 그때까지 하율의 팔은 시호의 목을 감싸고 있었다.

"으음. 냄새…… 좋다."

아마도 시호의 향수 냄새에 내뱉은 말 같았다. 조수석 문을 열고 하율을 내려다보던 시호는 피식 웃고 말았다. 지금 하율 의 모습에 또 한 번 가슴이 떨리는 이유가 뭘까?

꿈속에서 맛난 음식이라도 먹는지 달싹거리는 입술에 시호 의 심장이 두근거렸다. 입술을 훔치고 싶다는 이성을 꽉꽉 누 르며 하율의 붉은 입술을 손가락으로 어루만졌다.

"너 정말 사람 미치게 만든다."

모든 여자에게는 매력이 있다. 그중 하율의 매력은 가식 없 는 모습과 순수함이었다. 다른 여자들에게서는 찾아볼 수 없는 치명적인 매력 앞에 시호는 늘 무장 해제가 되고 말았다.

같이 있으면 즐겁고 미소가 절로 나왔다. 그래서 빠져나올 수 없나 보다. 시호는 복잡한 마음을 뒤로하고 운전대를 잡았다.

chapter 3
날벼락

"아버지!"

권 회장을 부르는 시호의 목소리가 높아졌다. 출판사 기념 파티에 지호를 보내겠다는 권 회장의 결정 때문이었다. 갑작스런 결정에 놀란 이는 시호뿐만이 아니었다.

"여보!"

자영도 놀라기는 마찬가지였다. 단순한 출판사 기념 파티가 아닌, 지하 자금을 움직이는 자금성의 새 주인이 여는 파티였다. 초대장 없이는 출입조차 할 수 없는 그런 자리에 시호가 아닌 지호를 보낸다는 권 회장의 결정은 자영까지 기겁하게 만들기 충분했다.

자금성은 대한민국의 지하 자금을 쥐고 있는 거대한 성 같은 곳이었다. 자금성의 3대 주인 나 회장. 그녀의 이름을 알거나 얼굴을 본 이는 아무도 없었다. 그저 대를 이어 자금성을 움직이고 있으니 나 회장이라 불릴 뿐.

정·재계 어느 쪽에도 속하지 않은, 베일에 가려진 그녀를 세간에서는 흑영(黑影)이라 불렀고 그런 그녀의 집을 자금성(資金城)이라 칭했다.

자금성은 3대 주인을 맞이하면서 조금 달라졌다. 해외 사업에 눈을 돌리고 작년에는 출판사까지 설립했다. 사실 출판사의 설립 목적은 다른 곳에 있겠지만 그것이 무엇인지 구체적으로 드러나지 않은 지금, 자금성의 행보는 기업인들의 이목을 끌고 있었다.

그러니 그곳에 오는 이들 또한 권력과 명예, 부를 가지고 있는 자들이었다. 더구나 이번 모임은 현재의 수장이 아닌, 앞으로 기업을 이끌어 갈 차세대 기업인들을 초청한 것에 큰 의미가 있었다. 이는 자금성이 인정한 인물임을 대외적으로 알리는 것과 같았다.

"시호 앞으로 온 초대장이에요. 나 회장이 선택한 아이라고요. 그런 자리에 지호를 보낸다는 것은 내가 용납할 수 없어요!"

"당신이 끼어들 자리가 아니야."

"여보!"

살면서 이토록 남편이 원망스러웠던 적은 없었다. 다정하지 않아도, 며칠 동안 눈 한 번 마주치지 않아도 참을 수 있었던 것은 시호가 있기 때문이었다.

그래도 아들이니까, 그의 핏줄이니까 자식에게만큼은 그러지 않을 거라 믿었다. 하지만 남편의 선택은 자영의 믿음을 한 순간에 무너트리고 말았다. 이제 무엇을 위해 이 삶을 이어 가야 하는가.

자영은 할 말을 잃어버린 채 남편을 바라보았다.

"지호를 보내야 할 이유라도 있으세요? 제가 납득할 만한 이유라면 지호에게 초대장을 넘기죠."

"시호야!"

시호를 말리는 자영의 목소리가 다급함에 갈라졌다. 어디서부터 틀어진 걸까. 두 사람을 바라보는 자영은 가슴이 시리도록 아팠다. 한 치의 물러섬도 없이 서로를 바라보는 부자의 눈빛에 자영은 그만 두 눈을 감았다.

"이번 해외 리조트 매입 부지 문제를 지호가 해결했다는구나. 너도 들었겠지?"

시호의 가슴이 쿵 하고 내려앉았다. 오늘 오전, 6개월 동안 골칫거리였던 부지 매입 건이 타결됐다는 소식을 듣고 자신도 기뻐했다.

하지만 이것도 잠시, 지호가 이 일을 앞장서 해결했다는 사실이 시호를 불안하게 만들었다. 아니나 다를까, 그 불안은 현실로 나타났다.

이 건은 회사에서 사활을 걸고 추진하는 해외 사업이었다. 시호가 계획안을 내놓고 야심차게 준비한 사업이지만 부지 매입부터 순탄치 않았다.

국내 시설의 두 배나 되는 리조트 건립에서 가장 난항이 되는 부분은 당연히 자금 문제. 금융권 대출까지 받았지만 워낙 많은 부지를 확보해야 했기에 자금 문제는 여전히 풀리지 않는 숙제였다.

그래서 이번 모임은 시호에게 너무도 중요한 자리였다. 자금이라면 자금성만 한 곳이 없었으니 말이다.

"아비의 결정에 반박할 수 있다면 어디 한번 해 봐."

입이 열 개라도 할 말이 없었다. 그토록 답이 보이지 않던 문제를 지호는 단시간에 해결한 것이다. 어떻게 자금을 모았는지는 아직도 미지수지만 지호의 능력을 인정하지 않을 수 없었다.

'말이 없는 걸 보니 너도 인정할 수밖에 없겠지.'

자식의 풀 죽은 모습이 보고 싶어 이런 결정을 내린 것은 아니었다. 회사를 위해 능력 있는 자가 승계를 이어받는 것이 현명하다는 생각에 지호를 택했을 뿐. 시호를 바라보는 권 회장의 눈빛은 안쓰러움을 숨기고 있었다.

"초대장 놓고 나갈게요."

시호가 방을 나서자 권 회장의 마음은 그 누구보다 무거웠다. 이 결정이 시호와 자영을 위한 일임을 아무도 몰라주니 답답하기만 했다. 권 회장은 시호가 놓고 나간 초대장을 물끄러미 내려다보았다.

"당신 아들은 시호예요."

초대장으로 향하던 권 회장의 손이 허공에서 멈췄다.

"당신 아들은 지호가 아니라 시호라고요."

"무슨 말을 하고 싶은 거야?"

"당신이 이런 식으로 나온다면 나도 보고만 있지는 않을 거예요. 당신만큼 내게도 권력과 재력이 있다는 거 잊지 말아요. 당신은 아닐지 몰라도 내게는 시호가 전부니까."

누구를 위한 싸움인가. 권 회장은 그런 생각이 들었다. 자식을 위한 일이 자식에게 상처를 주고, 그 상처 받은 자식을 바라보는 어미의 화는 또다시 자신에게로 향했다. 언제쯤 서로의 마음을 보듬어 줄 수 있을지…….

권 회장은 자영의 뒷모습을 씁쓸하게 바라보았다.

❀   ❀   ❀

자정이 넘어가는 시간. 하율은 지친 몸을 이끌고 집으로 돌아왔다. 방으로 들어오자마자 침대 위로 폭 쓰러진 하율은 미동조차 하지 않았다.

같이 아르바이트하는 동욱에게 일이 생겨 마감을 혼자 한지라 몸이 천근만근이었다. 씻는 것조차 할 수 없을 만큼 기운이 쪽 빠진 하율은 숨 쉬는 것 외에 아무것도 하지 않았다.

'아…… 귀찮아. 이 시간에 누구야.'

가방 안에서 울리는 휴대폰 벨소리가 하율을 뒤척이게 하였다. 받을까 말까 고심하다 몸을 일으킨 하율은 무미건조한 말투로 전화를 받았다.

"여보세요."

―이하율 씨 되십니까?

"네…… . 누구세요?"

늦은 시각 자신의 이름을 부르는 남자의 목소리에 하율의 잠이 확 달아나 버렸다. 모르는 번호라 잘못 걸린 전화려니 했는데 아니었다. 조금 무섭기도 하고 당황스럽기도 한 하율의 목소리가 떨렸다.

―권시호 본부장님께서 술을 많이 드셨습니다. 죄송하지만 모셔 가셨으면 해서 전화 드렸습니다.

"제가요?"

아니, 왜 나야? 술 취하면 데려다 줄 정도로 우리가 가까운 사이였어? 스스로 던진 질문에 답은 '아니다' 였다. 오래 생각해 볼 필요도 없었다.

"아니, 그러니까 어…… 가족에게 연락을…… 저는 그 사람과의 관계가 조금 난해한…… ."

―본부장님께서 가족분들은 싫다고 하셔서요.

"아, 예."

바로 수긍해 버리는 이유는 뭘까. 남자의 목소리 건너편으로 간간이 들리는 시호의 목소리에 주소를 받아 적는 하율의 손이 다급했다.

"대충 어디쯤인지 알겠어요. 바로 갈게요."

전화를 끊고 헐레벌떡 골목까지 내달린 하율은 택시를 향해 양손을 저었다.

'미쳤어! 미쳤어! 내가 지금 뭐하는 짓이냐고!'

속으로는 미친 짓이라고 수백 번 외치고 있었지만 택시를 타고 입 밖으로 내뱉은 말은 그 반대였다.

"기사님, 빨리 가 주세요."

하율을 태운 택시는 굉음을 내며 어둠 속으로 사라졌다.

택시에서 내린 하율은 한참 동안 가게를 찾아 헤매야 했다. 전화로 위치를 들을 때에는 잘 찾아갈 수 있을 것 같았는데, 막상 도착하고 보니 현란한 밤거리에 정신이 없었다. 결국 다시 전화를 걸었고, 점원이 건물 입구까지 내려오기로 했다.

많은 인파에 밀려 제자리만 맴돌던 하율은 점원의 안내로 무사히 시호와 마주할 수 있었다. 모임 이후로 첫 만남이었다.

'내가 술주정 좀 했다고 복수하는 거야?'

그날 시호가 데려다 주었다는 사실은 엄마에게 들어 알고 있었다. 그러나 무슨 말을 했는지는 기억나지 않았다. 아니, 기억하고 싶지 않았다. 분명 좋은 말이 오가지는 않았을 테니까.

애써 그날 일을 머릿속에서 지우려고 노력하는데 술 취한 시호의 모습이 하율을 긴장하게 만들었다.

'정신을 제대로 놨네.'

양복 재킷과 넥타이는 물론, 와이셔츠 단추까지 풀어헤치고 소파에 기대 앉아 있는 모습이 실로 가관이었다. 하율은 팔짱을 낀 채 탁자 위에 놓인 빈 술병들을 바라보며 한숨을 내쉬었다.

'도대체 얼마나 마신 거야?'

술병 옆에 있던 계산서를 집어 확인한 하율은 자신의 두 눈을 의심했다. 15만 원도 아닌 150만 원. 시호 옆에 털썩 주저앉은 하율은 두 눈을 비비고 숫자를 뒤에서부터 다시 차근차근 확인했다. 하지만 결과는 똑같았다.

"이 사람이! 제정신이야!"

하율은 정신없는 시호의 어깨를 내려치며 저도 모르게 잔소리를 쏟아 냈다.

"술을 마실 거면 적당히 마셔야죠. 그리고 이렇게 많이 마실 거면 날 부르지 말든가! 나한테 돈이 어디 있어서 계산을 하냐고요!"

잠든 시호가 하율의 잔소리에 반응을 보일 리 만무했다. 할 수 없이 자신의 지갑을 열어 본 하율의 얼굴에는 절망스런 표정이 가득했다. 돌아갈 택시비만 달랑 남아 있는 지갑을 바라보며 하율은 발을 동동 굴렀다.

'잠깐. 술값을 왜 내가 계산해? 먹은 사람이 계산해야지.'

시호에게로 고개를 돌린 하율의 얼굴에 의미심장한 미소가 지어지더니 화색이 돌았다.

'그래, 이건 현명한 선택이야.'

하율은 천천히 시호의 재킷 쪽으로 손을 뻗었다. 술을 마신 당사자의 카드를 이용하는 것이 가장 적절하다는 생각이었다.

"너…… 뭐야?"

'헉! 깜짝이야.'

시호의 손이 하율의 손목을 덥석 잡았다. 순간 심장이 철렁 내려앉은 하율은 꼼짝도 할 수 없었다.

"아니, 난 계산을 하려고…… 집에는 가야 하니까……."

하율은 도둑질을 하다 걸린 사람처럼 얼어붙어 입만 달싹거렸다. 변명이 아닌 진실을 말하고 있었지만 왠지 모르게 목소리는 점점 기어들어 갔다. 차마 시호의 얼굴을 볼 수 없어 고개를 돌린 하율의 등줄기에서 식은땀이 흘렀다.

"누구냐고…… 묻잖아."

의외로 차분한 음색이 하율을 더 당황하게 만들었다. 손목까지 잡아 놓고 누구냐고 묻는 것이 이상했던 하율은 곁눈질로 시호를 바라보았다. 술에 취해 있어서 그런지 시호의 두 눈은 감겨 있었다.

"깼으면 눈이나 떠요. 손을 놔주든가."

하율의 목소리에 시호의 입술에서 살짝 웃음이 새어 나왔다.

"너구나. 그래, 배려를 잘하는 이하율이란 여자를 내가 불렀지. 이런 내 모습에도 흉잡지 않을, 못 본 척 넘겨줄, 그런 배려 깊은 여자……."

술기운을 빌려 겨우 짜낸 말 같았다. 읊조리는 듯한 시호의 목소리가 잠겨 있었다. 무엇이 그토록 이 사람을 괴롭히고 있는 걸까? 문득 하율은 이런 생각이 들었다.

늘 속마음을 읽을 수 없었던 차가운 사람이었는데 적어도 지금은 그런 모습을 찾아볼 수 없었다. 마음을 크게 다친 사람처럼, 현실을 보고 싶지 않은 사람처럼 눈을 감고 있는 모습이 애처롭게 다가왔다.

'아무것도 묻지 않을게요. 그냥 편하게 기대요.'

하율은 시호의 머리를 자신의 어깨에 기대도록 했다. 이것밖에 해 줄 것이 없었으니까.

'왜 널 불렀는지……. 너와는 전혀 상관없는 일인데. 왜 네가 생각났을까…….'

시호는 편안함을 느꼈다. 복잡한 가족사도, 아버지에게 외면 받는 자신의 처지도 잠시 잊어버릴 수 있었다. 하율의 작은 어깨에 기대 있으니 어느새 아버지에 대한 분노와 원망이 점점 가라앉고 있었다.

딱히 위로의 말을 들은 것도 아닌데 다친 마음이 벌써 아물고 있는 느낌이었다.

어쩌면 위로의 말보다 작은 어깨를 빌려 준 것이 더 마음을 달래 주었는지도 모르겠다. 하율이라면 아무것도 묻지 않고, 누구 탓이다 따지지도 않고, 그저 사람의 마음을 편안하게 해 줄 수 있을 거라는 확신. 그런 시호의 확신은 빗나가지 않았다.

만약 이 자리에 수연이 있었다면 어땠을까? 상상조차 하기 싫었다. 분명 무능한 자신을 탓하며 끝도 없는 질타가 이어졌을 것이다.

늘 완벽한 남자를 원하는 윤수연. 그런 수연의 완벽함은 때론 시호의 숨통을 조이기도 했다. 지금처럼 위로가 필요할 때는 더욱.

생각이 머릿속에서 차근차근 정리되자 하율의 존재가 크게 다가왔다.

'무슨 남자 속눈썹이 이렇게 길어? 신기하네.'

길고 곧게 뻗은 속눈썹이 하율의 눈길을 사로잡았다. 가까이에서 시호의 얼굴을 보자 잠잠했던 심장이 요동쳤다. 하율은 저도 모르게 오른손 검지를 들어 시호의 속눈썹 끝을 향해 다가갔다.

'헉!'

갑자기 두 눈을 뜨고 바라보는 시호 때문에 하율은 또 한 번 호흡을 멈춰야 했다. 단지 속눈썹을 만져 보고 싶은 욕심에 다가가던 손이 허공에서 멈췄다. 차마 변명의 말조차 못 한 하율은 시호의 눈빛을 피할 수 없었다.

'청초하다.'

하율과 눈이 마주친 시호의 머릿속에 문뜩 떠오른 단어였다. 무엇 하나 숨길 수 없이 모두 드러난 하율의 표정에서 맑고 깨끗함을 볼 수 있었다. 세상 그 어떤 것에도 물들지 않은 고귀한 빛깔. 시호는 하율의 청초함에 자신까지 맑아지는 기분이었다.

"미안……."

"네? 뭐가 미안…… 읍!"

시호의 손이 하율의 머리를 당기자 두 사람의 입술이 맞닿았다. 갑작스런 시호의 입맞춤에 하율의 머릿속은 하얀 백지가 되어 버렸다.

'이 사람을 밀어낼 수가 없어…….'

드라마에서처럼 몸을 밀치며 따귀라도 내려쳐야 하는 것이 정석인데. 나를 그렇게 쉽게 봤냐고 독기 어린 눈을 하며 따져야 하는데. 하율은 아무것도 할 수 없었다.

당황스러운 것은 사실이었지만 시호의 부드럽고 짜릿한 입술 감촉에 점점 빨려 들어가고 있었다.

"본부장님, 저……!"

차까지 놓고 나갔으니 시호가 있을 곳은 단 한 곳밖에 없었다. 걱정스런 마음에 달려온 수연은 룸 문을 열고 석상처럼 굳어 버렸다. 시호와 키스를 하는 한 여자. 수연의 눈에서 순간 불꽃이 튀었다.

"엄마야!"

수연만큼 놀란 사람은 하율이었다. 갑자기 문을 열고 들어온 수연과 눈이 마주친 하율은 황급히 시호를 밀쳐 냈다. 등골이 오싹했다. 저승사자도 그녀보다는 덜 무서울 것 같았다.

"괜찮아."

놀란 하율의 표정을 읽은 시호가 낮게 속삭였다. 시호는 떨리는 하율의 손을 살포시 잡아 주었다.

쾅! 룸 문이 닫혔다. 그 소리에 또 한 번 놀란 하율의 어깨가 들썩였다. 또각또각 구두 소리를 내며 다가오는 수연의 모습은 하율의 심장을 쪼그라들게 하였다.

"일어나세요. 모시러 왔어요."

마치 여기에 하율은 존재하지도 않는 것처럼, 수연은 시호에게만 눈길을 줬다. 어떤 여자와 있든, 무슨 짓을 했든, 전혀 흔들림 없는 사람처럼 그렇게 하율을 무시했다.

"역시 윤수연답네."

수연이 자신을 찾아낼 거라는 짐작은 하고 있었다. 다만, 타이밍이 좋지 않았을 뿐. 시호는 아쉬운 표정으로 자리에서 일어났다. 그리고 시호의 손에 이끌려 하율도 같이 일어났다.

"가자."

"네? 저요?"

하율은 고개를 끄덕이는 시호 옆에 거목처럼 서 있는 수연과 눈을 마주했다. 변함없는 수연의 표정에서 왠지 모를 위압감이 느껴졌다.

"제가 알아서 갈게요. 먼저 가세요."

하율은 시호의 손에서 자신의 손을 슬쩍 빼며 수연의 눈치를 살폈다. 그러나 시호는 아플 정도로 더욱 힘을 주어 하율의 손을 잡았다.

"이 시간에 혼자 가겠다고? 술 취한 남자들이 득실거리는 이 한밤중에? 겁이 없는 거야, 아니면 얼굴을 무기로 알고 있는 거야?"

'지금 이 상황에서는 댁이 더 위험하거든!'

입술까지 부딪쳐 놓고 자신은 전혀 위험인물이 아니라는 것 같은 시호의 말에 하율은 입안에서 혀를 찼다. 더러 혀가 꼬이기는 했지만 술 취한 사람이라고는 믿기 어려울 만큼 청산유수였다.

"차는?"

시호는 수연에게로 시선을 옮겼다.

"지하 주차장에요."

시호의 재킷과 넥타이를 챙긴 수연의 말투는 얼음 칼처럼 차갑고 날카로웠다.

뭐라 반문할 틈도 없이 시호에게 이끌려 룸을 나온 하율은 두 사람의 관계에 대해 궁금했다. 그러나 물어볼 상황이 아니라는 것쯤은 알고 있었다.

상대인 수연도 자신에 대해 궁금하겠지, 라는 생각이 들었다. 수연은 지금 상황이 그저 우스울 뿐이었지만.

'권시호 당신, 대단해. 날 다 긴장시키고. 하지만 하룻밤을 즐겼던 여자들처럼 그렇게 이하율을 대해 주지. 당신은 몰라도 여자는 느끼거든. 그럴 때 자신의 존재가 비참해짐을 말이야.'

복도에 두 사람의 뒤를 따라가는 수연의 구두 소리가 울려 퍼졌다.

집까지 운전하면서 수연은 단 한마디도 하지 않았다. 잔소리를 듣지 않아 좋아야 할 텐데 침묵이 시호를 더욱 불안하게 하였다.

"조용하니까 더 무서운데?"

도착하고 시동이 꺼지자 시호가 먼저 입을 열었다.

"내리세요."

날아오는 수연의 답변은 건조했다. 시호는 온몸이 갈라지는 느낌을 받으며 천천히 차에서 내렸다.

"이제 잔소리도 지쳤다는 뜻인가?"

"키스 좀 했다고 잔소리를 할 수는 없죠."

수연은 최대한 담담한 듯 말을 건넸다.

"키스? 윤수연이 그런 것에 관심 둘 사람이었나?"

시호의 말에 수연은 순간 아차 싶었다. 지금까지 그 어떤 여자와 무슨 짓을 해도 아무렇지 않은 척 넘길 수 있었는데 오늘은 달랐다.

하율이 시호 옆에 앉아 있는 것만으로도 위협적이고 모욕적인 기분이 들어 참을 수 없었다. 그동안 해 왔던 것처럼 이성적으로 넘기려 했지만 끝내 속마음을 들키고 말았다. 수연은 자신의 이런 모습을 숨기고자 아랫입술을 잘근 씹으며 시호를 돌아봤다.

"제 눈에는 그저 반항으로밖에 보이지 않아요."

"으흐흐. 하하하."

갑자기 시호가 웃음을 터뜨렸다. 무엇이 재미있는지 시호는 한동안 웃음을 멈추지 않았다.

"윤수연은 그렇게 생각하고도 남지. 이 나이에 반항이라……. 정말 반항일까?"

시호도 사실 왜 그랬는지 스스로 설명이 되지 않았다. 단지 편해지고자 하율을 불렀을 뿐 입을 맞출 생각까지는 없었다. 과연 하율의 어떤 모습이 자신의 마음을 흔들어 놓고 있는 걸까. 시호는 반항이라는 수연의 말을 온전히 받아들일 수 없었다.

의미심장한 물음을 던져 놓고 앞서 걸어가는 시호의 뒷모습에 수연은 자신의 가슴을 쓸어내려야만 했다. 사실 수연을 화나게 하는 일은 키스가 아니었다.

왜 그 자리에 하율을 불렀는지, 그 이유를 알 수 없어 불안했다.

마음이 아파서 괴로울 때 시호 옆에는 항상 자신이 있었다. 그러나 이제 그 자리를 대신할 여자가 생겨 버렸다. 이는 자신의 위치를 위태롭게 하는 것과 같았다. 시호의 뒤를 따라가는 수연의 발걸음이 무거웠다.

"술이라도 마신 거야?"

조금 비틀거리는 시호에게 지호가 다가오고 있었다. 지호도 지금 들어왔는지 한 손에 차 키를 들고 있었다. 수연은 지호를 보고 짧게 고개를 숙여 인사했다.

"이게 누구야? 잘나가는 사촌이 오셨군."

지호의 양어깨에 두 손을 얹은 시호는 콧방귀를 뀌며 비꼬듯이 말했다.

"나한테 술주정이라도 하겠다는 거야?"

시호에게서 풍기는 진한 술 냄새에 지호는 눈살을 찌푸렸다. 시호가 무슨 일 때문에 이 늦은 시간까지 술을 마셨을지 짐작하고도 남음이었다.

하지만 지호 자신도 좋아서 간 자리가 아니었다. 권 회장의 결정으로 꼭 참석해야만 했던 자리. 많은 이들의 주목을 받으며 가식적인 모습을 보여야 하는 시간이 괴롭기는 자신도 마찬가지였다.

그렇다면 가해자는 누구고 피해자는 누구란 말인가. 지호는 흔들리는 시호의 눈동자 속에서 원망을 읽을 수 있었다.

"전 먼저 들어가 볼게요."

수연이 자리를 피하려 하자 지호가 시선을 돌렸다.

"술 취한 시호를 남겨 두고 먼저 들어가는 건가? 무슨 일이 일어날 줄 알고."

"주먹질하셔도 말리지 않아요. 오늘은 본부장님이 좀 맞으셔야 정신을 차릴 것 같거든요. 그럼."

조금의 망설임도 없이 두 사람에게서 돌아선 수연은 주차장을 유유히 빠져나갔다. 지호는 어둠 속으로 사라지는 수연의 뒷모습을 바라보다 고개를 절레절레 흔들었다. 도대체 무슨 생각을 하고 있는지 종잡을 수가 없는 여자였다.

"출판사 기념 파티에는 잘 다녀오셨나? 나 대신이라 더 즐거운 자리였겠지. 안 그래?"

잠잠하던 시호가 또 한 번 시비를 걸었다.

"방까지 부축해 줄게."

"내가 묻잖아! 즐거웠냐고!"

시호는 지호의 어깨를 밀치며 소리쳤다. 성난 목소리가 주차장을 울렸다. 순간 시호의 힘에 뒷걸음질 치며 몸을 휘청거린 지호가 간신히 중심을 잡았다.

"나 바보 만들어 놓고 희희낙락거리니까 좋아? 고소해 죽겠지?"

"그럼 넌, 내가 아무 준비도 없이 한국 땅을 밟았을 것 같아? 정말 그런 바보 같은 생각을 한 거야?"

낮은 지호의 목소리가 시호를 더욱 화나게 만들었다.

"이 자식이!"

시호의 주먹이 지호의 오른쪽 볼을 향해 날아들었다. 갑자기 날아든 주먹에 바닥으로 쓰러진 지호는 찢어진 입술 사이로 흘러내리는 피를 손등으로 닦으며 시호를 노려보았다.

"시작은 네가 한 거야, 권시호!"

땅을 짚고 일어나 시호에게 달려든 지호는 단번에 그를 바닥에 눕혔다. 술 취한 시호 위로 두 다리를 벌려 올라탄 지호는 시호의 멱살을 움켜쥐었다.

"내가 만만해 보여? 그래서 지금까지 펜대 굴리며 본부장 자리에 앉아만 있었어?"

거센 지호의 주먹이 시호의 턱을 쳤다. 시호의 고개가 절로 돌아갔다.

"윽!"

시호의 입에서 짧은 비명이 새어 나왔다. 이것은 아니었다. 자신에 대한 화가 왜 지호에게 향했는지 시호는 알지 못했다. 어디서부터 잘못된 것일까? 수연의 말처럼 맞으면 정신이 들까?

시호는 지호의 주먹을 온전히 맞으며 신음만 뱉어 냈다.

"그만……하자."

싸움은 서로가 대등한 입장에서 할 때 성립했다. 아무런 반항도 없이 자신의 주먹을 맞고 있는 시호를 보자 지호의 손이 멈췄다.

학창 시절 주먹질은 자신보다 시호가 한 수 위였다. 그런 시호가 자신의 아래에 누워 넋이 나간 모습을 보자 한쪽 가슴이 쑤셔 왔다. 천천히 시호에게서 내려와 나란히 누운 지호는 깜깜한 밤하늘을 올려다보았다. 한동안 두 사람 사이에는 침묵만이 흘렀다.

　"센데."

　얼마나 맞았는지 얼굴이 욱신거렸다. 입을 벌려 이리저리 턱을 비틀어 보던 시호는 고등학교 시절을 떠올리다 피식 웃고 말았다.

　"그때는 너랑 나, 등을 맞대고 싸웠는데. 서로 뒤를 지켜 줄 든든한 기둥이라 그렇게 믿었는데…… 이제는 등을 보이면 안 되는 사이가 됐네."

　시호가 무슨 뜻으로 던진 말인지 알고 있었다. 지호 역시 그때를 떠올리며 추억에 젖었다.

　"형제 등에 칼을 꽂은 기분이 어때?"

　물어보는 시호의 목소리에는 기운이 없었다.

　"더러워."

　"난 아파. 등에 칼을 맞았는데 가슴이…… 아파."

　시호의 말에 지호는 아무런 대답도 할 수 없었다. 칼을 꽂은 사람도, 칼에 맞은 사람도 모두 지워지지 않을 상처를 남기게 된 싸움. 그 무엇으로도 아물지 못할 아픔. 이런 생각에 지호의 두 눈에 눈물이 고였다.

터덜터덜 버스 정류장으로 향하는 하율의 발걸음은 무겁다 못해 질질 끌려가는 느낌이었다. 아무것도 보이지 않았고 아무 것도 들리지 않았다. 적막한 산속에 혼자 있는 것처럼 그렇게 하율은 멍한 정신으로 걷기만 했다.

어젯밤 시호와 입맞춤을 하고 단 한숨도 이루지 못했다. 태 어나 처음으로 남자와 입맞춤을 했으니 아무렇지 않게 잠을 잔 다는 것은 어려운 일일지도 모른다.

하지만 한편으로 이런 자신이 한심한 점도 없지 않아 있었 다. 이 나이가 되도록 소개팅 한번 못 해 보고 겨우 입맞춤에 안절부절못하는 모습이 바보 같았다.

지금 이 감정이 무엇인지 누군가 단정적으로 말해 주었으면 좋으련만 차마 하소연도 못 하고 혼자서 끙끙거리기만 했다.

'하…… 내가 그런 놈에게 마음이 있는 건 아니겠지?'

불길했다. 그리고 무서웠다. 시호를 좋아한다는 것은 미친 짓이었으니까. 하율은 알 수 없는 자신의 감정을 애써 외면했 다.

"하율아! 이하율!"

자신을 부르는 소리에도 생각에 빠진 하율은 반응이 없었다.

"야! 이하율!"

"응?"

뒤에서 누군가가 자신의 어깨에 손을 올리자 그제야 하율은 고개를 돌렸다. 가장 친한 친구이자 같은 학교에 다니고 있는 장미였다. 어디서부터 뛰어왔는지 모르겠지만 장미는 숨이 넘어갈 듯한 표정으로 하율을 바라보고 서 있었다.

"왜?"

재잘재잘 잘 떠드는 장미의 성격상 복잡한 감정 정리는 이쯤에서 끝내는 것이 좋았다.

"왜에? 너 지금 아무것도 몰라?"

"짧게 해 줘. 나, 무지 심란해."

가뜩이나 정신없어 죽겠는데 무슨 큰일이라도 벌어진 것처럼 장미의 목소리가 높게 올라갔다. 느낌이 좋지 않았다.

"알았어. 그러니까…… 아니다. 직접 봐라."

장미는 가방에서 휴대폰을 꺼내 몇 번 두드리더니 하율에게 건넸다. 휴대폰 액정에는 사진 한 장과 기사가 떠 있었다. 하지만 하율의 눈에는 전혀 들어오지 않았다.

"이게 뭔데?"

"잘 봐. 누군지."

장미의 한마디에 하율은 사진을 뚫어지게 바라보았다. 그리고 잠시 후 비명을 질렀다.

'이 사진이 어떻게……!'

모를 일이었다. 어젯밤 가게에서 나와 시호의 손에 이끌려 가는 모습이 찍혀 버렸다. 순간 아찔함을 느낀 하율의 몸이 휘청했다.

"기사 좀 읽어 봐. 어, 여기. 이 부분. 신화그룹 권시호 본부장의 밀회. 다정히 손을 잡고 걸어가는 여자의 정체는 과연 뭘까. 비서로 밝혀진 여자가 운전한 승용차에 나란히 탑승. 유유히 지하 주차장을 빠져나갔다."

세상이 도는 건지, 아니면 자신의 머릿속만 도는 건지 하율은 정신이 없었다. 다정하단다. 어딜 봐서 다정하단 말인가. 도살장에 끌려가는 소처럼 시호에게 이끌려 차에 올랐을 뿐이지만 아무도 믿어 주지 않을 것 같았다.

하율은 넋이 나간 사람처럼 멍하니 서 있었다.

"이 기사가 실시간 검색 1위야, 1위!"

장미가 호들갑을 떨며 하율의 어깨를 반복적으로 내려쳤다. 하지만 장미의 행동에도 하율은 전혀 반응하지 않았다. 이미 하율의 영혼은 몸을 빠져나가 자유롭게 날아다니고 있었다.

"아니야, 너니까 나라는 걸 알아봤지. 다른 애들은 모를 거야. 그렇지?"

하율은 한참이 지나서야 휴대폰으로 다른 기사를 찾고 있는 장미에게 물었다.

"내 말이 맞지?"

어두운 곳에서 찍힌 사진이었다. 더구나 시호는 몰라도 자신은 옆모습만 나온 상태였다. 그러니 알아보는 이가 많지 않을 거라는 마지막 희망이 있었다. 물론, 이런 하율의 생각은 착각이었지만.

"애들이 바보냐? 적어도 우리 과 애들은 다 알고 있을걸? 어제 네가 입고 온 옷과 가방이 똑같잖아."

다시 한 번 사진을 보여 준 장미는 하율을 한심한 듯 바라보았다. 이렇게 보고도 모르면 동태눈이라는 둥, 요즘 이 옷을 너무 자주 입고 다녀서 모르는 사람이 없다는 둥 여러 가지 이유를 들어 가며 하율의 희망을 갈기갈기 찢어 버렸다.

쉴 틈 없이 이어지는 장미의 말에 하율은 그저 눈만 깜빡거렸다.

"와! 대박!"

소리를 지른 장미는 동공이 튀어나올 지경이었다. 검색 1위에 해당하는 사건을 뒤엎을 연예인 스캔들이라도 터졌는지, 대박이라는 말을 연거푸 질러 댔다. 아니겠지, 라고 생각하면서도 불안감은 몇 배나 더 증가했다.

"10분 전에 신화그룹에서 정혼자라고 발표했어. 너 이 남자랑 결혼해?"

미치지 않고서는 온전한 정신으로 이 모든 일을 감당할 수 없었다. 하루아침에 뒤바뀐 인생. 그동안 결혼을 할까 말까 고민했던 시간이 무의미해지는 순간이었다.

"장미야."

"어. 말해."

장미는 두 귀를 쫑긋 세우고 하율의 입에 시선을 고정했다. 특종을 발견한 기자의 눈빛과 흡사했다.

"오늘 나 대신 알바 좀 해 주라."

"넌 뭐하려고?"

"어떤 놈 좀 만나러 가려고."

"어떤 놈?"

"나와 상의도 없이 결혼 발표한 놈."

길거리에 장미를 남겨 두고 택시를 잡은 하율은 신화그룹 본사로 향했다.

소사, 소사, 맙소사다. 차라리 오지 말 걸 그랬다. 무엇을 확인하고자 여기까지 왔을까 후회하는 중이었지만 이미 늦었다. 일은 벌어졌으니까.

"그 여자다! 여기야, 여기!"

택시에서 내려 몇 발자국 걷지도 않았는데 한 남자가 하율을 향해 손가락질하며 소리를 질렀다. 그러자 우르르 몰려든 촬영 기사들과 기자들이 하율의 주위를 순식간에 둘러쌌다.

개미 새끼 한 마리도 빠져 나갈 수 없을 만큼 촘촘히 에워싼 기자들은 서로 밀치며 하율의 앞에 마이크를 내밀었다. 수없이 터지는 카메라 플래시와 쏟아지는 질문에 하율은 입도 벙긋 못하고 있었다. 사방에서 빗발치는 질문이 뒤엉켜 정신을 쏙 빼놓았다.

'내가 여길 왜 왔을까······.'

잡아먹히려고 작정을 하지 않고서야 겁도 없이 호랑이 굴로 찾아오는 이는 없을 것이다. 그러나 지금은 호랑이가 아닌 숨어 있던 하이에나에게 잡아먹힐 상황이었다. 돌파구를 찾지 못한 하율은 꼼짝없이 갇혀 버렸다.

"뭐!"

서류를 검토하던 시호의 목소리가 날카로웠다. 여직원이 보고한 밖의 상황을 듣고 시호는 머릿속이 백지가 된 기분이었다. 기사가 터지고 하율의 안전을 위해 학교로 경호원까지 보냈지만 엇갈린 모양이었다. 여기까지 올 거라는 생각은 미처 하지 못했던 터라 시호는 당황스러웠다.

"기자들 통제 안 하고 뭐했어!"

"진정하세요. 회사 안으로 들어오는 것은 막을 수 있어도 밖에 진을 치고 있는 것까지 통제할 수는 없어요."

이성적이고 차분한 음색의 주인공은 수연이었다. 비서실에서 근무한 지 이틀밖에 되지 않은 여사원은 시호의 목소리에 겁에 질린 표정이었다. 고개도 들지 못하고 서 있는 여사원이 안쓰러워 수연이 중재에 나섰다.

"무능한 소리 하지 마."

자리를 박차고 일어나 창가로 다가간 시호는 아래를 내려다보았다. 둥근 원을 그리고 포위하듯 몰려 있는 사람들을 보자 시호의 미간에 주름이 잡혔다.

'도대체 여기까지 왜 온 거야?'

하율의 돌발 행동에 화가 난 시호는 이 사태를 어떻게 해결해야 할지 막막했다.

"경호원들 내려 보낼게요. 그러니까 마저 서류 검토……."

수연이 수화기를 들어 경호실에 알리려는 찰나 시호는 집무실을 나가 버렸다. 항상 자신의 통제 속에 있던 시호가 나가 버리자 수연은 참담한 기분이었다. 요즘 들어 시호의 행동을 수연은 용납할 수 없었다.

"나가서 일 봐요."

"네."

여직원을 내보내고 천천히 수화기를 내려놓은 수연은 창가로 다가갔다. 높은 빌딩에서 내려다보니 사람들의 검은 머리만 보였다. 과연 저 인파에 갇힌 하율을 어떤 식으로 구해 줄까? 수연은 팔짱을 낀 채 시호가 나타나기를 기다렸다.

'당신 요즘 럭비공 같아. 어디로 튈지 감을 잡을 수 없거든.'

수연은 자신의 도움 없이 시호가 어떻게 이 사태를 해결할지 두고 볼 참이었다.

이제 기자들도 모자라 지나다니는 시민들까지 하나둘 모여들었다. 겹겹이 둘러싸다 못해 건물 안 창문에도 사람들이 모여 하율을 내다보고 있었다. 한순간 동물원 원숭이가 된 하율은 점점 주눅이 들기 시작했다.

"그만들 하시죠!"

어디서 많이 들어 본 목소리가 하율의 귓가에 울려 퍼졌다. 기자들도 굵은 남자의 목소리에 주위를 두리번거렸다.

"권시호 본부장이다!"

한쪽에서 어떤 기자의 목소리가 들리자 하율에게 향했던 시선이 일제히 한곳으로 몰렸다. 모세의 기적처럼 하율을 둘러싸고 있던 기자들이 양쪽으로 갈라졌다. 그리고 그 길 끝에는 시호가 늠름하게 서 있었다. 하율은 시호의 등장에 놀란 표정을 지었다.

"이런, 이런. 제 피앙세가 너무 놀랐군요. 빨리 늑대 소굴에서 구해 줘야 할 것 같은데요?"

하율은 시호의 능청스런 표정과 말투에 할 말을 잃었다. 그 사이 시호가 하율에게 시선을 고정하고 성큼성큼 다가왔다.

"정말 결혼하실 겁니까?"

시호가 하율의 옆에 서자 기자들의 질문이 쏟아졌다.

"그럼 결혼을 장난으로 합니까?"

시호의 한마디에 여기저기서 난리가 났다. 기자들은 물론, 주위에 몰린 시민들 중 환호성을 지르며 손뼉을 치는 이도 있었다.

'이봐요, 그런 말 할 자격이 없으신 것 같은데. 댁은 결혼도 비즈니스잖아!'

하율은 시호를 똑바로 바라보았다. 아니, 노려보았다. 그러자 시호가 대뜸 하율에게 귓속말을 건넸다.

"웃어라. 후회하지 말고."

좀 전과는 전혀 다른 차가운 말투로 시호는 하율에게 경고를 했다. 하지만 여전히 표정은 부드러웠다.

'웃어? 이렇게?'

애써 입꼬리를 올려 보았지만 어색하기 짝이 없는 표정. 시호는 그런 하율의 표정에 그만 피식하고 웃음이 나왔다.

귓속말까지 하며 웃음을 흘리는 둘의 모습에 기자들과 시민들은 다정한 원앙을 보듯이 뿌듯해했다. 의도한 바는 아니었지만 모든 상황이 오해하기에 충분했다.

"기사가 터지자마자 이곳까지 신부님을 부르신 이유가 뭡니까? 혹시, 기사와 다른 내막이 있는 거 아닙니까?"

"기자님들이 이런 식으로 나올까 봐 불렀습니다. 제 곁에 둬야 기자님들한테서 안전할 것 같아서요. 하지만 제 생각이 짧았네요."

"네?"

"제가 직접 데리러 갈 걸 그랬습니다."

여자들의 탄성이 터져 나왔다. 부러움과 질투가 섞인 시선이 하율에게 향했다. 하율은 입도 벙긋 못 하고 시호만 바라보았다. 시호의 언변술과 연기력에 속으로 갈채를 보내 주었다. 물론 원망도 같이.

"그럼 이만."

시호의 마지막 말이 끝나자마자 검은색 양복을 입은 경호원들이 기자들 사이를 비집고 나와 신속하게 길을 만들었다. 시호는 멍하니 서 있는 하율의 손을 덥석 잡았다. 그리고 또다시 귓속말을 했다.

"지금이 아니면 넌 여기서 영원히 탈출할 수 없어. 정신 차려."

하율이 뭐라 대답하기도 전에 시호는 사옥 쪽으로 걷기 시작했다. 어젯밤 그랬던 것처럼 하율은 또 한 번 시호의 힘에 이끌려 회사 안으로 들어갔다. 표정 또한 어젯밤과 별반 다를 것이 없었다.

집무실 문을 열었을 때에는 수연이 자리를 뜬 상태였다. 그러나 수연이 애용하는 향수의 잔향이 남아 좀 전까지 이곳에 누가 있었는지 일깨워 주었다. 쾅 하고 문 닫히는 소리와 함께 시호는 넥타이를 느슨하게 풀었다.

"지금 제정신이야! 여기가 어디라고 와!"

집무실로 들어오자마자 시호의 목소리가 높아졌다. 얼떨결에 시호를 따라 이곳까지 온 하율은 교무실에 끌려온 학생처럼 쭈뼛쭈뼛 서 있기만 했다. 기사에 대해 따지러 오기는 했지만 일을 더 크게 만든 것 같아 할 말이 없었다.

"아니, 난 그냥 얘기 좀 하려고……."

답하는 하율의 목소리에는 기운이 하나도 없었다.

"생각이 있어, 없어? 너 때문에 결혼이 기정사실화되었잖아!"

"누가 연기하래요? 그냥 아니라고 하지."

시호가 그 상황에서 구해 준 것이 고마우면서도 질책이 이어지자 하율은 슬슬 도망갈 구멍을 찾았다.

"아니라고 하면 믿겠어? 아님 그 많은 기자한테 둘러싸인 널 모른 척하는 것이 현명한 건가?"

공인인 자신과 달리 카메라나 기자가 낯설 하율을 생각하자 저도 모르게 사무실을 뛰쳐나갔다. 이것저것 따져 가장 좋은 방법이 무엇일지 생각하기도 전에 몸이 먼저 반응했다.

지금 자신의 행동을 후회하고 있는 것은 아니었지만 하율에게 결혼에 대해 생각할 시간을 주겠다는 약속은 물거품이 되어 버렸다. 세상의 웃음거리가 되지 않기 위해서는 꼭 결혼해야 했으니까.

"아니, 잠시만요. 솔직히 나한테 큰소리칠 입장은 아니잖아요. 먼저 이 사달을 만든 쪽이 누군데요? 정혼자라고 발표한 사람은 그쪽이잖아요!"

그래, 이거였어. 내가 이곳까지 온 이유! 하율은 그제야 생각이 났는지 시호에게 당당히 물었다.

"내가 발표한 일이 아니야."

"네? 그럼 누가……?"

"비서실장님 작품이겠지."

그러니까, 누가 했건 당신 뜻 아닌가? 하율은 시호의 답변에 고개를 꺄웃거렸다.

시호는 그 반응에 작게 한숨을 내쉬었다. 하율이 이해 못 하는 것은 어쩌면 당연한 결과였다. 김 실장이 누구의 사람이고 그의 움직임이 무엇을 뜻하는지 모를 테니까. 이런 내막까지 설명해야 하는 자신의 처지가 한심스러웠다.

김 실장의 움직임은 곧 권 회장의 결정과 같았다. 기사가 터지자 비서실에서 대응책을 내놓았을 것이고, 이 결혼을 누구보다 바라고 있었던 권 회장 입장에서는 망설일 이유가 없었을 것이다.

이것이 시호가 생각한 시나리오였다. 그 시나리오와 배경을 하율에게 설명하기도 전에 인터폰이 울렸다. 시호는 짜증스런 표정으로 책상 위에 놓인 인터폰 버튼을 눌렀다.

—본부장님, 회장님이 찾으십니다.

"지금?"

—네. 이하율 씨도 함께 오시랍니다.

하율은 집무실 안에 울려 퍼지는 여자의 목소리가 자신을 지목하자 놀란 눈으로 시호를 바라보았다. 자신은 왜 부르냐는 원망의 눈초리였다.

"알았어. 올라가지."

역시나 하율의 의사는 깡그리 무시되었다.

집무실 소파에 앉아 김 실장에게 밖의 상황을 보고받은 권 회장의 표정에는 많은 것이 담겨 있었다. 기쁨과 안도감, 그리고 미안함. 권 회장은 하율을 떠올리자 만감이 교차했다.

"그리고…… 한 가지 더 말씀드릴 것이 있습니다."

김 실장의 목소리가 유난히 낮게 깔렸다.

"말해."

"권 실장님의 모친께서 오셨습니다."

지호의 모친이라면 권 회장에게는 사사로이 형수님이었다. 과거, 이 자리에 앉아 있었던 형의 부인. 그래서 전혀 편치 않은 사이. 한참을 고심하는 권 회장의 표정에서 김 실장은 모든 것을 읽을 수 있었다.

"제가 알아서 둘러대겠습니다."

"돌아갈 사람이 아니야."

여기까지 온 걸 보면 지나가다 들른 것이 아니었다. 아들을 보러 왔다는 핑계로 자신을 만나러 온 혜선의 잔꾀를 권 회장은 모르지 않았다.

"모시도록 해."

권 회장의 허락이 떨어지자 혜선이 집무실 안으로 들어왔다. 잠시 후 두 사람 사이에 찻잔이 놓여졌다.

"형수님께서 여기까지 무슨 일이십니까? 급한 일이 아니면 집에서 하시죠."

"집에서 나눌 말은 아니지요. 동서도 생각해 줘야 하고."

느긋하게 차를 한 모금 마신 혜선은 권 회장에게 눈길조차 주지 않았다. 도도함은 여전했다.

"여기는 그대로네요."

혜선은 잠시 옛 생각에 빠져들었다. 자신이 좋아하는 차를 시켜 놓고 다정하게 맞아 주던 남편의 집무실. 혜선은 자신을 사랑해 준 남편을 떠올리자 가슴이 뭉클했다.

그러나 혜선이 추억에 잠겨 있는 그 시간이 권 회장에게는 견디기 힘든 초조함이었다. 곧 시호와 하율이 오기에 이 자리를 빨리 파해야 한다는 생각만 간절했다.

"형수님, 시간이 많지 않습니다."

"그러시겠죠. 있는 시간도 없다 하실 분인데 일찍 끝내 드려야죠."

들고 있던 찻잔을 내려놓으며 혜선의 표정이 순간 예리하게 돌변했다.

"형님께서 돌아가실 때 유언으로 하신 말씀, 기억하시겠죠? 기억 못 하시겠다면 제가 상기시켜 드릴 수도 있고요."

유언이라는 말에 권 회장의 낯빛이 어두워졌다. 병마와 싸우다 짧은 생을 마감한 쌍둥이 형의 유언. 그것은 권 회장에게 평생 짊어지고 가야 할 짐과 같았다.

"알고 있습니다."

"그렇다면, 그 유언대로 하세요. 우애가 남다른 쌍둥이 형제 잖아요?"

소심하고 내성적이었던 형을 떠올리자 권 회장은 가슴이 찌 릿했다.

"확답을 들으러 왔어요. 약속, 지켜 주실 거죠?"

무엇이 이리도 불안한 걸까? 혜선은 스스로 마음을 다독였 지만 불안감은 쉽게 가라앉지 않았다. 한국에 돌아온 지 한참 이 지났지만 권 회장의 행보는 여전히 눈에 차지 않았다. 혜선 은 권 회장의 결정을 기다릴 만큼 넓은 아량을 가진 여자가 아 니었다.

"답은 이미 드렸습니다."

권 회장의 차가운 대답에 혜선은 잠시 긴장했다.

"자금성이 주최한 자리에 지호를 보냈습니다. 이보다 더 확 실한 답은 없을 것 같은데요. 부족하십니까, 형수님?"

권 회장의 눈빛은 여기까지 찾아온 자신을 질타하는 것 같았 다. 하지만 혜선은 더 확실한 답을 원했다.

예를 들어, 주총이나 대외적으로 알릴 수 있는 기자 간담회를 열어 지호를 차기 승계자로 인정하는 일 같은. 그러나 이것은 어디까지나 혜선의 욕심이었다.

"서방님 뜻은 알겠습니다. 그럼 이만 가 보죠."

자리를 털고 일어나 나가려던 혜선은 걸음을 멈추고 권 회장을 바라보았다. 무엇인가 갈등하는 듯한 그의 표정이 혜선을 긴장하게 하였다.

쓸쓸한 걸음으로 집무실을 나오던 혜선은 하율과 함께 회장실을 찾은 시호와 마주하게 되었다.

"밖이 시끄럽더니 그 주인공이 여기 있었군."

시호보다 하율에게 먼저 눈길을 준 혜선은 살짝 미소까지 더했다.

"조만간 한 가족이 되겠네? 쉽지 않은 생활일 테니 각오를 단단히 해야 할 거야. 환상은 늘 깨지기 마련이거든."

"네?"

갑작스러운 경고에 얼떨떨한 하율은 뭐라 대답도 못 하고 시호의 얼굴만 힐끔거렸다. 그러나 시호는 설명해 줄 마음이 없는지 하율의 시선을 피했다.

"이런, 이렇게 순진해서 시호 곁에 붙어 있을 수 있겠어?"

혜선은 의미심장한 말을 남기고 두 사람 앞에서 사라졌다. 시호는 도도하고 당당한 혜선의 뒷모습을 바라만 보았다.

"들어가시죠, 본부장님."

김 실장의 안내에 시선을 돌린 시호는 한쪽 입꼬리를 살짝 올렸다.

"김 실장님이 나서시면 항상 일이 깔끔하게 마무리되더군요."

뼈가 있는 시호의 말에도 김 실장은 아무렇지 않은 듯 집무실 문을 열어 주었다.

"회장님께 배운 겁니다."

시호를 따라 안으로 들어간 하율은 권 회장의 모습에 놀라지는 않았지만 어색함을 느꼈다. 시호의 아버지라는 사실을 머릿속으로는 알고 있었지만, 거대한 사무실에 앉아 있는 모습을 실제로 보자 왠지 모르게 위화감이 들었다.

"오랜만이구나."

하율을 보자마자 자리에서 일어나 그녀의 손을 잡아 준 권 회장은 다정한 미소를 지었다.

"하율이를 진심으로 아껴 주겠지?"

하율을 대할 때와 다르게 시호를 향한 권 회장의 목소리는 차가웠다.

"……네."

사실 시호는 권 회장에게 시간을 달라 청할 생각이었다. 하율이 그 어떤 선택도 못 한 상태에서 이런 일이 터지고 보니 조금 미안한 마음이 들었다. 그래서 하율에게 선택할 시간을 주고 미안함을 떨쳐 버리려 했다.

하지만 집무실 밖에서 큰어머니를 마주하고 보니 마음이 바뀌었다. 분명 자신에게 불리한 거래가 이뤄졌을 것 같다는 생각이 머릿속에서 떠나질 않았다.

자금성이 주최한 자리까지 지호에게 내준 시호는 더 이상 물러설 곳이 없었다. 아버지의 마음을 돌려놓기 위해서는 오직 결혼뿐이었다.

"어려운 결정을 내려 줘서 고맙다."

"네? 무슨 결정을……."

이번 사태로 진짜 결혼을 해야 한다는 사실을 하율은 아직 감지하지 못했다. 내막을 모르는 하율이 이 모든 것을 받아들이는 데는 시간이 걸렸다.

"내 아들 시호를 잘 부탁한다."

이렇게 두 사람은 결혼이라는 것을 하게 되었다. 자의 반, 타의 반으로.

❄   ❄   ❄

하율은 결혼 준비를 하면서 한 번도 시호와 만난 적이 없었다. 여전히 바쁜 시호 덕에 웨딩드레스도 신부 혼자 보러 가는 경우가 발생했다.

시호 대신 나온 윤 비서에게서 집안 품위를 생각해 점잖은 드레스로 고르라는 협박 아닌 강요가 들어왔다. 본인 결혼식도 아니면서 사사건건 간섭하는 것이 얄미운 시누이처럼 보이기까지 했다.

마지못해 심플한 드레스를 고르고 윤 비서에게 허락을 받은 하율은 시호가 원망스러웠다. 드레스 선택을 자신도 아닌, 그렇다고 신랑도 아닌 비서가 하는 경우는 이 세상 어디에도 없을 것이다.

하율은 그제야 자신이 무슨 결정을 했는지 실감이 났다. 바보 같은 정략결혼.

이런 식으로 정리가 되니 화가 치밀어 올라 그냥 넘어갈 수 없었다. 바쁘다는 시호를 달달 볶아 겨우 만난 하율은 그동안 섭섭했던 것들을 쏟아 냈다. 그런데 이 남자 반응이…….

"그래서 하고 싶은 말이 뭐야? 용건만 간단하게 말해. 줄줄 늘어놓지 말고."

손뼉도 마주쳐야 소리가 난다고, 이건 혼자 씩씩거리며 열내는 꼴이 아닐 수 없었다. 정작 상대는 왜 화를 내고 있는지 모르겠다는 표정으로 팔짱을 긴 채 남의 일인 듯 한발 물러나 듣고 있었다. 미치고 팔짝 뛸 일이었다.

"지금 다 말했잖아요. 내 말 안 들었어요?"

"두서없는 말에 내가 기억해야 할 만한 내용은 없었던 것 같은데."

물론, 더러 두서없이 말했을 수도 있다. 감정이 격해져 문장 몇 개는 전달이 제대로 되지 않았을 수도 있다. 하지만 이렇게 나오면 안 되는 거다.

요점을 왜 몰라? 여자 마음을 그렇게 몰라?

"아무리 정략결혼이라고 해도…….."

"말조심해. 듣는 사람이 많아."

하율의 말을 싹둑 자른 시호는 주위를 두리번거렸다.

"그래요, 뭐. 그런 결혼이든 저런 결혼이든 계속 이런 식으로 무관심할 거면 저…… 결혼 다시 생각해 볼 거예요."

"결혼이 장난인 줄 알아?"

'그래, 말 잘했어. 내가 하고 싶은 말이 그거야. 결혼이 장난이냐고!'

하율은 손바닥으로 탁자를 내려치며 고개를 끄덕였다. 알고 있으면서 왜 그딴 식으로 행동하냐는 무언의 눈빛을 전했지만 오히려 한심하다는 대답만 돌아왔다.

"네가 생각하는 평범한 결혼 준비는 우리 쪽에 없어. 더구나 이렇게 한쪽으로 기우는 결혼이면 더 나설 필요도 없지. 결혼 준비를 우리 쪽에 맞춰서 해야 하니까. 그래서 네가 할 일이 없는 거야. 그 덕에 내가 할 일도 없는 거고."

"뭐, 뭐라고요?"

듣고 있자니 얼굴이 다 화끈거릴 정도로 화가 났다. 동등한 입장이 아닌 더 높은 곳에 있는 사람처럼 행동하는 시호의 모습에 하율은 입안에서 혀를 찼다. 뭐라고 반문을 해야 할지 마땅한 말을 찾지 못했다. 그저 두 눈만 동그랗게 뜬 채 시호를 노려볼 뿐이었다.

"그렇게 자존심이 상하면 엎든가. 용기 있으면 해 봐. 그 파장도 만만치 않을 테니까."

되돌리기 이미 늦었다는 말을 남기고 시호는 나가 버렸다. 그가 평소 쓰는 향수의 잔향을 남긴 채, 그렇게 하율의 시야에서 사라졌다.

시간은 째깍째깍 잘도 흘러갔다. 드레스 가봉이 끝나고 하율이 해야 할 일은 딱히 없었다. 시댁에 들어가 살아야 하니 따로 준비해 올 것도 없었다. 준비해 간다고 해도 그 집 수준을 맞출 수도 없는 일이라 하율은 깨끗하게 포기했다.

거기다 그동안 입고 다녔던 옷가지도 가져오지 말라는 소리까지 들었다. 그 말에 하율은 콧방귀를 뀌며 이런 생각을 했다. 흥이다!

다니던 아르바이트도 그만둬야 했다. 잡지사 기자들과 방송 기자들이 시도 때도 없이 들이닥쳐 도저히 다닐 수가 없었다. 심지어 학교도 시호가 보내 준 차로만 등하교를 하고 있었다. 평범한 삶이 하루아침에 신기루처럼 사라졌다.

그나마 투정을 부려서인지 시호가 결혼 선물로 지금 사는 집을 엄마 앞으로 해 줬다. 아빠와 추억이 있는 집을 떠날 수 없다는 엄마의 결정에 50평 빌라는 날아가 버렸다. 조금 아쉬웠지만 엄마의 선택에 하율도 만족했다.

이것으로 시호와 자신은 정략결혼이라는 거래가 성립되고 말았다. 아직 당사자인 두 사람 외에는 이 사실을 아무도 모르지만 말이다. 1년 뒤 이혼이라는 조건하에 이루어진 결혼. 하율은 자신이 과연 1년을 버틸 수 있을지 의문이었다.

결혼 전날 엄마를 끌어안고 엄청나게 울었다. 덕분에 결혼식 당일 두 눈은 붕어눈이 되어 버렸다. 얼음찜질과 눈 화장으로 어찌어찌 커버는 했지만 충혈된 눈은 어쩔 수 없었다. 결혼 앨

범에 분명 도깨비 눈으로 나올 것이 뻔했다.

하율은 순백의 웨딩드레스를 입고 신부 대기실에 앉아 있었다. 긴 면사포를 쓰고 얌전하게 앉아 들어오는 하객들을 향해 예쁜 미소를 보여 주려고 했다. 그러나 신부 대기실을 찾는 사람은 없었다.

밖에서 웅성대는 소리는 들렸지만 엄마가 잠시 왔다 간 뒤로는 그 누구도 대기실을 찾지 않았다. 아마 이 결혼식의 신부가 누구인지는 궁금하지 않은 모양이었다. 신랑조차 한 번도 들르지 않은 대기실 안에서 하율은 땅이 꺼져라 한숨을 내쉬었다.

그때 문이 열리더니 반갑지 않은 이가 들어왔다.

"드레스 잘 어울리시네요."

수연의 등장은 언제나 하율을 긴장하게 만들었다.

"감사합니다."

"역시 다시 봐도 하율 씨가 골랐던 발랄한 드레스보다 훨씬 품위가 있고 우아해 보이네요."

그러시겠지. 댁이 고르셨으니. 하율은 수연의 말에 대꾸도 하지 않았다.

"곧 식이 시작될 거예요. 그럼 이만."

"저기…… 이 사람 지금 어디 있어요?"

하율은 돌아서 가는 수연을 잡았다. 자존심에 묻고 싶지는 않았지만 시호가 어디 있는지 수연만큼 잘 알고 있는 사람도 없었다. 더구나 대기실에 들어온 사람이 수연뿐이라 선택의 여지도 없었다.

"당연히 하객들과 인사하느라 바쁘시죠. 본부장님은 왜 찾으세요?"

"아니 뭐, 보통 대기실에서 신랑하고 사진도 찍고 그러니까 묻는 거죠."

"결혼도 비즈니스예요. 하율 씨와 사진 찍을 시간에 한 분이라도 더 눈을 맞추고 인사하는 편이 본부장님께는 이득이죠. 외람된 말이지만 좀 더 이성적이고 합리적인 생각을 해 주셨으면 해요. 감정에 치우쳐서 괜한 관심을 받으려는 아이 같은 짓은 하지 않으시겠죠? 어차피 이 결혼은 사랑보다 거래가 먼저니까."

가슴에 콕콕 박히는 말을 아무렇지 않게 던지는 수연을 바라보며 하율은 입을 다물 수 없었다. 이쪽 사람들은 모두 저런 식일까? 아니면 이렇게 생각하는 자신이 이상한 걸까? 사랑보다 거래가 먼저라는 말이 하율을 비참하게 만들었다.

그리고 조금 뒤 하율은 아버지가 아닌 시호의 팔짱을 끼고 식장에 들어갔다. 왜 신부들이 우는지 그 마음을 조금 이해할 수 있을 것 같았다. 비어 있는 아버지의 자리가 가슴 저리게 다가왔으니까.

하율은 식이 끝날 때까지 엄마와 눈도 제대로 마주치지 못했다. 눈물이 쏟아질 것 같아서…….

식을 어떻게 치렀는지 기억도 나지 않았다. 시키는 대로 웃고, 부케를 던지고, 인사를 했다.

도대체 이 사랑도 없는 결혼을 왜 했을까, 라는 생각이 든 것은 결혼식이 끝나고 10분도 채 지나지 않았을 때였다.

모든 일정을 끝내고 시호와 같은 공간 안에 머물고 있는 하율은 기가 막힌다는 표정이었다.

시호의 바쁜 일정에 신혼여행은 고사하고 겨우 호텔 스위트룸에서 하룻밤을 보낸 뒤 내일은 시댁으로 들어가야 했다. 덕분에 비행기 한번 타 보겠다는 희망은 바람처럼 날아가 버렸다.

그래, 그 정도는 이해할 수 있었다. 일정을 뺄 수 없다는데 어쩌겠는가. 하지만 그래도 명색이 첫날밤인데 이것은 아니었다. 잠자리 날개옷을 입고 와인을 마시며 섹시한 눈빛을 보낼 사이는 아니지만 그렇다고 일을 하는 것은 아니지 않나?

책상에 앉아 서류를 검토하는 시호의 등을 바라보며 하율은 이런 생각을 했다. 나쁜 놈!

"저 먼저 씻어도 돼요?"

"마음대로."

짧고도 영혼 없는 대답이었다. 하율은 가방에서 갈아입을 옷을 꺼내 욕실로 향했다.

"와아아아!"

진정 이곳이 욕실이란 말인가. 자신의 집 거실만 한 크기의 욕실에 하율은 입을 떡하니 벌렸다.

원형 욕조에 샤워실이 따로 분리되어 있고 두 개의 세면대가 나란히 있었다. 깔끔하고 고급스러운 대리석 마감재에 하율은 넋을 잃고 욕실을 바라보았다.

"뭐야! 무슨 일이야!"

일을 하던 시호가 하율의 비명에 뛰어왔다. 갑작스런 시호의 등장에 하율은 당황스러웠다.

"넘어졌어? 다친 거야?"

"아니…… 그게 아니라 욕실이 너무 좋아서……."

어이없는 하율의 대답에 시호는 황당했다. 한창 집중해서 서류를 검토 중이었다. 해결책을 찾기 위해 머리를 쥐어짜고 있는 상황에서 이런 어이없는 일을 만든 하율이 한심할 뿐이었다.

'도대체 이 여자랑 1년을 어떻게 버티지?'

시호 역시 하율과 함께할 결혼 생활이 순탄치 않을 것임을 감지할 수 있었다.

"일……해요."

혼자 있고 싶었던 하율은 시호가 나가길 간절히 바라고 있었다.

"신경 쓰지 않게 해 주라. 어?"

"네……."

레이저가 나올 것 같은 시호의 눈빛을 피하며 하율은 욕실 문을 닫았다. 그리고 드디어 혼자가 되었다.

욕조에 따뜻한 물을 받고 거품 목욕을 즐기며 하율은 잠시나마 행복했다. 살면서 언제 또 이런 호사를 누릴까 싶은 생각도 들었다.

얼마나 지났을까. 하율은 온몸이 나른해짐을 느꼈다. 종일 제대로 먹지도 못하고 정신없이 보내다 보니 피곤한 모양이었다. 하율의 눈꺼풀이 점점 내려앉고 있었다.

"아함."

하품을 하며 기지개를 편 시호는 몸을 이리저리 비틀었다. 한 시간 넘게 같은 자세로 앉아 있었더니 불편하기도 하고 슬슬 졸음이 쏟아졌다.

아직 할 일이 남아 있었기에 시호는 자리에서 일어나 시원한 아이스커피를 마시며 주위를 두리번거렸다. 뭔가 있어야 할 것이 없는 썰렁한 느낌. 시호는 있어야 할 것이 무엇인지 곰곰이 생각해 보았다.

'뭔가 허전하단 말이야. 뭐지? 뭘까······.'

고개를 기우뚱거리며 고심하던 시호의 뇌리에 스치는 것이 하나 있었다.

"이하율!"

들고 있던 커피를 내려놓고 침실 쪽으로 간 시호는 구김 한 점 없는 침대를 확인하고 적잖이 놀란 표정을 지었다. 급히 하율의 가방을 찾았다.

'얘가 도대체 어디 간 거야?'

다행히 가방은 그대로 있었다. 시호는 천천히 하율의 흔적을 찾기 시작했다. 그러다 욕실 앞에 멈춰 섰다.

'설마 아직도 욕실에 있으려고.'

시호는 우선 노크를 했다. 하지만 안에서는 아무런 답이 없었다. 어떻게 해야 할지 잠시 고민하던 시호는 욕실 문고리를 돌렸다. 아니나 다를까, 안에서 잠긴 것을 확인하고 나서야 시호는 급히 문을 두드렸다.

"이하율! 안에 있어? 대답해!"

인기척조차 없으니 점점 불안해지기 시작했다. 자신이 너무 무심했나 하는 때늦은 반성과 함께 시호는 급히 인터폰을 눌러 직원을 불렀다. 직원이 도착할 때까지 나쁜 생각이 머릿속에서 떠나질 않았다.

잠시 후 직원에게서 키를 건네받은 시호는 서둘러 욕실 문을 열고 들어갔다.

'하!'

욕조에 거품을 잔뜩 풀어 놓고 그대로 잠든 하율의 모습에 시호는 안도의 한숨을 내쉬었다. 적어도 나쁜 일은 일어나지 않았다. 욕실 안에는 하율의 코 고는 소리만 요란하게 울렸다.

황당한 표정으로 욕실에서 나와 직원을 돌려보낸 시호는 잠시나마 하율을 걱정했던 자신이 한심했다. 꿀잠을 자는 하율의 모습에 맥이 다 풀렸다.

마음 같아서는 어디서 자든 신경 쓰고 싶지 않았으나 저러다 감기라도 들면 곤란했다. 내일 처가에 들렀다 본가로 들어가야 하는데 아프기라도 하면 그 모든 원망이 자신에게 쏟아질 것 같았다. 그래서 시호는 하율을 깨우기로 마음먹었다.

사실 종일 울어서 눈도 부었는데 몸까지 퉁퉁 부은 모습은 자신도 원치 않았다. 밖에서 욕실 문을 반쯤 닫고 벽에 등을 기댄 시호가 목소리를 높였다.

"이하율! 일어나."

이 한마디에 일어날 하율이었다면 진작 눈을 떴을 것이다. 시호는 부글부글 끓어오르는 화를 꾹꾹 참으며 다시 한 번 하율을 불렀다.

"으음, 누구야……."

"그만 일어나시지. 욕조가 아무리 좋아도 침대만 하겠어?"

"어머나!"

화들짝 놀라며 욕조 안에서 눈을 뜬 하율은 상황 파악이 제대로 되지 않았다. 분명 욕실 문을 잠근 것 같은데 아니었나? 나 미친 거야? 저 인간이 도대체 무슨 짓을 한 거지? 오만가지 상상으로 머릿속이 터지려고 할 때 시호의 성난 목소리가 다시 들렸다.

"30분 준다. 나와!"

밖에서 욕실 문이 닫히자 하율은 그제야 슬금슬금 욕조에서 나왔다. 온몸은 퉁퉁 부었고 손끝은 쪼글쪼글해져 있었다. 이 것만으로도 자신이 욕조 안에서 잠들었다는 사실을 알기에 충분했다. 최악의 첫날밤이 아닐 수 없었다.

그리고 정확히 30분 뒤…….

"저…… 나왔는데요."

하율은 머리도 다 말리지 못하고 욕실에서 나왔다. 하지만 시호는 여전히 책상 앞에 앉아 일을 하고 있었다.

"혹시나 해서 물어보는 건데요. 뭐…… 본 건 없죠?"

하율의 질문에 책상 의자가 빙그르르 돌았다. 팔짱을 끼고 자신을 바라보는 시호의 눈빛에 하율은 타 죽을 것 같았다.

"보여 줄 건 있고?"

"왜…… 왜 보여 줄 것이 없어요? 있긴 하죠."

말을 더듬으며 답한 하율의 얼굴이 빨갛게 달아올랐다. 보여 줄 것이 있다는 황당한 대답을 한 자신이 한심하고 답답해 고개를 숙였다.

"그만 자. 피곤한 것 같으니까. 난 일하다 소파에서 잘 거야."

"불편할 텐데 괜찮겠어요?"

"불편하면 침대 나한테 내줄 거야?"

"안녕히 주무세요."

그럴 수는 없었다. 예의상 해 본 말이니까. 하율은 후다닥 침실 쪽으로 뛰어갔다.

하율의 그런 모습에 시호는 피식 웃음이 새어 나왔다. 비록 사고는 치지만 절대 미워할 수 없는 귀여움은 뭘까. 시호는 고개를 저으며 책상 앞으로 의자를 돌렸다. 덕분에 잠은 확실히 달아났다.

새벽 3시쯤 되자 시호가 자리에서 일어났다. 급한 일이라며 수연이 던지고 간 서류에 슬슬 짜증이 났다. 일하는 기계도 아니고 이런 날까지 일에 파묻혀 있어야 하는 상황을 시호도 이해할 수 없었다.

불같은 첫날밤을 보낼 처지는 아니지만 적어도 하율과 대화는 하고 싶었다. 가족들한테 들키지 않고 1년을 버티려면 서로 지켜야 할 규칙 정도는 만들어야 하니까. 그러나 이런 시호의 계획은 수연이 던진 서류에 묻히고 말았다. 생각하면 할수록 결혼 생활이 막막하게 다가왔다.

"안 돼! 가지 마, 가지 마!"

침실 쪽에서 하율의 목소리가 들렸다. 이번에는 또 무슨 일인가 싶어 시호는 급히 침실 문을 열고 안으로 들어갔다. 꿈을 꾸듯 허공에 손을 저으며 소리를 지르는 하율을 본 시호는 저도 모르게 그녀의 손을 잡아 주었다.

"아……빠."

하율의 입에서 새어 나온 아빠라는 소리가 시호의 마음을 뭉클하게 만들었다. 오늘 같은 날 시집가는 딸이 안쓰러워 꿈속에 찾아오셨나 보다. 시호는 자신의 손을 꽉 잡은 하율을 내려다보며 그런 생각을 했다.

"가지 마, 아……빠."

아빠를 보내고 싶지 않은 하율의 마음이 손끝을 타고 시호의 심장까지 전해졌다. 아직은 부모의 그늘이 필요할 나이에 자신과 결혼을 선택한 하율이 조금은 안쓰럽게 다가왔다.

"안 가. 걱정 마."

읊조리듯 대답을 해 준 시호는 하율의 옆에 누웠다. 그리고 아직 꿈속에서 헤매는 하율의 머리를 천천히 쓰다듬어 줬다. 잠에서 깨지 않고 꿈속에서 아빠와 오랫동안 같이 있기를 바라며 시호는 하율의 잠든 모습을 지켜보았다. 자는 모습이 꼭 아기 같았다.

'심장이 고장 났나. 왜 이러지?'

하율을 손끝으로 느끼자 시호의 심장이 쿵쾅거렸다. 가끔 이런 증상이 나타날 때마다 당황스러웠다. 분명 사랑의 감정은 조금도 없을 텐데, 이 두근거림을 어떻게 설명해야 좋을지 몰랐다.

'주인 말 좀 듣지. 이 미친 심장아.'

천천히 호흡을 가다듬었지만 심장 박동은 정상으로 돌아오지 않았다. 하율의 머릿결을 만지던 손은 어느새 콧등을 타고 내려와 입술 위에 멈췄다.

키스했던 그때의 감촉이 살아나 시호를 잔인하게 괴롭혔다. 단지 하율이 여자라는 이유로 본능에 따라 움직이는 걸까. 아니면 본능이 아닌 다른 무엇이 마음속에 존재하는 걸까.

시호는 붉은 하율의 입술을 어루만지며 깊은 상념에 잠겼다.

'정신 차려, 권시호!'

고개를 이리저리 저으며 하율에게서 몸을 돌린 시호는 똑바로 누워 천장을 바라보았다. 사랑은 아닐 거라고, 그저 단지 호기심일 거라고 혼자 되뇌는 시호에게 또 다른 유혹이 다가왔다.

다름 아닌 침대가 전해 주는 포근함. 어젯밤에도 세 시간밖에 못 잔 시호의 눈이 스르륵 감겼다.

'잠시만…… 잠시만 이러고 있자.'

아직 일이 끝나지 않았으니 딱 한 시간만 누워 있자는 생각이 들었다. 그렇게 시호는 하율의 손을 꼭 잡은 채 달콤한 잠의 세계로 빠져들었다.

아침이 밝았다. 늘 같은 시간에 일어나는 버릇 때문인지 시호의 눈이 자연적으로 떠졌다.

'뭐야!'

시호는 자신의 품에 쏙 들어와 잠든 하율을 본 순간 동공이 확장되었다. 분명 나란히 누워 손을 잡고 잠든 것은 사실이지만 어떻게 이런 자세가 되었는지는 설명이 되지 않았다. 자신의 가슴팍에 얼굴을 묻고 잠든 하율을 내려다보며 시호는 어찌할 바를 모르고 있었다.

'내가 먼저 안았나? 아니면 얘가 굴러왔나?'

굴러왔든 먼저 안았든 안고 있다는 사실이 중요할 뿐. 시호는 난감한 이 상황을 모면하려고 천천히 몸을 일으켰다.

"으음……."

하율이 뒤척이자 시호는 몸을 일으키다 말고 멈췄다. 아니다. 아직은 아니었다. 하율이 이 상태로 깬다면 그다음 벌어질 일은 뻔했다.

시호는 하율이 다시 깊이 잠들기를 바라며 숨소리를 죽였지만 일은 더 꼬여 버렸다. 하율이 자신의 한쪽 다리를 시호의 허리에 떡하니 올려놓았기 때문이다.

'미치겠네!'

하율의 베개가 된 팔을 빼는 일도 어려운데 이제 다리까지 보태졌다. 엄청난 난관에 봉착한 시호는 무엇부터 움직여야 할지 몰랐다.

'할 수 있어, 권시호. 할 수 있어.'

천천히, 그리고 조심스럽게 하율의 종아리에 손을 올린 시호는 가슴이 철렁 내려앉았다. 완벽하게 이 위기를 극복할 수 있다고 믿었는데 오만이었나 보다. 때마침 눈을 뜬 하율은 비명부터 질렀다. 세상이 무너져 내리는 기분이었다.

"아악! 변태! 어딜 만져!"

새근새근 잠자던 착한 아기가 눈을 뜨자 악마로 돌변했다. 침대 위에 있는 베개를 양손 가득 쥐어 잡더니 시호의 온몸을 때리기 시작했다.

"아! 잠깐, 내 말 좀 들어 봐. 아!"

시호는 여기저기 마구잡이로 날아드는 베개를 피해 몸을 움직였다. 미처 피하지 못할 때는 양손으로 막아야 했다. 태어나 지금처럼 민첩하게 움직인 적은 없었던 것 같았다.

베개를 피하면서 사실을 설명하려고 했지만 하율은 말을 들으려고 하지 않았다. 아침부터 베개 싸움의 희생양이 된 그는 속이 터질 것 같았다.

"도대체 나한테 무슨 짓을 한 거야!"

분노에 찬 목소리와 함께 베개가 쉴 새 없이 날아들었다. 여자라고 믿기 어려울 정도로 하율의 팔 힘은 대단했다. 그러다 뭔가 터지는 소리가 들리고 머리 위에서 하얀 깃털이 날렸다. 겨울도 아닌데 침실 안에 눈이 내리는 것 같았다.

"이건 뭐냐……."

콧등에 내려앉은 깃털을 입바람으로 불며 시호가 하율을 노려보았다.

"터졌네요."

양쪽 어깨를 살짝 들었다 논 하율은 터진 베개를 들고 있었다. 시호는 하율의 대답에 어이가 없었다.

"내가 지금 이 나이에 너랑 무슨 짓을 하는 건지……."

침대에 걸터앉으며 시호는 한숨을 내쉬었다. 하율도 터진 베개를 살며시 바닥에 내려놓고 앉았다. 하율은 뭔가 상황이 자신에게 불리한 쪽으로 흘러가고 있음을 감지했다.

"분명 한쪽 귀퉁이가 터져 있었던 것 같아요. 수학여행 가서 그렇게 많이 베개 싸움을 했어도 터진 적은 단 한 번도 없었는데 이상하죠? 이 호텔 별로예요."

어젯밤 욕실을 보고 탄성을 지를 때는 언제고 이제 와 별로라고 말하는 하율의 태도에 시호는 콧방귀를 뀌었다. 입이라도 닫고 있으면 덜 미울 것 같은데 자신의 탓이 아니라는 변명을 늘어놓자 머리가 지끈지끈 아파 왔다.

"근데…… 여기 치워야 해요? 터진 베개 값도 물어 줘야 하고……."

시호의 눈치를 살피는 하율의 목소리가 점점 작아졌다.

"아니, 사실 이렇게 된 이유가 그쪽이 내 다리를 만져서……."

"누가 네 다리를 만져! 큰일 날 소리 하지 마!"

"만졌잖아요! 더구나 소파에서 잔다는 사람이 옆에 눕기까지 해 놓고!"

이제 베개 싸움이 아닌 말싸움이 시작되었다. 누가 이길지는 아무도 모르는 일이었다.

"밤새 소리 지르며 못 가게 붙잡은 사람이 누군데!"

"내가 그랬다고요?"

"못 믿겠으면 마음대로 해. 아빠나 찾는 어린아이는 나도 귀찮아."

몇 대 맞았다고 속 좁은 좀생이처럼 괜한 말이 입에서 튀어나왔다. 하율에게 상처가 될 말임을 순간 깨달았지만 주워 담기에는 너무 늦었다.

"아, 아빠……."

뜻밖에 하율의 반응은 미지근했다. 이제 눈치를 살피는 이는 시호였다.

"그랬구나. 제가 아빠 꿈을 꾸면 꼭 그래요. 엄마도 가끔 저 때문에 제 방에서 잘 때가 있어요. 근데 잠에서 깨고 나면 무슨 꿈을 꿨는지 기억이 나질 않아요. 왜 그런지 모르겠어요. 난 아빠 모습 오래 기억하고 싶은데……."

지금까지 살면서 단 한 번도 아버지를 그리워해 본 적이 없던 시호는 하율의 마음을 다 이해하기 어려웠다. 하지만 꿈속에서라도 아버지의 모습을 기억하고 싶은 하율의 마음을 다치게 하고 싶지는 않았다. 때문에 더는 화를 낼 수가 없었다.

"기억 못 할 수도 있지."

졌다, 말싸움까지……. 일하는 것보다 하율과 보낸 몇 시간이 더 피곤하고 힘들게 느껴졌다. 누군가 이곳에서 자신을 구해 주었으면 하는 생각마저 들었다.

"그럼 오해도 풀렸으니까 화해의 뜻으로 같이 치울까요?"

너무도 천진난만한 표정을 짓는 하율을 향해 시호가 싸늘하게 대답했다.

"아니, 너 혼자 치워."

낮고도 차가운 목소리에 하율은 몸이 얼어붙는 느낌이었다. 그녀는 침실을 나가는 시호의 뒷모습에 눈을 흘겼다. 두 사람의 첫날밤은 그렇게 막을 내렸다.

❀   ❀   ❀

서울 한적한 외각에 유명한 한식집이 있었다. 음식도 일품이거니와 이곳의 운치 있는 절경은 사람들의 눈과 입을 동시에 만족시켜 주는 곳이었다.

한국을 움직이는 고위직 사람들이 드나들며 정치적·사업적 거래를 하는 곳이 바로 이곳, 광한궁(廣寒宮)이었다.

"죄송합니다. 제가 좀 늦었죠?"

직원의 안내를 받으며 방으로 들어온 혜선은 중년의 남자와 마주 앉았다.

"아닙니다. 저도 막 도착했습니다."

"오랜만입니다, 최 의원님."

"네, 정말 오랜만이군요."

중년의 남자는 최석태 삼선 의원으로, 죽은 혜선의 남편과 각별한 선후배 사이였다. 남편이 죽기 전에는 가족끼리 식사를 할 정도로 가까운 사이였지만 단둘이 마주하니 어색함은 말로 다 표현할 수 없었다.

짧은 인사가 오가고 두 사람은 말없이 식사를 했다.

"이제 말씀하시죠. 보자고 하신 용건이 무엇입니까?"

최 의원의 말에 들고 있던 찻잔을 내려놓고 혜선이 쓴웃음을 지었다. 남편까지 죽은 마당에 먼저 자리를 청했으니 최 의원이 불편할 만도 할 것이다.

하지만 혜선은 서두르지 않았다. 차근차근 준비하지 않으면 얻는 것은 아무것도 없을 테니 말이다.

"급하시군요. 이 자리가 불편하십니까?"

혜선은 돌려 말하지 않았다.

"편한 자리는 아니죠."

최 의원 또한 속마음을 숨기지 않았다. 잠깐 두 사람 사이에 정적이 흘렀다.

"그럼 용건을 말씀드리죠. 이번 서울시장 선거에 출마하신 다고요?"

혜선의 날카로운 질문에 최 의원의 낯빛이 어두워져 갔다. 아직 확실히 결정을 내리지는 않았지만 가까운 지인들을 통해 고려 중이라는 뜻을 보인 적은 있었다.

최 의원은 한국으로 돌아온 지 얼마 되지 않은 혜선의 정보력에 속으로 감탄을 했다. 그러나 이는 그만큼 자기 사람들의 입단속이 되지 않는다는 뜻이기도 했다.

"어디서 들으셨는지 모르겠지만 확실한 결정은 하지 않았습니다."

"그럴 리가요. 이미 최 의원님께서는 12년 전에 결정하셨습니다. 다만, 시기를 기다리고 계셨을 뿐이고 전 그 시기를 맞췄을 뿐입니다."

이 섬뜩한 기분은 뭘까. 순간 최 의원은 등골이 오싹했다. 자신의 속내를 꿰뚫고 있는 것 같은 혜선의 눈빛에 오금이 저렸다.

"12년 전에 내린 결정이라고 하셨습니까?"

"네."

"그렇게 생각하신 이유가 있겠지요?"

"최종 목표는 시장이 아니실 테니까요."

혜선은 생각 그 이상이었다. 단순히 후배 부인으로 마주할 여자가 아니었다. 최 의원은 목이 타는지 물 잔을 깨끗하게 비웠다.

"12년 전, 저녁 식사를 하는 자리에서 '순차적으로 밟아 가려면 많은 시간이 걸리겠지만 결코 쉽게 무너지지는 않을 것이다. 시기를 놓치지 않는다면 승리의 여신은 내게 온다'고 말씀하셨던 것을 기억합니다."

"기억력이 좋으시군요. 저도 기억 못 하는 것을 말씀해 주시니 좀 당황스럽습니다."

"순차적으로 삼선 의원까지 하셨고, 기회는 이번 시장 선거

162

입니다. 만약 시장 선거에서 승리하신다면 의원님의 최종 목표인 대선도 가능하다는 것이겠죠."

남편이 늘 입버릇처럼 하던 말이었다. 사업을 위해서는 최 의원과의 관계가 중요하다고. 혜선은 남편의 말을 흘려듣지 않았다. 무능한 아내는 본인 스스로 용납할 수 없었으니까.

혜선은 흔들리는 최 의원의 눈동자에서 자기 생각이 틀리지 않았음을 확신할 수 있었다.

"많은 것을 알고 계시는군요. 돌아가신 남편분과 그런 얘기까지 하셨습니까?"

"사랑이나 구걸하는 평범한 여자의 삶은 원치 않았으니까요."

혜선을 바라보는 최 의원의 눈빛이 변했다. 처음에는 그저 후배 부인이 사적인 부탁을 하겠거니 했다. 대충 인사 정도나 하고 일어나려 했지만 지금은 달랐다. 남자 못지않은 배짱과 통찰력이 최 의원의 마음을 움직였다.

"이 사람의 환심을 끄는 데 성공하셨군요. 그렇다면 본론으로 들어가죠. 원하는 것이 무엇입니까?"

최 의원의 물음에 혜선은 얇은 미소를 던졌다.

"신화그룹 다음 주인은 제 아들 지호입니다. 의원님이 도와주신다면 승계 시기도 앞당겨지겠지요."

"제가 도와드릴 수 있는 부분이 아닙니다."

답하는 최 의원의 목소리는 차분했다. 이미 이 정도는 간파하고 있었다. 다만 조금 놀란 사실은 혜선의 태도였다. 빼앗는

163

것이 아니라 되찾아 온다는 듯한 모습이 최 의원을 당혹스럽게 만들었다.

"지금 권 본부장이 추진하고 있는 프로젝트가 경제 관련법 국회통과를 기다리고 있습니다. 만약 국회통과가 무산된다면 그 계획도 물거품이 되겠지요."

"그것 한 가지만 해 드리면 되겠습니까?"

"의원님, 고작 그 일 때문에 의원님을 만나자고 청한 것은 아닙니다. 의원님과 제 야심을 채우려면 앞으로 많은 일을 도모해야겠지요. 이 자리는 서로 무엇을 주고받는 자리가 아니라 앞으로 쭉 함께하자는 약속의 자리입니다."

거래를 하면서 두려움이나 망설임이 없었다. 당당하고 거침없는 태도가 최 의원을 소름 돋게 만들었다. 혜선이 무서운 여자임은 틀림없었다.

"약속의 자리라 하셨으니 이 사람도 얻는 것이 있어야겠지요. 저를 위해 무엇을 해 주시겠습니까?"

"자금성에서 퇴짜를 맞으셨으니 선거 자금이 필요하시겠지요. 제가 도와드리겠습니다."

"하! 하하하. 선거 자금이란 부인께서 생각하시는 그런 금액이 아닙니다. 백화점에서 명품 백을 구매하는 가격이 아니란 말입니다."

무시하는 듯한 최 의원의 말을, 혜선은 한 귀로 듣고 흘려보냈다. 자존심은 상했지만 지금은 최 의원의 마음을 잡는 것이 우선이었다.

"백화점에 가서 명품 백이나 살 마음이었다면 이 자리를 만들지도 않았습니다. 남편 먼저 보내고 악을 품고 산 사람이 접니다. 여자의 한을 너무 쉽게 보셨습니다."

혜선의 눈빛은 독기로 가득했다. 최 의원도 더는 혜선을 과소평가할 수 없었다. 이렇게 두 사람의 거래는 은밀히 성사되었다.

chapter 4
결혼생활의 시작

하율이 드디어 무시무시한 '시월드'로 향했다. 원칙대로 하자면 하율의 집에서 하룻밤 자고 가는 것이 맞지만 아침 일찍부터 회의가 잡혀 있는 시호 때문에 어쩔 수 없었다.

일이 있다는 사위를 잠자리도 불편한 처가에서 하룻밤 자고 가라며 붙잡을 엄마가 아니었기에 저녁만 먹고 부랴부랴 일어났다. 마음만 먹으면 언제든 볼 수 있다는 엄마의 말에 하율은 고개를 끄덕이며 아쉬운 작별을 했다.

복잡한 도심을 빠져나와 인왕산 끝자락에 도착하니 으리으리한 기와집 한 채가 눈앞에 펼쳐졌다. 주차장에 차를 세우고 들어가자 잘 가꿔진 정원이 눈앞에 드러났다.

곱게 차려입은 새색시 한복 자락이 잔디에 스칠 때마다 사그락사그락 소리가 들렸다. 색색의 꽃들과 나무들 사이로 돌길을 따라 걸어가며 하율은 탄성을 질렀다. 이렇게 멋스러운 집은 처음이었다.

놀랄 일은 이것뿐만이 아니었다. 고풍스러운 겉모습과 달리 방 안은 현대식으로 꾸며져 있었다. 물론 동양적인 가구가 주를 이루었지만 고급스럽다는 생각이 머릿속에서 떠나질 않았다. 하율은 잠시 이 자리가 얼마나 어려운 자리인 줄 잊어버렸다.

"오느라고 고생 많았다. 사돈어른께도 인사드렸고?"

"네? 네."

수업 중 딴생각을 하다 선생님께 걸린 학생처럼 하율은 기어들어 가는 목소리로 답했다. 그제야 시어머니인 자영과 눈이 마주친 하율은 실망스런 표정을 감추지 못했다.

이 집에서 그래도 자신의 편이라 믿고 있는 아저씨가 계시지 않았다. 이제 아저씨가 아닌 아버님이었지만.

"아버지는 아직 안 들어오셨어요?"

궁금증을 시호가 대신 물어 주자 하율의 입가에 미소가 번졌다. 하지만 그 미소는 금방 사라졌다. 해외 출장으로 일주일은 지나야 오신다는 소식에 그녀는 저도 모르게 풀이 죽었다.

"피곤할 테니 오늘은 그만 쉬어라. 인사는 아버지 돌아오신 뒤에 하자."

자영은 막상 하율을 며느리로 대하려니 마음에 썩 들지 않았다. 남편의 고집에 처음부터 많은 것을 포기하고 결혼을 승낙했지만 완전히 며느리로 인정하고 받아들이는 데는 시간이 걸릴 것 같았다.

자영은 하율의 시선을 애써 외면하며 시호만 바라보았다.

"제가 부탁한 건 준비해 주신 거죠?"

"그래, 아버지도 허락하셨다."

자영과 시호가 나누는 대화를 조용히 듣기만 하던 하율이 귀를 쫑긋 세웠다. 자신도 모르는 은밀한 거래가 사전에 이루어진 것 같아 여간 불안한 것이 아니었다. 하율은 눈빛으로 알려 달라 청했지만 쉽게 말해 줄 시호가 아니었다.

"어머니도 쉬세요."

"그래."

절도 못 올리고 시호를 따라 방을 나선 하율은 고개를 갸우뚱거렸다. 특별한 당부의 말씀도 없이 방에서 쫓겨난 기분이었다. 그나마 드라마에 나오는 무섭고 독한 시어머니는 아니신 것 같아 내심 다행이다 싶었지만 무심한 태도는 조금 당황스러웠다.

"아!"

앞서 걷던 시호가 갑자기 걸음을 멈췄다. 그 바람에 뒤를 따라가던 하율이 시호의 등에 부딪혔다. 하율은 이마를 한 손으로 비비며 눈살을 찌푸렸다.

"그만 따라와."

"네?"

어리둥절한 표정으로 하율은 시호를 올려다보았다.

"네 방은 반대쪽이야. 그러니까 그만 따라오라고."

이 무슨 날벼락인가. 신혼부부가 각방? 좋아해야 하는지, 아니면 화를 내야 하는지 갈팡질팡하고 있는 사이 어쩐 일로 시호가 부연 설명을 해 주었다.

"너 졸업할 때까지 각방 쓰겠다고 했어."

"왜요?"

이건 각방을 써서 싫다는 의사가 아니었다. 무슨 생각으로 어른들께 그런 말을 했는지, 들키고 싶어 환장한 건지 시호의 꿍꿍이가 궁금해서 묻는 말이었다.

"졸업도 하기 전에 임신하게 된다면 네가 힘들 것 같다고 말씀드렸더니 허락해 주시더군. 물론, 우리 조건에도 각방이 좋을 것 같고."

"그거야 그렇지만……."

생각지도 못한 상황에 하율은 무슨 말을 해야 좋을지 몰랐다. 벌써 깨끗하게 헤어질 준비를 하는 것 같아 섭섭하기도 했지만 한편으로는 자신을 생각해 준 것 같아 고맙기도 했다. 하율은 한복 옷고름을 만지작거리다 어렵게 말을 꺼냈다.

"고마워요."

"고마워할 필요 없어. 널 위한 것이 아니라 날 위한 일이니까."

사실 시호는 하율과 같은 공간에서 생활할 자신이 없었다. 어젯밤 손끝에 닿은 하율의 숨결과 피부 감촉이 그의 마음을 혼란스럽게 하였다. 제멋대로 뛰는 심장과 짜릿한 감각을 주체할 수 없어 한참을 고생해야만 했다.

지금도 숨김없고 청순한 하율의 모습이 자꾸 머릿속에서 떠나질 않았다. 이렇게라도 하지 않으면 정말 큰일을 낼 것 같아 시호는 스스로 마음의 문을 걸어 잠갔다. 더는 하율이 자신의 마음속으로 들어오지 못하도록.

"그럼 전…… 어디로?"

"이 복도 끝에 있는 방."

"헉! 그럼 그쪽 방은요?"

"반대쪽 복도 끝."

하율은 시호의 손끝을 따라 고개를 이리저리 돌렸다. 극과 극인 두 사람의 방. 그 사이에 시부모님 방이 있었다. 쉽게 가까워질 수 없는 두 사람의 거리를 대변해 주는 듯 보였다.

"그럼 내일 보자고."

"저기!"

자상하게 '잘 자'라는 인사말을 바란 것은 아니었지만 시호는 냉정하게 돌아서 방으로 들어가 버렸다.

차마 따라 들어갈 용기가 나지 않았던 하율은 입을 삐쭉거리다 몸을 돌렸다. 그리고 복도 끝에 있는 방을 향해 한 발, 한 발 내디뎠다.

잠시 후 자신의 방에 도착한 하율은 방문을 조심스레 열었다.

"계세요?"

바보 같은 말임을 알면서도 저도 모르게 입 밖으로 나와 버렸다. 꼭 남의 방에 들어가는 느낌이었다. 하율은 천천히 방 안으로 몸을 밀어 넣었다.

한눈에 보아도 신혼 방이었다. 넓은 침대와 예쁜 책상, 그리
고 깔끔한 소파. 심지어 작은 욕실까지 있는 방 구조에 하율은
입을 다물지 못했다.

"대! 박!"

무심코 드레스 룸 문을 연 하율은 빽빽이 걸려 있는 옷에 넋
을 잃었다.

"내 옷이야?"

하율 스스로에게 던진 질문이었다.

"네, 맞아요."

등 뒤에서 들리는 여자의 목소리에 화들짝 놀란 하율은 드레
스 룸 문을 쾅 하고 닫았다. 자신은 절대 훔쳐보려 한 것이 아
니었다는 표정으로 뒤를 돌아보았다.

"누구세요?"

"미안해요. 놀라게 하려고 한 건 아닌데. 방문이 열려 있어
서 들어왔어요. 난 송예린이라고 해요."

하율은 조금 머뭇거리다 먼저 악수를 청한 예린의 손을 잡았
다.

"우리 앉아서 얘기할까요?"

다정한 목소리에 하율의 경계심이 사르륵 풀어졌다. 하율은
예린을 따라 소파에 다소곳이 마주 앉았다.

"혹시 마음에 들지 않는 가구가 있거나 필요한 것이 있으면
언제든지 말해요. 바꿔 줄게요."

"아니에요. 이 정도면 훌륭하죠."

하율은 손사래까지 치며 만족한 표정을 지었다. 원래 자신의 방에 비하면 이곳은 천국이었다.

"난 앞으로 하율 씨를 도와줄 사람이에요. 그러니까 무슨 일이든 나와 상의해서 움직였으면 좋겠어요. 내가 알고 있어야 하율 씨를 제대로 도와줄 수 있거든요."

시호와 어려서부터 같이 자라 지금은 같은 회사에 근무하고 있다고 자신을 소개한 예린은 최대한 하율의 경계심을 풀어 주려고 애쓰는 것 같았다.

"네, 그렇게 할게요."

예린이 들려주는 이야기에 하율은 귀를 기울였다. 앞으로 이곳에 잘 적응할 수 있도록 도와주겠다는 말과 함께 그녀는 스케줄 표를 남기고 방을 나갔다.

학교 수업이 끝나고 배워야 하는 것들과 지켜야 할 것들이 빼곡히 적혀 있었다. 대충 훑기만 해도 벌써 숨이 막혀 왔다.

"편할 날이 없구나."

아르바이트는 하지 않아도 됐지만 대신 배워야 할 것들이 많아졌다.

어쩌면 몸으로 때우는 것이 더 편할 수도 있겠다는 생각이 들었다. 머리를 써서 무엇인가 배우는 것을 하율은 지향하지 않았으니까.

한복을 입은 채 벌러덩 침대 위에 누운 하율은 깊은 한숨만 내쉬었다.

'치! 내가 잘 자는지, 불편한 곳은 없는지 궁금하지도 않나.'

시호에 대한 섭섭함이 파도처럼 밀려왔다. 아저씨, 아니, 아버님이 없는 지금 이 집에서 믿을 사람은 시호 한 사람뿐이었는데 헌신짝 버리듯 자신을 버렸다는 생각이 들었다.

'역시 사랑 없는 결혼 생활은 황무지를 개척하는 느낌이구나.'

외로운 마음에 괜히 엄마 얼굴만 떠올랐다. 저도 모르게 눈물이 고인 하율은 훌쩍거리다 잠이 들었다. 그렇게 시댁에서 보내는 첫날밤이 깊어 갔다.

'내가 정말 미친 거야. 미치지 않고서는 이럴 수 없어.'

내일 회의를 위해 늦은 시간까지 일한 시호가 하율의 방문에 등을 기대고 서 있었다.

차마 불이 꺼진 방 안으로 들어가지는 못하고 서성이던 시호는 자신이 왜 이곳으로 왔는지 합당한 이유를 찾고 있었다.

'바보야. 넌 잠이 오냐.'

문뜩 자조적인 웃음을 지은 시호는 새벽까지 그 자리를 떠날 수 없었다.

다음 날 아침, 하율은 휴대폰 알람에 눈을 떴다. 조금 더 자고 싶은 마음이 굴뚝같았지만 다시 울릴 알람 소리에 기지개를 펴며 일어나 앉았다.

하율은 익숙지 않은 주변 환경에 잠시 이곳이 어디인가 생각해야 했다. 넓은 방에 예쁜 가구, 그리고 바닥에 널브러져 있는 한복. 이곳이 시댁임을 인지하기까지는 오래 걸리지 않았다.

눈을 비비며 잠깐 멍하게 앉아 있던 하율은 무언가 찜찜한 기분에 고개를 갸웃했다.

'망했다!'

그제야 어제 만난 여자, 그러니까 예린이 알려 준 아침 식사 시간에 대해 생각이 났다. 6시 반이라고 했었는데, 휴대폰 알람은 평소와 마찬가지로 7시에 맞추어져 있었다. 어젯밤 잠들기 전에 재설정을 했어야 했는데!

시댁에 들어온 첫날부터 새색시가 늦잠을 잤다. 시부모 아침 밥상은 고사하고 제대로 씻고 옷을 챙겨 입을 시간도 없었다. 허겁지겁 고양이 세수를 하고 방을 나선 하율은 또 다른 문제에 봉착했다.

'누가 내게 주방이 어디인지 말해 줘!'

지나가는 사람조차 없는 고요한 수목원에 서 있는 느낌. 하율은 망연자실한 표정으로 푸른 잔디만을 바라보았다. 늦었다는 현실만 빼면 참으로 상쾌한 아침 풍경이었다.

"일어나셨어요?"

빙고! 하율은 밝게 인사를 건네는 사람과 마주쳤다. 그 사람이 누구인지도 모른 채 하율은 주방 위치부터 물었다. 어렵게 도움을 받아 하율은 드디어 주방에 들어설 수 있었다.

"안녕히 주무셨어요."

기어들어 가는 목소리로 식탁 앞에 선 하율은 죽을 맛이었다. 이미 어느 정도 비워진 식기들을 보며 자신이 얼마나 늦었는지 감지할 수 있었다. 죄송한 마음에 자영과 눈도 마주치지 못하는 하율을 보며 시호가 식탁 의자를 빼 주었다.

"앉아. 여기가 네 자리야. 내 옆자리."

시호의 말에 우선 앉기는 했지만 하율은 좌불안석이었다.

"전 이만 출근 준비할게요. 식사 마저 하세요."

시호가 먼저 자리를 뜨자 하율은 호랑이 굴에 혼자 남겨진 기분이었다. 아니나 다를까, 차가운 자영의 시선이 온몸으로 느껴졌다.

"피곤하기도 하겠지. 하지만 앞으로 식사 시간에 늦지 마라. 가족끼리 얼굴 마주 볼 시간은 이때밖에 없으니까."

"네, 알겠습니다."

떨리는 목소리로 간신히 답한 하율은 수저를 들었다. 하지만 밥이 목구멍으로 잘 넘어가지 않았다. 그런 하율의 모습을 한심하게 바라보는 사람이 있었으니, 바로 혜선이었다.

"동서는 마음도 좋아. 너그럽게 넘어가 주고."

혜선이 유리컵에 물을 따르며 끼어들었다. 그제야 하율의 눈에 혜선이 들어왔다. 결혼 전, 회장실 앞에서 잠깐 마주친 시호의 큰어머니를 하율은 똑똑히 기억하고 있었다.

"난 지금 내게 인사도 오지 않은 조카며느리를 어떻게 가르쳐야 할까 생각 중인데."

혜선의 말이 가슴에 비수처럼 날아들었다. 한집에서 같이 살고 있다는 말을 시호에게 듣지 못했다. 더구나 어제는 너무 경황이 없어 누구에게 인사를 해야겠다는 생각도 하지 못했다.

175

하율은 시어머니보다 큰어머니가 더 무섭게 다가왔다.

"그이도 아직 인사를 받지 못해서 별채까지 보내지 않았어요. 인사는 그이 돌아오면 받으시죠. 그리고 형님 며느리도 아닌데 사소한 것까지 신경 쓰실 필요 없으세요. 지내시는 동안 편안히 계세요."

혜선은 들고 있던 물 잔을 세게 쥐었다. 자신에게 인사를 하는 것이 사소한 일이라 말하는 자영을 용서할 수 없었다. 이 집에서 어른 대접을 해 주지 않겠다는 것과 다를 바 없는 자영의 태도에 혜선은 자존심이 상했다.

'그래, 지금은 네가 신화그룹의 안주인일지 몰라도 조만간 내가 그 자리에 앉을 거야. 그러니까 조금만 기다려. 누릴 수 있을 때 누리라고.'

혜선은 물을 들이켜며 마음을 다졌다.

뭔지 모르겠지만 두 사람의 분위기가 심상치 않다는 것을 깨달은 하율은 숨도 쉴 수 없었다. 아침밥은 고사하고 이 주방에서 빨리 탈출하고 싶었다.

"그래도 결혼해서 첫 출근인데 배웅은 해 줘야지."

"네? 아, 네. 금방 다녀오겠습니다."

살았다. 누가 잡을세라 뒤도 돌아보지 않고 주방을 나온 하율은 곧장 시호의 방으로 향했다. 이 집에서 가장 안전한 곳은 시호의 옆이라는 것을 새삼 깨달았다. 그의 방으로 들어가려는 순간, 반쯤 열린 문틈 사이로 여자의 목소리가 흘러나왔다. 하율은 그 자리에 우뚝 멈춰 섰다.

넥타이를 골라 주며 하루 일정 스케줄을 읊고 있는 윤 비서의 모습이 행복해 보였다. 왠지 모르게 자신이 작아지는 느낌이었다.

'돌아가서 밥이나 먹어야겠다.'

두 사람 사이를 비집고 들어갈 용기가 나지 않아 문 앞에서 돌아선 하율은 몇 발자국 걷다 말고 멈췄다.

'잠깐. 왜 내가 피해 줘야 해? 당분간이지만 어찌 됐든 지금 마누라는 나잖아. 자리를 피해 줄 사람은 내가 아니라 윤 비서지.'

고개를 끄덕이며 생각을 정리한 하율은 다시 시호 방 앞으로 걸어갔다. 잠시 심호흡을 한 뒤 반쯤 열려 있던 방문을 완전히 열고 당당히 들어갔다.

"뭐야? 노크도 없이."

놀랐는지 시호의 목소리가 날카로웠다. 하지만 하율은 당황하지 않았다. 오히려 태연하게 걸어 들어가 윤 비서에게 손을 내밀었다.

"주세요. 제가 할게요."

수연은 조금 황당하다는 표정을 지었으나 기꺼이 하율에게 넥타이를 넘겼다.

"참석하는 자리에 어울리면서 본부장님의 취향도 고려해 잘 골라 주셔야 해요. 하율 씨 안목을 믿어 보죠."

넥타이를 골라 주는 일이 쉬워 보였나 보다. 수연은 자신의 앞에서 부인 행세를 하고 싶어 하는 하율을 말리지 않았다. 처

177

음부터 못 하게 하면 아이처럼 삐뚤어지기 마련이니 하율이 지치기를 느긋하게 기다리기로 했다.

"전 나가서 기다리고 있을게요. 늦었으니까 빨리 나오세요."

시호에게 다정한 눈빛을 보낸 수연은 하율을 지나쳐 방을 나갔다. 이제 드디어 둘만의 시간이 찾아왔다.

"무슨 짓이야? 예의 없게."

시호는 노크도 없이 불쑥 들어온 하율에게 잔소리를 늘어놓았다. 하율은 잔소리에도 아랑곳하지 않고 본인이 선택한 넥타이를 시호의 목에 걸었다.

물론 서툴기는 했지만 아빠에게 해 주었던 기억을 더듬으며 부지런히 손을 놀렸다.

"예의 없는 사람이 누군데. 요즘은 비서가 한집에 같이 살면서 넥타이도 매 주나 보죠? 그러면 월급 더 주나?"

"더 준다면? 너도 넥타이 매 주고 나한테 월급 받을래?"

시호는 장난기 가득한 표정으로 하율을 내려다보았다. 그의 입가에 잔잔한 미소가 번졌다.

"월급까지 준다는데 마다할 필요는 없죠. 앞으로 매일 아침 넥타이는 제가 매 줄게요."

"진짜 하겠다는 거야?"

"물론. 넥타이 매 주는 값으로 하루 오천 원 어때요? 좀 비싼가? 그럼 반값에 합시다. 이천오백 원. 아…… 오백 원은 계산하기 힘든데."

시호는 혼자 이랬다저랬다 하는 하율을 보고 웃음이 절로 나왔다. 늘 일에 치여서 웃을 일이 없었는데 하율과 있으면 다른 세상에 온 것 같은 기분이 들었다. 매사 긍정적이면서 밝게 웃는 하율의 모습이 시호를 조금씩 변하게 만들었다.

"좋다, 이천 원. 더는 못 내려 줘요. 난 나름 고급 인력이니까."

본인이 내린 결정에 만족한 표정으로 하율은 어깨를 으쓱거렸다. 그 모습이 어찌나 귀엽던지 시호는 자신도 모르게 한 손으로 하율의 머리를 격하게 쓰다듬었다.

하율의 긴 머리카락이 시호의 손에서 찰랑거렸다. 그사이 넥타이를 다 맨 하율은 시호를 거울 앞에 세웠다. 이제 하율의 넥타이 매는 솜씨를 검증받을 차례였다.

"음……."

"왜요? 마음에 안 들어요? 내 눈에는 괜찮은데."

거울을 바라보며 하율은 흡족한 표정을 지었다. 하지만 시호의 표정은 그 반대였다.

"천 원."

"네?"

"제대로 맬 때까지 천 원이라고. 더는 못 줘. 난 일 못하면서 월급만 꼬박꼬박 가져가는 직원이 제일 싫거든."

"헉! 우리 사이에 너무 야박한 거 아니에요?"

"우리 사이가 어떤 사이인데? 막말로 뜨거운 하룻밤을 보낸 사이도 아니고, 그렇다고 애틋하게 사랑하는 사이도 아니잖아? 아니면 지금이라도 시작해 볼까? 뜨겁고 애틋한 그런 사이."

갑자기 하율을 벽 쪽으로 밀친 시호는 자신의 양팔로 옴짝달싹 못하게 가두었다.

"이, 이러면 곤란······해요."

더듬거리는 하율의 목소리에 시호는 그만 피식 웃음이 나왔다. 참으려고 안간힘을 써 봤지만 도저히 참을 수 없었다. 바짝 긴장한 하율의 모습은 금방이라도 울음을 터트릴 것 같았다.

더는 하율을 놀릴 수 없었던 시호는 자신의 이마를 하율의 이마에 살포시 얹었다. 가까워진 두 사람의 코끝이 살짝 맞대어졌다.

"이러니까 더 재미있잖아. 자꾸 그런 표정 짓고 있으면 확 키스해 버린다."

하율은 냉큼 입술을 입안으로 말아 넣었다. 그때처럼 넋 놓고 있다 당할 수만은 없는 일. 이번에는 기필코 자신의 입술을 지키겠다는 의지가 확고했다. 하지만 시호의 눈에는 이런 하율의 행동마저 사랑스럽게 다가왔다.

"정말 미치겠다. 너 때문에."

아니, 내가 뭘? 하율은 시호가 말을 뱉어 낼수록 환장할 노릇이었다. 무슨 이중인격자도 아니고, 자신을 차갑게 대하다가 갑자기 늑대처럼 돌변하는 시호에게 적응이 되질 않았다. 아무리 생각해 봐도 시호가 어떤 남자인지 종잡을 수 없었다.

"간다."

짧은 한마디만을 남기고 시호는 사라졌다. 하율의 영혼도 같이 사라진 기분이었다.

'이러다 말라 죽겠다.'

하율이 혼자 남겨진 시호의 방에서 정신을 차리고 나오기까지는 오랜 시간이 걸렸다.

"뭐가 그렇게 재미있으세요?"

운전하면서 백미러로 시호를 살피던 수연이 던진 말이었다. 히쭉히쭉 혼자 웃고 있는 모습이 신경 쓰여 운전에 집중할 수가 없었다. 보라는 회의 자료는 옆에 던져 놓고 딴생각에 빠져 있는 시호가 못마땅했다.

"하율이 귀여워서."

귀여워? 그런 바보 같은 모습이? 수연은 시호의 말에 대꾸하지 않았다. 수연의 눈에 비친 하율의 모습은 그저 단순해 보일 뿐이었다.

"넥타이는 바꿔야겠어요."

수연은 화려한 넥타이가 계속 거슬렸다. 시호가 입고 있는 슈트 색과 전혀 어울리지 않았다. 도대체 무슨 생각으로 저런 넥타이를 골랐는지 모르겠지만 패션 감각이 부족하다는 사실은 틀림없었다.

더 이해할 수 없는 건 시호였다.

"좀 안 어울리기는 하지."

매고 있는 넥타이를 바라보자 시호는 또 한 번 웃음이 나왔다. 낑낑거리며 넥타이를 매 주던 하율의 모습이 머릿속에서 떠나질 않았다.

"집무실에서 바꿔 매세요. 트렁크에 여유분 있을 거예요."

"됐어."

"귀찮아서 그러시는 거면 제가 다시……."

"됐다니까."

수연의 말이 채 끝나기도 전에 시호의 짜증스런 목소리가 들렸다. 무슨 이유로 고집을 피우는지 수연은 알 수 없었다. 자신 같으면 잠시라도 저 넥타이를 매고 싶지 않을 것 같았다.

"전혀 어울리지 않아요."

바꿔 매라는 수연의 고집도 쉽게 꺾이지 않았다.

"하루쯤 미친 척하고 매고 있지, 뭐. 어차피 미쳐 가고 있으니까."

수연이 알아들을 수 없는 말을 던진 시호는 차창 밖으로 시선을 돌렸다. 빠르게 지나쳐 가는 건물들과 사람들 사이에서, 시호는 처음으로 느긋한 마음을 가질 수 있었다.

시간에 쫓기지 않고 틀에 박혀 있지 않은 자유로움. 실로 오랜만에 느끼는 여유였다.

"네가 나에게 늘 강요했던 말 기억나?"

수연은 말없이 운전만 했다. 그동안 시호에게 강요했던 것이 한두 가지였겠는가. 수연은 애써 답을 찾으려 하지 않았다. 급한 시호의 성격상 먼저 말을 꺼낼 것이다. 이런 수연의 예상은 빗나가지 않았다.

"상대에게 속마음을 읽혀서는 안 된다는 말. 상대의 말과 행동을 모두 믿지 말라는 그 말 때문에 난 항상 긴장 속에서 살았지. 그래야 하는 줄 알았으니까."

하지만 요즘 새로운 걸 배웠다. 도무지 속내를 감추지 못하는 하율을 보면 자신도 모르게 무장 해제가 된다. 상대의 솔직함에 가식적으로 대할 수는 없는 일. 시호는 진실한 마음이 무엇인지 조금은 알 것 같았다.

"솔직함 앞에서는 가식이 통하지 않아. 너도 알아야 할 것 같아서."

운전대를 잡고 있던 수연의 손에 힘이 들어갔다. 왠지 모르게 자신의 논리가 깨진 기분이었다. 수연은 견딜 수 없는 모멸감을 느껴야 했다.

'변한 거야?'

여자의 직감은 예리했다. 그동안 시호를 자신의 남자로 만들기 위해 쏟은 시간과 정성이 얼마인가. 방황하는 시호를 설득하고 마음을 열어 현실을 받아들이게 한 사람이 바로 자신이었다.

그 시간이 무려 2년. 그 뒤로 4년의 시간을 더 투자해 신화그룹 본부장 자리에 올려놓았다. 하지만 하율은 단 몇 달 만에 자신의 남자를 변화시키고 있었다. 수연은 이런 시호의 변화를 지켜보고만 있을 수 없었다.

어느새 차는 사옥 앞에 멈췄다. 시호는 차문을 열다 말고 수연을 바라보았다. 무엇인가 할 말이 남아 있는 표정이었다.

"아, 그리고 호칭에 좀 더 신경 써. 하율 씨가 뭐야."

"실……수였어요."

뜻밖의 지적에 수연은 말을 더듬거렸다. 사랑 없이 결혼한 하율에게 신화그룹 작은 사모님 대접을 해 주고 싶지 않았다. 어디까지나 허수아비일 뿐이고, 언제 끝날지 모르는 결혼 생활이었으니까.

"실수? 이성적이고 냉철한 윤수연이 호칭에 실수를 했다?"

믿지 않는 듯한 시호의 표정에 수연은 긴장을 했다.

"내가 알고 있는 윤수연은 집안이 보잘것없다고 사람까지 무시하는 그런 여자가 아니야. 내 믿음이 깨지지 않도록 앞으로 조심해."

"네, 본부장님."

답하는 수연의 목소리는 작았다. 마지막 자존심마저 무너져 내린 그녀는 시호를 따라 차에서 내릴 수 없었다. 하율이 들어온 지 하루 만에 수연이 받은 충격은 생각보다 컸다.

❀　　　　❀　　　　❀

얼마 전만 하더라도 만원 버스를 타고 등교를 했다. 추우나 더우나, 비가 오나 눈이 오나 걸어서 학교 입구를 통과했었는데 이제는 달랐다. 하율은 기사님이 운전해 주는 검은색 세단을 타고 편하게 학교에 도착했다.

하루아침에 사모님 소리를 듣게 된 하율은 강의실 안에서도 스타였다. 시호와의 러브스토리를 들려 달라 청하는 친구들이 많았지만 해 줄 말이 없었다.

뭐가 있어야 말을 하지. 하율은 난처한 표정으로 입을 꾹 다물었다.

하지만 이런 하율의 태도가 일부 학생들에게는 거만하게 보인 듯했다. 갑자기 신분 상승을 하니 친구들을 무시한다고 뒤에서 쏙닥거렸다. 별별 말을 다 만들어 내는 통에 하율은 종일 귀가 피곤했다. 물론 강의에도 집중할 수 없었다.

많은 이들의 시기와 눈총을 제대로 받은 하율은 모든 강의가 끝나자마자 주차장으로 향했다. 친구들과 편하게 앉아 소소한 일상을 얘기할 수 없는 처지가 되자 학교가 불편하게 느껴졌다. 빨리 이곳을 탈출하고 싶다는 생각이 간절했다.

마음 같아서는 당장 엄마에게 달려가고 싶었지만 그럴 수 없는 상황이 하율을 더 우울하게 만들었다.

어떻게 된 일인지 아침에 타고 온 차가 보이질 않았다. 분명 기사님이 이곳에서 기다리겠다 하신 걸 똑똑히 들었는데 차가 없자 하율은 당황스러웠다.

'어떡하지. 기사님 전화번호도 모르는데.'

휴대폰을 꺼내 만지작거리던 하율은 한숨만 내쉬었다. 그나마 가장 편한 사람이 시호였지만 이런 일로 전화를 하면 불같이 화를 낼 것 같았다.

갑자기 하율은 자신이 초라해지는 것을 느꼈다. 남들 눈에는 화려하고 마냥 좋아 보일 테지만 정작 본인은 아니었다. 주차장 입구에 멀뚱히 서서 지나가는 차들을 살피던 하율은 빛 좋은 개살구가 바로 자신이라는 생각이 들었다.

하나둘 스쳐 가는 사람들이 많아질수록 듣기 싫은 말들도 더 많이 들려왔다. 그중 강의실에서 들은 뒷말과 겹치는 말이 있었다. 돈을 보고 결혼했다고, 곧 이혼한다고.

개중에는 더러 심한 말도 있었다. 시호에게 술을 먹여 하룻밤을 보내고 그걸 꼬투리 잡아 결혼까지 했단다. 조만간 임신설까지 나돌겠다는 생각이 들자 하율은 갑갑한 마음에 지나가는 사람들의 시선을 피했다.

"너 죄졌어?"

'엄마야!'

갑자기 등 뒤에서 나타난 시호 때문에 하율은 화들짝 놀라며 뒤를 돌아봤다. 찾고 있던 기사님 대신 기대도 하지 않은 권시호가 나타났다.

갑작스런 시호의 등장에 놀라기는 했지만 기사님보다 더 반가운 것은 사실이었다. 하율의 입가에 절로 미소가 번졌다.

"왜 당당하게 말을 못 해, 그런 결혼 아니라고."

시호도 들었는지 하율에게 따져 물었다. 움츠린 하율의 모습이 답답하고 안쓰러워 던진 말이었으나 능숙하게 대처하는 것이 어렵다는 걸 시호도 알고 있었다. 정작 본인도 아직까지 쉽게 넘기질 못하는 부분이었다.

"어떻게 그래요. 반은 맞는 말이잖아요."

"그럴 땐 무조건 아니라고 하는 거야, 이 바보야."

시호는 팔짱을 끼고 있던 손을 풀어 하율의 이마를 살짝 밀었다.

"종일 저런 소릴 듣고 있었던 거야?"

하율은 대답 없이 고개만 끄덕였다.

"괜찮아?"

"네."

"표정은 안 괜찮은 것 같은데?"

"둘 중 하나겠죠. 내가 익숙해지거나, 저렇게 말하는 사람들이 지치거나."

하율의 표정이 아침만큼 밝지 못했다. 시간이 해결해 줄 거라 말하지만 그 시간을 버틸 수 있을지 아무도 모르는 일이었다.

"가만히 있으면 더 당하는 거야. 당당해져."

"지나가는 사람들 붙잡고 구구절절 변명이라도 해요?"

"아니. 더 확실한 방법이 있지."

"뭔데요?"

하율의 귀가 솔깃했다. 있다면 진작 알려 줄 것이지, 지금까지 뜸을 들인 시호의 심술을 이해할 수 없었다.

"고마워해라."

생색부터 내는 말에 입을 삐죽 내밀던 하율의 몸이 순간 시호의 품으로 쏙 들어갔다. 신속 정확하게 하율의 팔을 당겨 안는 시호의 행동은 능수능란했다. 시호의 품에 안긴 하율은 머릿속이 하얗게 되어 아무 생각도 할 수 없었다.

"이러면 확실해지지. 내가 널 너무 사랑한다는 증거가 되니까."

정말 그렇다면 얼마나 좋을까.

진정 사랑해서 한 결혼이라면, 서로 정말 보고 싶어 잠시도 떨어져 있기 싫다면, 그래서 이렇게 안겨 있다면 좋을 텐데.

귓가에 속삭이는 시호의 목소리가 듣기 좋았고, 포근한 그의 가슴도 좋았다. 비록 진심이 아니라 하더라도 지금은 사랑이라 믿고 싶었다.

'내가 네 향기에 취한 걸까⋯⋯.'

시호는 이성이 마비되는 느낌이었다. 하율을 도와주고 싶은 마음, 그 이상의 감정이 자신의 가슴에 존재하는 것 같았다. 어떤 식으로도 설명할 수 없는, 딱히 증명할 수도 없는 감정. 시호는 하율을 안자 행복하다는 생각이 들었다.

"우리 이제 어떡해요?"

나지막한 하율의 질문에도 시호는 묵묵부답이었다. 하나둘 몰려들기 시작한 인파가 어느새 두 사람을 에워쌀 정도로 많아지더니 너 나 할 것 없이 휴대폰을 꺼내 동영상을 찍으며 함성을 질렀다. 물론 원하던 바이기도 했지만 생각보다 일이 커져 시호도 잠시 고민에 빠졌다.

"정면 돌파."

시호가 하율을 품에서 놓아주며 다정히 손을 잡았다. 언제나 그렇듯 이런 상황에서도 시호의 표정은 여유로웠다.

빨갛게 달아오른 얼굴로 걸어가는 하율과 달리 시호는 모여든 사람들에게 미소까지 지어 주었다. 백만 불짜리 미소와 함께 손을 흔들어 주자 까르륵 넘어가는 여자들의 목소리가 들렸다.

'연기력은 대상감이야.'

하율은 자신이 아닌 다른 여자들을 향해 웃어 주는 시호가 미웠다. 자신도 모르는 질투심이 가슴 밑바닥에서 천천히 자라고 있음을 그녀는 아직 모르고 있었다.

집으로 돌아오자마자 불려 가 꾸중을 들은 하율은 SNS의 힘을 다시 한 번 느끼며 자영의 앞에서 고개를 푹 숙였다.

가벼운 행동으로 많은 이들의 입에 오르내렸다며 조용히 겸손하게 지내라는 당부를 듣고 나서야 하율은 안방을 나설 수 있었다.

"생각보다 짧게 끝났네?"

벽에 등을 기대고 서 있는 시호의 표정에는 얄궂은 심술이 가득했다. 이미 이런 일이 벌어질 줄 알고 있었던 사람처럼 대수롭지 않게 넘기는 듯했다.

"알고 있었죠?"

"물론."

"억울해요. 당신이 먼저 안았는데 꾸중은 나만 듣고."

"꾸중은 들었지만 결과는 나쁘지 않아. 그럼 된 거 아닌가?"

인터넷에 두 사람의 사진이 올라오자 댓글들이 넘쳐났다. 너무 다정한 커플이다, 두 사람 진짜 사랑하나 보다, 잘 어울린다 등등 응원과 부러움의 메시지가 달렸다. 물론 악성 댓글도 더러 있었지만 시호의 말처럼 결과는 좋은 편이었다.

"눈물 나게 고맙네요."

"알면 살면서 갚아."

큰 인심이라도 쓴 사람처럼 말을 남긴 시호는 자신의 방으로 쏙 들어가 버렸다. 그 뒷모습이 어찌나 얄밉던지 하율은 입술이 절로 삐딱해졌다.

"그런 식으로 항상 남자를 다루나 보죠?"

언제부터 지켜보고 있었는지 모르겠지만 수연의 등장은 하율을 긴장시켰다.

"무슨 말씀인지……."

"안쓰럽고 불쌍하게 보여 동정심을 유발하는 행동 말이에요. 난 그렇게 해 본 적이 없어서 묻는 거예요. 꼭 그런 식으로밖에 할 수 없을까 하는 생각도 들고."

가볍게 던진 말이었지만 속뜻은 절대 가볍지 않았다. 자영보다 더 자신의 행동을 질타하는 발언에 하율은 기분이 상했다. 하지만 웃으면서 던지는 수연의 말에 차마 화를 낼 수는 없었다.

"아직 무엇을 해야 하는지, 어떻게 행동해야 하는지 잘 모르나 봐요?"

하율의 아이 같은 행동에 수연은 화가 났다. 자신만 힘든 줄 알고 은근슬쩍 시호에게 기대려는 하율의 태도가 마음에 들지 않았다.

스스로 강해지지 않으면 시호에게 짐이 될 뿐임을 알기에 수연은 하율을 더 세게 몰아세웠다.

"어차피 사랑 없는 결혼이잖아요. 그렇다면 좀 더 이성적일 수는 없나요?"

"사랑 없는 결혼임을 윤 비서님이 어떻게 알아요?"

수연의 다른 말은 하나도 귀에 들어오지 않았다. 오로지 시호와 자신의 관계를 어떻게 알았는지가 중요할 따름이었다. 하율은 조급한 마음으로 수연의 대답을 기다렸다.

"본부장님과 저 사이에 비밀은 없으니까요."

비밀이 없는 사이. 그 말을 어떻게 받아들여야 할지 하율은 고민했다. 수연의 말처럼 사랑도 없는 결혼을 한 자신이 두 사람 사이에 관여할 이유는 전혀 없었다. 순식간에 자신이 작아지는 것을 느꼈다.

"무엇이 본부장님을 위한 일인지 잘 생각해 보세요. 기대고 도움을 바라는 것은 본부장님을 더 힘들게 할 뿐이에요. 회사에서도 신경 쓸 일이 산더미인데 하율 씨…… 아니지, 작은 사모님까지 보탤 필요는 없잖아요?"

하나같이 가슴에 콕콕 박히는 말이었다. 비서로서 충고해 주는 것치고는 너무 상처가 되었다. 기대려고 했던 것이 아니라는 반박을 할 수 없는 하율은 자신의 모습이 한심했다. 수연의 말은 사실이었으니까.

자신을 낱낱이 꿰뚫어 보는 듯한 수연의 눈초리에 하율은 소름이 돋았다.

"앞으로는 조심할게요."

하율이 할 수 있는 최선의 대답이었다. 만족하지는 않지만 지켜보겠다는 표정으로 수연은 자리를 떠났다. 하율은 어두워지는 하늘을 바라보며 낮게 중얼거렸다.

"아빠, 뭐가 이렇게 복잡하고 힘들어? 그냥, 마음 가는 대로 그 사람 좋아하면 안 돼? 그러면 그 사람 힘들게 하는 거야?"

하율은 대답 없는 하늘이 무심했다.

❀   ❀   ❀

바쁜 일상에 하루하루가 정신없이 지나갔다. 시호 덕분에 학교에서 하율을 바라보는 곱지 못한 시선이 줄어들기는 했지만 아주 사라진 것은 아니었다. 그래도 학교생활에 지장을 줄 정도는 아니었다.

수업이 끝나면 주 3회 영어 회화를 배우고 나머지 시간에는 요리와 골프를 배웠다. 심지어 주말에는 예린에게 사교계 예절까지 배워야 했다.

그 외에도 배울 것이 얼마나 많은지 하율은 머리가 터질 것 같았다. 결혼하고 나서 다시 고3이 된 기분이었다.

그렇게 한 달이 훌쩍 지나가 버렸다.

"이번 서재에서 주최하는 바자회에 참가하는 출판사가 늘었어요. 작년보다 기부금과 책 품목도 다양해져서 일정에 맞추려면 일손이 부족할 것 같아요. 그래서 직원들이나 그 가족 중에서 봉사자를 모집하려고 하는데……."

"저요! 저도 할게요."

예린의 말이 채 끝나기도 전에 하율이 손을 번쩍 들었다. 가만히 앉아 예린의 보고를 듣고 있던 자영은 하율의 갑작스런 행동에 적잖이 놀란 표정이었다. 그러나 하율의 표정에는 자신 감이 넘쳤다.

'서재'는 신화그룹 직원들이라면 누구나 가입할 수 있는 모임이었다. 책을 사랑하는 사람들이 모인 '서재'는 1년에 한 번 바자회를 열어 그 수입금으로 어려운 학생들에게 장학금과 책을 전달하고 있었다. 올해로 다섯 번째를 맞이하는 바자회는 해마다 규모가 커졌다.

"너까지 나설 필요 없다."

단호한 자영의 말에 하율의 손이 땅으로 꺼졌다. 봉사를 핑계 삼아 하루라도 이곳에서 탈출하고 싶었는데 물거품이 돼 버렸다. 불손한 마음으로 좋은 일에 참석하려다 벌을 받는 느낌이었다. 실망스러움에 하율은 두 어깨를 축 늘어뜨렸다.

"이번에는 언론에서도 집중하고 있어요. 같이 참여하시는 것도 나쁘지 않을 것 같은데요. 한번 생각해 보세요."

예린이 하율의 편을 들자 자영은 고민에 빠졌다. 자영은 공식 석상에 하율을 내세우고 싶지 않은 마음이었다. 학벌이나 집안 배경도 마음에 걸렸지만 아무것도 모르는 하율이 많은 사람들 앞에서 실수라도 할까 봐 그것이 걱정이었다.

말 한마디, 행동 하나도 가십거리가 될 수 있기에 자영은 결정을 내리지 못하고 있었다.

"제가 옆에서 잘 도울게요."

자영이 무엇을 걱정하고 있는지 예린은 알고 있었다. 사실 예린도 자영과 같은 생각이었다.

하지만 실망스런 하율의 표정을 보자 마음이 무거워졌다. 지금 이곳이 얼마나 답답하고 불편할지 알기에 모른 척 넘어갈 수 없었다. 잠시라도 하율이 이곳을 벗어나게 해 주고 싶은 마음이었다.

"제발 허락해 주세요."

간절한 눈빛으로 바라보는 하율을 차마 외면할 수 없었던 자영의 입에서 끝내 허락이 떨어졌다. 하율은 날듯이 기뻐하며 예린과 함께 안방을 나섰다.

"도와주셔서 감사해요."

하율이 예린의 손을 잡으며 미소를 지었다.

"대신 그날 기자들은 멀리하셔야 해요."

"그럼요. 당연하죠."

고개까지 끄덕이며 잘하겠다 다짐한 하율은 자신의 방으로 향하던 발걸음을 돌려 반대쪽으로 걸어갔다. 이 사실을 시호에게 자랑하고 싶어 노크도 없이 시호의 방문을 양쪽으로 활짝 열었다. 그리고 그 자리에서 얼어 버렸다.

"무슨 일이시죠?"

하율을 맞아 준 이는 시호가 아니라 수연이었다. 시호의 방에 수연이 있다는 사실이 크게 놀랄 일은 아니었지만 지금은 좀 달랐다.

수연의 다리를 베고 자는 시호와, 그 대신 서류를 정리하는 수연의 모습이 하율에게는 충격적이었다. 순간 할 말을 잃어버린 하율은 멍하니 두 사람을 바라보기만 했다.

"오늘 일정이 좀 빠듯해서 피곤하셨나 봐요. 제가 대신 정리하고 있던 참인데 깨워…… 드릴까요?"

시호를 깨워서 변하는 건 아무것도 없었다. 수연의 다리를 베고 잠든 사실이 없던 일이 되는 것도 아니고 피곤한 사람을 깨워 겨우 한다는 말이 바자회 참석 여부라는 것도 우스웠다.

단지 보고 싶어서, 잠시 말이라도 나누고 싶어서 왔지만 두 사람을 방해한 눈치 없는 사람이 돼 버린 것 같아 하율은 너무도 초라했다.

"아니에요. 내일 얘기하면 돼요."

"그러세요. 그럼."

하율에게서 시선을 돌려 다시 서류를 정리하는 수연의 모습은 당당했다. 늘 있었던 일처럼, 지금 이 상황은 전혀 문제될 것이 없다는 태도였다. 고개를 숙이고 서류를 바라보는 수연의 한쪽 입꼬리가 살짝 올라갔다.

"죄송하지만 나가실 때 문 좀 닫아 주세요. 제가 일어날 상황이 아니라서."

수연이 시선조차 주지 않고 던진 말에 하율의 기분은 바닥을 쳤다. 마치 못 올 곳에 온 사람처럼 쫓겨나듯 문을 닫는 자신의 모습이 한심하게 느껴져 하율은 한동안 자리를 뜰 수 없었다. 마음이 쉽게 진정되질 않고 있었다.

'그래, 내가 화낼 상황이 아니야. 화를 낼 이유도 없어. 어차피 끝이 정해진 결혼 생활이고 난 기간만 채우면 되는 거야. 그

러니까 누구와 있든, 무슨 짓을 하든 상관하면 안 돼.'

아무것도 아니라고 수십 번 되새겨 보았지만 이성과 감성은 따로 놀았다. 넥타이를 골라 주던 그때는 이토록 비굴한 감정이 들지 않았다. 하지만 조금 전 수연의 태도는 시호가 그녀의 남자라고 알려 주는 것 같았다. 바보가 된 기분이었다.

'내 남자가 될 수 없는 건가……'

하율의 마음에 작은 변화가 시작되었다.

수연은 일을 하면서도 하율이 아직 돌아가지 않았다는 걸 직감할 수 있었다. 방문 앞에 충격적인 표정으로 서 있을 하율을 떠올리자 웃음이 절로 나왔다.

사실 처음부터 시호가 수연의 다리를 베고 잠든 것은 아니었다. 감기약을 먹고 혼자 서류를 보다 소파에 잠시 누웠는데 그대로 잠이 들어 버린 것이다.

서류를 가지러 온 수연은 베개도 없이 잠든 시호에게 자신의 다리를 내주었다. 그렇게 30분 동안 시호 대신 서류를 정리했다.

감기약에 취해 잠이 든 시호를 바라보며 수연은 낮게 중얼거렸다.

"당신 모처럼 내 마음에 쏙 드는걸? 깨우려고 했는데 더 자요. 마무리는 내가 할 테니까. 그런데 당신이 데려온 허수아비가 뭘 좀 느꼈을까? 당신이 누구의 남자인지 말이야."

수연은 생각했다. 결혼이라는 제도로는 영원히 내 남자를 소유할 수 없다고. 실패한 결혼을 위해 이혼이 존재하는 거라고.

상대가 나를 필요로 해야 진정 내 남자가 된다는 말을 수연은 굳게 믿고 있었다.

❀   ❀   ❀

자영이 바자회 일정을 논하고 있는 시각, 혜선은 호텔 룸에서 정계 쪽 안주인들을 만나고 있었다. 모인 이들은 각자 혜선이 준비해 온 선물에 흡족한 미소를 지으며 그녀의 안목에 칭찬을 아끼지 않았다.

"그림 고르는 안목이 대단하십니다."

"받으시는 분들의 체면도 있고 해서 신경 좀 썼지요. 마음에 드셔서 다행입니다."

사실 이 자리를 만들기까지 혜선은 많은 시간과 노력을 들였다. 처음 연락을 했을 때만 하더라도 나오겠다고 답한 이는 이 중에 단 한 명도 없었다.

다들 혜선을 끈 떨어진 연처럼 외면했고 여러 번의 설득 끝에야 이 자리를 마련할 수 있었다. 모멸감에 치가 떨렸지만 혜선은 잘 참고 있었다. 지호가 신화그룹의 후계자가 될 수만 있다면 이보다 더한 것도 감당할 자신이 있었다.

"선물도 받았으니 용건을 말씀하시죠."

"그럴까요?"

혜선이 들고 있던 찻잔을 내려놓자 룸 안에는 정적이 흘렀다.

"신화그룹에서 주최하는 바자회 말입니다. 다들 초대장은 받으셨죠?"

혜선의 물음에 모인 이들의 눈동자가 흔들렸다. 물음 하나로 그녀가 자신들에게 무엇을 요구할지 짐작할 수 있었다. 잠깐 서로 눈빛을 교환하던 이들은 이내 혜선에게로 시선을 옮겼다. 자신들의 예측이 맞는지 혜선에게 직접 듣겠다는 의사였다.

"이것은 제가 드리는 초대장입니다. 이제 선택하시면 됩니다."

혜선이 나눠 준 초대장을 열어 본 이들은 난처한 반응을 보였다. 같은 날짜, 같은 시각에 다른 장소에서 여는 바자회 초대장이었다. 선택하라는 혜선의 말을 이제야 이해한 이들은 모두 할 말을 잃었다.

"이번 선택이 바깥분들의 정치 활동에 어떤 식으로 영향을 미칠지 생각해 보세요."

요즘 신화그룹 후계자 문제로 말들이 많은 것은 사실이었다. 삼삼오오 모이기만 하면 그 얘기였다. 하지만 선택은 이르다는 의견이 많았고, 권 회장의 의견이 무엇보다 중요한 지금 그 누구도 섣불리 입을 열지 않았다.

"제 아들에게 좋은 일이 있다면 오늘처럼 그림 한 점으로 끝나기야 하겠습니까? 앞으로 자주 뵙지요."

부담스런 선물을 받고 룸을 나서는 이들의 표정은 하나같이 굳어 있었다. 혜선은 혼자 남아 자리를 지키며 머지않아 신화그룹의 안주인이 되겠다는 신념을 더욱 확고히 했다.

❀　　　　❀　　　　❀

　행사장 안은 더운 날씨와 사람들이 내뿜는 열기로 후끈했다. 봉사자들과 바자회를 찾아온 손님들, 그리고 관계자들까지. 아침부터 신화그룹 내 강당 안은 사람들로 북적였다. 그 많은 사람 중에 유독 활기찬 한 사람이 있었으니 바로 하율이었다.

　물 만난 고기처럼 사람들 사이를 비집고 다니며 잔심부름까지도 마다하지 않는 모습이 열정적이었다. 이런 하율의 모습을 바라보던 시호의 입가가 삐딱해졌다.

　'새장을 탈출한 새가 날아다니는 것 같군. 그렇게 좋나?'

　요즘 무슨 이유에서인지 하율에게서 시베리아 벌판 같은 냉기가 흘렀다. 웃어 주지도 않고 묻는 말에 대꾸도 하지 않았다. 심지어 아침마다 넥타이를 매 주는 일도 하지 않았다. 마치 자신을 투명인간 취급하는 하율의 행동 때문에 시호의 신경은 날카로웠다.

　'이혼하면 너는 이런 모습이겠지? 나 없는 곳에서 자유롭고 행복한 표정으로 살 거야. 영원히 새장 속에 널 가둔다면 그건 내 욕심이겠지.'

　문득 하율이 없는 집 안을 상상하자 쓸쓸함이 가슴속에 스몄다. 그저 몇 개월 전의 자신으로 돌아가는 것뿐인데, 상상하는 것만으로도 견딜 수가 없었다. 이토록 하율의 존재가 자신의 삶에 중요한 부분을 차지하고 있을 줄은 몰랐다.

　시호의 생각은 꼬리에 꼬리를 물고 늘어졌다. 보내고 싶지 않았고, 혼자 남겨지는 것이 두려웠다. 도대체 언제부터 하율에게 물들어 가고 있었던 걸까. 시호는 마냥 행복한 하율의 모습을 바라보며 씁쓸한 미소를 지었다.

"여기서 뭐하세요?"

행사를 주관하는 사람은 자영과 예린이었다. 그래서 시호는 그동안 단 한 번도 행사장을 찾지 않았다.

주어진 일에만 몰두하던 시호가 이곳을 찾았다는 사실은 수연에게 놀라움으로 다가왔다.

예린에게 급한 용건이 있어 행사장을 찾은 수연은 시호의 시선을 따라 고개를 돌렸다. 그 시선의 끝에는 하율이 있었다.

"넌 무슨 일이야?"

여전히 하율에게 시선을 고정한 시호는 무엇인가 사라질까 봐 불안해하는 표정이었다. 적어도 수연이 느끼기에는 그러했다.

"그 질문에 답하면 본부장님도 솔직하게 말씀하실래요?"

"뭘?"

"여기 온 이유 말이에요."

그제야 시선을 돌린 시호는 수연을 바라보았다. 수연의 눈은 행사장 안에 머물러 있었다.

"갑자기 바자회가 궁금해서 오셨을 리는 없고, 마음에 드는 이상형이라도 보셨나요? 아님, 보고 싶은 사람이라도?"

"틀렸어."

"다행이네요. 내 생각이 맞았다면 더 기분 나빴을 텐데."

"잡고 싶은 사람은 있지."

망설임 없는 시호의 대답이 수연의 심장을 조였다. 하루에도 열두 번씩 생각을 걷어 냈다. 아니라고, 저 남자는 변하지 않을 거라고, 나 외의 그 어떤 여자도 필요하지 않을 거라고.

하지만 흔들리는 눈동자 속에는 항상 하율이 있었고 불안감은 나날이 커져 갔다. 더는 지켜보고만 있을 수 없었다.

"하율 씨 말이에요. 지금 저 모습이 더 잘 어울리지 않아요? 본부장님 옆에 서 있을 때보다 행복해 보여요."

"알아."

"그럼 잡을 수 없다는 사실도 아시겠네요."

"……?"

"물고기는 물에서 살아야 하고, 새는 하늘을 날아다니며 살아야 하죠. 어항에서 키우는 물고기나 새장에서 기르는 새는 금방 죽어 버리잖아요. 설마 본부장님 손으로 가두지는 않겠죠? 물고기나 새도 아닌 사람인데."

수연의 말은 틀리지 않았다. 그렇다고 수긍하기는 싫었다. 다만 물고기나 새가 살 수 있도록 좋은 환경을 만들어 주고 사랑으로 보살펴 준다면 결과는 다를 수 있다고 믿었다.

그러나 말처럼 쉬운 일은 아니었다. 시호 스스로 후계자 자리를 포기하지 않는 한 환경은 변하지 않을 것이며, 결혼 생활은 사랑 없이 첫 단추를 채워 버렸다.

어디서부터 바로잡아야 하율을 곁에 둘 수 있을까. 시호는 새장을 탈출했지만 아직 날아가지 못한 자신의 작은 새를 애타게 찾고 있었다.

"예린이가 저쪽에 있네요. 먼저 가 볼게요."

수연이 행사장으로 들어가자 혼자 남겨진 시호의 시선은 하율을 좇기 시작했다. 비록 사랑이 아닐지라도, 행복하지 못하더라도 곁에 두고 싶은 욕심에 스쳐 지나가는 하율의 손목을 잡았다.

"아! 아파요."

"따라와."

시호의 힘에 이끌려 집무실까지 올라온 하율은 잡혀 있던 손목을 흔들며 괴로워했다. 여기까지 오는 동안 무슨 일이냐고 물어도 시호는 대답해 주지 않았다. 다만 쥐고 있는 손목을 더 꽉 잡을 뿐이었다.

"한창 바쁜데 무슨 일이에요?"

다시 물었지만 여전히 시호는 쉽게 입을 열지 않았다.

"할 말 없으면 그만 내려가 볼……."

"있어."

하율의 말을 단칼에 자른 시호는 하율을 바라보았다. 어떤 말부터 꺼내야 할지 몰라 망설이던 시호의 입에서 나온 얘기는 머릿속에서 고민하던 것과 전혀 다른 것이었다.

"너 요즘 냉기가 도를 넘은 거 알아? 애도 아니고, 이러는 이유가 뭐야?"

다소 공격적인 투로 말을 꺼낸 시호는 이내 후회를 했지만 굳어지는 하율의 표정을 보며 늦었다는 생각이 들었다.

"……나도 몰라요."

"뭐?"

"내가 왜 이러는지."

화낼 이유가 전혀 없다는 것을 알면서도 시호의 얼굴만 마주하면 그때의 일이 떠올라 감정이 제멋대로였다. 억지로 웃을 수 없었고 말은 더 하고 싶지 않았다. 과연 이 감정을 어떻게 받아들여야 할지 몰라 하율은 계속 고민 중이었다.

"이러면 계약 위반인 거 알아요. 하지만 언제까지 이성적으로 제가 버틸 수 있을지……."

정말 사랑해 버릴 것 같았다. 내 남자였으면, 날 사랑해 줬으면 하는 생각을 잠들 때까지 했다. 쉽게 생각했던 결혼 생활이 지금 하율에게는 너무 버거웠지만 차마 이런 감정을 시호에게 말할 수는 없었다.

"최소한 기간은 채워야지."

"노력하고 있어요."

하율이 당장 도망가 버릴 것 같아 시호는 불안하고 초조했다. 어떻게든 하율이 버틸 수 있도록 자신이 울타리가 되어 줘야겠다는 생각이 들었지만 방법은 떠오르지 않았다.

"기간만 채워 준다면 너에게 더 바라지 않아."

시호의 말이 하율의 흔들리는 감정을 순간 내려놓게 하였다. 이는 하율에게 사랑이란 감정은 필요 없다는 말처럼 들렸다. 세상에는 사랑하면 안 되는 사람이 있다는 걸 하율은 이제야 깨달았다.

'더 바라면 정말 내가 나쁜 놈이겠지.'

하율에게서 돌아선 시호는 창가로 향했다. 결혼 생활이 힘들다는 사람에게 웃어 달라 하고, 도망가지 말라고 하는 것은 정말 욕심이었다.

자신의 품에 마냥 가둬 둘 수 없는 여자라는 것을 인지하자 앞으로 무미건조한 삶을 어떻게 살아갈지 암담했다. 두 사람 사이에는 정적만이 흘렀다.

"저 그만 내려갈게요."

"가⋯⋯."

하율이 집무실을 나가자 다 하지 못한 말이 시호의 입에서 뱉어졌다.

"⋯⋯지 마."

행사가 모두 끝나고 자영과 마주한 예린의 표정은 밝지 못했다. 수연이 알려 준 정보가 잘못된 것이기를 바랐지만 모든 일정이 끝나자 결과는 참담했다.

"무슨 할 말이라도 남았니?"

"네."

"표정을 보니 좋은 소식은 아니구나. 괜찮으니까 어서 말해 봐."

예린이 자영의 앞에 내민 것은 바자회 결과 보고서였다. 자영은 서류를 천천히 검토하다 기부금 항목에서 멈췄다. 그녀의 눈매가 가늘어졌다.

"지금까지 기부를 해 주셨던 정계 쪽 부인들께서 이번에는 모두 불참하셨어요."

"불참? 이유는?"

"오늘 다른 장소에서 바자회가 있었는데 모두 그곳에 참석하셨다는 정보예요."

한두 해 알고 지낸 사이가 아니었다. 악어와 악어새처럼 서로 등을 돌릴 수도 없는 관계였다. 그런 그들이 하루아침에 배신이라니. 자영은 믿을 수 없다는 표정으로 예린을 바라보았다.

"누구 짓이니?"

"별채 사모님이세요."

가만히 앉아만 있을 여자가 아니라는 것쯤은 알고 있었지만 이 정도로 발 빠르게 움직일 줄은 미처 몰랐다. 뒤통수를 얻어맞은 것처럼 충격을 받은 자영은 서류를 들고 있던 손을 바르르 떨었다.

'내가 그 사람을 너무 쉽게 생각했구나.'

오랜 시간 외국 생활을 해서 한국 물정은 모를 줄 알았다. 더구나 옆에서 도와줄 조력자도 없으니 굳이 경계할 필요는 없겠다 생각했다. 하지만 그런 안일한 생각이 참담한 결과를 초래하고 말았다.

"하율 씨 덕분에 이미지 타격은 적어도 후계자 지목이 가시화되는 것은 피할 수 없을 것 같아요. 저희 쪽에서도 대책을 마련하는 것이 좋겠어요."

"그래야겠구나."

이대로 앉아 당하고만 있을 수는 없는 일이었다. 잘못하다가는 아들의 자리가 위태롭겠다는 불안감이 엄습했다.

남편의 사랑도 포기한 채 살아온 인생이 억울해서라도 신화그룹 후계자는 당연 시호여야만 했다. 그래야 외롭고 힘들었던 자신의 삶이 보상받을 것만 같았다.

"그래서 드리는 말씀인데, 다음 주 정·재계 파티에 시호 오빠와 하율 씨를 보내시는 것은 어떠세요?"

"두 사람을?"

"네."

"시호가 가려고 하지 않을 텐데?"

파티라면 치를 떠는 시호였다. 갖가지 이유를 만들어 참석하지 않거나, 간다고 하더라도 도중에 도망쳐 나오기 일쑤였다.

"하율 씨가 설득한다면 가능할 수도 있어요."

"그동안 너나 윤 비서도 못 했던 설득을 그 아이가 할 수 있다고?"

무슨 근거로 이런 말을 하는지 모르겠지만 예린의 표정은 확신에 차 있었다. 자영은 속는 셈치고 그녀를 믿어 보기로 했다.

'벌써 시집갈 나이가 되었는데 내 욕심에 아직도 널 곁에 두고 있으니……. 하늘에서 네 엄마가 날 원망할지도 모르겠다.'

방을 나서는 예린의 뒷모습을 바라보며 자영은 잠시 회상에 잠겼다.

예린은 가장 친한 친구의 딸이었다.

잘나가던 사업이 한순간 기울면서 부부는 자살을 택했다. 차주의 부주의로 일어난 교통사고라고 경찰은 말했지만 자영은 믿지 않았다. 얼마 뒤 자신의 앞으로 온 친구의 마지막 편지가 모든 것을 말해 주었으니까.

당시 열 살이었던 예린도 그 차에 타고 있었다. 비록 부부는 죽었지만 예린은 목숨을 건질 수 있었다. 안전띠를 하지 않은 부부와 반대로 예린은 뒷좌석에 단단히 묶여 있는 상태였다.

다 같이 죽자고 결정은 했지만 어린 자식의 목숨까지 버릴 수는 없었나 보다. 친구가 어떤 마음으로 예린의 몸에 띠를 묶었을지 자영은 이해할 수 있었다.

그렇게 예린을 키운 지 20년이었다. 반듯하게 커 줘서 고맙기도 하고 대견하기도 했다. 하지만 예린의 마음이 지호에게 있다는 것을 알기에 언제까지 자신의 곁에 둘 수 없음을 자영도 알고 있었다. 다만, 그날이 더디게 왔으면 하는 바람이었다.

침대에 엎드려 있던 하율은 노크 소리에 녹초가 된 몸을 천천히 일으켰다. 방문을 열고 들어오는 예린의 모습에 헝클어진 머리를 매만졌다.

"하율 씨, 많이 힘들어 보여요. 내일 얘기할까요?"

"아니에요. 자고 일어나면 괜찮아질 거예요. 낮에 너무 방방 뛰어다녔나 봐요."

"그래도 하율 씨 덕분에 무사히 끝났어요. 열심히 해 줘서 고마워요."

"별말씀을요. 사실 제가 몸으로 하는 건 잘하거든요."

농담 반, 진담 반으로 건넨 말에 예린은 방긋 웃어 주었다. 예린은 며칠 동안 하율이 풀죽어 지낸 이유를 알고 있었다. 그날 시호 오빠가 수연의 다리를 베고 잠들었다는 말을 하율에게 전해 듣고 적잖이 놀라기는 했다.

속상한 마음에 자신을 찾아와 속마음을 털어놓은 그날 밤 예린은 확신했다. 하율이 가진 질투와 원망과 관심은 모두 사랑에서 시작된 것임을 말이다.

예린은 하율에게 그것을 일깨워 주기 위하여 파티 참석을 권유했다. 같이 보내는 시간이 많아야 서로의 마음을 확인할 수 있을 테니까.

"네? 저보고 그 사람을 설득하라고요?"

"하율 씨라면 가능해요."

"에이, 모르시는 말씀 마세요. 요즘 그 사람하고 저 사이에 흐르는 냉기가 장난 아니에요. 더구나 저랑 같이 참석하자고 하면 더 안 갈 사람이에요."

"내가 보기에는 냉기가 아닌 것 같은데요?"

냉기가 아니라는 예린의 말에 하율은 눈만 깜박거렸다. 냉기라는 단어와 반대되는 말을 찾아보았지만 둘 사이에 딱히 어울릴 만한 단어는 찾지 못했다. 하율은 마냥 미소를 짓고 있는 예린의 표정이 얄궂기만 했다.

"이번 일만 잘해 주시면 친정에 갈 수 있도록 말해 볼게요."

"정말요? 약속하실 수 있으세요?"

"물론이죠."

로또에 당첨된 사람처럼 하율은 두 팔을 번쩍 들고 만세를 불렀다. 그동안 하율은 엄마와 가끔 통화만 했다. 그마저도 시간이 맞지 않아 통화 도중 끊어야 할 때가 잦았다. 항상 바쁜 하율이 먼저 전화를 끊고 나면 아쉬움만 가득했다.

엄마 얼굴을 마주 보고 두런두런 이야기하고 싶었지만 좀처럼 시간이 나질 않았다. 더구나 시어머니께 먼저 말을 꺼내기도 어려워 차일피일 눈치만 보던 참이었는데 드디어 기회가 왔다.

하율은 절대 놓치고 싶지 않았다. 언제 다시 이런 기회가 올지 장담할 수 없었으니까.

"제가 설득해 볼게요. 자신 있어요."

"역시 하율 씨는 이런 모습이 보기 좋아요. 자신감 있고 활기찬 모습."

"헤헤, 제가 요즘 생각이 많아서 좀 그랬죠?"

"하율 씨, 너무 많은 생각은 마요. 그 감정이 무엇인지 알면 그때는 더 힘들지도 몰라요. 그냥 지금의 감정에 충실하다 보면 답을 찾을 수 있을 거예요."

"지금 감정을 어떻게 표현할지도 잘 모르겠어요."

"같이 얘기하고 싶으면 먼저 다가가고, 위로해 주고 싶으면 어깨를 빌려 주고, 화가 나면 속이 풀릴 때까지 엉엉 울어 버리면 되죠. 난 하율 씨가 후회할 일은 하지 않았으면 좋겠어요. 다음이라는 건 없을지도 모르거든요. 곁에 있을 때 마음껏 표현해 주면 상대가 그 마음을 알아주는 날이 올 거예요."

정말 그랬으면 좋겠다. 같이할 시간이 길지 않기에 예린의
말처럼 후회할 일은 만들고 싶지 않았다. 자리를 박차고 일어난
하율은 마음의 결정이라도 한 것 같은 표정으로 방을 나섰다.

"하율 씨, 어디 가요?"

"후회할 일을 만들지 않으려고요."

예린을 방에 남겨 두고 복도를 성큼성큼 걸어가 시호의 방
앞에 선 하율은 마른침을 삼켰다. 우선 이 냉전을 끝내는 것이
급선무였다. 하율은 천천히 시호의 방문을 두드렸다.

"네."

"저기요."

들어갈 자신이 없던 하율은 문을 빠끔히 열고 얼굴만 내밀었
다. 지금 들어왔는지 넥타이를 느슨하게 풀며 옷을 갈아입으려
는 시호와 눈이 마주치자 하율은 멋쩍은 웃음을 지었다.

"뭐야, 그 표정은?"

바보 같았나? 시호의 한마디에 얼굴에서 웃음기를 걷어 낸
하율은 방 안을 다시 한 번 둘러보았다. 왠지 모르게 수연이 앉
아 있을 것 같아 불안했다. 여전히 하율의 몸은 문밖에 있었다.

"들어오든지, 아님 나가든지."

"들어가요."

발소리를 죽이며 방으로 들어온 하율은 조심스레 문을 닫았
다.

"저기…… 떡볶이 먹을래요?"

하율이 들어오자마자 대뜸 던진 말에 시호는 어리둥절한 표정을 지었다. 10시가 되어 가는 시간, 좋아하지도 않는 떡볶이를 먹자는 하율의 의도를 시호는 눈곱만큼도 이해할 수 없었다. 시호는 대꾸도 하지 않고 하율을 한심한 듯 바라보았다.

"내가 해 줄게요."

그거야 당연하지. 설마 저 사람이 하겠어? 자신이 내뱉어 놓고도 민망했지만 하율은 애써 미소를 지으며 시호의 답을 기다렸다.

"안……."

"안 먹기 없기."

분명 안 먹겠다는 말을 하려고 했을 것이다. 시호의 입에서 '안' 자가 나오자마자 하율은 먼저 말을 잘라 버렸다.

"난 떡……."

"떡볶이 싫어해도 먹기."

두 번이나 시호의 말을 자르고 보니 슬슬 불안감이 밀려왔다. 버럭 화를 낼 것 같은 시호의 표정을 지켜보며 하율은 최대한 애처로운 눈빛을 보냈다. 먹힐지는 모르겠지만.

"하아, 알았어. 다 되면 불러."

한숨을 내쉬며 마지못해 허락한 시호는 그제야 양복 재킷을 벗었다.

"으음, 혼자 요리하면 재미없단 말이에요. 도와 달라고 안 할 테니까 같이 있어 줘요. 내가 어떻게 요리하는지도 좀 보고."

"요리에 관심 없어."

"에이, 안 보는 사이에 내가 뭘 넣을지 알고 그래요."

농담으로 던진 말이지만 시호는 진담으로 받아들이는 것 같았다. 먼저 방을 나서는 시호를 보며 하율은 고개를 갸웃거렸다. 내가 좀 심했나?

괜한 짓을 했나 보다. 하율은 주방에 들어온 지 10분 만에 후회했다. 팔짱을 끼고 옆에 서서 요리하는 과정을 지켜보는 시호의 표정은 꼭 까칠한 셰프 같았다.

요리에 관심 없다는 그의 말은 다 거짓말이었다. 시호의 간섭은 시간이 지날수록 정도가 심해졌고 다 된 떡볶이를 식탁으로 옮길 때는 절정에 이르렀다.

그릇에 담아야지 왜 프라이팬째로 먹느냐고 따지는 시호에게 '설거지가 귀찮아서 그런다!' 라는 말은 차마 못 하고 대충 그릇에 옮겨 담아 내밀었다. 떡볶이라면 자다가도 벌떡 일어나는 하율이었지만 누구 덕에 입맛이 뚝 떨어지고 말았다.

"넌 안 먹어?"

포크를 들고 말랑한 떡을 쿡 찌른 시호는 시선을 하율에게로 향했다.

"먹어요."

마지못해 포크를 든 하율은 입안으로 떡을 밀어 넣었다. 비록 시호의 잔소리는 심했지만 떡볶이는 생각보다 맛있었다.

"오호! 맛있는데요. 보고 있지만 말고 어서 먹어요."

시호가 먹든 말든 하율은 폭풍 포크질을 했다. 지금까지 만들어 본 떡볶이 중 세 손가락에 들 정도로 잘 만들었다. 하율은 흡족한 표정으로 먹는 것에 열중했다.

"도대체 내가 이 밤중에 너랑 떡볶이를 왜 먹는지……."

"옆에서 같이 먹어 줘야 맛도 있고 살도 덜 찌잖아요."

"살찌는 게 무서우면 먹지를 말아야지."

"살찌는 무서움보다 떡볶이의 유혹이 더 강한 법이거든요."

하율은 세상 사람들이 다 알고 있는 진리를 아직도 모르냐는 표정으로 시호를 바라보았다. 시호는 무슨 그런 시답잖은 소리를 하냐는 눈빛을 보냈지만 하율은 그저 어깨만 살짝 들었다 놨다. 떡볶이가 맛있으면 그만이니까.

"하고 싶은 말이 뭐야?"

"컥! 뭐, 뭐요?"

넘어가던 떡볶이가 목에 딱 걸렸다. 할 말 있으면 빨리하라는 시호의 말투가 하율을 긴장하게 만들었다. 아직 반이나 남아 있는 떡볶이를 내려다보며 하율은 고민에 빠졌다.

"할 말은 무슨…… 그냥 혼자 먹기 그러니까……."

눈치 백단인 시호를 떡볶이로 은근슬쩍 구워삶으려고 했던 것이 실수였다. 하율은 성급했다는 반성과 함께 어떻게 말을 꺼내야 할지 몰라 괜한 떡볶이만 휘휘 저었다.

"낮에는 이성적으로 버티기 힘들다면서 갑자기 이렇게 나오는 이유가 뭐냐고. 하루에도 몇 번씩 손바닥 뒤집듯 감정이 파도를 타는 건가? 그리고 난 항상 그 파도에 장단을 맞춰야 하고?"

"아니, 사실은 부탁이 있어서……."

"부탁? 무슨 부탁?"

"저기…… 디너파티에 나도 같이 참석하면 안 돼요?"

순간 두 사람 사이에 정적이 흘렀다. 하율의 입에서 디너파티라는 단어가 나오자 시호의 미간이 찌푸려졌다. 하율이 알고 있을 만한 파티가 아니었기에 복잡한 생각들이 시호의 머릿속을 혼란스럽게 했다.

"나도 안 갈 거야. 그러니까 서운해할 필요 없어."

"그게 아니라 내가 꼭 가고 싶어서 그래요."

"디너파티에 어떤 사람들이 오는지 알고 가겠다는 거야?"

"그걸 알아야 해요? 다 똑같은 사람들 아닌가?"

순진하다 해야 할지, 아니면 무식하다 해야 할지. 무작정 가겠다는 하율을 바라보자 시호는 답답함이 느껴졌다. 도대체 어떤 식으로 설명해야 하율이 상처받지 않을까 생각했지만, 이 또한 쉬운 일은 아니었다. 상대를 배려해 돌려 말하는 것은 애당초 시호가 할 수 없는 일이었다.

"모르면 그냥 집에 있어."

"나, 꼭 가야 하는데……."

"왜 가겠다는 거야?"

짜증이 밀려왔다. 설명해 줄 자신이 없는데 하율은 자꾸 고집을 부렸다. 너와는 다른 세계의 사람들에게서 받을 모멸감을 견딜 수 있겠느냐고 묻고 싶었지만 그러지 못했다. 자기 얼굴에 침 뱉기일 테니 말이다.

시호는 짧은 한숨을 내쉬며 하율의 답을 기다렸다.

"그래야 엄마를 볼 수 있으니까. 엄마 보러 집에 가고 싶단 말이에요."

때론 선의의 거짓말도 필요하다는 것을 알지만 마땅히 둘러댈 말도 떠오르지 않았다. 사실 이 나이에 엄마가 보고 싶다고 말해 버린 것이 좀 창피하기도 했다.

'이것이 결혼 생활을 버틸 수 있는 힘 중의 하나일까?'

하율의 말을 들은 시호는 문뜩 이런 생각이 들었다. 하율의 말은 전혀 이상하다거나 유치하지 않았다. 갑자기 바뀐 환경에 적응하기도 힘들 텐데 분 단위로 짜인 스케줄을 소화하려면 스트레스가 많을 것이다.

더구나 주위에는 온통 어려운 사람들뿐이니 하율의 마음이 십분 이해가 되었다. 이런 이유로 시호는 하율의 부탁을 마다할 수 없었다.

"좋아, 그렇다면 같이 참석해 주지. 하지만……."

생각해 보니 손해 볼 일은 아닌 것 같았다. 그렇다고 아무 조건 없이 들어주자니 그것도 억울하단 생각이 들었다. 그동안 자신에게 냉대했던 하율이 괘씸해 시호의 장난기가 다시 발동했다.

"가기 싫은 자리에 억지로 참석하는 나에게도 합당한 보상이 있어야 하지 않을까? 넌 집에 갈 수 있다지만 난 뭐야?"

누가 사업가 아니랄까 봐 벌써 거래가 들어왔다. 하늘을 날던 하율의 기분이 땅으로 뚝 떨어지는 기분이었다.

"원하는 게 뭔데요?"

묻는 하율의 목소리에는 기운이 하나도 없었다.

"아침마다 넥타이 매 주는 일, 다시 하셔야지?"

"뭐, 그 정도야."

다행이라는 표정으로 한시름 놓은 하율은 자신 있게 고개까지 끄덕였다.

"대신 무보수로."

엥? 무보수? 천 원도 아깝냐! 뭐, 천 원을 꼭 받겠다는 뜻은 아니지만 돈 앞에 치사해지는 것은 어쩔 수 없었다. 가진 사람들이 더 짠돌이라는 말을 이제야 조금 이해할 수 있을 것 같았다.

"매일 야식도 준비하고."

"야식이요?"

"메뉴가 겹치지 않도록 해. 그리고 넌 요리학원에서 도대체 뭘 배우는 거야? 어디 가서 학원 다닌다는 소리 하지 마라. 이런 실력으로는 너뿐만 아니라 학원까지 욕먹겠다. 나니까 먹어 주는 거지."

구절판 배운다, 구절판! 구절판을 야식으로 내놓으면 좋겠냐고!

지금까지 잘 먹어 놓고 투덜거리며 자리에서 일어나는 시호를 향해 하율은 두 눈을 부릅떴다. 하고 싶은 말이 입안에서 빙빙 돌았다.

"치우고 자라."

마지막까지 얄미운 말을 남기고 사라지는 시호의 뒷모습은 아름답지 못했다.

틴틴 부은 얼굴로 거울 앞에 선 하율은 그만 비명을 질렀다. 홧김에 남은 떡볶이를 다 해치우고 잠자리에 들었던 것이 화근이었다. 보름달처럼 탱탱해진 자신의 얼굴을 두 손으로 만지며 후회를 했지만 때는 늦었음이다.

대충 씻고 시호의 방으로 향하는 하율의 발걸음은 도살장에 끌려가는 소 같았다. 들어간다는 한마디를 던지고 방문을 연 하율은 시호와 눈이 마주쳤다. 시호는 마치 괴물을 본 것 같은 표정을 지었다.

"헉! 너 밤새 뭘 한 거야?"

아무것도. 그냥 먹고 잤을 뿐. 시호의 물음에 대꾸도 하지 않은 하율은 기계처럼 눈으로 넥타이를 골랐다. 남편의 타이를 골라 주는 아내의 정성은 전혀 찾아볼 수 없었다. 굳이 표현하자면 의무감?

"뭐 하나만 물어봐도 돼요?"

"뭔데."

귀찮은 듯한 시호의 말투가 하율의 귓가에 울렸다.

"저기…… 내가 어떤 멋진 남자 다리를 베고 잠들면 당신 기분이 어떨 것 같아요?"

"미쳤어!"

"그렇죠. 미친 거죠?"

그 미친 짓을 당신이 했다니까, 인간아! 하율은 타이를 한 번에 쫙 밀어 올리며 시호의 목을 졸랐다. 컥컥거리는 시호의 표정에서 하율은 희열을 느꼈다.

"어머, 어떡해! 미안해요!"

진심이 없는 하율의 표정과 말투는 시호를 더욱 화나게 만들었다.

"미안하다면 다야?"

"무보수로 일하는데 그럼 뭐 나긋나긋해야 하나?"

"야!"

잘해 줄 마음이 조금도 없었다. 졸지에 매일 야식까지 책임질 생각을 하니 시호가 더 미워지는 것은 어쩔 수 없었다. 밤새 어떻게 복수를 해 줄까만 생각했던 하율은 소심한 복수에 스스로 만족했다.

"너, 그새 마음에 드는 남자라도 생긴 거야?"

"글쎄요. 그런 것 같기도 하고, 아닌 것 같기도 하고."

"뭐? 지금 뭐하자는 거야! 너 유부녀라고!"

버럭 소리부터 지르는 시호를 앞에 두고도 하율은 놀라거나 무서워하지 않았다. 오히려 이런 시호의 반응을 속으로 즐겼다. 너도 한번 당해 보라는 심보였다.

"그걸 누가 모르나. 알아요, 내가 유부녀라는 거. 그리고 당신은 유! 부! 남! 이죠."

두 눈 똑바로 뜨고 덤비는 하율을 보자 시호는 기가 막혔다. 밤새 사람이 뒤바뀐 건 아닌가 하는 생각마저 들었다.

"떡볶이가 이상했던 거 아니야?"

"에이, 설마. 내 얼굴이 부은 걸 보면 떡볶이는 정상이었어요."

당당하게 방을 나서는 하율의 뒷모습은 흡사 어젯밤 시호의 뒷모습과 비슷했다. 1대 1. 무승부였다.

chapter 5
적은 가까이에 있다

요즘 재벌가들의 이혼설이 화두에 오르자 그룹 이미지 차원에서 시호와 하율의 잡지 인터뷰가 잡혔다.

다른 재벌가들과 달리 행복한 결혼 생활을 이어 가고 있으며 경영 수업도 착실히 받고 있다는 것을 대외적으로 알리려는 의도였다.

이런 이유로 하율은 학교에서 오전 수업만 듣고 서둘러 신화그룹 사옥으로 향했다. 태어나 처음으로 잡지 인터뷰를 하게 되어 여간 떨리는 것이 아니었다.

보통 이런 잡지 인터뷰는 한적한 외각 커피숍이나 스튜디오, 아니면 본인 집에서 하지만 바쁜 시호의 일정 때문에 부득이 집무실에서 하기로 했다.

인터뷰 시작 한 시간 전에 도착한 하율은 비어 있는 사무실에서 급히 메이크업을 받았다. 헤어는 살짝 웨이브를 넣어 머리 아래쪽에서 하나로 묶었다. 발랄함보다 단정함을 강조하기 위해 의상도 원피스를 택했다.

그렇게 30분쯤 지나자 기자가 들어왔다. 질문지를 보여 주면서 답변을 미리 생각해 두라는 당부도 잊지 않았다.

재벌가의 단란한 결혼 생활 엿보기가 주제라는 말에 하율은 속으로 혀를 찼다.

어딜 봐서 단란하단 말인가. 아침부터 한바탕 하고 나온 길이건만 아무 일 없다는 듯 연기를 해야 한다는 현실이 하율에게는 큰 부담이었다.

모든 준비를 끝내고 시호의 집무실로 들어선 하율은 카메라를 보자 순간 긴장이 되었다. 태어나 처음으로 하는 인터뷰에 심장이 벌렁거리며 목이 탔다. 기자의 질문에 제대로 답변이나 할 수 있을지 걱정이었다.

"이쪽으로 앉으세요."

수연은 사무적인 말투로 하율에게 시호의 옆자리를 권했다.

떨떠름한 표정으로 시호 옆에 앉은 하율은 괜히 다른 곳으로 시선을 돌렸다. 시호와 눈이 마주치면 금방이라도 표정이 굳어질 것 같았다. 이런 하율의 심리 상태를 기자가 먼저 눈치챘다.

"긴장하셨나 봐요. 우선 사진부터 몇 장 찍고 시작할게요. 두 분, 다정한 포즈 좀 부탁드려요."

기자의 요청에 하율의 온몸이 얼어붙었다. 눈도 제대로 마주치지 못하는 상황에서 다정한 포즈라니. 하율은 어색함에 시선조차 어디에 두어야 할지 몰랐다. 하지만 이와 반대로 시호는 적극적이었다.

"그러죠. 이 정도면 되나요?"

천부적인 연기의 끼가 있나 보다. 아무렇지 않게 자신의 한쪽 어깨를 살포시 잡는 시호의 행동에 하율은 당황함을 감출 수 없었다. 경영자가 아닌 연기자 쪽이 더 재능 있어 보였다. 선수야, 선수. 어쩜 이렇게 얼굴이 철판이지?

"포커페이스, 이하율."

낮게 속삭이는 시호의 목소리에 하율은 정신을 차렸다. 많은 사람들의 시선이 자신에게 향하고 있다는 것을 느낀 하율은 최대한 미소를 지어 보였다. 물론 자연스럽지는 않겠지만.

셔터 누르는 소리가 요란하게 귓가에 울렸다.

"두 분 서로 마주 봐 주세요. 대화를 하시면 더 좋고요."

"무슨 대화요?"

하율이 먼저 물었다. 할 얘기가 있어야 하지. 대뜸 대화를 나누라는 기자의 요청에 하율은 적응을 할 수 없었다.

"사진만 찍을 거니까 내용은 크게 생각하지 않으셔도 돼요."

산 너머 산이었다. 답변만 잘하면 될 줄 알았지, 잡지에 실릴 사진은 생각지도 못했다.

하지만 역시 시호는 기자의 요청에 스스럼없이 대처했다.

"아침마다 넥타이 매 주는 거 고마워. 오늘은 유독 꽉 매 주더라."

시호는 미소를 가득 머금고 있었지만 말에는 뼈가 있었다.

"그럼요. 신중하게 고른 넥타이인데 풀리지 않도록 잘 매 줘야죠. 제 마음이라고 생각하세요."

대답하는 하율도 표정은 예뻤지만 말투는 곱지 않았다.

"네 마음? 아, 그런 마음이구나. 어쩐지 숨 쉬기도 힘들더라고."

"어머, 그랬어요? 넥타이가 풀리면 윤 비서님이 고생하실까 봐 신경 좀 썼죠. 당신 넥타이 매 주는 사람은 저 하나로 충분하잖아요."

난처한 표정의 수연과 달리 두 사람의 눈빛은 활활 타올랐다. 하지만 두 사람의 관계를 모르는 이들의 눈에는 서로를 아끼는 신혼부부로 보이기 충분했다.

"다른 사진은 인터뷰하면서 자연스럽게 찍도록 하고요. 이제 본격적으로 두 분에게 질문하겠습니다. 괜찮으시죠?"

"그럼요."

예상된 질문이 던져졌고 하율은 최대한 실수 없이 조리 있게 대답했다. 기자는 결혼 전과 후에 달라진 점은 무엇인지, 재벌가 며느리로서 할 일은 무엇인지, 신혼 생활은 어떠한지 등등 시시콜콜한 얘기까지 물었다.

그렇게 한 시간쯤 지나자 두 사람 모두 슬슬 지치기 시작했다. 처음과 달리 시호의 답변도 짧아졌다.

"기자님, 잠시 쉬었다 하시죠?"

눈치 빠른 수연이 기자에게 넌지시 말을 던졌다. 인터뷰가 처음이었던 하율의 표정이 갈수록 굳어지자 기자도 고개를 끄덕였다.

사실 재벌가와의 인터뷰는 쉽게 할 수 있는 것이 아니라 기자도 최대한 맞춰 줄 수밖에 없는 입장이었다. 기자와 사진 작가는 두 사람이 쉴 수 있도록 자리를 피해 줬다.

"커피 드릴까요?"

수연이 시호의 헤어스타일과 옷매무새를 체크하며 물었다. 시호가 대답 대신 고개를 끄덕이자 수연은 집무실을 나갔다.

수연은 늘 하율은 안중에 없다는 듯 시호만 챙겼다. 그녀의 책무가 비서이니 당연한 행동이겠지만 지켜보는 하율의 입장에서는 아니꼬울 수밖에 없었다. 같은 공간에 앉아 있기가 민망할 정도였다.

사실 시호의 아내라는 사회적 위치를 이용할 수도 있는 일이었다. 시호의 것을 내오면서 한 잔 더 부탁한다 해도 이상한 일은 아니었다.

하지만 하율이 이처럼 행동하지 않는 데에는 이유가 있었다. 자신은 시호의 마음을 가진 여자가 아니었으니까. 그 사실을 수연 역시 알고 있으니 당당히 요구할 수 없었다. 여자의 자존심이랄까.

"어디 가?"

시큰둥한 표정으로 하율이 자리에서 일어나자 시호가 냉큼 물었다. 인터뷰가 끝난 것도 아닌데 하율이 도망이라도 갈까 봐 불안했다.

"이 더운 날 자판기 커피 좀 마시려고요."

이열치열이라고 했던가? 엄마가 더운 여름날에도 뜨거운 커피를 마시며 자주 하던 말씀이었다. 물론, 커피는 뜨거워야 제맛이라는 말도 빼먹지 않으셨다.

인터뷰하는 내내 에어컨 바람을 오래 쐬서인지 하율은 뜨거운 커피가 생각났다.

"왜?"

"둔한 사람이 깊은 내 속을 어떻게 알겠어요. 그냥 그렇게 앉아서 시중이나 받으세요!"

하율이 버럭 화를 내며 집무실을 나가자 시호의 불안감은 커졌다. 왜 화가 났는지 모르겠지만 인터뷰가 시작되기 전에 풀어 줘야 한다는 것쯤은 알고 있었다. 이대로 있다가는 인터뷰 도중에 하율의 입에서 무슨 말이 나올지 장담할 수 없었다.

시호는 서둘러 자리에서 일어났다.

"왜 그러세요? 나가시려고요?"

커피를 들고 들어오던 수연이 놀란 눈으로 시호를 바라보았다.

"자판기 커피 좀 마셔 보려고."

"네? 드립커피만 드시잖아요."

"맛이 궁금해서."

시호가 말도 안 되는 허접한 변명을 대자 수연은 어이가 없었다. 하율의 행동이 신경 쓰여 나가려는 것을 수연은 모르지 않았다. 하율의 표정 하나, 행동 하나에도 이토록 관심을 보이자 자존심이 뭉개지는 기분이었다. 그래서 더 시호를 보내 줄 수 없었다.

"그럼 앉아서 쉬고 계세요. 제가 가져다 드릴게요."

"됐어. 먼저 나간 사람이 있잖아. 가서 뺏어 먹지, 뭐."

집무실을 나가는 시호의 뒷모습에 수연은 불끈 화가 치솟았다. 시호의 옆자리를 스스로 포기했지만 마음까지 내주라는 뜻은 아니었다. 시호의 마음이 하율에게 다가갈수록 자신의 존재가 사라지는 것 같아 불안하고 불쾌했다. 용납할 수 없는 일이었다.

자판기 앞에 서서 주머니를 뒤적거리려던 하율은 인상을 구겼다. 원피스에 주머니가 있을 리 만무했다. 더구나 지갑도 집무실에 두고 나왔으니 앞뒤 생각하지 않고 행동한 결과는 늘이렇듯 처참했다.

하율은 자판기 앞에서 한숨을 내쉬었다.

"동전 필요하세요?"

다정한 남자의 목소리에 하율이 휙 돌아섰다. 사원 카드를 목에 걸고 파란 와이셔츠 소매를 팔꿈치까지 걷어 올린 남자가 바지 주머니에서 동전을 꺼내 내밀었다. 하율의 얼굴에 화색이 돌았다.

"감사합니다. 그런데 받아도 될지 모르겠어요."

"다음에 한 잔 뽑아 주시면 되죠."

하율은 남자에게서 동전을 건네받았다.

"다음에요?"

"네. 어느 파트에서 근무하세요?"

"저는…… 그러니까……."

이건 필시 호감의 표현이었다. 하율은 자신을 어떻게 소개해야 좋을지 몰라서 망설였다. 손바닥 위에 놓인 애꿎은 동전만 뚫어져라 바라보았다.

"자, 이러면 다시 볼 일 없는 건가?"

언제 왔는지 옆에 시호가 서 있었다. 하율에게서 동전을 빼앗아 남자에게 돌려주는 그의 목소리는 얼음장처럼 차가웠다.

하율은 자신이 남편 몰래 다른 남자와 얘기하다 딱 걸린 여자 같았다. 상황이 역전된 기분이었다.

"본, 본부장님! 저는 신입사원 오서준입니다."

시호를 알아본 남자가 화들짝 놀라며 고개를 숙였다.

"여기는 무슨 일이죠? 중역 사무실이 있는 층이라 신입사원이 올 만한 곳은 아닌데 말입니다."

"저기, 홍보실에서 왔습니다. 본부장님께서 오늘 잡지 인터뷰를 하신다고 들었습니다. 사보에 올릴 인터뷰 사진이 필요해서요."

"그럼 일을 해야지, 여자에게 추파를 던지면 안 되죠. 그것도 상사 와이프에게."

"네, 네? 오, 오해십니다. 저는 그냥 도와드리려고……."

남자는 난처한 표정으로 안절부절못하였다.

"인터뷰가 아직 안 끝났으니까 사진은 나중에 비서실에서 찾아가면 되겠군요."

"네! 잘 알겠습니다. 그럼 실례하겠습니다."

남자는 뒤도 돌아보지 않고 곧장 걸어갔다. 하지만 곱게 보내 줄 시호가 아니었다. 시호의 가늘어지는 눈매를 바라보며 하율은 한마디도 할 수 없었다.

"홍보실 신입사원 오서준 씨?"

시호의 부름에 남자는 천천히 돌아섰다. 얼굴은 하얗게 질려 있었다.

"이름, 기억해 두지."

섬뜩한 시호의 말투에 남자는 석상처럼 굳어 버린 것 같았다. 잠시 멍하니 서 있던 남자는 짧게 목례를 하더니 두 사람 앞에서 사라졌다. 이제 시호의 눈빛은 하율에게로 향했다. 달갑지 않은 눈빛이었다.

"아니, 난 그냥 커피를 마시려고 했고, 저분은 동전이 있었을 뿐인데……."

도둑이 제 발 저리는 것처럼 하율의 입에서 변명이 터져 나왔다. 시호는 팔짱을 끼고 느긋하게 하율의 말을 들었다.

"잘못한 것은 없다?"

"생각해 보니까 잘한 것도 딱히 없는 것 같고……."

"잘못했다는 소리는 못 하겠다 이거군."

"애도 아니고 꼭 그런 말을 해야 하나? 왔으니까 커피나 뽑아 줘요. 난 누구처럼 신경 써 줄 비서도 없단 말이에요."

새초롬하게 입술을 내민 하율을 바라보며 그제야 시호는 이해할 수 있었다. 수연이 사모님 대접은 고사하고, 눈길조차 주지 않았으니 토라질 만도 했다.

미안한 마음에 시호는 주머니에서 동전을 꺼내 커피를 뽑아 주었다. 더운 여름날, 뜨거운 커피를 호호 불며 마시는 하율의 모습에 시호는 절로 미소가 지어졌다.

"난 누구처럼 커피 한 잔 뽑아 주고 다음에 보자는 말은 안 해."

"그럼 뭐라고 할 건데요?"

"네 커피는 평생 내가 사 줄게."

아악! 하율의 입에서 탄성이 나왔다. 손발이 오그라들 정도로 낯간지러운 말이었지만 싫지는 않았다. 왠지 시호에게 관심을 받고 있다는 생각이 들어 어깨가 절로 으쓱해졌다. 살짝 눈을 흘기면서도 기분은 좋았다.

"천천히 마셔. 입술에 묻었잖아."

"정말? 어디요?"

"말하면 알아? 가만히 있어 봐."

하율의 입가에 묻은 커피를 엄지로 닦아 주던 시호가 순간 멈칫했다. 항상 이런 식이다. 하율의 입술에 시선이 머물면 이성이 감성에 잠식되어 버렸다. 이성을 이긴 감성은 시호를 남자로 만들었다.

"왜요? 뭐 잘못됐어요?"

시호의 곤란한 표정을 올려다보며 하율이 물었다.

"네 입술이…… 예뻐서."

뜻밖의 말에 하율은 어리둥절하였다. 하지만 지그시 자신을 내려다보는 시호의 눈빛에서 진심으로 하는 말임을 알 수 있었다. 하율의 심장이 빨라졌다.

"궁금하네."

"뭐가 궁금해요?"

"커피 맛이 어떨지."

"네? 아, 먹어 봐요, 그럼."

하율이 들고 있던 컵을 내밀었다. 하지만 시호의 눈빛은 하율의 입술에 고정되었다.

"컵에 있는 커피 말고. 네 입술에 묻은 커피. 맛 좀 보자."

시호의 입술이 하율의 입술 위로 살포시 내려앉았다. 어떠한 움직임도 없었지만 하율의 심장은 미칠 듯이 뛰었고, 숨을 쉴 수가 없었다. 아주 잠깐이었지만 정신이 다 아찔했다.

"생각보다 더 맛있다."

피식 웃는 시호와 달리 하율의 얼굴은 홍당무가 되었다.

"이제 앞으로 종종 맛 볼 수 있는 건가?"

하율은 대답할 수 없었다. 누가 볼까 봐 주위를 두리번거리며 손부채질만 열심히 했다. 그러나 세상에 비밀은 없는 법.

두 사람의 키스 장면은 고스란히 찍혀 잡지에 실렸다. '커피 맛 좀 보실래요?' 라는 타이틀과 함께.

❀　　　　❀　　　　❀

수연과 예린은 친구이기 전에 신화그룹 직원이었고 조력자였다. 비록 생각하는 관점이 다르고 중요시하는 우선순위가 다르다고 해도 지금까지 적절한 선을 유지하며 잘 지내 왔다.

하지만 하율이 이 집에 들어오면서 언제부턴가 이들의 관계에 조금씩 틈이 생기기 시작했다.

인터뷰를 끝내고 퇴근한 수연이 예린과 마주 앉았다.

"신경 좀 써야 하지 않을까?"

머그잔을 든 수연의 표정이 냉랭했다.

"뭘?"

"하율 씨 말이야. 눈치라고는 조금도 없는 것 같던데. 네가 제대로 가르쳐 주지 않으면 본부장님만 힘들어져."

"두 사람을 지켜보는 네가 힘든 게 아니고?"

커피를 마시는 두 사람 사이에 팽팽한 긴장감이 맴돌았다.

"무슨 뜻으로 던진 말이야?"

"가까워지는 두 사람을 지켜보면서 불안한 거잖아, 너."

"여태까지 들어 본 농담 중에 가장 웃긴 말이다."

수연은 잘못 짚었다는 표정으로 대답하며 평온함을 유지하려 했지만 손이 미세하게 떨렸다. 들고 있던 머그잔을 서둘러 내려놓았다.

"나도 네가 이런 웃기는 짓을 할 거라는 생각은 하지 않았어. 하지만 사랑은 사람을 참 유치하게 만들더라고."

"하율 씨가 내 험담이라도 했니? 그 말에 넘어간 거야? 10년을 같이 보낸 친구보다 하율 씨 말에서 더 진정성이 느껴졌다니 실망인걸."

예린의 말은 수연을 자극하려고 꺼낸 것이 아니었다. 하지만 수연은 이미 자기방어를 위해 발톱을 세우고 예린을 향해 공격 자세를 취했다.

예린은 최대한 목소리를 낮추고 부드럽게 말을 이어 나갔다.

"사랑하는 방법에는 여러 가지가 있어. 기다림을 사랑으로 알고 있는 내가 있고, 너처럼 한 남자를 성공시켜 대리 만족하는 평강공주 같은 사랑도 있지. 방법이 다를 뿐, 사랑을 하는 건 맞아."

지호를 사랑하는 예린이 할 수 있는 것은 기다림밖에 없었다. 사랑한다고 표현하지 않았고, 사랑해 달라고 조르지도 않았다. 어차피 자신의 사랑은 기다리다 사라질 운명임을 알고 있었으니까. 단지, 이렇게 8년 만에 다시 볼 수 있다는 사실만으로도 감사할 뿐이었다.

"위선 떨지 마. 넌 아무것도 몰라."

바짝 세운 수연의 발톱이 예린의 마음 가까이 다가왔다. 하지만 예린은 피하거나 무서워하지 않았다. 지금 하지 않으면 제 발톱에 수연 스스로가 다친다는 것을 알고 있었다. 수연을 막을 사람은 오직 자신밖에 없다고 예린은 굳게 믿었다.

"내 사랑도 완벽하지 않아. 기다린다 해서 이루어질 사랑도 아닌데 아직도 미련을 못 버리고 있거든. 하지만 네가 하는 사랑은 점점 변질되고 있어. 그저 가진 것을 놓고 싶지 않은 욕심일 뿐이야."

"하! 가만히 듣고 있으려니까 기가 막힌다. 네가 하는 사랑은 타당하고, 내가 하는 사랑은 욕심이라고? 무슨 근거로? 미련을 못 버린 너나, 욕심으로 가득 찬 나나 다를 것이 없잖아! 사랑 앞에 버려지고 싶지 않은 마음은 세상 누구나 똑같아!"

수연의 발톱이 예린의 가슴을 할퀴었다. 아팠다. 그러나 아프다는 말을 할 수 없었다. 애처롭게 자신을 바라보는 수연의 눈빛이 더욱 괴롭게 느껴졌으니까.

"시호 오빠를 사랑한다면 결혼하게 두지 말았어야지. 욕심이 아니라면 마음이 움직이는 오빠를 인정해야 옳아. 하율 씨를 미워할 일이 아니야."

"송예린!"

주먹으로 탁자를 내려친 수연의 손이 파르르 떨렸다. 인정하고 싶지 않은 사실이 쏟아져 나오자 흔들리는 마음을 주체할 수가 없었다. 그래서 예린에게로 향한 발톱을 거두지 않았다. 그녀의 생각이 틀렸다는 걸 일깨워 줘야 했으니까.

"결혼? 지금 결혼이라고 했어? 본부장님과 결혼하면 내 남자가 될 것 같아? 천만에! 본부장님은 자신의 자리를 든든하게 지켜 줄 여자가 필요하지, 잠자리를 같이할 여자가 필요한 것이 아니야! 하율 씨랑 결혼하기 전에도 하룻밤 상대는 무수히 많았어. 하지만 언제나 날 찾았지. 그게 무슨 뜻인 줄 알아? 성공한 남자의 여자가 되려면 그 남자보다 백 배, 천 배 더 많은 정보와 지식을 가지고 있어야 한다는 의미야!"

가슴 저 밑바닥에 있는 것들을 모두 끄집어내 성토하듯 말을 뱉은 수연은 어깨를 들썩이며 숨을 골랐다. 참고 있던 것들을 토해 냈지만 속이 후련하거나 개운하지는 않았다. 시간이 지날수록 비참해지고 초라해지는 자신만 느낄 뿐이었다.

성한 곳 없이 온몸이 할퀴어진 예린은 수연이 진정될 때까지 조금 기다려 주었다.

"넌 놓지 못할 뿐이야. 그렇게 생각했던 남자가 변하니까. 무섭게, 그리고 빠르게. 뒤도 돌아보지 않고, 널 조금이라도 생각해 주지 않고 한 여자만 바라보니까 억울한 거야. 그동안 네가 보여 줬던 사랑을 외면하니까."

"아니야!"

수연은 양손으로 두 귀를 막으며 소리를 질렀다. 불안하고 초조했다. 인정할 수 없었다. 인정하는 그 순간 자신의 사랑은 물거품처럼 사라진다는 것을 알고 있었다. 지켜야 했고, 뺏기고 싶지 않았다. 수연은 두 손으로 의자를 움켜쥐었다.

"시호 오빠를 수행하면서 너도 그 세계가 달콤했겠지. 비록 비서지만 이 집안에서나 회사에서 네 입지는 비서 이상이었으니까. 그 옛날, 힘들었던 시절부터 항상 함께 있고 모든 것을 공유한 추억이 있으니까. 그래, 나라도 억울할 거야. 젊은 시절을 한 남자에게 모두 쏟았는데, 버려진다는 생각을 하면 발악이라도 하고 싶겠지. 하지만 난 너처럼 비겁하게 오빠가 아닌 하율 씨를 괴롭히지는 않아."

"난 그런 적 없어!"

"폭력보다 더 무서운 것이 바로 말이야. 네가 던진 모든 말이 하율 씨에게는 상처가 되어 자신의 감정을 꼭꼭 숨겨야 했어. 또한, 그런 하율 씨를 바라보는 오빠의 마음도 그 자리에 멈췄겠지. 서로 쉽게 다가가지 못하도록 만든 사람은 너야, 수연아."

"그래. 내가 그랬어. 그러면 안 돼? 어차피 헤어질 사람들이야. 사랑도 없이 시작한 결혼 생활이었고 난 그 사실을 상기시켜 줬을 뿐이라고. 내가 도대체 뭘 잘못한 건데? 죽을죄라도 지은 거야?"

"사람이 사람을 사랑하는 게 죄일 수는 없지. 하지만 사랑해서는 안 되는 사람도 있어. 인정하고 싶지 않지만, 이 세상에는 존재하더라. 너와 내가 하는 사랑은 바보 같은 사랑이야. 다치는 사람은 자신이라는 걸 알면서도 여기까지 왔잖아."

수연은 예린의 말을 듣지 않으려고 고개를 저었다. 친구에게서 듣는 현실은 지옥보다 더 고통스러웠다. 이곳에서 빨리 빠져나가고 싶었지만 구해 줄 사람은 아무도 없었다.

"우리 이제 그만하자. 너도, 나도 내려놓고 이 세계에서 나가자. 처음부터 우리 것이 아니었어. 꿈이고 환상이었어."

"난 아직 끝나지 않았어."

수연의 얼음장 같은 말투에 예린은 할 말을 잃었다. 어느 때보다 수연이 안쓰럽게 느껴졌다.

❉　　　❉　　　❉

일주일 뒤.

헤어숍 맨 안쪽 VIP실에서 머리를 말고 있는 하율의 표정은 거의 죽을상이었다.

왜 디너파티를 우습게 생각했을까. 헤어숍에 들어와 앉은 지 30분 만에 이런 생각을 했고, 한 시간이 지나자 슬슬 몸이 꼬이기 시작했으며, 두 시간 가까이 되자 몸과 얼굴 근육이 굳어지는 느낌이었다.

아직도 할 것이 남아 있는 듯 분주하게 움직이는 디자이너와 스태프를 지켜보며 하율은 엄마 얼굴을 떠올렸다. 지금 이 시간을 버틸 수 있게 해 주는 사람은 오직 엄마였다. 그렇게 30분이 더 지나서야 하율은 의자에서 일어날 수 있었다.

"으으윽."

양손을 위로 쭉 올리고 허리를 이리저리 틀며 척추가 멀쩡한지 확인한 하율은 그제야 살 것 같다는 생각이 들었다.

"가운 벗으시고 드레스로 갈아입으시면 돼요. 도와드릴게요."

친절한 직원의 안내에 따라 하율은 옷을 갈아입었다. 막상 갈아입고 나니 시호에게 잘 보이고 싶다는 마음이 슬며시 들었다. 입가에 미소가 번질 시호를 떠올리며 하율은 여신처럼 롱드레스를 살포시 들고 VIP실을 나왔다.

그러나 하율을 기다리고 있는 사람은 시호가 아닌 수연이었다. 몸매가 드러나는 검은 드레스를 입은 수연의 모습은 관능적이면서도 도도했다. 여자인 하율의 눈에도 눈이 부시도록 아름다워 보였다.

"생각보다 오래 걸리셨네요. 빨리 출발하도록 하죠."

"윤 비서님도 가세요?"

하율의 물음에 수연은 굳이 대답하지 않았다. 드레스를 입고 있는 자신을 보고도 질문을 던지는 하율이 답답할 뿐이었다.

"제가 안 가면 누가 본부장님을 보좌해 줄 수 있겠어요? 그 많은 인사의 사생활까지 체크하면서 어디에 투자를 했고 무슨 속셈을 가졌는지 옆에서 알려 줘야 하는데. 제 대신 작은 사모님께서 해 주실래요?"

말문이 턱 하고 막혀 버렸다. 몇 마디 들었을 뿐이지만 비서가 해야 할 일은 생각보다 많고 중요한 듯했다. 더구나 수연은 비서 그 이상으로 능력이 뛰어난 여자 같았다.

"참, 어제 인사 목록 받으셨죠? 다 외우셨어요?"

물론 받았다. 머릿속에 다 집어넣지 못했을 뿐. 몇십 명이 넘는 인사들의 얼굴과 신상명세를 하율은 밤새 달달 외워야만 했다. 급하게 외운지라 인사들의 얼굴과 이름이 머릿속에서 따로 놀고 있었다.

"실수 없도록 하세요. 자신 없으면 인형처럼 미소라도 짓든지. 어차피 그분들이 먼저 작은 사모님께 말을 걸지는 않을 테니까 너무 긴장할 필요는 없으세요. 불편하면 인사만 하고 나오셔도 괜찮아요. 본부장님 곁에는 저 하나면 충분하니까요."

무시하는 동시에 도발적인 발언이었다. 하율은 굳은 결심이라도 한 듯 단호한 표정을 지었다. 비록 사랑 없이 한 결혼임을 수연이 알고 있다 하더라도 자존심까지 다치며 숨기거나 참을 이유는 전혀 없었다.

"윤 비서님이 할 일이 있고, 제가 할 일이 있겠죠. 아무리 똑똑하고 그 사람을 잘 보좌해 준다 해도 아내 역까지 대신할 수는 없잖아요? 분수는 잘 알고 있으니까 전 제 역할만 할게요. 윤 비서님도 딱 거기까지만 하세요."

뜻밖의 대답에 수연은 당황한 기색이 역력했다. 그 순간을 하율은 놓치지 않았다.

"난 그 사람 아내예요. 윤 비서님 눈에는 부족해 보일지 몰라도 이런 식으로 절 무시하는 일은 앞으로 없으셨으면 해요. 부탁드려요."

"부탁? 나보다 조금 우월한 조건에 있다고 천사의 가면을 쓴 채 여우처럼 말을 던지면 곤란하죠. 차라리 솔직하게 말하지 그래요? 내가 본부장님 곁에 있는 것이 싫다고. 어디 한번 신화그룹 작은 사모님답게 날 본부장님 곁에서 쫓아내 봐요. 조용히 나가 줄 테니까."

그럴 수 없다는 걸 하율은 알고 있었다. 지금 시호의 곁에는 자신보다 수연이 꼭 필요한 사람임을 알고 있었으니까. 수연이 이렇게 당당한 이유도 그것일 거라 믿어 의심치 않았다.

"쓸데없는 말 집어치우고 그만 출발할까요? 그렇게 아끼시는 본부장님이 차 안에서 기다리고 계시거든요."

수연의 말이 끝나기 무섭게, 시호가 헤어숍 문을 열고 들어왔다.

"저기 오시네요."

하율을 대할 때와 달리 수연은 요염한 미소를 지으며 시호를 맞이했다. 그 모습을 옆에서 지켜보던 하율은 순간 수연이 무서운 여자라는 걸 느꼈다. 잡아먹을 것처럼 덤비던 여자가 일순간 표정을 정리하고 여유 있는 미소까지 보이자 할 말을 잃었다.

"이 냉랭한 분위기는 뭐지? 내 착각인가?"

시호가 가까이 다가와 두 사람을 번갈아 바라보았다.

"정확히 보셨어요."

"뭐? 정말이야?"

"아니, 그게 아니라……."

수연의 솔직한 대답에 하율은 당황스러웠다. 여자들끼리 나눈 말을 굳이 시호에게 알리고 싶지 않았다. 꼭 이성을 사이에 두고 유치한 감정싸움을 하는 유치원생 같았다.

"남자는 한 명이고 에스코트할 여자는 두 명인데 분위기가 좋을 리 없죠. 사모님도 같은 생각이시죠?"

"네? 아, 네."

하율은 마지못해 고개를 끄덕였다.

"여자들이란……. 뭘 그렇게 걱정해? 내 선택은 당연히 이하율, 너잖아."

시호가 오른손 바닥이 하늘을 향하게 펼쳐 내밀었다. 별 기대 없이 서 있던 하율은 놀란 표정으로 시호를 바라보았다. 기쁘기도 하고 당황스럽기도 한 지금, 하율의 머릿속에는 한 가지 생각뿐이었다.

시호의 손을 놓으면 안 된다.

하율은 시호의 손 위에 자신의 손을 살포시 올려놓았다.

다정한 눈빛을 보내는 두 사람을 지켜보는 수연의 표정이 점점 어둡게 변해 갔다.

'그래, 어쩔 수 없는 선택이라는 걸 알아. 아내는 내가 아니니까. 하지만 진정한 승자는 파티장 안에서 가려진다는 걸 모르겠지. 이 정도는 얼마든지 참아 줄 수 있어.'

수연은 속으로 칼을 갈며 두 사람에게서 돌아섰다.

"내려가 있을게요."

먼저 자리를 뜨는 수연의 뒷모습은 공주에게 왕자를 빼앗긴 마녀와 흡사했다.

시호의 에스코트를 받으며 파티장 안으로 들어간 하율은 잔잔하게 울려 퍼지는 클래식 음악과 세련된 분위기에 매료되었다. 얼음조각상을 중심으로 놓인 원형 탁자에는 먼저 온 인사들이 착석해 있었다.

하율은 시호와 나란히 걸어갈수록 자신에게 향하는 시선을 느낄 수 있었다. 시선의 의미가 무엇인지 알고 있었다. 예쁘거나 부러운 것이 아닌, 격이 다른 사람에게 보내는 따가운 눈총이었다.

하율은 저도 모르게 팔짱을 낀 시호의 팔을 꽉 잡았다.

"긴장하지 말고 고개 들어."

시호의 낮은 목소리가 귓가에 들렸다. 든든한 지원군을 둔 것 같은 느낌에 하율은 대답 대신 고개를 끄덕였다. 그렇게 걸음을 옮겨 원형 테이블 앞에 섰다. 그러나…….

"하율의 자리가 없잖아. 어떻게 된 거야?"

시호가 나지막한 목소리로 뒤에 서 있던 수연에게 물었다. 수연이 시호 옆으로 다가와 의자 등받이를 살펴보았다. 시호의 말처럼 하율의 이름은 보이질 않았다.

"제가 알아볼게요. 잠시만 기다리세요."

파티장은 모두 지정 좌석이었다. 자신의 이름이 적힌 자리를 찾아 앉으면 그만이었지만 하율은 그럴 수 없었다. 시호 옆에 나란히 적힌 수연의 이름을 확인한 하율의 눈이 힘없이 내려갔다.

"주최 측에서 약간의 착오가 있었나 봐요. 바로 자리를 만들어 준다고 했으니 우선 앉으세요."

자신의 자리를 하율에게 양보한 수연은 의자까지 뒤로 빼 주며 비서직에 충실했다. 할 수 없이 수연의 자리에 앉은 하율에게 그 자리는 가시방석이었다. 꼭, 남의 자리를 빼앗은 그런 기분이었다.

"하긴, 윤수연이 이런 실수를 할 리가 없지."

혼잣말처럼 중얼거린 시호가 하율의 옆에 나란히 앉았다. 별일 아니라는 표정으로 하율을 다독인 시호는 이내 다른 이들과 인사를 나눴다. 그사이 준비된 자리에 수연도 앉았다.

하지만 하율과 시호는 알지 못했다. 주최 측의 실수가 아닌, 수연의 고의적인 일이었음을 말이다. 네 자리는 이곳에 없다는 것을 간접적으로 내비친 수연의 속셈이었다.

얼마 지나지 않아 파티는 시작됐다. 그리고 수연이 해 준 말은 틀리지 않았다. 같은 테이블에 앉은 사람들조차 하율에게 눈길을 주지 않았다.

주로 남자들은 사업에 관한 이야기를 쏟아 내며 열변을 토했고, 여자들은 해외여행에 관한 이야기를 꺼냈다. 간혹 영어로 대화를 주고받을 때면 시선을 어디에 두어야 할지 난감했다.

이와 반대로 수연은 그들과 너무도 잘 어울렸다. 특히 사업적으로 나누는 대화에는 빠지지 않았다. 자신이 대화를 주도하는 것이 아니라 시호를 옆에서 보좌해 주는 모습에서 진정한 조력자의 면모를 보는 것 같았다. 그래서인지 그 누구도 수연을 막대하지 않았다.

"도통 드시지를 못하네요. 음식이 입에 맞지 않으세요?"

식사가 거의 끝나갈 때쯤 수연이 먼저 말을 걸어 줬다. 대단한 아량이라도 베푼 듯 모든 이들의 시선은 하율이 아닌 수연에게로 향했다.

"왜, 맛이 없어?"

옆에서 시호까지 거들었다.

"뭘 좀 먹고 왔더니……."

거짓말이었다. 드레스가 맞지 않을까 봐 점심까지 거른 하율이었다. 정통 프랑스 요리를 처음 접한 하율은 음식이 나오는 내내 칼칼한 한식들을 머릿속에서 지우지 못하고 있었다. 사실 배가 등가죽에 붙은 느낌이었다.

"매일 야식으로 자극적인 음식을 드시니까 좋은 음식이 나와도 맛을 모르죠. 걱정이네요. 이쪽 생활에 빨리 적응하셔야 하는데 그러지 못 하고 힘들어 보이세요. 먼저 들어가실래요?"

배려해서 던진 말이 아니었다. 이곳에서 하율을 밀어내고 싶었던 수연의 계략이었다. 하율은 뭐라 말을 못 하고 머뭇거리기만 했다.

"뭐야? 우리끼리 야식 먹는 거 알고 있었어?"

시호가 수연을 바라보며 물었다. '우리끼리'라는 단어에 모든 이들의 시선이 하율과 시호에게로 향했다. 다들 뜻밖의 다정함에 놀랐다는 표정이었다.

"네."

"알면 같이 들어와 먹지 그랬어. 꽤 맛있는데."

"전 그렇게 자극적인 음식은……."

"나도 윤 비서와 같은 생각이었지. 먹기 전에는 말이야."

수연의 말을 자른 시호의 시선이 하율에게 머물렀다. 앉아 있는 이들은 두 사람에게서 눈을 떼지 않았다.

"해 주는 음식마다 중독성이 강하더라고. 그래서 나도 모르게 매일같이 먹게 되더라. 지금 생각해 보니까 음식이 아니라 하율이한테 중독된 기분이야."

시호의 말이 끝남과 동시에 여기저기 야유가 터져 나왔고 하율의 얼굴은 토마토처럼 빨갛게 달아올랐다. 어디까지가 진심이고 연기인지 감을 잡을 수가 없었지만 사탕처럼 달콤하다는 사실은 확실했다. 귀까지 달아오르는 기분이었다.

"박 이사님, 조금 전에 말씀하셨던 카지노 사업에 대해서……."

하율에게로 향하는 시선이 싫었는지 수연이 말머리를 돌렸다. 하지만 그녀의 말은 다시 묻혀 버렸다. 테이블에 앉은 이들은 카지노 사업에 대해 전혀 궁금하지 않았다. 그저 하율이 어떻게 시호를 구워삶았는지에 초점이 맞춰졌다.

"하율 씨 능력 좋네요. 시호 오빠 쉬운 남자 아닌데. 도대체 그 중독성 강한 요리가 뭐예요?"

"요리가 아니라 하율 씨한테 중독됐다잖아."

"그럼 하율 씨 매력이 뭔지 물어봐야 하나? 가르쳐 줄 수 있어요?"

갑자기 쏟아지는 질문에 하율은 눈만 깜빡이고 있었다. 자신도 모르는 매력이 과연 무엇일까 머릿속이 빙빙 돌았다.

도둑질을 해도 손발이 맞아야 한다고, 매번 시호의 연기에 갈팡질팡하기 일쑤였다. 제발 언질이라도 해 주면 좋으련만 쩔쩔매는 자신의 모습을 즐기는 듯한 시호의 표정이 하율은 밉도록 싫었다.

"당신이 말해 줘요."

그래, 곤란할 때는 패스. 물론 상대는 더 당황스러울 테지만.

"나보고 말하라고?"

하율에게 질문을 넘겨받은 시호의 표정이 난처해 보였다. 이제 반대로 하율이 지금의 상황을 즐기고 있었다.

"빨리 말해 줘요. 다들 기다리시잖아요."

어금니를 물고 말을 뱉은 하율은 '너도 한번 당해 봐'라는 심정으로 시호를 재촉했다. 나도 모르는 내 매력이 뭐냐고!

"후회할 텐데."

시호의 한마디가 순간 하율을 긴장시켰다. 뭔지 잘은 모르겠지만 썩 내키지 않는 표정에 하율은 급히 시호의 입을 막으려 하였다.

하지만 시호가 더 빨랐다. 다가오는 하율의 손을 잡아 손등에 입맞춤한 시호의 입꼬리가 한쪽으로 살짝 올라갔다. 역시 연기력은 타고난 것 같았다.

"먹는 내내 쉬지 않고 조잘거리는 그 앵두 같은 입술이라고 하지."

칭찬이야, 욕이야? 주위 사람들의 키득거리는 웃음소리를 듣고 나서야 하율은 본인이 당했다는 사실을 깨달았다. 하율에게 디너파티는 영원히 악몽으로 남아 버렸다.

❄   ❄   ❄

"정말이에요? 저 오늘 엄마 집에 갈 수 있어요?"

다음 날 아침 하율은 예린이 전해 주는 소식에 화들짝 놀랐다. 이렇게 빨리 승낙이 떨어지리라고는 생각지 못했다. 기쁜 마음에 잔뜩 들떠 있던 하율은 엄마에게 알리고 싶어 휴대폰부터 찾았다.

예린을 앞에 두고 휴대폰을 찾는 하율의 손이 분주했다. 숨김없는 하율의 모습을 지켜보는 예린의 입가에도 미소가 가득했다.

"그럼요. 시호 오빠도 같이 갈 거예요. 하룻밤 자고 오라고 하셨으니까 좋은 시간 보내고 오세요."

"그 사람이 우리 집에 왜 가요?"

하율은 휴대폰을 찾다 말고 예린이 전하는 또 다른 소식에 눈을 동그랗게 뜨며 기겁을 했다. 편한 마음으로 엄마와 같이 지내려고 했는데 시호도 간다는 것은 불청객을 들이는 것과 같았다. 불편할 것은 엄마도 마찬가지라 믿어 의심치 않았다.

"왜…… 가다니요? 당연히 같이 가야죠. 부부잖아요."

실수였다. 예린이 무슨 뜻으로 반문을 가졌는지 이제야 이해한 하율은 말을 슬쩍 돌렸다.

"그 사람이 간다고 할까요? 제가 짐작하건대 그 사람은 분명……."

"오빠도 흔쾌히 가겠다고 했어요."

"헉!"

청개구리를 삶아 드셨나. 매사에 반대로 행동하고 말하는 시호 때문에 하율은 머리가 터질 지경이었다. 겉으로만 부부 행세를 하면서 오지랖은 넓어 가지고 항상 자신을 곤란하게 만드는 시호에게 정말 묻고 싶었다. 나한테 왜 이래!

"저 잠시만……."

"어디 가요?"

예린이 급히 일어서는 하율을 불렀지만 하율은 뒤도 돌아보지 않았다.

"오늘은 꼭 물어봐야겠어요."

방을 나서자마자 빠른 걸음으로 복도를 질주하는 하율의 모습은 육상선수처럼 날렵해 보였다.

시호의 방문 앞에 서서 잠시 심호흡을 한 하율은 노크를 하기 위해 천천히 손을 올렸다. 왜 시호의 방에 들어갈 때 마음의 준비를 해야 하는지 알 수 없었지만 늘 이 모양이었다.

생각해 보니 단 한 번도 마음 편하게 들어간 적이 없는 것 같았다. 물론 무례하게 노크도 없이 들어간 적은 있지만.

"들어와."

노크를 하기도 전에 시호의 낮은 목소리가 들렸다. 화들짝 놀란 하율은 저도 모르게 주위를 두리번거렸다. CCTV라도 달렸나 하는 의심이 들었지만 딱히 눈에 띄는 것은 없었다. 하율은 방문을 반쯤 열고 얼굴만 쏙 밀어 넣었다.

"왔는지 어떻게 알았어요?"

"넌 늘 뛰어오니까."

10초 정도 문 앞에 서 있다 노크를 하는 하율의 습관을 시호는 알고 있었다. 모르는 것이 이상할 정도로 하율의 행동은 빤히 보였다. 어쩌면 가식 없는 하율에게 점점 익숙해져 가는 것일지도 모른다는 생각이 들었다.

"오늘은 또 무슨 일이야?"

책상에 앉아 있다가 소파로 자리를 옮긴 시호는 하율에게 들어오라고 손짓을 했다. 하율은 방문을 닫고 시호 앞에 마주 앉았다.

"갈 거예요, 우리 집?"

"당연히 가야지, 너희 집."

"아니, 왜?"

"말이 짧다."

자기는 항상 짧았으면서. 속으로 구시렁거리던 하율은 애써 미소를 지었다.

"왜 가려고요?"

"결혼식 이후 잠깐 들렀던 걸 제외하고 처음 가는 거잖아. 친정에 신부 혼자 보냈다는 게 알려지면 언론사와 인터넷이 떠들썩할걸? 며칠 전에 한 인터뷰도 다 거짓이라고 할 테고. 결혼 두 달 만에 위기설을 시작으로 온갖 루머들이 봇물처럼 터져 나올 텐데. 또 한 번 검색어 1위 하고 싶으면 혼자 가든가."

어딜 가나 몰려드는 기자들이 문제였다. 하율은 깊은 한숨을 내쉬며 고개를 푹 숙였다. 시호의 동행으로 기쁨이 반감되기는 하지만 이 집에서 하루라도 탈출할 수 있다는 사실에 감사해야만 했다.

"같이…… 가요."

울며 겨자 먹기로 답한 하율은 어깨를 축 늘어트렸다. 시호를 만난 뒤로 인생이 뒤죽박죽되더니 뭐 하나 제대로 되는 일이 없었다.

하율은 시호를 노려보며 속으로 이를 갈았다. 시호의 입에서 두 번 다시 가겠다는 말이 나오지 않도록 해 주겠다 다짐했다.

"그래야지. 그리고 이건 어디까지나 널 위해서 내가 희생하는 거니까."

"어딜 봐서 날 위한 일이에요? 댁 편하려고 하는 짓이지."

"기사 뜨면 나보다 네가 더 힘들어. 당해 봤으면서 그런 말이 나와?"

할 말이 없었다. 사실이니까. 하율은 부글부글 끓어오르는 화를 누르며 씩씩거렸다. 물론 그런 모습마저 시호의 눈에는 귀여워 보였다.

"명심해. 난 최선을 다하고 있다는 걸."

두 번 명심했다가는 혈압이 터질지도 모른다는 생각이 들었다. 차라리 말을 안 섞는 것이 오래 살 수 있는 지름길 같았다.

"수업 끝나면 회사로 와. 저녁은 어머님하고 같이 먹어야지."

"엄청 고맙네요."

꼬일 대로 꼬인 하율의 말투에 시호는 피식 웃음이 새어 나왔다.

하루라도 안 보면 보고 싶고 말을 나누고 싶었다. 그래서 자꾸 하율을 심적으로 괴롭히는지도 몰랐다. 다정하게 다가가는 방법을 몰랐으니까.

시호는 하율의 표정 하나까지도 놓치지 않았다. 헤어지는 그 날이 올 때까지 더 많은 것을 기억 속에 담아 두고 싶었다. 시호 자신도 후회하는 일은 하고 싶지 않았으니까.

"왔으니까 넥타이는 매 주고 나가."

'끝까지 부려 먹어! 우리 집에 가기만 해 봐라!'

똥개도 제 집에서는 반을 먹고 들어가는데 하물며 사람이 반만 먹고 들어간다는 것은 수치였다. 적어도 90%는 먹고 들어가야지. 하율은 화끈한 복수를 꿈꾸며 시호에게 넥타이를 매 주었다.

❀   ❀   ❀

일하다 자꾸 손목시계를 확인하는 시호의 표정이 어딘가 모르게 초조해 보였다. 쥐고 있던 펜을 내려놓고 의자를 반대로 빙그르르 돌린 시호는 창밖을 바라보았다. 일이 손에 잡히지 않아 반복적으로 하는 행동이었다. 사실 시호는 오늘 출근하면서부터 쭉 이 상태였다.

'왜 이리 늦지? 이미 끝나고도 남을 시간인데.'

그때 노크 소리와 함께 집무실 문이 열리고 수연이 들어왔다. 의자를 바로 돌려 수연의 표정을 살핀 시호는 무엇인가 문제가 생겼다는 것을 직감할 수 있었다.

"사실대로 말해."

"국회통과가 무산되었어요."

탕! 주먹으로 책상을 내려친 시호가 자리에서 벌떡 일어났다.

"갑자기 틀어진 이유가 뭐야?"

"아직 그것까지는 파악하지 못했어요."

"무슨 소릴 하는 거야! 본회에 들어가기 전부터 이미 결정된 일이었어! 하루아침에 바뀔 수 있는 것이 아니라고!"

충격이 큰지 시호의 목소리는 집무실을 넘어서고 있었다. 사실을 받아들이지 못하고 부정하는 모습은 처참해 보이기까지 했다. 수연은 아무 말도 할 수 없었다.

'아니야, 이럴 수는 없어. 아닐 거야.'

이번 프로젝트에 모든 것을 걸었다. 1년 넘게 준비해 왔고 국회통과만 된다면 문제될 것이 없었다. 그러나 모든 계획이 물거품이 되어 버렸다.

다시 처음부터 하기에는 시간이 부족했다. 시호는 권력자들의 말을 믿었던 자신이 한심하게 느껴져 저도 모르게 이를 바득바득 갈았다.

"은밀하게 그들을 조종한 사람이 있는 것 같아요."

수연의 말이 시호의 등골을 오싹하게 만들었다. 시호는 고개를 들어 수연의 입이 열리기를 기다리고 있었다.

"우리가 제시한 조건보다 더 좋은 것을 내놓았다면 권력을 가진 자들은 쉽게 움직이죠."

"서론은 빼고 결론만 말해. 그래서 그 사람이 누구야?"

"본부장님을 무너뜨리면 가장 이득을 볼 사람."

수연의 말이 끝나기가 무섭게 집무실을 박차고 나간 시호는 맞은편 지호의 사무실로 들어갔다. 노크도 없이 불쑥 들어간 시호는 책상 앞에 앉아 있던 지호의 멱살부터 잡았다. 놀랄 만도 하건만 지호의 표정은 오히려 담담했다.

"너야? 네가 한 짓이냐고!"

시호의 물음에 지호는 대답하지 않았다. 비록 자신이 한 짓

251

은 아니지만 모든 원망이 쏟아진다 해도 변명할 마음은 없었다.

"뭐야! 너 뭐하는 놈이야! 앞에서는 웃으면서 사람을 무방비 상태로 만들어 놓고 이렇게 뒤통수를 쳐! 네가 원하는 것이 이거였어?"

"설마 이것뿐이겠어? 나 역시 너처럼 욕심이 많아."

"이 자식이!"

지호의 얼굴로 날아가려던 주먹을 수연이 뛰어 들어와 두 손으로 잡았다. 자제력을 잃고 이런 식으로 지호에게 주먹을 휘두른다면 결과에 승복하지 못하고 화풀이를 했다는 비난을 피하지 못할 것이었다. 그런 참상은 막아야 했다.

"참으세요."

"참으라고? 이 자식이 말하는 것을 너도 똑똑히 들었잖아! 도대체 왜 참으라는 거야!"

"회사니까요! 보는 이들이 많아요. 이런 식으로 시끄러워지면 본부장님만 곤란해져요. 힘이 아닌 머리로 이기세요."

지호를 향한 주먹이 공중에서 부르르 떨렸다. 아마 이곳이 회사가 아니었다면 아무리 말린다 해도 일은 벌어졌을 것이다. 시호는 어금니를 꽉 물고 지호의 멱살을 잡고 있던 손을 풀었다. 집무실 안에 침묵만이 무겁게 깔렸다.

"나가요, 본부장님."

수연은 시호의 한쪽 팔을 끌며 나가려 했다. 두 사람이 같은 공간에 있다는 것은 언제 터질지 모르는 폭탄을 안고 있는 것과 같았다. 어떻게든 두 사람을 떨어뜨려 놓는 것이 우선이라 생각했다. 대책은 그다음이었다.

"이것만 알아줘. 나도…… 지켜야 할 사람이 있어. 너만큼이나."

예린을 자신의 곁에 둘 수 있다면 지호는 이보다 더한 일도할 수 있었다. 비록, 자신이 나서서 한 일은 아니지만 어머니가하는 일을 막을 수 없었다. 후계자가 되려면 시호를 무너뜨려야 하니까. 이런 이유로 지호는 시호의 아픈 마음을 애써 외면했다.

"하, 웃기는군. 넌 이미 가족이고 친구인 날 버렸어. 그런 놈이 누굴 지킬 수 있을 것 같아? 착각하지 마. 넌! 그 누구도 지킬 수 없어."

맞는 말이었다. 어머니 뒤에 몸을 숨기고 누굴 지킬 수 있겠는가. 지호는 시호의 말을 부정하지 않았다. 어쩌면 시호를 붙잡고 싶은 마음에 던진 말이었는지도 모른다. 시호의 뒷모습을보고 싶지 않았으니까.

스르륵 닫히는 집무실 문을 바라보는 지호는 가슴이 터질 것같았다. 또다시 가족과 친구를 잃었다. 영원히 돌아갈 수 없는강을 건넌 기분이었다. 외로움은 생각보다 빨리 찾아왔다.

❄   ❄   ❄

방 안에 혼자 앉아 있는 하율은 세상 모든 슬픔을 감당하고있었다. 불과 조금 전만 해도 엄마를 볼 수 있다는 기쁨에 너무

나도 행복했었다.

하지만 그 행복은 시호의 집무실에 들어서면서 산산이 부서져 버렸다. 성난 표정으로 하율을 맞은 시호는 아무 설명도 없이 집으로 돌아가 있으라는 말만 반복했다.

그리고 지금까지 그 누구도 하율에게 말해 주지 않았다. 왜집에 갈 수 없는지에 대해서.

엄마에게 일이 있어 갈 수 없다는 전화를 하고 하율은 두 시간째 가만히 앉아 있었다. 저녁도 먹지 않고 불도 켜지 않은 캄캄한 방 안에 앉아 하율은 시호가 던진 말을 되새겼다.

"네가 애야? 왜 이렇게 징징거려? 나 권시호의 아내로 사는 것이 쉬울 줄 알았어? 그것도 모르고 돈 몇 푼에 하겠다고 한 거야? 하려면 좀 제대로 해. 도움은 바라지도 않지만 내가 하는 일에 방해는 하지 말아야지. 그것도 아니면 가만히 있든가!"

비수처럼 날아든 시호의 말이 심장에 박히고 말았다. 자신은 돈 몇 푼에 결혼을 승낙한 여자였고, 도와줄 힘도 없으면서 집에 가고 싶다 징징거리는 여자였다. 그러니 그의 말처럼 가만히 쥐죽은 듯 있는 것이 맞을지도 모른다.

하율은 비참한 자신의 처지를 애써 외면하며 소리 없이 흐르는 눈물을 닦았다. 어둠이 있어 다행이었다.

'울지 마, 이하율.'

스스로 주문을 걸어 보았지만 흐르는 눈물을 막기에는 역부족이었다. 수화기 너머로 들리는 엄마의 슬픈 목소리가 자꾸 귓가에 맴돌았다. 자신만큼이나 실망한 엄마의 목소리에 순간 울컥하고 뜨거운 것이 올라왔다.

혹시나 엄마가 눈치챌까 서둘러 전화를 끊은 하율은 숨죽여 울먹였다. 같은 하늘 아래 있어도 볼 수 없다는 사실을 처음 깨닫는 순간이었다.

"하율 씨, 안에 있어요?"

하율은 예린의 목소리를 들었지만 아무런 대답도 하지 않았다. 혼자 있고 싶은 마음이 간절했다.

"들어갈게요."

문을 열고 방 안으로 들어오던 예린이 순간 멈칫했다. 하율이 아닌 캄캄한 어둠이 먼저 반기자 조금 당황스러웠다. 하지만 이내 안으로 들어와 벽을 더듬어 불을 켰다.

"불 꺼 주세요."

침대에 앉아 있던 하율이 눈살을 찌푸리며 말했다. 울고 있던 모습을 보이고 싶지 않아 급히 등을 보이며 돌아앉았다. 예린은 불을 끄고 어둠 속을 조용히 걸어와 하율의 등 뒤에 앉았다. 그리고 침대 옆에 있는 작은 스탠드를 켰다.

"이 정도는 괜찮죠?"

작은 스탠드 불빛은 하율의 등과 예린의 얼굴만 희미하게 비춰 주었다.

"하율 씨 오늘 집에 못 가서 많이 실망했군요. 미안해요. 그 마음 알아주지 못해서."

엄마가 동화책을 읽어 주듯 예린의 목소리는 차분하고 부드러웠다.

"이 집에 있는 듯 없는 듯, 그저 아침에 밥 먹으면서 눈 마주치면 나란 존재가 있나 보다, 그 정도로 생각해 주는 사람들한테 내 감정 따위 중요하지 않다는 거 알아요. 그러니까 언니도 마음에 없는 말 그만하고 나가 주세요. 정말 혼자 있고 싶어요."

"그래요. 나 사실 하율 씨한테 이해해 달라고 오빠 대신 변명하러 왔어요. 이해를 하든 안 하든 그건 하율 씨 몫이니까 그것까지는 강요하지 않을게요. 다만 내 얘기 좀 들어 줄래요?"

예린은 긴 이야기를 꺼내려는 듯 짧게 한숨을 내쉬고 말을 이었다.

"오늘 시호 오빠가 1년 동안 준비해 온 프로젝트가 무산되었어요. 그런데 그 프로젝트를 무산시킨 사람이 아주 가까운 사람이에요. 형제이자 친구였던 사람한테 배신당하고 제정신이 아닌가 봐요. 아마 프로젝트가 무산되었다는 사실보다 믿었던 사람한테 느낀 실망감이 더 클 거예요."

어둠 속을 향하고 있던 하율의 시선이 예린에게로 향했다. 저도 모르게 예린이 들려주는 이야기 속으로 빠지는 기분이었다.

"이 집에는 아픈 상처를 안고 사는 사람들이 참 많아요. 부모님들의 욕심 때문에 그 자식들도 가까워질 수 없게 되었죠. 그리고 그런 두 사람을 가슴 아프게 바라보는 여자가 있어요.

다른 사람은 몰라도 난 알아요. 배신을 당한 사람보다 배신할 수밖에 없었던 사람의 마음이 더 아플 거라고. 그 사람에게도 나름 이유가 있겠죠. 지키고 싶은 사람은 누구에게나 있으니까. 서로를 적으로 마주하기에는 같이 보낸 시간이 너무도 길고 아련한 추억이라 그러지 못하는 두 사람이 참 안쓰러워요. 그래서 가끔 이런 생각도 해요. 나만 없으면 이렇게까지 등을 돌리지 않아도 될 텐데. 내가 과연 두 사람을 다시 가족으로 돌려놓을 수 있을까……."

하율은 어느새 몸을 돌려 앉았다. 예린이 말을 끊지 않고 이어 가길 간절히 바라면서…….

"아파하며 이 밤을 보내고 있을 두 사람을 생각하니 나 자신이 참 한심하네요. 그 흔한 위로의 말조차 해 주지 못하니까요."

"프로젝트를 무산되게 한 사람이 지호 씨…… 맞죠?"

"네, 그렇대요. 아니었으면 했는데…… 맞대요. 안 좋은 예감은 항상 맞나 봐요."

하율의 물음에 답하는 예린의 목소리가 바닥으로 한없이 꺼졌다. 그녀의 무거운 마음이 느껴질 정도였다.

"그 사람, 시호 오빠 만큼이나 지금 괴로워하고 있을 거예요. 위로해 줄 사람 하나 없이 하율 씨처럼 혼자 어두운 방 안에 앉아 소리 내어 울지도 못하고 가슴을 치겠죠. 형제의 가슴에 못을 박았으니까. 같이 있어 줄 수 없다는 현실이 참 가혹하네요."

"지호 씨를 사랑하는군요."

하율의 말에 화들짝 놀란 예린은 그제야 정신을 차렸다. 너무 많은 것을 하율에게 털어놓은 것 같아 부끄럽기까지 했다. 하율을 위로해 주려 향한 발걸음이었건만 복잡한 사실을 더 짊어지운 꼴이 되고 말았다.

"아니에요, 내가 괜한 말을……."

"언니 눈빛이 사랑이라 말하고 있어요."

"사랑은 무슨, 정말 아니에요."

하율은 예린의 부정을 믿지 않았다. 말과 표정이 일치하지 않았으니까.

"사랑하면 그런 말을 하고, 그런 표정을 짓고, 그런 마음이 드는 거군요. 그럼 그 사람과 전 사랑이 아니겠네요. 우린 늘 싸우거나 서로의 가슴에 상처가 되는 말만 하니까."

사랑까지는 아니더라도 서로 좋은 감정이라고 믿었다. 비록 사랑 없이 시작한, 끝이 있는 결혼 생활이지만 같이 있는 순간만은 행복하다고 느꼈다.

그러나 예린의 말을 듣고 깨달았다. 사랑하는 사람이면 상대를 배려해 주고, 이해해 주고, 위로해 주고 싶은 마음이 간절하게 든다는 걸 말이다.

배려도, 이해도, 어떤 위로의 말도 없는 시호와 자신의 사이는 그저 계약 관계일 뿐이었다. 그 이상도, 그 이하도 아닌 그런 사이. 사랑일지도 모른다는, 어쩌면 서로 사랑할 수도 있다는 생각은 꿈이었다. 아주 허망한 꿈.

"표현이 서툰 사람도 있어요. 어려운 일이 아닌데 어떻게 다가가야 하는지, 어떤 말을 꺼내야 하는지 몰라서 끙끙거리는 사람이. 답답하고 멍청한 그 사람에게 하율 씨가 먼저 마음을 열어 주면 안 될까요?"

사랑이라는 것은 참 거지같다. 못된 놈인 줄 알면서도 마음이 가니까. 하율은 한참을 예린의 품에서 울었다. 울고 나면 다시 시작할 수 있을 것 같아서……

예린을 보내고 답답한 마음에 정원을 혼자 거닐던 하율은 작은 연못가 벤치에 앉았다. 매미 소리와 풀벌레 소리를 들으며 마음을 다독이던 그녀는 누군가 다가오는 것도 모르고 있었다.

"왜 이러고 계세요?"

팔짱을 끼고 말을 걸어오는 수연은 언제나 그렇듯 거만했다.

"본부장님께 갈까 말까 고민하는 중이에요? 사모님, 고민하는 사람 아니잖아요. 전처럼 당장 달려가 본부장님 앞에서 가녀리게 눈물 좀 흘려 줘요. 누가 알아요? 본부장님이 이 밤중에 사모님을 집으로 데려다 줄지."

하율은 자신의 처지를 수연이 놀리고 있다는 것을 모르지 않았다. 한 번은 참겠다 다짐한 하율은 수연에게 시선조차 주지 않았다.

"본부장님이 데려다 준다 해도 너무 좋아하지는 마요. 다시 못 돌아올지도 모르니까. 이 집 문턱을 나갈 때는 항상 그런 생각을 가지는 것이 좋을 거예요. '마지막일 수도 있겠구나'라는 생각."

대단한 충고라도 해 준 것마냥 으스대며 돌아선 수연의 뒷모습이 참을 수 없을 만큼 얄미웠다. 더는 바보처럼 당하고 싶지 않았다.

"저도 할 말이 있어요, 윤 비서님."

수연의 발목을 잡은 하율은 자리에서 벌떡 일어났다. 이제 어린아이 같은 감정싸움은 하고 싶지 않았다.

"처음에는 윤 비서님이 제가 부족해서 못마땅하게 생각하는 줄 알았어요. 하지만 이제야 확실해졌네요. 윤 비서님은 제가 그 사람 옆에 있는 것이 불안한 거예요."

수연은 천천히 몸을 돌려 하율을 쏘아보았다. 하지만 하율은 기죽지 않았다. 사랑은 아닐지라도 수연에게 당할 이유는 전혀 없었으니까.

"그게 무슨 말이에요? 불안해한다고요? 내가 왜? 그런 생각을 하고 있다는 것 자체가 나로서는 불쾌하네요."

"제 말이 틀렸다면 우리 두 사람의 감정에 윤 비서님이 이토록 관심 가질 필요가 없어요. 수행비서의 직무가 거기까지는 아닐 텐데요."

순간 뜨끔했다. 수연은 자신의 감정을 억누르지 못하고 두 손을 불끈 쥐었다.

"제가 만만했나요? 아무것도 모르고 사랑도 아닌 결혼을 했으니까 나 정도는 얼마든지 이 집에서 내칠 수 있다고 생각한 거예요? 아니면 절 괴롭혀서 스스로 나가게 할 심사였나요?"

폭풍처럼 몰아치는 하율의 질문에 수연은 아찔했다. 언제 이렇게 컸지? 애였는데, 단순하고 속이 뻔히 보이는 그런 여자애였는데. 지금은 자신의 속을 훤히 꿰뚫어 보고 있었다.

당당하게 고개를 들고 할 말을 다 하는 하율을 바라보며 수연은 속으로 적잖이 놀랐다. 너무 자만심에 빠져 있었다는 후회를 하지 않을 수 없었다.

"물론, 그 사람과 제 사이에 사랑은 없어요. 우리 두 사람의 감정이 확실해지는 순간, 윤 비서님이 나서지 않아도 제가 먼저 정리해요. 하지만 앞으로 어떻게 감정이 흘러갈지 모르는 일이에요. 그러니까 이제 그만하세요. 제 앞에서 본부장님이라는 호칭을 쓰면서 속내로는 내 남자라고 외치는 윤 비서님의 간사함에 더는 당하고 있지 않을 거예요. 이 집에서 나가는 사람이 누가 될지는 아무도 모르는 일이니까요."

소름이 돋았다. 이건 충고가 아닌 경고였다. 수연은 돌아서 가는 하율을 잡지 못했다. 무섭고 두려웠으니까.

하지만 한 가지는 확실했다. 하율의 마음이 시호에게 향하고 있다는 것 말이다. 시호의 마음을 자신 쪽으로 돌리지 않으면 진정 이 집을 나가는 사람이 자신일 수 있겠다는 생각도 들었다. 하율은 이제 결코 만만하게 볼 수 있는 여자가 아니었다.

❄   ❄   ❄

예린의 부탁으로 하율의 방까지 오기는 했지만 시호는 선뜻 들어가지 못하고 문 앞에서 망설였다. 위로를 어떻게 해야 하

261

는지, 왜 그따위 짓을 자신이 해야 하는지 예린에게 반문했지만 돌아오는 것은 간절한 부탁이었다.

지금 심정으로는 세상 그 누구의 부탁도 들어주기 싫었으나 예린에게는 그럴 수 없었다. 처음으로 한 부탁을 외면할 수 없었다.

"그냥 옆에 있어 주기만 해도 위로가 될 거예요. 저만 믿으세요."

예린이 해 준 말을 떠올리니 입가가 삐딱해졌다. 옆에 있어 주는 것만으로도 위로가 된다는 말을 솔직히 믿지는 않았다. 시호의 기준에서 그런 사람은 존재하지 않았으니까. 하지만 시호는 그녀의 말에 따라 움직이고 있었다. 머리로는 아니라고 생각하면서도, 혹시나 하는 마음이 들었다.

'아니기만 해 봐, 송예린.'

자신의 얼굴을 보자마자 하율의 잔소리가 시작된다면 1초의 망설임도 없이 돌아서겠다고 다짐하며 노크를 하기 위해 오른손을 들었다. 그때 등 뒤에서 들리는 목소리에 시호는 화들짝 놀랐다.

"여기서 뭐해요?"

"어! 그러는 넌, 왜 뒤에서 나타나는 거야? 사람 놀라게."

하율에게 오히려 큰 소리를 친 시호는 멋쩍은 표정으로 갈팡질팡해 댔다.

"생각할 일이 있어서 산책 좀 했어요."

"혼자서?"

"네. 이 집 사람들은 저한테 관심 없잖아요."

직구로 들어오는 하율의 펀치에 시호는 아찔했다. 미안한 마음이 없는 것은 아니었지만, 입 밖으로 꺼내 표현하는 것은 시호에게 쉬운 일이 아니었다. 말하지 않아도 속마음을 알아주는 기계가 있었으면 했다.

"할 말 없으면 저 그만 들어갈게요."

하율이 지나치려 하자 시호가 급히 앞을 막았다. 이런 찝찝한 기분으로 돌아설 수는 없었다.

"나도…… 오늘 생각할 일이 많았는데 나랑 산책 더 할래?"

고개를 들어 시호를 물끄러미 올려 본 하율은 이런 생각이 들었다. 이 사람 잘못은 없을지도 모른다고, 그저 상황이 이렇게 만든 것뿐이라고.

하율은 시호를 미워하지 않으려고 애써 변명을 만들었다. 그가 하지 않는 변명을 만들어 스스로에게 주입했다. 더 힘든 사람은 바로 이 사람일 거라고.

"그래요."

허락의 말이 떨어지자 급해진 사람은 시호였다. 서둘러 하율의 손을 덥석 잡았다. 말로 다 하지 못해도 하율이 자신의 마음을 읽어 주었으면 하는 기대와 함께 두 사람은 나란히 걸었다.

"집에는 다음에 가자. 같이 갈 수 없다면 혼자라도 보내 줄게."

"고마워요."

"뭐……가?"

알았다는 말이 아닌 고맙다는 하율의 답변에 시호는 걸음을 멈췄다. 무슨 뜻으로 던진 말인지 이해할 수 없었던 시호는 하율의 두 눈을 뚫어져라 바라보았다. 시호를 따라 하율의 걸음도 멈췄다.

"많이 고민해서 한 말임을 알아요. 그래서 고맙다고요."

서로의 손을 맞잡을 용기만 있다면 마음을 읽어 주는 기계는 필요하지 않았다. 체온을 통해 손끝으로 전해지는 마음은 말보다 빠르고 정확했다. 그저 옆에만 있어도 위로가 될 수 있다는 예린의 말은 틀리지 않았다.

시호의 가슴에 작은 감동이 일었다.

"이런 식으로 넘어가면 너만 손해야."

"그럼 소리 지르고 화라도 낼까요? 그렇게 해도 내 옆에 있어 줄 수 있어요?"

"응?"

"내가 그러면 당신, 내 옆에서 도망갈 거잖아요. 내 마음이 다치는 것보다 당신이 내 곁에 없다는 사실이 더 가슴 아플 것 같아서 안 할래요. 나 솔직히 이렇게 손잡고 걷는 이 시간조차 너무 행복하거든요. 눈물 날 만큼……."

다시 찾은 작은 행복을 스스로 걷어찰 수는 없었다. 어두운 방에 혼자 앉아 오만가지 생각을 하며 속을 긁고 또 긁는 바보 같은 짓은 한 번으로 충분했다.

사랑이 아니라는 이유로 수연의 앞에 당당하지 못한 것도 앞으로는 없었으면 했다. 이런 마음에 하율은 시호의 따뜻한 손을 힘주어 잡았다. 다 하지 못한 자신의 마음도 좀 알아 달라고. 아니, 알아주지 못해도 좋으니까 이 손은 놓지 말라고 손끝으로 전했다.

"이게 뭐라고 눈물 날 만큼 행복하다는 거야? 소박한 행복이네. 나란 놈이 너에게 뭘 해 줬다고. 사람 할 말 없게 만드는군."

"왜 해 준 것이 없어요. 내게 와 줬잖아. 그러면 된 거지."

더 바라면 이마저도 날아갈 것 같다는 생각에 하율은 말을 아꼈다. 적어도 자신은 별채에 혼자 있을 지호보다 행복한 사람이었다. 그 사람은 혼자 마음의 무게를 감당하며 사랑하는 사람의 온기조차 느낄 수 없을 테니 말이다.

사소한 것도 행복이 될 수 있다는 것을 하율은 깨달았다.

"무슨 생각을 하는 거야?"

"아니에요. 아무것도."

잠시 예린과 지호를 떠올린 하율은 고개를 저었다.

"나 때문에 아파하지도 말고, 나 때문에 울지도 마. 난 남을 위해서, 심지어 가족을 위해서도 위로나 배려 따위 하지 않고 살았으니까. 갑자기 착한 척을 하라고 해도 난 못 해. 분명 어색할 테고 진심이 전해지지 않겠지. 그러니까 제발…… 네가 강해져. 네가 이렇게 마음 다칠 때마다 내가 곁에 없을지도 몰라. 지금처럼 손잡아 주는 것조차 못 해 줄 수도 있어. 너의 소박한 행복마저 내가 외면할 수 있다고."

그래, 처음부터 잘하는 사람은 없을 것이다. 몰라서, 표현이 서툴러서. 단지 그뿐이었다. 하율은 시호를 그런 사람이라고 생각했다.

가슴 밑바닥에 숨겨 놓은 사랑의 감정을 끄집어내 준다면 그 누구보다 따뜻한 사람이 될 것 같았다. 지금 시호가 던지는 말조차 자신을 아껴서 하는 말임을 너무도 잘 알고 있었다.

"그럴게요. 당신 말대로 강해질게요. 무슨 일이 있어도 마음 다치지 않도록 할게요. 그러니까 당신도 나 때문에 너무 신경 쓰지 마요. 당신 마음은 나 아니어도 여러 사람이 아프게 할 테니까. 약도 바르지 못한 그 가슴에는 상처만 가득할 테니까. 난 가만히 있을게요. 당신 마음 더 다치지 않도록 그렇게 가만히…… 당신 옆에 있을게요."

"내 옆에…… 있겠다고?"

묻는 시호의 목소리가 떨렸다.

"우리 결혼 생활이 끝나는 그날까지."

더 있고 싶지만 그건 안 되겠죠? 상처받은 당신 마음을 어루만져 주고 싶지만 사랑도 아닌 내가 그럴 수는 없는 거죠? 왜 이렇게 사랑이 아프고 힘든 걸까요.

당신이란 남자, 나란 여자가 사랑하면 안 된다고 현실이 외치고 있어요. 하지만 내 마음은 당신이었으면 좋겠대요. 당신과 헤어지고 후회하면 어쩌죠?

차마 꺼내지 못하는 말을 꾹꾹 누르던 하율의 눈에 눈물이

그렁그렁 맺히다 끝내 볼을 타고 흘러내렸다. 참으려고, 사랑
이 아니라고 부정했지만 소용없었다.

"미치겠다. 너 때문에⋯⋯."

흐르는 하율의 눈물을 두 손으로 닦아 준 시호는 가슴이 터
질 것 같았다. 왜 이런 아픔이 전해지는 모르겠지만 하율에게
서 눈을 뗄 수 없었다. 잠시라도 눈을 떼면 하율이 어디론가 사
라질 것 같아 놓았던 손을 더 꽉 잡았다.

"가자."

"네? 어딜⋯⋯."

묻는 말에 대답도 없이 무작정 하율의 손을 잡아끈 시호는
주차장 옆 낡은 창고 앞에 멈췄다. 이런 곳이 있었다는 것을 이
제야 알게 된 하율은 창고 안으로 들어간 시호를 기다렸다. 왠
지 모를 초조함이 밀려왔다.

"자, 써."

시호가 창고에서 나와 하율의 머리에 씌워 준 것은 헬멧이었
다.

"잠깐만요. 이게 뭐예요?"

"오토바이 헬멧."

"아니, 왜 이걸?"

"지금부터 오토바이를 타고 시내를 질주할 테니까."

"이 밤에 오토바이를 타자고요? 난 무서워서 싫어요."

헬멧을 벗으려고 당겨 보았지만 좀처럼 벗겨지지가 않았다.
자신의 머리가 큰 건지 아니면 헬멧이 작은 건지 알 수 없었다.

"이걸 타야 엄마 집에 빨리 갈 수 있어. 그러니까 잔소리 그만하고 뒤에 앉아서 날 꼭 붙들기나 해. 공주님처럼 모셔다 드릴 테니까."

"오토바이 타는 공주는 듣도 보도 못했거든요!"

"나란 왕자님을 만나려면 스피드를 즐길 줄 알아야지."

말씨름을 하는 사이 시호는 창고에서 오토바이를 꺼내 왔다. 오토바이를 본 하율의 눈이 휘둥그레졌다.

"나 때문에 이러지 않아도 돼요. 진짜 괜찮아요. 그리고 이 밤중에 가면 엄마도 놀라실 거예요."

"내가 해 줄 수 있는 최선이야. 선물이니까 받아."

"이럴 필요 없다니까요."

이런 선물은 사양하고 싶었다. 하지만 시호는 굳이 싫다는 하율을 오토바이에 태우고 시동을 걸었다. 주차장에 울리는 엔진 소리가 하율의 심장까지 전해지는 것 같았다.

하율은 저도 모르게 두 팔로 시호의 허리를 감싸 안았다. 좋아서가 아니라 살고 싶어 나온 행동이었다.

"자, 달린다."

시호의 뒤에서 아무 말 없이 두 눈을 꼭 감은 하율은 마른침을 삼켰다. 심장이 터질 듯이 뛰고 있었다. 태어나 오토바이를 타는 것은 처음이었으니까.

'엄마, 살아서 봐.'

하율의 기도가 채 끝나기도 전에 두 사람을 태운 오토바이는 주차장에서 바람처럼 사라졌다. 그렇게 하율은 원치 않은 시호의 선물을 받아야 했다.

　최 의원을 만나고 들어오던 혜선은 주차장 입구에서 오토바이가 나오는 것을 볼 수 있었다. 별 생각 없이 주차장에 차를 주차하고 별채로 향하던 혜선은 문득 걸음을 멈췄다. 뭔가 중요한 것을 놓치는 느낌이었다.

　'이 야밤에 오토바이? 누굴까…….'

　몸을 돌려 주차장 쪽을 바라보던 혜선의 뇌리를 스치고 지나가는 인물이 있었다. 혜선의 입가에 오묘한 미소가 흘렀다.

　'시호 네가 아직도?'

　섣불리 확신은 할 수 없었지만 아주 가능성이 없는 것은 아니었다. 한때 시호가 아버지에 대한 반항으로 즐겨 타던 오토바이가 아직 있다면 확신은 백 퍼센트에 가까웠다. 이 집에서 오토바이를 탈 사람은 시호 한 사람밖에 없었다.

　'이건 기회야. 그렇다면 놓칠 수 없지.'

　혜선은 서둘러 별채로 발걸음을 옮겼다. 방으로 들어가자마자 옷도 갈아입지 않고 가방에서 휴대폰부터 꺼냈다. 잠시 후 신호음이 적막한 방 안을 울렸다.

　―여보세요.

　"늦은 시간에 죄송합니다."

　―아직 할 말이 더 남았습니까?

　선이 굵은 남자의 목소리는 최 의원이었다. 한 시간 전 헤어진 사람을 혜선은 급히 찾았다.

"네. 아주 중요한 일입니다."

—무슨 일입니까?

"이쪽으로 사람을 좀 보내 주셨으면 합니다."

—사람이요? 어떤 사람을 보내 달라는 겁니까?

"손이…… 거친 사람들 말입니다. 은밀하게 일을 좀 만들어야겠습니다."

혜선의 얘기가 끝났지만 최 의원은 가타부타 말이 없었다. 혜선의 말뜻을 몰라 대답을 하지 않는 것이 아니었다. 그런 사람들을 무슨 목적으로 쓸지 짐작했기에 생각할 시간이 필요했다.

—위험한 생각입니다.

"걱정 마세요. 기사 1면을 장식해 줄 사진 한 장만 있으면 됩니다. 상대 이미지에 흠집만 내주자는 겁니다."

프로젝트가 무산된 지금, 시호의 이미지마저 흐트러진다면 승계는 지호의 것이 틀림없었다. 혜선은 쉽게 일이 풀릴 수도 있겠다는 희망으로 한껏 들떠 있었다.

—만약 들통이라도 난다면 반대로 우리 이미지에 직격타를 맞을 수 있는 일입니다. 알고 계십니까?

"다치는 이는 아무도 없습니다. 그러니 걱정하실 일은 없을 겁니다. 서둘러 주세요. 시간이 없습니다."

망설이는 최 의원을 혜선이 다그치자 이내 승낙이 떨어졌다. 이 밤, 무서운 그림자가 시호에게로 다가가고 있었다.

오토바이에서 내리자마자 헬멧부터 벗은 하율은 속이 울렁거렸다. 얼마나 긴장을 하고 매달렸는지 두 다리에 힘이 빠지면서 머리가 어지러웠다.

하율은 벗은 헬멧을 오토바이 뒷자리에 올려놓고 담벼락에 등을 기댔다. 두 번 다시 타고 싶지 않았다.

"소리 한 번 지르지도 않고 잘 타네."

남 속도 모르고 장하다는 눈빛과 함께 시호가 하율의 어깨를 두드려 주었다. 사실 하율이 소리를 지르지 않은 것은 무섭지 않아서가 아니었다. 너무 무서워 비명조차 나오지 않았을 뿐이었다.

달리는 차 사이를 아슬아슬하게 파고드는 시호의 운전 실력 때문에 두 눈까지 꼭 감고 말았다. 벌써 돌아가야 할 길이 걱정이었다.

"들어가자."

"어딜 들어가요."

들어가려는 시호의 팔을 잽싸게 잡은 하율은 고개를 가로저었다. 시호는 이해할 수 없다는 표정으로 하율을 바라보았다.

"이 시간에 들어가면 엄마 놀라실 거예요. 더구나 오토바이까지 타고 왔으니 야반도주한 사람들처럼 보이잖아요. 옷차림도 좀 그렇고."

듣고 보니 맞는 말이었다. 오랜만에 방문하는 처가에 덜렁덜렁 빈손으로 들어가는 것도 문제였다. 본인의 생각이 짧았다는 것을 깨닫는 순간 하율에게 미안한 마음이 들었다. 그렇다

271

고 여기까지 와 놓고 그냥 돌아가 버리는 것도 이상했다. 생색도 낼 수 없는 반쪽자리 선물이었다.

'이대로 돌아갈 수는 없는데.'

혼자서 곰곰이 생각에 잠겨 있던 시호는 무엇인가 떠올랐는지 오토바이를 담벼락 밑으로 가져갔다. 가로등 불빛 밑에 서서 시호가 하는 일을 지켜보던 하율은 고개를 갸웃거렸다.

"아주 방법이 없는 건 아니야."

멍하니 서 있던 하율을 두 팔로 들어 올려 오토바이 위에 앉힌 시호는 알 수 없는 미소를 지었다.

"어떤…… 방법인데요?"

시호의 얄궂은 미소에 하율은 살짝 두려움이 밀려왔다. 시호가 생각해 냈다면 썩 좋은 방법은 아닐 것 같았다.

"이 오토바이에 올라서서……."

"담을 넘자고요!"

시호의 말이 끝나기도 전에 하율이 목소리를 높였다. 분명 오토바이를 발판 삼아 담을 넘어 몰래 보고 오자는 말일 것이다. 하율은 고개를 강하게 저었다. 세상에 제집 담을 넘는 사람이 어디 있겠는가.

"도둑도 아니고 담을 왜 넘어."

"오토바이에 올라서서 할 짓이 그것밖에 더 있어요."

"넌 상상을 해도 참. 솔직히 말해 봐. 고등학교 때 담 좀 넘어 봤지?"

"아니거든요!"

강한 부정은 강한 긍정이라는 속설처럼 시호는 믿지 않는 눈치였다. 심지어 시원하게 웃기까지 했다. 한순간 바보가 된 기분이었다.

"자, 내 손 잡고 천천히 일어나 봐."

"네?"

"만약 거실에 앉아 계시면 어머니 얼굴 정도는 볼 수 있지 않을까?"

이제야 시호의 마음을 읽은 하율의 입가에 미소가 번졌다. 지금 이 시각이면 드라마를 시청하고 계실 것이다. TV는 거실에만 있는 데다 더운 여름에 거실 창문도 활짝 열어 놨을 테니 엄마 옆얼굴 정도는 충분히 볼 수 있었다.

하율은 서둘러 다리를 뒷좌석에 올렸다.

"잠깐!"

"깜짝이야! 왜요?"

"신발은 벗어. 내 애마가 더러워지잖아."

한쪽 입꼬리가 삐딱해졌지만 하율은 신발을 벗어 던졌다. 여기까지 와 준 것만 해도 감지덕지해야 할 일이니 불평은 하지 않기로 했다.

그렇게 시호의 손을 잡고 천천히 몸을 일으킨 하율은 담벼락에 찰싹 붙어 집 안 거실 쪽을 바라보았다. 불이 환하게 켜진 거실에서 TV를 보고 있는 엄마의 얼굴이 시야에 가득 들어왔다.

비록 담벼락 위로 간신히 눈만 내밀어 보는 얼굴이었지만 순간 눈물이 날 정도로 감격스러웠다.

"보여?"

"네! 보여요!"

까치발을 한 하율의 목소리는 한껏 들떠 있었다. 하율의 웃음소리에 시호는 자신까지 덩달아 밝아지는 기분이었다.

"엄마…… 나 왔어. 엄마 딸이 왔다고."

작지만 그 말은 시호의 귀에도 들려왔다.

"엄마, 잘 지냈어? 나 없다고 안 챙겨 먹고 그러는 거 아니지? 난 너무 잘 지내고 있어. 불편한 것도 있지만 견딜 만해."

엄마에게 들리지도 않을 말을 꺼내는 하율의 모습을 지켜보며 시호는 가슴이 뭉클해지는 것을 느꼈다. 단지 얼굴을 봤을 뿐인데 하율은 이마저도 너무 행복해하는 표정이었다.

사람이 이렇게 작은 일에 감사하며 살 수 있을까?

시호는 하율을 통해 많은 것들을 새롭게 받아들이는 중이었다. 상대를 배려하고 이해하고 감싸 주는 단계를 넘어 사랑이 존재한다는 것을 인정하지 않을 수 없었다.

'언제부터지? 언제부터 너란 세포가 내 안을 가득 채운 걸까? 지금도 내 안에서 세포 분열을 하는 널 막을 수가 없어.'

어쩌면 부인하고 있었는지도 모른다. 사랑이 아니라고, 떠나보낼 사람이라고, 내가 사는 세계에 가둬 두기에는 어울리지 않는 여자라고.

하지만 이제 알 것 같았다. 이미 늦었다는 걸. 이하율이란 세포에 잠식당한 심장은 더 이상 스스로 뛸 수 없다는 것을 말이다. 이것이 사랑이라면 도망갈 이유가 없었다.

"나 그만 내려갈래요."

한참을 떠든 하율이 시호의 양쪽 어깨에 두 팔을 올리며 내려갈 준비를 했다. 시호도 하율의 허리를 감싸 안았다. 가뿐히 하율을 들어 올려 내려준 시호는 두 팔을 풀지 않았다.

두 사람의 눈빛이 어둠 속에서 고정되었다.

"아직도 내 안에서 세포 분열 중인가?"

시호는 오토바이에서 내려온 하율을 놓아줄 마음이 없었다. 이대로 영원히 자신 품에 가둬 두고 싶었다.

"네? 무슨 말이에요? 이 팔 좀 풀고 말해요."

"널 보내고 싶지 않아. 네가 살고 있던 세상으로 보내기 싫어. 네가 떠나고 없는 내 세상은 빛이 없는 어둠 속에서 뛰지 않는 심장을 안고 살아가는 것과 같을 테니까."

가로등 불빛이 시호의 눈빛을 그대로 비춰 주었다. 의미심장한 말을 던지는 시호의 눈빛과 표정이 하율을 꼼짝 못 하게 만들었다. 하율은 숨소리를 죽인 채 어떠한 대꾸도 하지 못하고 시호를 올려다보았다.

"이하율, 난 너 못 보내."

시호가 던진 말을 이해하기까지는 오랜 시간이 걸리지 않았다. 처음으로 느끼는 설레고 짜릿한 감정에 하율은 숨이 막혔다. 오로지 자신만을 향하는 시호의 눈빛이 모든 것을 말해 주고 있었다. 시호의 마음까지도.

"그럼 보내지…… 마요."

"과연 내 곁에서 네가 버틸 수 있을까……."

"당신이 있잖아. 당신만 내 편이면 나…… 버틸 수 있을 것 같아요."

사실 시호는 지금의 감정보다 하율이 떠나고 난 뒤 혼자 남을 자신을 걱정했다. 8년 전 지호가 떠난 그때처럼 외로움에 사로잡혀 방황은 하고 싶지 않았다.

더구나 그때는 어리다는 이유로 모든 것이 용서될 수 있었다. 하지만 지금은 너무도 달랐다. 서른을 넘은 나이에 지켜야 할 자리와 책무가 두 어깨를 누르고 있었다.

더 이상 아이 같은 반항과 방황은 통하지 않을 터였다. 이런 위치에서 하율이 떠나고 없는 시간을 이성적으로 버티는 것은 시호에게 지옥이었다. 그래서 외면했던 하율에 대한 감정들…….

하지만 사랑은 이성적으로 판단해서 되는 문제가 아님을 알게 된 오늘, 모든 장벽이 무너졌다. 하율을 외면하기에는 이미 늦어 버렸다. 하율의 세포가 심장까지 먹어 가고 있었으니까.

"무슨…… 생각해요?"

"널 붙잡을 타당한 이유를 찾고 있는 중."

"이유가 꼭 필요해요?"

"그래야 네가 도망가지 못할 테니까."

"난 이유 같은 거 없는데. 그냥 내 마음이 당신이래요."

어쩌면…… 그래, 어쩌면 윤 비서가 없었더라면 영원히 몰랐을 감정이었는지도 모른다. 진지하게 생각하지 않고, 그의 아픔은 거들떠보지도 않고 그렇게 계약 기간을 하루하루 채웠을 것이다.

하지만 여자의 질투는 또 다른 감정을 만든다. 호기심이 관심이 되고, 관심이 질투가 되고, 그 질투에 애정이 더해져 사랑이 된다는 것을 깨달았다. 사랑에 도달하게 되니 이유는 필요하지 않았다.

"이유를 찾고 있는 내가 바보 같군."

"나도 바보였어요, 얼마 전까지는. 그러고 보니까 우리 정말 잘 어울리는 바보 커플이네요."

"후회하지 않을 자신 있어?"

"네. 권시호만큼 내 야식을 맛있다고 해 주는 사람은 이 세상 그 어디에도 없을 테니까."

"평생 먹어 줘야 하는 건가?"

"응. 평생 내가 만든 음식만 먹어요."

시호의 한쪽 손이 하율의 보드라운 볼을 어루만졌다. 그런 그의 손길에 하율은 몸서리를 쳤다. 사랑한다 말하지 않아도 가슴은 터질 것 같았다.

"날 삼킨 건 너니까 앞으로 내 맘대로 할 거야. 마음 가는 대로, 머리가 아닌 심장이 하라는 대로 널…… 인정하겠어. 내 여자로."

시호의 입술이 하율의 입술을 덮쳤다. 갑작스런 시호의 키스에 하율의 심장이 미친 듯이 뛰었다. 온몸이 달아올라 얼굴까지 화끈거렸다.

달콤한 케이크를 한 조각 입에 문 것처럼 시호의 입술은 부드러웠다. 정신이 아찔해지면서 하율의 이성은 점점 더 황홀한 세계로 빠져들었다.

저도 모르게 두 팔로 시호의 목을 감쌌다. 영원히 시호를 놓지 않을 것처럼 팔에 힘을 주었다. 골목 안에는 두 사람의 거친 숨소리만 가득했다.

집으로 돌아오는 도중 갑자기 쏟아지는 소나기에 시호와 하율은 옷이 흠뻑 젖었다. 잠시 오토바이를 세우고 건물 입구로 몸을 피했지만 이미 머리부터 발끝까지 젖은 상태였다.

가만히 서 있기만 해도 옷에서 빗물이 뚝뚝 떨어졌다. 거센 빗줄기가 그치기를 기다리면서 두 사람은 젖은 옷을 짰다.

"물에 빠진 생쥐 같아요."

비에 젖은 자신의 꼴이 우스운지 하율의 입에서 피식 웃음이 새어 나왔다.

"하지만 당신은……."

젖은 머리를 한 손으로 터는 시호를 바라보며 하율은 말문을 닫았다. 생쥐 같은 자신과 달리 막 샤워를 하고 나온 것 같은 시호의 모습에 할 말을 잃었다. 턱 선을 타고 흐르는 빗방울마저 관능적으로 보였다.

'내가 미쳤어.'

하율은 고개를 저으며 시호에게서 시선을 돌렸다. 정신 줄을 놓고 저도 모르게 시호의 품으로 뛰어들 것만 같았다. 보내 주기 싫다는 시호의 한마디에 이렇듯 감정이 파도를 탈 줄은 미처 몰랐다.

"왜 말을 하다 말아."

머리를 털던 시호가 하율의 뒤로 다가와 살포시 안으며 속삭였다. 시호의 턱이 하율의 머리 위로 내려앉았다.

시호의 품에 쏙 들어간 하율은 무슨 말을 어떻게 해야 할지 몰랐다. 다만 시호가 자신의 터질 것 같은 심장 소리를 듣지 않았으면 했다.

"누가 보면 어쩌려고 그래요."

"이 밤에 누가 본다고."

"치, 술 취한 당신 손에 끌려가던 그때는 사진까지 찍혔잖아요. 모르는 소리 말아요. 누군가 우리를 지켜보고 있을지도 몰라요."

"찍으라고 해. 겁날 거 하나 없으니까."

이제 시호의 턱이 하율의 오른쪽 어깨로 내려왔다. 맞닿은 시호의 볼이 따듯했다.

"내 여자 내가 안고 있는데 뭐가 문제야."

내 여자라는 말이 어찌나 듣기 좋던지 하율의 입꼬리가 절로 올라갔다. 시호가 말을 할 때마다 나오는 입김이 하율의 귀를 간질였다. 싫지…… 않았다.

"아까부터 떨더니 몸이 차. 난 젖은 널 보니까 몸에 열이 나 죽겠는데. 내 열 좀 가져가라."

젖은 하율의 몸은 시호의 자제력을 나약하게 만들었다. 하율의 얇은 옷이 젖어 그대로 드러나는 가슴선과 잘록한 허리가 머릿속에서 떠나질 않았다. 떨고 있는 하율을 위해 안기는 했지만 점점 올라오는 욕정을 참기 힘들었다.

"이제 그만 돌아가요. 벌써 12시가 넘었어요."

"조금만 더 이러고 있자."

시호의 머릿속에서 욕정과 이성이 한 치의 양보도 없이 팽팽한 줄다리기를 하고 있었다. 승자와 패자가 갈리기 전까지는 하율을 놓아줄 마음이 전혀 없었다. 시호는 품에서 벗어나려는 하율을 꼼짝 못 하게 만들었다.

"집에 꼭 가야 하나?"

"이 밤에 그럼 뭐해요. 갈 때도 없는데……."

"양평."

양평? 양평에 뭐가 있지? 하율은 눈동자를 요리조리 굴리며 생각에 잠겼다.

"오토바이를 타고 양평까지 가자고요?"

"어."

"미쳤어요?"

시호의 품에서 빠져나온 하율은 몸을 획 돌렸다. 어려울 것 없다는 시호의 표정이 한눈에 들어왔다. 하지만 하율은 도착하기 전에 실신할지도 모른다는 생각이 들었다.

엄마 집까지 오는 길도 험난한 여정이었는데 양평이라니. 더구나 늦은 밤에 가기에는 너무 위험했다.

"양평 별장 가자고."

"그러니까 가까운 집을 놔두고 왜 양평을 가냐고요! 이 생쥐 꼴을 해서."

"너와 같이 있고 싶으니까."

하율의 입과 몸이 순간 얼어 버렸다. 뭐라 대답을 해야 할지 몰라 갈팡질팡하는 사이 시호의 얼굴이 다가왔다. 이제 숨 쉬는 것조차 편하게 할 수 없었다.

"자고 내일 오자."

하룻밤을 같이 지내자고! 하율의 머릿속에 징소리가 울려 퍼졌다. 같이 있고 싶다는 악마의 속삭임과 준비가 필요하다는 천사의 목소리가 하율의 양쪽 귀에서 열띤 논쟁을 펼치고 있었다. 선택은 쉽지 않았다.

"아니…… 저기…… 내일 학교도 가야 하고 당신도 출근해야 하니까…… 좀 곤란할 것 같기도 하고……. 다음에 가요."

허접스러운 변명을 늘어놓은 하율은 쥐구멍에라도 들어가고 싶은 심정이었다.

"나한테 다음은 없는데 어쩌지? 오늘이 아니면 영원히 못 갈지도 몰라. 나와 하룻밤 보내는 것이 그렇게 싫어?"

그 어떤 선택보다 혼란스러웠다. 사랑하는 사람과 같이 있고 싶은 마음은 누구나 똑같을 테지만 아무것도 준비되어 있지 않은 지금, 선뜻 가겠다는 대답이 나오지 않았다.

준비되지 않은 자신을 모두 보여 준다는 것이 하율에게는 가장 큰 걸림돌이었다.

"풋. 알았어. 다음에 가."

"네? 다음……에요?"

갑자기 자신을 보고 웃는 시호의 표정에 하율은 어리둥절했다. 도대체 시호가 무엇을 원하는지 알 수 없었다.

"너와 같이 있고 싶은 마음은 간절하지만 안 가는 것이 좋겠다."

"아니, 왜요?"

먼저 가지 말자는 말이 나오자 하율은 저도 모르게 허탈함을 느꼈다. 좀 전과 반대로 오히려 하율이 아쉬워하는 표정이었다. 이러다 본인이 가자고 떼를 쓸 것 같았다.

"고민하는 네 표정을 보니까 안 되겠어. 네 마음이 준비되면 그때 가자. 기다릴게."

고민을 숨기지 못하고 얼굴에 그대로 드러내는 하율을 보며 시호는 잠깐 반성했다. 자신과 달리 아직은 하율에게 시간이 필요한 것 같았다. 하율을 위해 해 주는 첫 번째 배려였다.

"하지만 너무 오래 기다리게 하지는 마. 기다림에는 자신 없으니까. 내가 얼마나 널 보고만 있을지 나도 모르겠다."

시호의 따뜻한 입술이 하율의 이마에 내려앉았다. 눈앞에 보이는 시호의 목젖에 하율은 두 눈을 살짝 감았다. 키스보다 더 강렬한 떨림이 하율의 온몸을 감쌌다.

쏟아지는 소나기를 맞은 사람은 또 있었다. 공원에 앉아 자신의 죄를 씻듯 빗줄기를 맞은 지호는 내리는 빗물을 핑계 삼아 소리 없이 눈물을 흘렸다. 그러자 답답했던 속이 조금은 풀리는 것 같았다.

그렇게 한참을 앉아 있던 지호는 벤치에서 일어나 공원 아래쪽을 내려다보았다. 캄캄한 어둠 속에서 들리는 사내들의 거친 숨소리와 신음이 그의 마음을 불안하게 만들었다.

지호는 공원으로 나오기 전 주차장을 빠져나가는 오토바이 소리를 들었다. 그 오토바이가 누구의 것이고 누가 탔는지 직접 보지 않아도 알 수 있었다.

고등학교를 졸업하자마자 오토바이를 즐겨 타던 시호. 그때부터 아버지에 대한 시호의 반항은 시작되었다. 어쩌면 반항을 하기 위해 오토바이를 선택했는지도 모르는 일이었다.

한참을 고민하다 지호는 공원 아래쪽으로 발걸음을 옮겼다. 얼마 뒤, 현장에 도착한 지호는 눈앞에 펼쳐진 상황을 믿고 싶지 않았다.

건장한 남자들에게 둘러싸여 있는 시호의 표정은 긴장한 기색이 역력했다. 그런 시호 뒤로 겁에 잔뜩 질린 하율도 보였다.

이미 한두 차례 주먹이 오갔는지 시호의 입술은 터져 있었다. 자신이 서 있는 곳까지 시호의 거친 숨소리가 들렸다. 대여섯 명의 남자들은 한눈에 보아도 딱 조직이었다.

"이런 식으로 버티면 재미없어."

뒤로 한 발 물러서서 담배를 피우던 남자가 시호를 향해 말을 던졌다. 이 시간이 지루한 듯 하품까지 하고 있었다. 조직의 보스 같아 보였다.

"내 말 잘 들어."

시호는 자신의 뒤에 서 있는 하율에게만 들릴 정도로 낮게 중얼거렸다.

"내가 시간을 끌 테니까 넌 무조건 뛰어. 절대 뒤돌아보지 말고 앞만 보고 뛰라고. 알았어?"

"당신을 두고 나 혼자 어떻게 가요."

답하는 하율의 목소리는 겁에 질려 떨렸다. 하율은 시호의 옷 깃을 놓지 않았다.

"여기 있어 봤자 도움 안 되니까 가서 사람 불러와. 경찰 말고 집에 경호원 있으니까 부모님 모르게 조용히. 알겠지?"

하율은 대답할 수 없었다. 너무 무섭고 떨려서 한 발자국도 떨어지지 않을 것 같았다. 하율이 미처 어떤 결정을 내리기도 전에 남자의 목소리가 낮게 깔렸다.

"빨리 끝내."

남자의 지시가 떨어지자 다섯 명의 남자들이 시호에게 다가 갔다. 시호는 자연적으로 뒷걸음질을 쳤다. 시호를 따라 하율의 걸음도 뒤로 밀려났다.

한 남자가 시호의 얼굴을 향해 주먹을 날렸다. 날아오는 주 먹을 아슬아슬하게 피한 시호는 남자의 팔을 꺾어 벽으로 밀쳤 다.

"조심해요!"

시호의 등을 향해 날아드는 각목을 보고 하율의 목소리가 갈 라졌다. 곧이어 신음이 들렸고 남자의 몸이 바닥으로 쓰러졌 다.

다행히 쓰러진 사람은 시호가 아니었다. 하율은 안도의 한숨을 내쉬었다.

"권지호! 네가 어떻게……."

구세주처럼 나타난 지호를 보고 시호는 놀란 표정이었다.

"그건 나중에. 여기부터 정리하고 나서."

두 사람은 자연스럽게 등을 맞대고 조직원들과 마주 섰다. 시호는 학창 시절 서로의 등을 지켜 주던 그때로 다시 돌아간 것 같은 기분이 들었다. 지호의 등장으로 무서울 것이 없어진 시호의 얼굴에는 얇은 미소까지 번졌다.

좀 전과 달리 싸움은 대등해졌다. 비록 방어를 하는 수준이었지만 적어도 밀리지는 않았다.

'좀 놀아 주려고 했는데 일이 꼬여 버렸군. 빨리 끝내고 떠야겠다.'

물러나서 상황을 보고 있던 사내가 카메라를 꺼냈다. 처음부터 목적은 이것이었으니 더 이상 망설일 이유가 없었다. 싸움에 정신이 없는 시호를 중심으로 사진을 찍은 사내는 흡족한 듯 찍은 사진을 확인했다. 그때…….

짧은 외마디 비명과 함께 사내의 손에 있던 카메라가 바닥으로 떨어져 요란한 소리를 내며 깨졌다.

지호의 발에 맞은 손목이 저린지 잔뜩 인상을 구긴 사내는 카메라 쪽으로 급히 몸을 돌렸다. 하지만 카메라는 이미 지호의 손에 있었고 SD 카드는 그의 발아래 산산이 부서져 갔다.

"이 새끼가!"

"지호야!"

순간이었다. 사내가 칼을 들고 지호에게 달려드는 것을 본 시호의 몸이 빠르게 움직였다.

"으윽."

지호의 앞을 가로막은 시호는 피가 흐르는 복부를 한 손으로 움켜쥐며 그 자리에 쓰러졌다.

"재수 없게. 야! 튀어!"

뜻하지 않은 일이 벌어져서인지, 아니면 이쪽으로 달려오는 경호원들을 봐서인지 조직원들은 바람처럼 사라졌다. 그리고 쓰러진 이를 부르는 소리가 들려오기 시작했다.

"권시호!"

"본부장님!"

쓰러진 시호를 부르는 지호와 허겁지겁 달려온 경호원들. 그리고 많은 사람들 속에서 멍하니 서 있는 하율……. 피를 흘리며 쓰러진 시호를 차마 부르지도 못하고 바라만 보던 하율은 지금 이 상황을 믿지 않았다.

아니라고, 쓰러진 사람은 시호가 아니라고 애써 외면했지만 자신을 바라보는 시호의 눈빛에 하율은 그만 주저앉았다. 말하지 않아도 읽을 수 있는 시호의 마음.

'널 지킬 수 있어서 다행이야.'

놀란 하율의 눈에서는 눈물조차 흐르지 않았다.

"왜! 왜! 왜 나 대신……."

의식이 가물가물한 시호의 귀에 절규하는 지호의 목소리가 들렸다. 시호는 입가에 쓴 미소를 지으며 마지막 힘을 다해 말을 뱉었다.

"너한테 주는 내 선물이야."

형제의 선물. 시호는 이 한마디를 남기고 의식을 잃었다.

긴박하게 개인병원에서 응급수술을 한 시호는 병실로 옮겨졌다. 다행히 상처가 깊지 않아 수술이 잘 끝났다는 의사의 말에 숨죽이며 기다리던 이들은 안도의 한숨을 내쉬었다.

"조금만 깊게 찔렸어도 여기서 할 수 있는 수술이 아니었어. 어쩌자고 내 병원으로 온 거야?"

"아시잖아요. 믿을 사람이 선생님밖에 없었어요."

"시호 집에서는?"

"아직 모르세요."

"미치겠군. 적어도 일주일 이상 안정을 취하면서 상처를 치료해야 하는데. 일이 있어서 휴진이라 이틀 정도는 이곳에 있을 수 있지만 그 뒤에는 어쩌려고 그래?"

수술복 차림의 의사와 은밀히 이야기를 주고받는 사람은 수연이었다. 불과 몇 시간 전 예린과 같이 있었던 수연은 경호원에게 사고 소식을 듣고 소스라치게 놀랐다. 우왕좌왕하는 예린과 달리 수연은 우선 이 선생에게 전화를 걸어 응급수술을 부탁했다.

이곳으로 오는 내내 예린의 반대가 심했지만 수연은 고집을 꺾지 않았다. 오늘 밤 일어난 일은 아무도 몰라야 했기에 비밀을 지켜 줄 사람이 필요했다.

"그렇다고 병원 문을 마냥 닫을 수도 없고……."

"우선 양평 별장으로 가려고요."

"양평?"

"수고스러우시겠지만 상주할 간호사 한 명도 부탁드릴게요."

"저녁마다 양평까지 왕진 가게 생겼군."

"죄송해요."

"내가 시호 때문에 이 짓을 언제까지 해야 하는지."

대학 선후배인 두 사람은 각별한 사이였다.

방탕한 생활을 즐기며 방황했던 시절, 시호는 하루라도 몸이 성한 날이 없었다. 그때마다 급한 대로 치료를 해 줬던 사람이 이 선생이었다.

마음잡고 열심히 노력해서 본부장 자리까지 올라가는 것을 보고 한시름 놓았는데 오늘 밤 같은 일이 벌어지자 씁쓸한 마음이 절로 들었다.

"아버지에 대한 반항은 6년 전에 끝나지 않았나? 아직도 진행형이야?"

"반항은 끝났는데 사랑은 시작인가 봐요."

병실 문틈 사이로 시호의 손을 꼭 잡고 있는 하율을 바라보며 수연은 분노를 참아야 했다. 묻고 싶은 말도, 따지고 싶은 말도 많았지만 지금은 참기로 했다.

시호의 수술이 끝났으니 이제 사태 수습을 해야 했다. 수연은 경호원들에게로 발길을 돌렸다.

'갈걸. 미친 척하고 당신 따라서 양평 갈걸. 갔으면 이런 일은 없었을 텐데. 나 때문에…… 다 나 때문에…….'

시호의 손을 잡은 하율의 자책이 길어졌다. 생각하면 할수록 미안하고 가슴이 아파 한없이 눈물만 흘렸다. 양평만 따라갔더라면, 아니, 처음부터 오토바이를 타고 집에 가지만 않았더라도 이런 불상사는 일어나지 않았을 텐데.

모든 일이 자신의 탓 같아 하율은 시호에게서 눈을 뗄 수 없었다. 영원히 깨지 않을 사람처럼 누워 있는 시호의 모습이 불안하고 두려웠다.

"하율 씨, 그만 집으로 돌아가요."

"이 사람을 두고 내가 어떻게 가요. 못 가요. 안 갈래요."

뒤에서 하율을 지켜보던 예린이 돌아가자 청했다.

예린은 하율이 쉽게 응할 거라고 생각하지 않았지만 그렇다고 이대로 이곳에서 떠오르는 아침 해를 볼 수는 없는 노릇이었다.

수연과 이미 얘기가 끝난 상태라 더는 지체할 수 없었다.

"하율 씨가 돌아가서 해 줄 일이 있어요."

하율은 그제야 고개를 돌려 예린을 바라보았다. 시호를 위한 일이라면 무엇이든 하겠다는 다짐이 얼굴에 가득했다.

"그 자리에 있었던 사람들 외에 시호 오빠가 다쳤다는 사실을 아는 사람은 아직 아무도 없어요. 물론, 앞으로도 이 사실은 외부에 알려져서는 안 돼요."

"네? 하지만 수술까지 했는데 부모님은 아셔야 하지 않을까요?"

"언제까지 비밀로 할 수는 없겠지만 당장 사실을 말씀드릴 수는 없어요. 우선 어떻게 된 일인지 알아보고 사후 대책을 마련한 뒤에 말씀드리는 편이 좋을 것 같아요."

"그래도⋯⋯."

예린이 당분간이라 말을 했지만 하율은 내심 걱정이었다.

"그럼⋯⋯ 제가 돌아가서 뭘 해야 하는데요?"

"아무 일 없다는 듯 평상시처럼 아침 식사를 하면 돼요."

"저보고 연기를 하라고요?"

"네."

"자신 없어요. 이렇게 다친 사람을 두고 어떻게 아무렇지도 않게 밥을 먹고 부모님 얼굴을 마주하고⋯⋯ 난 정말 못 하겠어요."

하율이 고개까지 저으며 두 눈을 감았다. 차마 그런 거짓말은 할 수 없었다.

"내 말 잘 들어요. 모두 시호 오빠를 위한 일이에요. 알았죠?"

도대체 이 집 식구들은 왜 이렇게 감춰야 할 것들이 많은 걸까.

그동안 자신의 마음은 내보이지 않으면서 상대의 마음만 읽어 내려는 것 같아 불편했는데 이제 시호를 위해, 사랑하는 사람을 위해 거짓말도 해야 했다.

하율은 무엇이 옳은 일인지 판단할 수 없었다.

❊   ❊   ❊

"일이 잘못되었다고요?"

최 의원에게 전화를 받은 혜선은 바들바들 떨었다. 시호가 다쳤단다. 아니, 칼에 찔렸단다. 일이 완전히 꼬여 버렸다. 단순히 사진 한 장 찍으려 했던 계획이 너무 큰 사건을 만들고 말았다.

—권 회장이 알면 배후를 찾으려고 할 겁니다.

"당연하지요. 아들이 다쳤는데 가만히 있을 아버지가 어디 있습니까. 무슨 일이 있어도 권 회장은 이 일을 몰라야 합니다."

—당분간 연락하지 않는 것이 좋겠군요.

"자, 잠깐만요! 아직 해 주셔야 할 일이……."

혜선의 말이 끝나기도 전에 전화는 끊어졌다. 혜선은 전화기를 내려놓고 벌벌 떨었다.

아무리 자식에게 인색한 권 회장이라 하더라도 이번 일은 그냥 넘어가지 않을 것이다. 만약 대외적으로 알려지기라도 한다면 지금까지 쌓아 온 공든 탑이 무너지는 꼴이었다. 이대로, 이렇게 주저앉을 수는 없었다.

'빠져나갈 방법을 찾아야 해. 방법을……'

그때 노크도 없이 방문이 활짝 열렸다. 방 안을 서성이며 불안에 떨던 혜선은 소스라치게 놀랐다.

"깜짝이야! 이, 이 밤에 네가 잠은 안 자고 무슨 일이니?"

"그러는 어머니께서는 왜 여태 주무시지 않고 방을 서성이세요."

"그, 그거야 그냥……. 어미도 나이가 들었나 보다. 잠이 없어지는 걸 보면……."

갑작스런 지호의 등장에 혜선은 말까지 더듬으며 소파에 앉았다. 다리가 떨려 도저히 서 있을 수가 없었다. 그사이 지호도 문을 닫고 맞은편에 앉았다.

"무슨 일인지는 모르겠지만 큰일이 아니면 날 밝고 얘기하자. 지금은 엄마가 네 말에 귀 기울여 줄 정신이 없구나."

"제가 가져온 소식보다 더 큰일은 없을 것 같은데요."

"뭐?"

"시호가 다쳤어요."

지호의 말에 혜선은 아무런 소리도 낼 수 없었다. 조금 전 최 의원에게 전해 들은 소식을 어떻게 지호가 알고 있는지 놀라울 따름이었다. 혜선의 표정에는 당황스러움이 가득했다.

"시호가 다치다니, 이 밤에 무슨……."

모른 척 지호의 눈빛을 피했지만 떨리는 심장까지 진정시킬 수는 없었다. 이런 혜선을 바라보는 지호의 눈매가 가늘어졌다.

"그러게요. 누가 그랬을까요. 시호가 나간 걸 알고 기다렸다는 듯 나타난 남자들도 이상하고, 그들이 시비를 건 목적이 주먹질을 하는 시호를 찍기 위해서였다는 것도 납득이 되질 않아요."

"자세히도 알고 있구나. 마치 본 사람처럼."

"저도 그 자리에 있었으니까요."

"뭐! 너도 다친 거야?"

자신도 모르게 불쑥 튀어 나간 말이었다. 아들의 몸을 살피던 혜선은 지호의 두 손에 묻은 피를 보고 기겁을 했다. 혜선은 소파에서 벌떡 일어나 지호의 옆으로 다가가 앉았다.

"어디니? 어디를 다친 거야?"

"차라리 이 피가 제 피였으면 좋겠어요."

"하……."

안도의 한숨을 내쉰 혜선은 한 손으로 가슴을 쓸어내렸다. 적을 향해 쏜 화살이 되돌아와 자신의 심장에 꽂힌 기분이었다.

"어머니는 이 일과 관계없겠죠?"

"지금 무슨 소리를 하는 거야!"

"프로젝트가 무산된 시호가 자포자기한 심정으로 싸움까지 했다는 기사가 퍼지면 회사 임원들이 반기를 들겠죠. 후계자 자격을 들먹이며 무능하다고 회장님을 압박할 테고. 누군가는 가만히 앉아 구경만 하면 될 일이었어요."

"그래서 엄마를 의심하는 거니? 그런 거야?"

"네! 제가 멍청해서 이런 시나리오가 제 머릿속에 그려지지 않았으면 좋겠어요!"

자리를 박차고 일어나 버럭 소리를 지르는 지호의 모습에 혜선은 어쩔 줄을 몰랐다. 한 번도 자신에게 화를 내거나 큰 소리를 낸 적 없는 착한 아들이었는데, 지금은 마치 다른 사람이 서 있는 것 같았다.

"너 지금 엄마에게 무슨 짓이니?"

"어머니가 주신 선물과 시호가 준 선물의 차이가 어쩜 이렇게 극과 극인지 모르겠어요. 더 이상 일 크게 만들지 마세요."

지호는 그 한마디를 남기고 혜선의 방을 나왔다.

하고 싶은 말을 다 하지 못한 가슴은 터질 것 같았다. 수술을 끝내고 나온 시호의 얼굴을 차마 볼 수 없어 돌아선 발걸음이 미안하고 한심해 바보 같았다.

선물이라 말하는 시호의 목소리가 아직도 귓가에 들리는 듯했다.

❀   ❀   ❀

무슨 생각으로, 아니, 무슨 정신으로 아침 식사 시간을 보냈는지 기억나질 않았다. 웃을 수도 없었고 먹을 수도 없었다.

입맛이 없다며 과일 주스만 들이켜는 하율에게는 그 자리가 가시방석이었다. 그동안 무심히 넘겼던 시호의 자리가 이토록 허전하게 다가올 줄 몰랐다.

시호가 바쁜 일이 있어 먼저 출근했다는 예린의 말에 누구한 사람 의구심을 갖는 이는 없었다. 이런 일이 종종 있었던 건지 아니면 관심이 없는 건지 알 수 없었지만 아침 식사 시간은 다른 날과 크게 다르지 않았다.

다만 하율은 어젯밤 같은 장소에 있었던 지호와 눈을 맞추지 않으려고 노력했다.

아침 식사가 끝나고 하율의 발걸음은 자신의 방이 아닌 주차장으로 향했다. 주차장 입구를 서성이던 하율은 먼발치에서 발걸음 소리가 들리자 자신의 손을 만지작거리며 마른침을 삼켰다. 잔뜩 긴장한 모습이었다.

"아……버님, 시간 좀 내주세요."

하율은 출근하는 권 회장의 앞을 막았다.

"급한 일인가 보구나. 여기서 날 기다린 걸 보니."

"네."

식사 때와 달리 밝게 웃어 주는 권 회장의 표정에 하율의 긴장감이 조금 풀렸다.

"그럼 조용하게 차 안에서 얘기할까?"

"감사합니다."

권 회장을 따라 뒷좌석에 나란히 앉게 된 하율은 먼저 말문을 열지 못했다. 어디서부터 어떻게 말을 꺼내야 할지 몰라 망설이고 있자 권 회장이 먼저 입을 열었다.

"시호가 많이 힘들게 하지?"

"네에? 아니에요. 얼마나 잘해 주는데요."

하율은 손사래까지 치며 권 회장의 말을 강하게 부인했다.

하지만 권 회장은 믿지 못하겠다는 표정이었다.

"내가 어떻게 해 줄까? 당장 그놈을 불러서 다리라도 부러뜨려 줄까?"

권 회장의 엄포에 하율은 화들짝 놀랐다. 칼에 찔려 누워 있는 사람을 다리까지 부러뜨린다니! 결코 일어나서는 안 되는 일이었다.

"그러지 마세요. 안 그래도 힘든 사람한테 그러시면……."

"그래, 요즘 그놈이 힘들기는 할 거야. 하는 일마다 엎어졌으니까."

권 회장의 얼굴을 바라보며 하율은 어젯밤 일을 입 밖으로 꺼낼 수 없었다. 권 회장의 표정에는 시호를 걱정하는 마음도 보였지만 시호에 대한 실망감도 없지 않아 있는 것 같았다.

예린의 말처럼 당분간은 비밀로 하는 것이 시호를 위해 좋겠다는 생각이 들었다. 하율의 양심이 가슴 밑바닥으로 가라앉았다.

"시호 옆에 네가 있어 다행이라는 생각이 드는구나."

흐뭇한 미소를 짓고 있는 권 회장을 바라보며 하율은 문득 생각했다.

왜 나였을까? 무슨 이유로 이 결혼을 혼자 밀어붙이신 걸까?

자신을 믿고 있는 권 회장의 심중이 궁금해 하율은 참을 수 없었다. 지금이 아니면 영원히 물어볼 수 없을 것 같기도 했다.

"저기…… 한 가지만 여쭤 봐도 돼요?"

"뭐든지."

"왜 절 선택하셨어요? 그러니까, 그 사람 옆에는 유능한 비서도 있고 찾아보면 저보다 좋은 조건의 며느릿감이 많았을 텐데. 왜 하필 저였는지……."

"지금 유능한 비서라고 했니? 네 눈에는 윤 비서가 유능해 보여?"

생각 밖의 질문에 하율은 뭐라고 답해야 할지 몰랐다.

"윤 비서의 능력은 인정하지만 한편으로는 그 능력이 시호를 망치고 있기도 하단다."

수연이 좀 차갑고 상대를 무시하기는 하지만 그렇다고 시호를 망치는 일은 하지 않았다.

어젯밤만 해도 그랬다. 무엇이 우선인지, 어떻게 처리해야 하는지 파악하고 신속하게 움직인 사람은 수연 한 사람뿐이었다.

예린과 자신은 다친 시호를 보고 넋을 놓았으나 수연은 달랐다. 수연을 감싸고 돌 마음은 전혀 없지만 이성적이고 냉철한 사고력은 인정할 수밖에 없었다.

"윤 비서가 방황하는 시호를 잡아 준 것은 고마운 일이지. 예린이와 친구인 윤 비서가 대학 졸업을 앞두고 회사에 입사 원서를 냈더구나. 혼자 힘으로 공부해서 당당히 회사에 합격한 걸 대견하게 생각했지. 그래서 고아였고 갈 곳 없던 윤 비서를 집에 들어와 살게 했단다. 그 일이 벌써 6년 전이구나."

오래된 기억을 끄집어내듯 중간중간 권 회장의 말이 끊겼다.

하율은 가만히 앉아 권 회장이 이야기를 이어 가도록 기다렸다.

"하지만 어느 날부터인가 시호는 일하는 기계가 되었어. 윤 비서의 욕심에 원하지도 않았던 후계자 준비까지 하고 있더구나. 나는 그런 아들의 모습을 바란 것은 아니었단다."

촉촉해지는 권 회장의 눈가를 바라보며 하율은 부정을 느낄 수 있었다.

표현에 서툰 사람은 시호뿐이 아니었다. 그의 아버지 권 회장 역시 마찬가지였다.

아무리 가족이라 할지라도 말하지 않으면, 표현하지 않으면 알 수 없는 속정. 그저 막연히 알아주길 바라는 마음만 가득한 이 집 사람들을 보며 하율은 마음이 짠했다.

사회적 지위와 재력을 가졌다 해도 결코 행복하지 못한 모습에 하율은 그동안 살아온 자신의 삶이 불행하지만은 않았다는 걸 알 수 있었다.

"시호가 재력가 집안의 딸과 결혼을 한다면 그놈 인생에 행복은 영원히 없을지도 모른다는 생각이었단다. 그래서 내 선택은 너였지."

"만약…… 만약에 제가 이 결혼을 끝까지 하지 않겠다고 했다면 어쩌시려고 했어요? 아니, 결혼을 해도 사실 어떻게 될지 모르는 일이잖아요."

"불안은 했지. 말은 안 했어도 어떻게든 너와 결혼하길 원했으니까. 그러나 결혼을 한다면 그 이후의 일은 걱정하지 않았단다."

"네? 왜요? 이혼도…… 있잖아요."

하율은 최대한 조심스레 물었다.

"널 밀어낼 남자는 없을 거야. 특히 시호라면 더욱. 그 바보 같은 놈이 날 똑 닮았거든."

명확한 답변은 아니었지만 결혼 전부터 권 회장이 유독 하율을 아껴 주었던 것은 사실이었다. 재잘재잘 잘 떠들고 어려운 환경에서도 웃는다며 칭찬을 아끼지 않았다.

어디서나 볼 수 있는 평범한 성격이 왜 이 집 사람들에게 칭찬받을 만한 것인지 하율은 이제야 조금 알 것 같았다.

"이렇게 말을 하고 나니 속이 시원하구나. 안 그래도 너에게 항상 미안한 마음이었지. 내 자식만을 생각하는 못난 아비가 착한 아이를 힘든 곳으로 데려온 것 같아서 말이다. 하지만 네가 이곳에서 버틸 수 없다면 더는 욕심 부리지 않으마."

권 회장의 말에 하율은 미소 지으며 고개를 저었다.

"절대 그럴 일 없어요. 저 그 사람 많이 사랑하거든요. 그 사람이 제 손을 먼저 놓지 않는 한, 제가 그 사람 곁을 떠나는 바보 같은 짓은 하지 않을 거예요. 다른 여자에게 주기 너무 아까운 남자거든요."

이제야 사랑을 찾았는데 방해물이 있다고 포기하고 돌아설 수 없는 일이었다. 세상에서 가장 막강한 무기인 사랑을 등에 업은 하율에게는 무서울 것이 없었다.

"선택권은 항상 너에게 있다는 것을 잊지 마라."

권 회장이 마지막으로 해 준 말이었다. 하율은 고개를 끄덕이고 차에서 내렸다. 주차장을 빠져나가는 차를 바라보며 허리를 굽혀 인사했다. 자신을 선택해 준 권 회장의 마음에 절로 고개가 숙여졌다.

　회사 집무실에서 김 실장에게 일정을 보고 받은 권 회장은 급한 결재 서류를 미뤄 두고 시호부터 찾았다.

　"시호는?"

　"아직 출근 전이십니다. 좀 전에 윤 비서가 본부장님께서 며칠 쉬고 싶다 하셨다고 연락을 해 왔습니다."

　"회사에 나올 마음이 아니겠지. 어디 있겠다고 하던가?"

　"윤 비서 말로는 양평이라고 했습니다."

　"그놈 성격에 비행기는 타지 않았으니 다행이야. 하긴 하율이가 있는데 그런 무책임한 짓은 할 수 없겠지. 하지만 윤 비서가 시호 곁에서 떨어지질 않는군."

　"윤 비서를 언제까지 본부장님 곁에 두실 겁니까?"

　김 실장은 이미 권 회장의 속내를 짐작하고 있었다. 하율의 결혼을 밀어붙인 장본인 중 한 사람으로서 권 회장이 윤 비서를 어떻게 생각하고 있는지 정도는 알고 있었다.

　다만 시기가 빠를수록 모든 이들에게 좋을 것 같아 넌지시 묻는 말이었다.

　"시호를 남자로 받아들인 윤 비서를 내치는 것은 나에게 달린 문제가 아니야. 내가 내친다 해서 쉽게 떠날 아이도 아니고."

처음에는 단순하게 생각했었다. 회사 전면에 나서는 시호를 도와 자신의 능력을 인정받고 싶어 하는 줄 알았다. 하지만 어느 순간부터 시호를 바라보는 눈빛이 달라졌다.

같이 있는 시간이 길어질수록, 많은 것들을 공유할수록 시호가 자신의 남자라고 생각하는, 아니, 그런 행동을 보이는 수연의 태도는 비서 이상이었다.

시호를 통해 사회적 지위와 자존심, 우월감까지 모두 충족하려는 수연을 지켜보며 권 회장은 혜선을 보는 것 같아 두려웠다.

죽을 때까지 혜선의 손에서 벗어날 수 없었던 형을 떠올리며 권 회장은 제 아들을 윤 비서 손에서 지키겠다고 생각했다.

"본부장님의 마음이 작은 사모님에게로 향했다는 것을 인지하고도 윤 비서가 조용히 물러나겠습니까? 분한 마음에 큰일이라도 벌인다면……."

"윤 비서가 그래 준다면 나야 더 좋은 일이지."

"네? 그게 무슨 말씀이십니까?"

"윤 비서를 내칠 명분이 생기는 거니까."

그제야 권 회장의 마음을 읽은 김 실장은 고개를 끄덕였다.

"이 문제는 하율이에게 달렸어. 이참에 하율이를 양평에 같이 머물게 하는 것도 좋겠군. 같이 지내야 정도 들고 추억도 만들겠지. 그리고…… 윤 비서는 자네가 좀 지켜보도록 해. 이상한 움직임이 있으면 바로 보고하고."

"알겠습니다, 회장님."

두 사람의 대화는 그 뒤로도 한동안 이어졌다. 시호가 다쳤다는 사실은 까맣게 모른 채…….

※   ※   ※

집에서 나온 하율은 학교도 가지 않고 병원부터 들렀다. 출발하기 전 예린에게서 시호가 깨어났다는 소식을 전해 듣고 한걸음에 병실로 달려왔다.

하지만 여전히 두 눈을 감고 잠든 시호의 얼굴을 마주하자 근심이 한가득 몰려왔다. 전처럼 잔소리해도 좋으니 제발 눈을 뜨고 단 한마디만 해 줬으면 하는 바람이 간절했다. 괜찮다고…….

'나 왔어요. 눈 좀 떠 봐요.'

자는 사람을 차마 깨울 수 없어 바라만 보려니 마음이 더 아려 왔다. 애타는 마음에 하율은 시호의 손을 꼭 잡았다. 자신의 따뜻한 체온이라도 나눠 주고 싶은 마음이었다.

'도와주지 못해서 미안하고 수술 잘 이겨 내 줘서 고마워요. 그리고…… 사랑해요.'

깨어나면 해 주고 싶은 말들이 하율의 입안에서 삼켜졌다.

드르륵.

병실 문을 열고 들어오던 수연은 앉아 있는 하율의 뒷모습에 미간을 찌푸렸다. 시호를 위험하게 만들어 놓고 이제 와 아내 행세를 하며 곁을 지키는 모습이 같잖아 보였다.

수연은 병실 문을 닫고 들고 있던 물병을 탁자 위에 내려놓았다. 그 소리에 하율의 시선이 수연에게로 향했다. 하율은 수연을 보자마자 질문을 쏟아 냈다.

"의사 선생님께서는 뭐라고 하세요? 언제쯤 퇴원할 수 있대요? 깨어났다고 들었는데 왜 계속 잠만 자요?"

"오셔도 도움될 일은 아무것도 없어요. 그러니까 그만 돌아가세요."

듣고 싶은 말이 많았지만 상대를 잘못 골랐다. 하율의 질문에 수연은 돌아가라는 말만 뱉어 냈다.

"이 사람을 두고 내가 어떻게 돌아가요. 옆에 있을 거예요."

"무슨 낯으로 여기 있겠다는 건가요? 본부장님을 이렇게 만든 사람은 하율 씨잖아요. 억지로 집에 가고 싶다고 우기지만 않으셨어도 이런 일은 없었을 거예요."

"그, 그건……."

"이렇게 될 줄 몰랐으니까 책임은 없다고, 그런 변명을 하려는 건 아니겠죠?"

차마 수연의 앞에서 입이 떨어지지 않았다. 상황 설명을 하고 싶었지만 왠지 다 변명 같았다. 그러나 지금은 누구의 잘잘못을 따지기보다 시호의 완치가 먼저라는 생각이 들었다.

"아픈 사람 앞에 두고 나눌 말은 아닌 것 같네요. 나가서 얘기해요."

하율이 먼저 병실을 나가자 수연도 뒤를 따랐다. 나눌 말이 많은 사람들처럼 두 사람은 조용한 곳을 찾아 병원 옥상으로 올라갔다. 오전부터 내리쬐는 햇볕을 피해 두 사람은 옥상 정원의 나무 그늘로 향했다. 작은 벤치와 함께 한쪽에는 담배꽁초를 버리는 통이 놓여 있었다.

"책임 회피는 하지 않을게요. 하지만 윤 비서님이 절 질책하실 이유는 없어요."

"이유가 없다? 이 일이 알려지면 본부장님의 자리가 위태로울지도 모르는데 그런 말이 나와요? 그 자리에 올려놓은 사람이 바로 나예요. 회장님을 향한 반항을 끝내고 신화그룹 본부장을 만든 사람이 바로 나! 윤수연이라고요. 이래도 내게 하율 씨를 질책할 이유가 없다고 봐요?"

"이건 사고였어요."

"사고? 이 일이 네 눈에는 사고로 보여? 두 눈 뜨고 똑바로 세상을 봐! 그 오토바이를 타고 집을 나가지만 않았어도 이런 일은 없었어!"

대화가 이어질수록 수연은 이성을 잃어 가고 있었다. 참고 참았던 악을 뿜어내며 하율을 궁지로 몰아붙였다.

"윤 비서님, 말이 좀 지나치시네요. 진정하세요."

"어떻게 진정을 해? 그동안 내가 쌓아 온 모든 것들을 네가 한순간에 무너뜨리고 있는데 어떻게 가만히 있어! 그 오토바이 뒷좌석은 항상! 내 자리였다고. 네가 뭔데 감히 내 자리를 넘봐!"

오토바이는 수연에게도 소중한 추억이었다. 극단적이었던 시호를 말리기 위해 막무가내로 오토바이 뒷자리에 올라탄 적도 있었다. 더는 이상한 생각을 하지 못하도록, 더는 다치게 하고 싶지 않아 오토바이 뒷자리를 고집했다.

그렇게 시호를 다독이며 때론 잔소리를 해 가며 길고 길었던 방황을 끝나게 하고 창고에 넣어 두었던 오토바이. 시호와 함께 보낸 추억마저 하율이 빼앗아 가는 듯한 더러운 기분이었다.

"제가 무너뜨린 것이 아니라 무너질 수밖에 없었던 것들이었어요."

"아무것도 모르는 주제에 지금 누구 앞에서 그런 말을 하는 거야!"

"사람을 믿고 사랑으로 지낸 시간이 아닌, 욕심과 집착으로 보낸 시간이니까요. 그 시간 속에서는 무엇을 쌓았든 무너지게 돼 있어요. 사람의 마음을 얻은 것이 아니니까 온전히 내 것이라고 할 수 없는 것들이죠. 왜 아직도 모르세요?"

하율의 말을 듣고 있는 수연의 두 손이 부르르 떨렸다. 너무도 당당한 표정과 말투가 그녀에게는 도전적으로 보였다.

이렇게 아무 말도 못 하고 있는 것은 어쩌면 하율의 말을 부정할 수 없기 때문인지도 몰랐다.

단 한 번도 사랑한다 말하지 않았던 남자 권시호를 옆에서 지켜보며 속마음은 아닐 거라고 믿었다. 표현할 줄 모르는 남자니까 곁에 있다 보면 자신의 존재를 인정하고 사랑으로 받아들일 줄 알았다. 하지만 이런 믿음은 하율의 등장으로 무참히 깨져 버렸다.

수연은 더러운 현실 속에서 혼자 싸우는 것 같은 기분이 들었다. 변한 시호의 마음도 그랬고, 믿었던 친구 예린마저 사랑이 아니라고 말했다. 이는 쉽게 받아들일 수 없는 일이었다. 이것을 인정한다면 자신에게는 아무것도 남아 있지 않을 테니까.

"갑자기 이렇게 당당한 이유가 궁금하네. 뜨거운 하룻밤이라도 보냈나? 아니면 본부장님이 사랑한다고 귓가에 속삭여 주기라도 했어?"

"뜨거운 하룻밤도, 사랑한다는 말도 없었어요. 하지만 마음은 느낄 수 있었어요. 사랑한다고. 사람의 눈빛은 거짓말을 못 하거든요."

"사, 사랑? 사랑한다고? 하! 그 말을 믿어? 아니, 그 마음을 믿는 거야? 너도 나처럼 사랑이 아닐 수도 있어. 사랑이 아닌, 잠시 잠깐 옆자리를 채우는 도구에 지나지 않을 거라고! 그러니까 절절한 사랑으로 착각하지 마!"

이것은 변명이었다. 사랑이 아니라면 날 이용한 거라고, 비서로 두면서 쓴물, 단물 다 빨아먹고 이제야 마음 떠난 나쁜 남자라고. 자신을 버린 남자에 대한 변명이었다. 자신은 피해자라고 말이다.

"그 사람 마음이 그렇다 하더라도 난 상관없어요. 내가 사랑하니까. 다칠 줄 알면서도 마음을 내주는 것이 사랑이니까. 그 사람의 여자가 될 수 없어도 곁에 있으면 행복하니까. 사랑에는 조건이 없는 거예요. '내가 이만큼 해 줬으니까 너도 이만큼은 줘야 한다'는 공식은 통하지 않아요."

해 줄 말은 다 해 준 것 같았다. 수연이 인정하든 하지 않든 하율에게는 중요하지 않았다. 시호와 자신이 서로 사랑한다는 사실을 수연에게 알리는 것이 중요할 뿐이었다.

하율은 동정의 눈으로 수연을 바라보았다. 자신의 예상대로 수연은 현실을 부정하는 듯 보였다. 하율은 그런 수연을 두고 돌아섰다.

"내가 왜 본부장님을 사랑하면서도 결혼하지 않았는지 궁금하지 않아요?"

돌아서 가던 하율의 걸음이 멈췄다. 악에 받쳐 소리를 지르던 수연이 갑자기 너무나 이성적인 목소리로 물었다. 순간 하율은 몸에 긴장감이 감돌면서 소름이 돋았다.

"이 집안은 안주인의 사회생활을 허락하지 않거든요. 큰 사모님처럼 하루 종일 집에서 그림을 그리며 남편의 퇴근 시간을 기다리는 바보 같은 짓은 하고 싶지 않았어요. 결혼이라는 울타리 안에 능력 있는 날 가두고 싶지 않았으니까. 이것이 첫 번째 이유예요."

'첫 번째 이유? 그럼 또 있어?'

하율은 몸을 돌려 수연을 바라보았다. 그녀는 좀 전과 달리 느긋한 표정으로 벤치에 앉아 있었다. 수연의 이중적인 태도에 하율은 당황스러움을 느꼈다.

"두 번째는 천애고아가 비서 일 좀 하더니 남자 꾀어서 결혼까지 했다는 썩어빠진 뒷이야기가 듣기 싫어서 그랬어요. 이쪽 사람들, 남 씹기 좋아하거든요. 돈과 시간은 많고 일하기 싫어하는 한심한 여자들의 잡담거리가 되고 싶지 않았어요."

두 번째 이유는 하율도 충분히 공감하는 부분이었다. 자신에게도 한동안 그런 꼬리표가 붙어다녔으니까 말이다. 아니, 어쩌면 지금도 붙어 있는지 모를 일이었다.

"세 번째, 본부장님의 결혼은 실패할 거라고 확신했어요. 사촌과의 후계자 싸움에서 이기려면 그 누구보다 내가 필요할 테니까. 허수아비 같은 아내보다 날 더 원할 테니까. 그래서 결혼해도 아쉬울 것이 없겠다는 생각이 들었죠. 남편을 기다리는 바보 같은 아내는 집에 있고, 모든 생각과 추억을 공유하는 나는 늘 같이 있을 테니까요."

하율은 무섭다 못해 치밀하다는 생각이 절로 들었다. 사람이 어떻게 저 정도로 득과 실을 따져 사람을 대할 수 있을까 하는 생각이 들었다.

권 회장의 말처럼 쉽게 수연을 내쳤다가는 더 큰 화를 입을 것 같아 하율은 고민에 빠졌다.

"사실 난 재력가의 여자가 들어오길 바랐어요. 그쪽 사람들은 사랑보다 권위에 더 관심이 많거든요. 그런 여자였다면 내가 이렇게 몰락하지는 않았을 텐데. 평범한 여자에게 사랑을 느끼다니. 내가 짠 시나리오에는 전혀 없는 내용이네요."

윤수연이라는 여자는 시나리오를 짜고 무대를 만들었다. 자신이 주인공이 되어 모든 관객에게 박수 갈채를 받으려고 과한 욕심을 부렸다. 완벽한 무대 위에서 빛나는 주인공이 되고 싶었던 여자. 하율은 수연의 생각을 이렇게 정리했다.

"그래요. 본부장님이 나에게 느끼는 감정이 사랑이 아닐 수도 있죠. 다만 미안한 마음은 있을 거예요. 자신의 과거 속에 항상 내가 존재하니까. 쉽게 날 밀어내지는 못하겠죠."

"결국 본인 마음만 중요했군요. 윤 비서님의 사랑은 일방적 이었어요."

본인이 만든 상상 속에서 지금까지 살아온 수연은 좀처럼 현실로 빠져나오지 못하는 것 같았다. 영원히 그 세계가 존재할 것처럼 확신에 차 있는 표정이었다.

저 착각을 깨 주지 않으면 시호를 놔주지 않을 것 같아 하율 은 마음을 굳게 먹고 말을 이었다.

"그 사람에게 꼭 필요한 사람이 되었다고 그 사실을 사랑으로 봐 달라는 것은 억지예요. 윤 비서님은 그저 본인 자존심에 결혼이라는 선택을 못 했을 뿐이에요. 그리고 지금은 후회하고 있는 거죠? 그 사람을 잡을 수 없으니까……."

인정하지 않으려고 발버둥을 쳐 봐도 현실은 변하지 않았다. 사랑을 느낀 남자와 그 남자의 사랑을 받은 여자. 그리고 바보 같은 자신. 수연은 그동안의 시간이 허무하게 느껴졌다.

"제가 윤 비서님의 행동에 관여하거나 따질 수 없었던 것은 자존심이 없어서가 아니라 확신이 없었기 때문이에요. 사랑에 대한 확신. 하지만 이제 윤 비서님의 행동과 말투, 표정까지 그냥 넘어가지는 않을 거예요. 그 사람의 사랑을 믿기에 무서울 것도, 물러설 마음도 없거든요. 지금까지 쭉 그랬듯이 어디 한 번 해 보세요. 그 사람의 마음마저 떠나 버린 눈빛을 보는 순간 윤 비서님에게 남은 것은 아무것도 없을 테니까. 윤 비서님의 무대는 막을 내리게 될 거예요."

하율이 차분하게 말을 이어 가는 사이 옥상 입구 쪽에 서서 두 사람의 이야기를 듣고 있던 혜선의 입가에 미소가 번졌다.

'어머. 재미있는 구경을 했네.'

칼에 찔렸다는 시호의 상태를 몰래 살펴보려고 하율을 뒤쫓아 여기까지 온 혜선은 뜻밖의 사실을 알게 되었다. 이번 일 때문에 모든 것이 무너질까 봐 두려웠는데 기적처럼 다른 길이 열렸다. 혜선의 머릿속이 빠르게 돌아가고 있었다.

'윤수연……. 나와 대화가 잘 통하겠어. 훗.'

남들이 볼까 먼저 옥상을 내려가는 혜선의 발걸음은 올 때보다 몇 배 더 가벼웠다.

혜선이 대화를 엿들었다는 사실도 모른 채 옥상을 내려온 하율은 다시 병실로 향했다. 자고 있을 시호를 생각해 조용히 병실 안으로 들어간 하율은 깨어 있는 시호의 모습에 화들짝 놀랐다.

"뭐야? 이제야 나타나고. 내가 병실에 누워 있는데 집에 가서 자고 와?"

하율의 옷차림을 보고 시호가 트집을 잡았다. 하지만 하율은 시호의 말투에 기분이 나쁘거나 화가 나지 않았다. 시호가 입 밖으로 꺼내는 말이 속마음과 반대라는 사실을 알고 있기 때문이었다.

"미안해요."

"지금부터 내 옆에 딱 붙어 있어. 학교도 가지 말고, 집에도 들어가지 말고. 자리 비울 때는 나한테 꼭 허락받고. 앞으로 내 식사부터 씻는 것까지 모두 네가 해. 알았지?"

"알았어요. 그렇게 할게요."

"하겠다고?"

"네. 시키는 건 다 한다고요."

시호가 생각했던 반응이 아니었다. 적어도 자신이 알고 있는 하율이라면 입에 게거품을 물고 바락바락 따져야 했다. 하지만 하율은 모든 것을 수용하겠다는 얼굴이었다.

"이하율이 이런 식으로 고분고분하게 나오면 재미없잖아."

"이런 몸을 하고도 농담이 나와요?"

"농담 아닌데. 내가 알고 있는 이하율이 변할까 봐 겁에 질린 표정 안 보여? 항상 밝고 웃는 얼굴만 봤으면 좋겠어. 지금처럼 걱정, 근심으로 가득 찬 표정은 보고 싶지 않아. 내 탓인 것 같아서 마음이…… 무거워."

시호의 눈빛이 흔들렸다. 그가 무엇을 두려워하고 있는지 알 것 같았다. 또한, 자신을 얼마나 아끼고 있는지 느낄 수 있었다.

사랑하는 사람의 관심을 받고 있다는 사실이 이토록 행복한 일인지 새삼 깨닫는 중이었다.

"걱정 말아요. 당신 회복하고 나면 두 배로 받아 낼 테니까."

시호의 마음을 안심시키기 위해 하율은 한껏 목소리를 높여 장난스럽게 말을 꺼냈다.

"어떻게?"

"당신 병간호, 하루 일당 15만 원."

"15만 원! 며칠 병간호해 주고 갑부 되겠다. 도둑놈 심보 아니야?"

"24시간 간호하잖아요. 그 정도는 받아야죠. 그리고 완치 후 당신 넥타이 매 주는 값, 두 배 인상."

"하!"

"아침에 당신 차로 학교 가고, 일주일에 한 번은 밖에서 둘만의 데이트. 이 정도면 충분하려나? 생각해 보고 더 요구할 것이 있으면 말해 줄게요."

"무섭다, 무서워."

"에이, 내 말을 끝까지 들어봐요. 이 모든 조건을 단 한 번에 청산할 방법이 있어요."

"뭐야. 뜸들이지 말고 빨리 말해."

"당신의 달콤한 키스."

순간 병실 안에는 정적이 흘렀다. 하율이 먼저 청하자 시호는 당황스럽기도 하고 민망하기도 했다. 초췌한 몰골을 하고 있을 자신에게 키스를 원하는 하율의 속뜻을 다 이해할 수는 없었지만 내심 기분은 좋았다.

"너, 내가 이렇게 누워 있으니까 쉬운 남자처럼 보여!"

예의상 한 번은 튕겨 줘야겠지. 시호는 괜한 헛기침을 하며 병실 문 쪽을 힐끔거렸다.

"그럼 뭐, 내가 하면 되지."

키스를 항상 남자가 먼저 하라는 법은 없으니까. 하율은 시호의 이마에 입을 맞췄다.

"이건 넥타이 값 청산."

"뭐라고?"

시호가 어리둥절해하고 있는 사이 하율의 입술이 이번에는 시호의 눈꺼풀로 향했다.

"이건 등교 청산."

"야! 너, 너……."

말까지 더듬던 시호는 빙그레 웃는 하율의 얼굴에서 악마의 미소를 보았다. 왠지 모르게 묘한 기운이 감도는 것 같았다.

"마지막으로 비싼 병간호 청산은 여기."

비록 짧았지만 하율의 입술이 시호의 입술 위로 내려앉았다. 시호는 머릿속이 하얀 백지 상태로 돌아간 기분이었다.

"다 한 거야?"

"뭘 더해야 해요?"

"데이트 남았잖아."

"기억력도 좋으셔. 그건 청산 안 할래요."

"왜! 하는 김에 다 해야지! 하다 말아!"

"음…… 그건, 꼭 당신과 하고 싶은 일이니까. 당신 빚으로 남겨 둘 거예요."

시호는 '사랑스럽다'라는 말이 이런 여자에게 어울리는 말임을 이제야 알았다.

같은 말을 해도 어쩌면 이렇게 사람을 안달 나게 하는지 모를 일이었다. 자신이 아니더라도 어떤 남자든 하율을 사랑할 수밖에 없을 것 같았다.

"청산은 자고로 확실하게 하는 거야. 내가 너 병간호 비용 주기 싫어서 이러는 거 아니니까 오해하지 마."

"뭘요?"

다 끝난 청산을 시호는 다시 하고 있었다. 멍하니 자신을 바라보는 하율의 목을 끌어당겨 입술을 삼켰다. 그리고 하율이 한 키스는 입맞춤에 지나지 않는다는 것을 확실하게 보여 주었다.

강하면서도 때론 부드럽게 입술을 요리하는 시호의 실력에 하율은 몸이 공중으로 떠오르는 기분이었다. 얕은 신음이 입 밖으로 새어 나오자 시호가 두 팔로 하율을 꽉 껴안았다.

"아!"

시호의 갑작스런 비명에 하율은 화들짝 놀라며 떨어졌다.

"왜요? 어디 아파요? 의사 선생님 부를까요?"

"아, 아니야. 괜찮아."

"표정은 엄청 아픈 것 같은데."

"괜찮다니까. 그냥 하던 거……."

"미쳤어, 미쳤어."

할 때는 몰랐지만 문득 생각해 보니 미친 짓이었다. 수술한 환자와 병실에서 무슨 낯 뜨거운 짓인지. 하율은 자신의 볼을 두 손으로 가리며 고개를 저었다.

❄   ❄   ❄

더는 병원에 있고 싶지 않았다. 두 사람을 지켜보는 것이 힘들어 수연은 목적지도 없이 종일 돌아다녔다.

백화점과 영화관, 서점을 돌아다니다 지친 몸을 이끌고 늦은 저녁 집으로 돌아왔다. 하지만 집이라 해서 마음이 편한 것은 아니었다.

보통 사람들에게 집은 쉴 수 있는 자신만의 공간일 것이다. 물론 이 집에도 수연의 공간은 있었다. 그러나 친인척이라고 볼 수도 없는 그런 상하 관계에서 방을 빌려 쓰는 입장일 뿐이었다.

전에는, 더 정확히 말해 하율이 들어오기 전에는 이런 생각이 전혀 들지 않았다. 제집처럼 편안했고, 아늑했다. 불편함도 없었고 어색하지도 않았다.

하지만 지금은 달랐다. 시호와의 관계가 명확해지자 6년이나 살았던 집이 하루아침에 낯설게 다가왔다. 어디에도 자신의 공간은 없는 것 같았다. 정원을 가로질러 가는 수연의 발걸음이 무거웠다.

"우리 잠깐 얘기 좀 할까?"

익숙한 목소리에 수연은 발걸음을 멈추고 고개를 돌렸다. 혜선이 벤치에 앉아 있었다. 이런 마음으로 마주하고 싶지 않은 얼굴이었다.

"급한 일 아니면 나중에 하시죠. 오늘은 제가 많이 피곤해서."

"내가 널 이 시간까지 기다렸다면 급한 일이겠지?"

벤치에서 일어나 수연에게 다가온 혜선은 입가에 야릇한 미소를 짓고 있었다. 마치 모든 것을 다 알고 있다는 혜선의 표정이 수연을 긴장하게 만들었다.

"말씀하세요."

"다 귀찮다는 표정이구나. 그래, 그럴 만도 하지. 믿었던 남자의 마음이 돌아섰다는 걸 알았는데 멀쩡하면 그것도 이상한 일이지. 하지만 이럴 때일수록 정신을 똑바로 차려야 한단다. 안 그러면 모든 것을 잃어버리게 될 거야."

"지금 무슨 말씀을 하시는 거예요?"

"그렇게 놀랄 필요 없어. 세상에 비밀은 없으니까."

소름이 돋았다. 어디까지 알고 있으며, 무슨 이유로 던진 말인지 혜선의 속내를 짐작조차 할 수 없었던 수연은 쉽게 말을 꺼내지 않았다.

"곰곰이 생각해 보니 너와 난 닮은 점이 참 많더구나."

수연은 혜선의 말을 인정할 수 없었다. 더구나 서로 가야 할 길이 다른 사람들끼리 닮은 점을 찾아 무엇하겠는가. 수연은 쓸데없는 생각이라며 입안에서 혀를 찼다.

"나도 너처럼 고아였단다. 같은 보육원의 아이들은 하나같이 자신을 버린 부모님을 원망하거나 나중에 크면 꼭 찾겠다는 생각을 하더군. 어리석은 것들. 어차피 버려진 인생인데 찾아서 뭐하려는지 난 이해할 수 없었어. 나에게는 언제, 누구한테 버려졌는지보다 어떻게 해야 이 구질구질한 삶을 바꿀 수 있을까가 중요했으니까. 그래서 얻은 답이 남자였지. 능력 있고 나만 사랑해 주는 남자."

혜선의 말을 들을수록 수연은 화가 치밀어 올랐다. 남자를 시궁창 같은 삶에서 빠져나갈 탈출구로 생각한 혜선에게 치가 떨렸다.

자신은 그런 물질만능주의에 미친 여자는 아니라고 부인했다. 변해 버린 자신의 모습은 까맣게 잊어버리고.

"그래, 네 능력으로 이 자리까지 왔다는 것은 인정해 주마. 하지만 한 가지 모르는 것이 있어. 결혼은 남자를 내 것으로 만드는 첫 번째 과정이야. 넌 너무 자만했고 그래서 시호가 네 남자가 될 수 없는 거란다. 자존심 때문에 결혼을 선택하지 못한 것이 가장 큰 실수였지. 무슨 수를 써서라도 결혼을 해야 했어. 그랬다면 지금처럼 비참한 몰골은 아닐 텐데 말이야. 딱해라."

수연은 자신을 조롱하는 혜선의 태도에 모멸감이 들었다. 더는 듣고 싶지 않았다.

"동정은 필요 없어요."

"동정? 내가 고작 동정이나 하려고 널 기다린 줄 아니? 얘야, 넌 아직 날 모르는구나. 서로 귀한 시간을 쓸데없는 말로 낭비할 수는 없지."

혜선은 수연의 주변을 맴돌며 천천히 압박해 갔다.

"시호는 더 이상 네 남자가 될 수 없단다. 이 사실은 너도 이미 알고 있을 거야. 하지만 널 선택하지 않은 것에 대한 후회는 해야 공평하지 않겠니? 영원히 너란 여자를 잊지 못하도록 말이야. 바로 권시호의 몰락. 너와 나의 최종 목표이기도 하고."

"저보고 그 사람을 배신하란 말인가요?"

"배신은 네가 아니라 시호가 먼저 했어. 안 그래?"

"그런 짓까지 하고 싶지 않아요."

"널 받아들이지 않은 사람은 권시호야. 그런 시호 옆에서 비서직에 충실하겠다는 거니? 사랑하는 남자를 딴 여자에게 넘겨주고? 언제부터 네가 그렇게 착했어? 세상을 다 가질 것 같았던 욕심과 열정은 한순간에 날아가 버렸나? 아님 이하율이라는 애송이 앞에 무릎이라도 꿇은 거야?"

혜선의 말은 악마의 유혹 같았다. 내 남자가 될 수 없다면 그 누구의 남자도 될 수 없도록 만들어 버려야 한다는 진리를 일깨워 주는 것 같았다. 수연은 이성적으로 판단할 수 없는 구렁에 서서히 빠지고 있었다.

"생각할 시간을 주마. 한 가지만 기억해. 난 네 편이라는 걸."

'정말 권시호를 내 손으로 무너뜨려야 하나? 그러면 날 기억해 줄까?'

혜선이 사라지고 없는 정원에 혼자 남은 수연은 자신이 한심하다고 느껴졌다. 남자 때문에 인생의 모든 것이 무너진 사람처럼, 말도 안 되는 혜선의 거래에 흔들리는 자신의 모습이 애처로웠다.

더러운 짓인 줄 알면서도 가슴 한편에서 활활 타오르는 복수심을 외면할 수 없었다. 수연은 선택의 기로 앞에 서 있었다.

❊   ❊   ❊

이틀 뒤 시호는 양평 별장으로 이송됐다. 정확히 말해 강제 이송이었다. 양평에 숨어 있을 이유가 없다며 집으로 돌아가겠다는 시호를 어렵게 설득하기는 했지만 그는 여전히 불만 가득한 표정으로 침대에 누워 있었다. 그런 시호를 바라보는 하율의 입에서 한숨이 새어 나왔다.

"이보세요, 권시호 씨."

"그렇게 부르지 마. 거리감 느껴져."

"회복될 동안 얌전히 좀 계시죠."

"내가 왜 이곳까지 와서 숨어 있어야 해? 그놈들한테서 널 지킨 일이 뭐가 문제라는 거야. 그것도 아버지한테 비밀로 하면서까지."

"당신 잘못이 아니라는 건 내가 알아요. 하지만 사건이 알려지면 당신이 가장 피해를 보니까 단순한 사고인지, 아니면 누군가 의도적으로 만든 일인지 명확해질 때까지만 말씀드리지 말자는 거죠."

일리가 있는 말이었다. 사실 시호도 그 부분을 미심쩍어하고 있었다. 조직원들이 다닐 만한 곳도 아니거니와 왠지 모르게 그들이 자신을 기다리고 있었다는 느낌을 받았다. 하율의 말처럼 이번 일은 조사해 볼 필요가 있었다.

"만약 일이 알려져 기자들이 몰려들 경우를 생각해 옮긴 거예요. 다 당신을 위해 선택한 일이니까 너무 그렇게 불퉁한 표정으로 있지 마요. 빨리 회복하려면 마음을 편안하게 가져야 한다고요. 알았죠?"

"이하율이 그런 경우까지 생각했단 말이야?"

"윤 비서님의 생각이에요."

인정하고 싶지 않지만 사실이었다. 일을 가장 이성적으로 판단해서 정리한 이는 그녀였으니까. 하율은 수연의 능력 앞에 또 한 번 작아지는 기분이었다.

"하지만 수연이라면 너처럼 날 설득하지 않았을 거야. 강압적인 면이 더 큰 사람이니까. 하율이 넌, 수연에게 없는 것이 있어. 사람 마음을 여는 마술 같은 힘."

움츠러져 있던 하율의 어깨가 펴졌다. 그 누구보다 시호가 자신의 편이라는 사실이 하율을 강하게 만들었다. 비록 시호가 다치기는 했지만 지금 이 시간이 너무도 행복하고 소중했다. 어쩌면 서로의 마음에 좀 더 다가갈 기회가 된 것 같았다.

"복잡한 일은 윤수연에게 맡기고 난 네 간호나 받으면 되는 건가?"

"사건이 정리되면 아버님에게 직접 말씀은 드려야죠."

"아버지는 내 말보다 윤수연의 말을 더 믿을 거야."

"이제 날 위해서 그러지 마요."

"널 위해서?"

시호의 얼굴에는 하율의 말을 이해 못 하겠다는 표정이 가득했다.

"이번 일은 당신 일이기도 하지만 나도 연관되어 있잖아요. 우리 상황을 대변하고 변명하듯 아버님 앞에 윤 비서님을 내세우고 싶지 않아요. 아버님도 당신이 직접 얘기해 주길 바라실 거예요. 비서가 아니라 당신이 눈을 맞추면서 말을 해 주길 기다리고 계실 거라고요."

"역정만 내실 텐데 뭐하러 싫은 소리를 사서 듣고 있어."

부족하고 못마땅한 표정으로 자신을 바라보던 아버지의 눈빛. 시호는 그 눈빛이 너무나 싫었다. 아무리 노력을 하고 죽을 힘을 다해도 아직 멀었다는 표정과 말투는 늘 시호를 의기소침하게 만들었다.

언제쯤 아버지가 자신을 인정해 줄 수 있을까. 그런 날이 오기는 할까. 항상 시호의 머릿속에는 이런 의문점이 가득했다.

"윤 비서님을 통해 말을 건네받다 보니 오해가 더 커지는 거라고요. 아버님은 직접 알리지 않는 당신의 자세를 탓했을 테고 윤 비서님은 당신을 더욱 완벽하게 보이려고 능력만을 강조했겠죠. 한 사람의 잘못이라고 할 수는 없지만 서로 대화하는 방법을 몰라 여기까지 왔다고 봐요. 눈을 맞추고 이야기하는 것은 생각보다 어렵지 않아요. 자료를 가지고 판단하는 일보다 더 쉬워요. 겁먹지 말고 먼저 시도해 봐요."

"아버지에 대해 나보다 더 잘 알고 있는 것 같네."

"많은 걸 느낀 거죠. 당신을 사랑하니까. 내가 다 아끼는 사람들이니까. 서로 마음 다치는 일 없이 잘 지냈으면 하는 바람이 있으니까요."

가족이란 그랬다. 서로 아끼면서도 작은 일에 섭섭함이 많은 이들이 가족이었다. 이해하면서도 때론 상처되는 말을 쉽게 꺼내는 사람. 하지만 그 속에 사랑이란 감정이 깔렸다는 사실은 대부분 모르고 있었다.

가족은 타인과 달리 미안하다 말하지 않아도 시간이 지나면 그 마음을 이해해 주고 받아 주는 연결고리가 있었다. 누가 먼저 다가가느냐의 차이만 있을 뿐.

하율은 시호가 이런 사실을 알아주었으면 했다.

"쉬고 있어요. 어머님께 잘 도착했다고 전화 드리고 올게요."

이불을 시호의 목까지 덮어 주고 방을 나온 하율은 문밖에 서 있는 수연의 모습에 깜짝 놀랐다. 언제부터 있었는지 모르겠지만 수연의 표정만 보아도 시호와 나눈 대화를 들었다는 사실을 짐작할 수 있었다. 방문을 열어 둔 것에 대한 후회가 들었다.

"이제야 본색을 드러내는 건가요?"

시호가 신경 쓰여 하율은 방문을 꼭 닫았다.

"전 윤 비서님께 숨기는 거 없어요."

"양의 탈을 쓰고 여우처럼 본부장님과 내 사이를 이간질해 놓고 숨기는 것이 없다고 말하면 안 되죠."

"말씀 가려서 하세요. 이간질이 아니라 사실을 말했을 뿐이에요."

"사실을 말해 주면 회장님과 본부장님의 관계가 하루아침에 정 많은 부자지간으로 변할 것 같다는 희망이라도 있는 건가요? 하율 씨 눈에는 그 일이 그렇게 쉽게 보여요?"

"쉬운 일이 아니라서 윤 비서님은 지금까지 보고만 있었나요? 두 분 사이를 더 멀게 만든 사람이 바로 윤 비서님이세요. 책임은 묻지 않겠지만 방해는 마세요. 윤 비서님이 나설 일이 아니에요."

"본부장님의 일은 내 일이기도 해요. 내가 본부장님의 비서
라는 사실을 잊어버리고 있나 봐요. 다시 인지시켜 줘야 하나
요?"

"이번 일은 비서가 나설 일이 아니죠. 가족 일이니까요."

가족이라는 말에 수연의 심장이 쿵 하고 내려앉았다. 절대
그 무리에 속할 수 없는 사람임을 확인시켜 준 하율의 발언이
수연을 옴짝달싹 못하게 했다.

시호를 위해 아무리 애를 써도 가족의 울타리 안으로 들어갈
수 없는 자신의 위치를 깨닫는 순간, 수연은 하율의 존재가 크
게 느껴졌다.

"윤 비서님은 이제 그만 서울로 올라가셔도 돼요."

"겨우 간호만 해 줄 거면서 내가 없어도 된다고요? 본부장님
에게 어떤 일이 닥치든 그 일을 해결할 사람은 바로 나예요. 그
러니 하율 씨가 올라가세요."

"전 아버님의 지시로 여기 왔어요. 이곳에서 윤 비서님이 하
실 일은 없으세요."

하율은 자신의 말에 입술을 꽉 깨물며 1층으로 내려가는 수
연의 뒷모습을 바라보았다. 눈빛만 봐도 자신을 미워한다는 것
이 느껴졌다.

갑작스럽게 나타난 자신에게 모든 것을 뺏겼다는 생각이 드
는 것은 당연할 수도 있었다. 하지만 하율 역시 물러설 수는 없
었다. 시호를 사랑하니까.

수연이 서울 집으로 돌아온 시각은 늦은 저녁때였다. 양평에서 쫓겨나듯 나온 수연은 집에 도착하자 곧바로 혜선을 찾았다. 진정 자신의 편은 혜선 한 사람밖에 없는 것 같았다.

"네가 어쩐 일이니? 시호는 잘 도착했고?"

수연을 보고도 놀라거나 당황한 기색이 전혀 없는 혜선은 느긋하게 커피를 마시고 있었다. 오히려 그런 혜선을 지켜보는 수연의 마음이 더 조급했다.

"동서도 참 대단하더구나. 아들이 다쳤는데도 권 회장과 내 앞에서 태연한 척 연기를 하는 걸 보고 기가 막혔지. 물론 모든 걸 알고 있는 나로서는 지켜보는 재미도 있었지만 말이야."

슬쩍 권 회장의 눈치를 살피는 자영의 모습을 혜선은 내내 즐기고 있었다. 겉으로는 여유로운 척하는 자영을 지켜보며 혜선은 입가에 미소를 지었다.

이번 일이 권 회장의 귀에 들어가지 않길 바라는 자영의 마음을 알기에 같이 속아 주었다. 권 회장이 알아서 좋을 것은 없었으니까.

"저번에 하신 말씀……."

"응? 내가 무슨…… 아, 그런 일이 있었지. 그래, 벌써 결정한 거야? 생각보다 빠른데?"

"조건이 있어요."

"어려워 말고 말해 봐."

"이하율을 본부장님 곁에서 떼어 놔 주세요."

더는 자신의 힘으로 하율을 떼어 놓을 수 없게 되었다는 것이 수연의 판단이었다. 권 회장까지 하율을 밀고 있다면 자신에게 불리한 조건이었다.

비서의 직급으로 시호에게 다가가는 것에는 한계가 있는 법. 수연은 더 이상 비서도, 시호의 여자도 아닌 사랑을 갈망하는 추한 여자로 몰락해 갔다.

"하하, 하하하."

수연의 조건에 혜선은 한바탕 시원하게 웃어 주었다. 사랑에 목말라 하는 모습이 꼭 자영을 닮아 있어 웃지 않고는 넘어갈 수 없었다.

하나같이 다 잘났다고 목에 힘을 주어도 결론은 똑같다. 사랑받고 싶어 하는 어리석은 여자라는 것.

혜선은 앉아 있는 수연의 손을 잡으며 말을 이었다.

"물론이지. 그건 걱정할 것 없어. 그러니까 시호를 본부장의 자리에서 끌어내릴 증거만 가져와. 모든 것은 내가 다 알아서 할 테니까. 네가 나서지 않아도 돼. 하율이 떠난 뒤에 힘들고 외로워하는 시호를 보듬어 주기만 하면 너희의 관계는 전처럼 돌아갈 거야. 가족보다 더 가까운 그런 사이로."

달콤하고 유혹적인 말을 듣고 별채를 나선 수연은 이제야 마음이 조금 안정되는 느낌이었다. 서둘러 발걸음을 옮기던 수연은 자신을 부르는 목소리에 화들짝 놀라며 돌아섰다. 다름 아닌 예린이었다.

"왜 그렇게 놀라?"

"어? 아니야, 아무것도. 왜?"

"왜긴, 양평에 있어야 할 네가 집에 있으니까 부른 거지."

"하율 씨가 남겠다고 해서 그러라고 했어. 본부장님도 나보다 하율 씨가 더 편할 것 같고. 집에는 별일 없었지?"

"응. 그런데 왜 별채에서 나와?"

예린의 물음에 수연은 당황한 기색이 역력했다. 둘러댈 말이 딱히 생각나지 않아 더듬거리기까지 했다.

"그, 그냥. 고양이 소리가 나서. 내가 고양이를 좀 좋아하잖아. 피곤하다. 나 그만 들어가서 쉴게. 내일 얘기하자."

"그래, 그럼. 들어가."

수연을 보내고 예린은 생각에 잠겼다.

시호 곁에 하율을 남겨 두고 올 수연이 아니었다. 더구나 별채에 드나들 이유가 없는 수연이 엉뚱한 변명을 지어 내며 당황하는 모습이 마음을 불안하게 만들었다.

예린은 불이 켜져 있는 별채를 바라보며 한동안 자리를 뜰 수 없었다.

❊   ❊   ❊

일주일이라는 시간이 너무도 조용하게 지나갔다. 아무 일도 일어나지 않는, 평화롭고 행복한 나날의 연속이었다. 양평 별장에서 빠르게 회복 중인 시호는 오늘도 하율의 극진한 보살핌을 받고 있었다.

"수술 부위는 좀 어때요?"

"많이 좋아졌어. 이 정도면 회사에 나가도 될 것 같아."

"그래요? 잘됐네요. 그럼 전 오늘 서울로 먼저 올라갈게요."

"갑자기 왜!"

버럭 소리부터 지르는 시호를 물끄러미 바라보는 하율은 뭐가 문제냐는 표정이었다. 이제 두 발로 걸어 다니고 식사도 잘했다. 씻는 것도 혼자 할 수 있기에 굳이 옆에서 챙겨 줄 필요가 없을 정도인데 왜라니? 하율은 눈만 깜빡였다.

"많이 좋아졌다면서요."

"아! 아, 아파. 아직도……."

멀쩡히 앉아 깎아 주는 과일을 다 받아먹고 아프다니 무슨 심보일까. 하율은 시호를 바라보며 입안에서 혀를 찼다. 이럴 때면 꼭 아이 같았다.

"이러다 졸업도 못 할 것 같아요. 오늘은 올라가서 학교 갈 준비도 좀 하고 공부도 해야 해요. 나도 할 일이 많다고요."

"여기서 하면 되잖아."

과일을 깎다 말고 하율은 시호를 노려보았다. 하율의 눈빛이 어떤 의미인지 알기에 시호는 슬쩍 눈동자를 돌렸다. 자신이 생각해도 그동안 하율을 피곤하게 했다는 사실은 인정하지 않을 수 없었다.

시호는 잠시라도 하율이 눈앞에서 안 보이면 온 집 안을 찾아다녔다. 식사와 산책은 물론이고 늦은 시간까지 TV도 같이 봤다. 어떨 때는 본인이 잠들 때까지 하율에게 말을 시킨 적도 있었다.

뭐가 그렇게 궁금한 것이 많은지, 어렸을 때부터 결혼 전까지 살아온 이야기를 모두 말해 주고 나서야 하율은 그날 잠을 잘 수 있었다.

심지어 첫사랑이 누구냐고 물었던 적도 있었다. 하율은 순진하게 아무 생각 없이 모든 것을 다 말해 주고 엄청난 잔소리를 들어야 했다. 시호와 같이 지내며 처음으로 후회한 순간이었다. 때론 사실을 숨길 필요가 있다는 것을 깨달았으니까.

그동안 있었던 일을 종합해 본 결과 시호의 옆에 있으면 아무것도 할 수 없다는 결론에 도달했다. 그래서 하율은 시호의 말을 수긍할 수 없었다.

"설거지만 해 놓고 올라갈게요. 며칠 더 푹 쉬고 천천히 올라와요. 우선 기사님한테 연락을 하고……."

하율은 주위를 두리번거리며 자신의 휴대폰을 찾기 시작했다. 소파 구석에 놓여 있는 휴대폰을 발견한 하율은 한쪽 팔을 쭉 뻗어 잡으려 했다.

"가지 말라고 했잖아."

하율보다 먼저 휴대폰을 가로챈 시호의 표정에는 장난기가 가득했다. 무엇인가 바라는 눈빛이었다. 물론 하율은 그 눈빛이 무엇을 뜻하는지 모를 테지만.

"난 아직 너와 할 일이 남았는데."

"할 일? 그게 뭔데요?"

"우리 두 사람에게 아주 중요한 일."

"그러니까 그게 뭐냐고요! 말 돌리지 말고 빨리 얘기해요."

"말하면 같이할 거야?"

"안 하면 못 가게 할 거면서."

"맞아. 못 보내지. 얼마나 기다려 온 시간인데."

시호가 마지막으로 하고 싶었던 단 한 가지. 그것은 둘만의 뜨거운 하룻밤이었다. 서로의 마음을 확인했으니 결혼도 한 마당에 망설일 이유가 전혀 없었다.

들고 있던 휴대폰을 반대쪽 소파로 던져 버린 시호는 하율의 옆으로 바짝 다가앉았다.

"왜…… 이래요."

말을 더듬으며 조심스레 몸을 뒤로 뺐지만 시호의 강한 팔이 하율의 허리를 감싸 안았다. 순간 하율의 몸이 시호의 가슴에 밀착되었다.

"내가 왜 이러는지 알잖아."

"저기…… 갑자기 이러면…… 곤란한……."

내가 무슨 속옷을 입었지? 오늘 아침에 샤워했던가? 저녁에 생선 먹어서 입 냄새 날 텐데. 별별 생각이 하율의 머릿속을 혼란스럽게 만들었다.

시호와 하룻밤을 보내기 싫어 이런 생각이 드는 것은 아니었다. 아무것도 준비하지 못한 지금, 시호에게 실망감을 안겨 줄까 봐 하율은 그것이 두려웠다. 왜 항상 이런 상황은 불쑥 찾아오는지 모를 일이었다.

그사이 시호의 얼굴이 더 가까이 다가왔다.

"이제 와서 도망가겠다?"

"도망간다기보다 그러니까…… 준비할 시간이 필요하다는 말이죠."

"준비? 무슨 준비?"

시호의 한쪽 손이 하율의 귓불을 만지작거렸다. 간질간질한 느낌이 싫지 않았다.

"그러게요. 뭘 준비해야 할까요. 하, 하하."

멋쩍게 웃는 하율을 보며 시호는 푸시시 웃음이 터졌다. 잔뜩 긴장한 표정으로 시선을 피하는 하율의 모습이 귀엽기도 하고 사랑스러웠다.

요염한 몸짓도, 자신을 갈망하는 눈빛도 없었지만 하율에게 느끼는 감정은 그 어느 때보다 열정적이었다.

"걱정하지 마. 내가 다 알아서 할 테니까."

귓가에 속삭이는 시호의 낮은 목소리가 듣기 좋았다. 하율은 저도 모르게 한쪽 어깨를 살짝 올리며 몸서리를 쳤다.

"그래, 그렇게. 몸이 반응하는 대로 움직이면 되는 거야. 어려울 거 하나도 없어."

시호의 입술이 하율의 하얀 목덜미에 입맞춤을 했다.

"하아."

하율의 입에서 짧은 신음이 새어 나왔다. 부끄러움에 급히 자신의 손으로 입을 막았지만 시호의 입술은 쇄골 아래까지 내려왔다. 숨을 쉴 수가 없었다.

"으음."

시호의 손이 하율의 상의 안으로 불쑥 들어왔다. 하율의 매끈한 등을 타고 놀던 시호의 손이 조심스레 브래지어 끈을 풀었다. 갇혀 있던 젖가슴이 자유로워지자 시호의 손은 서슴없이 하율의 가슴을 움켜쥐었다. 순간 하율은 심장이 멎는 것 같았다.

"하아."

하율의 신음은 시호를 더 자극했다. 하율의 가슴을 유린하던 시호의 손이 더욱 빨라졌다. 하율의 상의와 속옷을 위로 들어 올려 젖가슴에 얼굴을 묻은 시호는 여기저기 입술 자국을 남겼다. 마치 내 것이라는 수컷의 표시 같았다.

"그…… 그만."

빠져나가려고 발버둥을 칠수록 서로의 몸이 마찰을 일으키면서 야릇한 쾌감에 젖어 갔다. 이성은 아직이라고 말하고 있었지만 이미 뜨겁게 달구어진 몸은 멈출 생각을 하지 않았다. 태어나 처음 느낀 욕정 앞에 하율은 머릿속이 하얀 백지가 되어 갔다.

그때 시호의 손이 치마를 들치고 허벅지 안쪽으로 들어왔다.

"안 돼요."

급히 두 다리를 잔뜩 오므린 하율은 어쩔 줄 몰라 하는 눈빛으로 시호를 응시했다.

"이러면 곤란해. 자꾸 네가 이런 식으로 나오면 난 힘을 쓸수밖에 없을 테고, 그러다 수술 부위가 덧나기라도 한다면 다시 누워 있어야 한다고. 그래도 좋아?"

협박이었다. 멈출 생각이 없으니 네가 포기하라는 시호의 말에 하율은 대꾸도 못 하고 곤란한 표정을 지었다.

"너도, 느끼잖아. 몸이 내 사랑을 받아들이겠다고 하는데, 이럴 때 머리는 잠시 쉬는 거야."

유혹적인 말에 하율의 허벅지가 조금씩 벌어졌다. 때를 놓치지 않은 시호는 상체에 힘을 실어 하율을 소파에 눕혔다. 심장이 터질 것처럼 뛰었다.

"부드러워."

시호의 목소리가 하율의 귓가에 어렴풋이 들렸다. 하율의 가장 깊숙한 곳을 어루만지는 시호의 숨소리가 거칠어졌다.

그의 손이 숲 안으로 거침없이 들어왔다. 마치 새로운 곳에 들어와 이곳저곳을 헤집고 다니듯 했다. 하율은 아픔과 놀라움에 몸서리를 쳤다.

"더는…… 못 참겠어."

순식간에 바지를 벗어 던진 시호는 자신의 뜨거운 분신을 하율의 숲으로 밀어 넣었다.

"악!"

짧은 비명과 함께 하율은 두 팔로 시호를 밀어내려 하였다. 하지만 이미 들어온 시호의 물건은 꽉 박혀 있었다. 하율의 얼굴이 종잇장처럼 구겨졌다.

"하악, 미칠 것 같아."

그저 들어간 것뿐이지만 이미 시호는 천국에 도달한 기분이었다. 존득하게 조여 오는 하율의 음부는 상상 그 이상이었다.

시호는 두 손으로 빠져나가려는 하율의 엉덩이를 잡았다. 그리고 격한 방아질이 시작되었다. 지금 이 순간을 온몸으로 느끼며 황홀경으로 빠져들었다.

"아, 아파."

"멈출 수가 없어."

하율의 아픔을 알지만 시호는 멈출 수 없었다. 이미 자신의 분신은 터질 듯이 부풀어 있었다. 하율의 하얀 속살을 내려다보며 시호는 절정을 향해 치달았다.

"으윽."

모든 것을 쏟아 낸 사람처럼 시호의 상체가 하율의 가슴 위로 내려왔다. 그제야 반복적이던 몸부림이 끝난 시호는 거칠게 숨을 몰아쉬고 있었다.

찢어질 것 같은 아픔을 참은 하율의 눈에서 눈물이 떨어졌다. 시호가 옆으로 누우며 하율을 뒤에서 살포시 안았다.

"사랑해, 이하율."

시호의 품에서 하율도 행복했다. 두 사람은 그날 밤 처음으로 한 침대에서 잠들었다.

이튿날 하율의 아침은 다른 날과 달랐다. 알몸으로 시호의 팔을 베고 누워 있는 자신을 인지한 순간 하율은 꼼짝도 할 수 없었다.

시호의 입술은 하율의 이마에 닿아 있었고 한쪽 팔은 허리를 감싸고 있었다. 심지어 포개진 두 다리 사이로 물컹한 것이 느

334

꺼지기도 했다.

지난 밤 뜨거운 정사를 떠올리며 하율의 얼굴은 열이 나는 것처럼 화끈거렸다. 시호가 잠에서 깨기 전 자신의 알몸을 감추고 싶었던 하율은 천천히 몸을 움직였다.

"으……음."

시호의 작은 신음에 하율은 움직임을 멈췄다. 물론 숨소리까지도. 하지만 숨을 오래 참지는 못했다. 왜 숨을 참았는지도 몰랐다. 긴장이 되니 모든 것이 다 부자연스러웠다.

하율의 움직임이 다시 시작되었다. 우선 시호의 다리 사이에 포개진 자신의 다리를 빼려고 무진장 애를 썼다. 물컹한 그 느낌에서 빨리 벗어나고 싶었으니까. 그러나 세상일은 마음먹은 대로 되지 않는 법이었다.

"자꾸…… 꼬물거리지 마라. 자극하면…… 아침부터 할지도 모른다."

낮은 시호의 목소리에 하율은 또 한 번 움직임을 멈췄다. 목소리를 듣자니 잠이 덜 깬 것 같지만 협박성 강한 말투에 반사적으로 얼어 버렸다.

"너 안고 더 자고 싶으니까 가만히 있어."

'댁은 잠이 오겠지만 난 아니거든!' 이라는 말이 왜 입안에서 삼켜지는지 모를 일이었다.

하율은 어떻게 해야 이 침대에서, 아니, 시호의 품에서 빠져나갈 수 있을지 생각했다. 허접한 변명밖에 떠오르지 않았지만 가만히 있을 수만은 없었다.

"어…… 아침밥도 해야 하고……."

"안 먹어."

"빨, 빨래도 좀 하고……."

"어제 했잖아."

"그럼, 상쾌한 기분으로 청소를……."

"크, 크하하."

시호는 하율의 변명에 참고 있던 웃음이 터져 버렸다. 하율이 무슨 이유로 이런 변명을 하는지 알고 있었다. 여자로서 부끄럽기도 하고, 민망하다는 것도 이해하지만 어떤 여자도 이런 변명은 하지 않을 것이다.

항상 하율의 엉뚱함은 시호를 즐겁게 만들었다.

"그냥 말해. 내 품에서 나가고 싶다고."

"알면서…… 왜 모르는 척해요?"

"곤란해하는 네 표정은 언제 봐도 재미있으니까."

"치. 못됐어!"

하율이 입술을 삐쭉거리며 이불을 머리끝까지 끌어 올렸다. 하지만 강한 시호의 팔이 이불을 아래로 잡아당겼다. 그 덕에 하율의 봉긋한 가슴이 드러났다. 깜짝 놀란 하율이 두 팔로 가슴을 감싸기는 했지만 시호의 눈빛은 이미 야릇하게 변해 있었다.

"그, 그만 봐요."

하율은 부끄러워하며 고개를 돌렸다.

"네 살결은 너무 부드러워. 그래서…… 자꾸 만지고 싶어."

시호의 손이 하율의 목선을 타고 내려와 쇄골에 멈췄다. 그러다 다시 가슴선을 따라 움직였다. 시호의 손끝이 움직일 때마다 하율의 심장 소리가 점점 빨라졌다. 온몸에 전율이 흐르는 기분이었다.

"영원히 넌, 내 거야."

시호는 천천히, 그리고 조심스럽게 하율의 귓불을 물었다. 하율의 몸이 시호의 품에서 파르르 떨렸다. 하율은 귓가에 들리는 시호의 낮은 목소리가 듣기 좋았다. '내 거'라는 시호의 말까지도…….

이들의 정사는 지난밤보다 더 뜨거웠다.

❀   ❀   ❀

깨소금이 쏟아지는 양평과 달리 일찍 집에 들어온 권 회장은 안방에서 자영과 언성을 높이고 있었다. 말다툼의 시작이 무엇이었는지는 중요하지 않았다. 항상 싸움의 끝은 자식 문제였다. 권 회장에 대한 자영의 섭섭함에서 나오는 것들이었다.

"시호를 자식으로 생각하고 있기나 한 거예요? 왜 매번 시호에게 문제가 생기면 이런 식으로 매몰차게 밀어내는 건가요? 당신과 나 사이에 사랑이란 감정이 존재하지 않아도 자식은 감싸 주는 것이 부모예요."

"도대체 당신이 말하는 그 '자식을 위한 일'이 뭔데! 후계자를 말하는 건가? 내 뒤를 이어 시호가 회사를 경영하면 그것이 행복일 것 같아? 왜 엄마라는 사람이 진정으로 자식을 위한 일이 무엇인지 모르는 거야! 시호를 봐. 얼마나 메말라 가는지 똑똑히 보라고!"

처음이었다. 자식을 똑바로 보라는 권 회장의 경고가 자영을 기막히게 만들었다. 그 누구보다, 아니, 적어도 권 회장보다는 시호에 대해 잘 알고 있다 자신했던 자영이었다.

시호가 하는 모든 일에 사사건건 트집을 잡았던 권 회장에게 이런 말을 듣자 자영은 어리둥절한 표정을 지을 수밖에 없었다.

"당신 눈에는 시호가 행복해 보여? 시호가 원하는 게 후계자 자리 같아?"

"그래요. 난 그렇게 생각해요. 그동안 시호가 얼마나 노력했는지 몰라 묻는 거예요? 오로지 그 목표 하나를 향해 열심히 달려왔어요. 그 아이에게는 후계자 자리가 전부예요. 이 사실을 모르는 사람은 당신뿐이라고요!"

자영의 원망 섞인 목소리에 권 회장의 한숨이 깊어졌다.

왜일까. 자신의 눈에는 윤 비서의 욕심에서 빠져나오지 못하는 시호의 모습이 보이는데 어째서 아내의 눈에는 보이지 않을까.

권 회장은 자영에게서 돌아서 창밖을 바라보았다. 아직 더위가 다 가시지 않은 초저녁. 권 회장은 속에 담아 두었던 말을 조심스레 꺼냈다.

"나도 이 자리가 죽을 만큼 싫었어. 젊었을 때에는 형이 이 자리를 물려받아 다행이라는 생각마저 했었지. 난 그저 내가 하고 싶은 일을 하면서 살고 싶었어. 그리고 형수의 욕심에 점점 물들어 가는 형의 뒷모습을 봤지. 씁쓸하다 못해 가여워 보이기까지 했어."

옛일을 회상하듯 권 회장의 목소리는 중간중간 잠겼다. 먼저 떠나보낸 쌍둥이 형이 그리워 목이 메는 것 같았다. 자영은 조용히 권 회장의 뒷말을 기다렸다.

"과연 형은 행복했을까? 일에 미쳐 살면서, 형수의 욕심을 하나하나 채워 주면서 정작 자신은 피폐해졌지. 난 그러고 싶지 않았어. 적어도 내 자식만큼은 그런 길을 가지 않았으면 하는 마음이었으니까. 시호가 밉거나 당신에게 사랑이 없어서가 아니야."

자영의 심장이 쿵 하고 내려앉았다.

도대체 그동안 무슨 감정으로 남편을 대한 것일까. 왜 자신에게는 아들의 행복이 보이지 않았을까.

자영은 어지러운 머리를 한 손으로 짚으며 의자에 앉았다. 아무 말도 할 수 없었다.

"난 빨리 이 긴 싸움을 끝내고 당신과 조용히 살고 싶어. 당신 그림 속의 주인공이 내가 되길 바라면서. 내 욕심일까?"

권 회장이 다가와 마주 앉으며 자영을 물끄러미 바라보았다. 자신의 마음을 몰라 준 아내에 대한 원망도 미움도 아닌, 그저 사랑의 눈빛이었다.

"이제 나도 쉬면 안 될까? 당신을 더는 외롭게 두고 싶지 않

아. 당신만큼 나도 외로웠으니까."

"그걸 왜 이제야⋯⋯."

흐느끼는 자영을 권 회장은 살포시 안아 주었다. 표현해 주지
못했던 자신의 마음이 미안해 더는 자영을 외롭게 두고 싶지 않
았다.

"바보처럼 말하지 않아도 알아줄 거라 생각했어. 언제나 당
신이 기다려 줄 거라는 믿음도 있었지. 하지만 일방적인 사랑
과 믿음은 상대를 아프게만 할 뿐임을 이제야 알았어. 용서해
달라는 말은 하지 않을게. 당신 마음이 풀리면 그때 날 받아 줄
수 있을까?"

권 회장의 진심이 자영의 심장으로 고스란히 옮겨 왔다. 자
영의 흐느낌은 더욱 격해졌다.

"당신과 30년을 넘게 살았어요. 이제 와 당신을 받아 주지
않는다고 날 탓하지는 못하겠죠. 쉽게 받아 주지 않을 거예요.
억울해서 그렇게는 못 해요."

"그래. 알았어. 그게 언제가 됐든 기다릴 테니까 귀찮다고
내쫓지나 마. 당신 말고 날 받아 줄 사람이 이 세상에 또 어디
있겠어."

지난 세월이 억울하지만, 정말 쉽게 용서 못 할 만큼 권 회
장이 원망스럽지만 내칠 수는 없었다. 사랑이 없어서가 아니었
다. 그들에게는 서로의 마음을 확인할 여유가 없었을 뿐이었
다.

자신을 알아주기만을 바라는 이기적인 마음이 그 긴 세월을

남남처럼 살게 했다. 남은 생마저 그렇게 살 수는 없었다.

"당신 정말 너무해요."

자영은 가슴속에 담아 두었던 앙금이 거센 소나기에 쓸려 내려가는 기분이었다.

chapter 7

승자도 패자도 없다

다음 날 시호는 하율과 집으로 돌아왔다. 두 사람은 저녁 식사를 하고 부모님과 함께 과일을 먹으며 담소를 나누었다. 전과 달리 다정해 보이는 시호와 하율의 모습에 권 회장과 자영은 내심 흡족했다.

"마음고생이 심할 줄 알았는데 지금 보니 안색도 좋고. 누가 보면 신혼여행에서 막 돌아온 부부인 줄 알겠다."

뜨끔. 권 회장의 한마디에 하율의 볼이 발그레해졌다.

"하율이 덕분이에요. 하율이는 상대를 편안하게 해 주는 능력이 있는 것 같아요. 제가 장가를 잘 간 거죠."

왜 이래, 이 사람? 하율이 시호를 힐끔 쳐다보았다. 하룻밤을 보내서인지 시호의 입에서 칭찬이 쏟아졌다. 하율은 적응이 되지 않아 오히려 안절부절못했다.

"별장에서 같이 지내다 보니까 더 많은 걸 알게 된 것 같아요. 그래서 오늘부터 한방 쓰려고요."

컥! 차를 마시다 사레가 들린 하율은 기침을 하며 괴로워했다. 갑자기 한방을 쓰겠다는 시호의 말에 당황스러워 얼굴이 화끈거렸다.

"하율이 너도 같은 생각이니?"

자영의 부드러운 목소리가 들렸다.

"네? 어, 그러니까⋯⋯."

"올라오면서 얘기 끝냈어요. 허락만 해 주시면 돼요."

언제, 언제! 언제 얘기했냐고! 하율은 시호를 바라보며 어이없는 표정을 지었다. 자신에게는 한마디 상의도 없이 불쑥 부모님 앞에서 이런 말을 꺼낸 시호가 미울 뿐이었다.

"허락이 왜 필요해. 결혼한 부부라면 응당 당연한 일이지. 그렇게 해라."

1초의 망설임도 없이 권 회장의 허락이 떨어졌다. 얼떨결에 한방을 쓰게 된 하율은 멍한 정신으로 시호와 안방을 나왔다. 마루에 서서 시호의 얼굴을 올려다보던 하율은 왠지 당한 기분이었다.

"왜 그런 눈빛으로 봐?"

"한 대 때려 주고 싶어서요."

"때려. 맞아 줄게. 너와 같은 침대에 누울 수만 있다면 얼마든지."

"그런 말을 아무렇지 않게 하는 사람이 어디 있어요. 적어도 미리 상의는 했어야죠! 얼마나 당황스러웠는데."

"상의해 봤자 네 입에서 나올 말은 뻔하잖아."

정신을 놓을 정도로 환한 시호의 미소에 하율은 할 말을 잃었다. 웃는 얼굴에 계속 화를 낼 수도 없어 입만 삐죽 내밀었다.

"자, 그럼 이제부터 제대로 된 신혼부부 모습 좀 보여 줄까?"

"네? 어떻게요?"

"이렇게."

시호는 하율을 두 팔로 안아 번쩍 들어 올렸다.

"누가 보면 어쩌려고 그래요."

"보라 그래. 난 보는 사람이 많았으면 좋겠는데?"

"왜요?"

"내가 사랑하는 사람이 너라는 걸 자랑하고 싶으니까."

"못 말려."

다정하게 서로를 바라보는 눈빛은 사랑으로 가득했다. 더는 사랑한다는 마음을 숨기고 싶지 않았다. 밖으로 표현해야 상대도 그 사랑에 화답하니까. 당신보다 내가 더 사랑한다는 마음으로 두 사람은 서로를 응시했다.

"이제 그만 내려 줘요."

"여기? 침대가 아니라?"

"무슨 상상을 하는 거예요."

시호의 이마를 손가락으로 살짝 민 하율은 눈을 흘겼다. 엉큼한 속내가 훤히 들여다보였다.

"짐도 정리해야 하고 내 방에서 가져올 것도 있고. 그러니까 내려 줘요."

"내일 하면 안 돼?"

"빨리 정리하고 갈 테니까 방에서 얌전히 기다리세요."

"하는 수 없지. 같이하자."

"정말?"

방에 들어와서야 하율을 내려 준 시호는 의자에 털썩 주저앉았다. 힘든 표정과 함께 팔을 주무르며 괜한 엄살을 피우는 모습이 마치 관심을 바라는 아이 같았다. 하율은 피식 웃으면서 여행 가방을 풀었다.

"뭐가 이렇게 많아?"

어느새 하율의 옆으로 다가와 앉은 시호는 가방 안을 들여다보았다. 책과 화장품, 옷가지를 들추며 시호는 불퉁거렸다.

"당신 것도 있거든요?"

"이건 내 거 아닌데?"

시호는 하율의 브래지어를 엄지와 검지로 들어 올려 공중에서 흔들었다. 짐을 정리하다 화들짝 놀란 하율은 속옷을 낚아채 등 뒤로 숨겼다. 얼굴이 빨갛게 달아올랐다.

"A컵?"

"별걸 다 물어봐."

"만질 때는 조금 더 큰 것 같았는데 확인 좀 해 볼까?"

"이 사람이 정말! 그만해요."

시호의 시선이 가슴에 머물자 하율은 두 손으로 가슴을 가리며 잔뜩 인상을 구겼다. 단 하룻밤을 같이 보냈을 뿐인데 시호의 행동과 말투는 너무도 직설적이었다. 적응이 잘 되지 않는 시호의 장난에 하율은 어쩔 줄을 몰라 했다. 마치 다른 사람과 같이 있는 기분이었다.

"신경 끄시고 정리나 마저 하시죠."

"싫은데? 이쪽이 더 흥미로워서 말이야. 확인부터 하고."

"꺅!"

찬 바닥에 하율을 눕힌 시호의 눈빛은 음흉했다. 꼼짝없이 시호의 품에 갇힌 하율은 누가 들어오기라도 할까 봐 안절부절 못했다. 이와 반대로 시호는 전혀 의식하지 않는 듯했다.

"지금부터 나에게만 집중. 다른 생각은 말고."

시호의 낮은 목소리가 하율의 귓가를 간질였다. 악마의 속삭임 같았다.

똑. 똑. 똑.

하율의 얇은 블라우스 안으로 손을 밀어 넣으려는 순간 밖에서 들리는 노크 소리에 시호의 미간이 종잇장처럼 구겨졌다. 그사이 하율은 벌떡 일어나 옷매무새를 정돈했다. 꼭 못된 짓을 하다 들킨 기분이었다.

"누구야?"

날카로운 시호의 목소리가 방문 쪽으로 향했다. 하율과 조용히 보내려 했던 시간을 방해받은 시호의 표정이 일그러져 있었다. 누가 무슨 목적으로 노크를 했는지 모르겠지만 마음 같아서는 그대로 돌려보내고 싶을 정도였다.

"저예요, 본부장님."

수연의 목소리에 하율은 긴장을 했다. 자신의 방까지 찾아와 시호를 불러내는 태도에 기분이 썩 좋지 않았다. 왠지 모르게 시호를 자신의 곁에서 떼어 놓으려는 행동같이 느껴졌다. 시호를 바라보는 하율의 눈빛이 불안함에 흔들렸다.

"무슨 일이지?"

"급하게 보고드릴 일이 있어요. 본부장님 방에서 기다리겠습니다."

"기다릴 필요 없어."

"네?"

갈라지는 수연의 목소리에 당황스러움이 묻어 있었다.

"중요한 일을 하던 중이거든. 내일 회사에서 보고 받도록 하지. 그만 가 봐."

문조차 열어 주지 않은 채 돌려보내는 시호의 태도는 비서로서의 자존심마저 무너지게 만들었다. 더는 시호와 자신을 연결해 줄 어떠한 감정도 남아 있지 않다는 것을 깨닫는 순간, 수연은 어리석은 선택을 할 수밖에 없었다.

잠시 후, 작은 서류 봉투를 들고 별채로 향하는 수연의 모습은 악마에게 영혼을 팔러 가는 아둔한 인간 같았다.

❊   ❊   ❊

다음 날 회사에 출근한 시호는 새삼 자신의 집무실이 낯설게 느껴졌다. 수연이 서류를 정리하는 동안 시호는 책상 의자에 천천히 앉았다.

그동안 잦은 출장에도 이런 느낌이 든 적은 없었는데 이 자리를 지킬 수 없을지도 모른다 생각하니 마음 역시 여유롭지 못한 것 같았다.

한쪽에 쌓여 있는 서류들을 내려다보며 시호는 손끝에서 펜대만 굴리고 있었다.

"급한 순서대로 정리했어요. 오늘 중으로 결재해 주세요."

"일이 손에 안 잡혀."

"그럼 이것만 먼저 해 주세요. 나머지는 다음에 하시고요."

시호 앞에 서류를 펼친 수연은 두 손을 가지런히 모으고 기다렸다. 하지만 시호의 눈빛은 서류가 아닌 수연에게 향해 있었다.

"왜 그렇게 보세요?"

"윤수연에게서 다음이라는 말이 나와서. 해야 할 일을 뒤로 미루는 성격이 아니잖아, 너."

"아니죠."

"그럼 지금 이 태도는 뭐지? 나에 대한 반항인가?"

"세상 모든 사람의 마음이 변하는데 저라고 안 변할 이유가 없잖아요."

시호는 수연이 뭔가 이상하다는 걸 느꼈지만 별다른 말은 하지 않았다. 무슨 생각에 잠겨 있는지 점점 어두워지는 수연의 얼굴을 바라보며 시호는 서류에 사인을 했다.

"여기."

"네? 아, 네."

시호가 서류를 건네자 생각에 빠져 있던 수연이 움찔하며 그것을 받아 들었다.

"그날 사건의 배후는 찾았어?"

"아, 그건 아직……."

아직? 말끝을 흐리는 수연의 모습에 시호는 고개를 꺄웃거렸다. 수연의 생각이 다른 곳에 가 있음을 짐작할 수 있었다.

"그 일은 내가 알아서 할 테니까 그만 손 떼도 돼."

"알겠습니다."

짧게 눈인사를 하고 방을 나서는 수연의 뒷모습은 무엇인가 숨기는 듯 보였다. 검지로 책상 위를 툭툭 치던 시호의 눈동자가 한곳에 고정되었다.

'윤수연. 벌써 떠날 준비를 하는 건가? 그래, 넌 그러고도 남을 여자이긴 하지. 내가 이 자리를 지키지 못하면 네 욕심을 채워 줄 다른 사람을 찾아갈 테니까. 무능력한 상사를 떠나는 능력 있는 부하 직원을 잡을 수야 없지.'

고개를 절레절레 흔들며 맨 위 서류를 들춘 시호는 이내 일에 몰두했다.

❋   ❋   ❋

퇴근해서 집에 돌아온 시호가 하루 중 가장 기다리는 시간이 돌아왔다. 저녁을 먹은 뒤 하율의 손을 잡고 공원을 산책하는 시호의 모습은 다른 사람들과 크게 다르지 않았다.

그동안 시호에게 평범한 일상은 지루하고 불편하다는 고정 관념이 있었다. 조금 다른 환경에서 태어나고 자랐으니 자신의 삶 또한 격이 달라야 한다는 이상한 논리가 존재했었다.

하지만 그 평범한 일상이 이토록 메마른 자신의 감정을 채워 주는 원동력이 될 수 있다는 것을 깨달은 순간 시호는 망설이지 않았다. 작고 소소한 일상이 전해 주는 만족도는 기대 이상이었으니까.

물론, 하율과 함께여서 얻을 수 있는 만족감이었다.

화장실에 간 하율을 기다리던 시호는 멀리서 들리는 낯익은 목소리에 고개를 돌렸다. 사람의 시선이 닿지 않는 구석진 곳에 익숙한 두 사람이 앉아 있었다. 뜻하지 않은 곳에서 마주친 지호와 예린의 모습에 시호는 그쪽으로 발을 움직였다.

서서히 거리가 가까워지자 두 사람의 대화가 또렷하게 들렸다. 그리고 시호의 얼굴도 천천히 굳어져 갔다. 급하게 뛰어오는 하율이 막을 새도 없이 충격적인 표정의 시호가 크게 소리쳤다.

"지금 이게 다 무슨 소리야! 큰어머니가 무슨 짓을 했다고?"

대화를 하던 두 사람의 시선이 동시에 움직였다. 가로등 불빛에 비친 시호의 얼굴은 얼음장처럼 차가웠다. 주먹을 꼭 쥔 시호 뒤로 미안해하는 하율의 모습도 보였다.

"엿들으려고 한 것이 아니라 같이 저녁 먹고 산책하는 중이었는데······."

세상에 비밀은 없나 보다. 지호는 원망과 분노가 섞여 이글 거리는 시호의 눈빛과 마주했다.

이렇게 된 이상 사실을 숨기고 피할 수는 없었다. 어쩌면 비밀을 지키기 위해 괴로운 마음보다 이편이 더 나을지 모르는 일이었다.

"확인 사살은 필요 없어. 네가 들은 그대로야."

지호가 일어나 시호 앞으로 다가갔다.

"하! 이건 뭐, 대신 칼 맞아 준 보람이 하나 없네. 내가 괜한 짓을 했잖아."

"그런 식으로 말하지 마요."

"넌 뒤로 물러나 있어."

하율이 삐뚤어질 대로 삐뚤어진 시호를 옆에서 말려 보았지만 소용없었다. 시호의 힘에 하율은 한 발짝 뒤로 밀려 버렸다.

"오빠······."

"예린이 너도 빠져."

두 사람은 가깝게 마주 서 있었고 팽팽한 긴장감이 그 주변을 두르고 있었다. 하율도 예린도 감히 두 사람 사이에 끼어들 수 없을 정도였다.

"쳐. 너 지금 나 한 대 치고 싶잖아. 너한테 빚졌으니까 얼마든지 맞아 줄게."

"뭐? 난 분명 그때 선물이라고 말했을 텐데. 넌 그걸 갚아야 할 빚이라고 생각한 거야?"

"어머니가 너한테 죄를 지었으니까 아들인 내가 대신 갚는 거야. 그러니까 사설 길게 늘어놓지 말고 그냥 쳐. 죽을 만큼 때려."

시호의 손이 부르르 떨렸다. 너무 화가 났지만 지호가 원망스럽고 미워서가 아니었다. 바보 같은 이놈이 얼마나 괴롭고 힘들지 알기에 안쓰러운 마음이 먼저 들었다.

죽을 만큼 힘들다고, 죽고 싶을 만큼 미안하다고 외치는 지호의 표정을 읽은 시호는 주먹을 불끈 쥐었다. 자신이 해 줄 것은 지호의 짐을 조금이라도 덜어 주는 일밖에 없었으니까.

"원대로 해 주지."

퍽!

"으윽……."

시호의 주먹에 고개가 휙 돌아간 지호가 바닥으로 쓰러졌다. 그 모습을 보고 있던 하율과 예린의 입에서 비명이 터져 나왔다. 바닥에 엎드린 지호를 돌려 멱살을 잡은 시호의 눈빛이 흔들렸다. 지호의 눈물이 보였으니까.

"오늘 그 빚 청산하는 거다. 그러니까 다른 생각은 마."

시호의 주먹이 쉴 새 없이 지호의 얼굴로 날아들었다. 화들짝 놀란 예린과 하율이 시호를 말렸다.

"그만해요!"

"오빠! 이러지 마."

하율은 시호의 허리를 뒤에서 끌어안고 지호에게서 떼어 내려 했다. 예린도 두 손으로 시호의 주먹을 덥석 잡았다. 하지만 시호는 멈출 생각이 없어 보였다.

"아직 멀었어."

"그만! 그만해, 시호 오빠!"

예린이 지호를 감싸 안았다. 예린의 등이 지호의 얼굴을 감싸자 시호도 더는 주먹을 휘두를 수 없었다.

"너, 이 자식 편드는 거야? 너도 이 자식이 나한테 하는 말 들었잖아. 빚이라잖아. 갚고 싶다잖아!"

"그렇게라도 해야 오빠한테 덜 미안하니까! 이것밖에 해 줄 것이 없으니까! 미안해서…… 너무 미안해서 그러는 거 시호 오빠도 잘 알잖아."

"난 몰라, 그딴 복잡한 사람 마음."

"지호 오빠 내가 사랑하는 사람이야. 그만해. 지호 오빠가 다치면 내 마음이 더 아파."

순간 징소리가 시호의 머릿속에서 울렸다. 뒤통수를 얻어맞은 기분이었다.

"너 지금 뭐라고 했어? 지호를…… 사랑한다고?"

"응. 오빠."

"으응? 너 미쳤어? 그 사랑이 가능할 것 같아? 큰어머니가 널 받아 주시겠냐고, 이 바보야!"

이제 시호의 화는 예린에게로 향했다. 예린은 이미 각오했다는 표정으로 온전히 시호의 화를 받아 내고 있었다.

"알아. 알지만 마음이 지호 오빠라는데 어떡해. 아파도 사랑이잖아."

지호의 멱살을 놓은 시호는 순간 몸이 휘청했다. 어디서부터 꼬여 버린 인연일까. 좀 전까지 지호가 앉아 있던 벤치에 털썩 주저앉은 시호는 아무 생각도 나지 않았다. 두 사람에게 배신감만 들었다.

"지켜 줄 사람이 있다고 하더니 예린이었냐? 네가 말하는 지켜 준다는 의미가 고작 이런 거야?"

지호는 시호의 물음에 대답할 수 없었다. 얼마나 세게 맞았는지 턱이 돌아간 느낌이었다.

"더럽게 재수 없는 날이군. 비서도, 형제도, 여동생도 모두 다 날 떠날 생각만 하니까. 내 옆에 남은 사람은 하율이 너뿐인가?"

읊조리는 듯한 시호의 목소리가 애처롭게 들렸다. 하율은 시호의 물음에 천천히 고개를 저었다. 혼자가 아니라고.

"가자. 더는 여기 있고 싶지 않아. 누군가 내 심장을 도려내는 것 같아."

우리가 왜 여기까지 왔을까. 하율의 손을 잡고 벤치에서 일어난 시호는 하루가 너무도 길게 느껴졌다. 모든 것이 다 끝난 기분이었다.

악몽은 끝나지 않았다. 다음 날 출근하자마자 회장실로 불려 간 시호는 아무 말도 할 수 없었다. 프로젝트에 대한 비리가 적힌 파일을 훑어보며 심장이 벌렁거렸다. 자신의 약점을 가장 무서운 상대에게 모두 노출당한 기분이었다.

이제 남은 것은 단 하나. 후계자는 고사하고 본부장의 자리마저 내려놓아야 할 지경에 이르렀다는 사실을 깨달은 순간 시호는 아버지 권 회장을 바라보았다.

한결같은 자세로 자신의 대답을 기다리는 아버지의 표정에 시호는 처음으로 식은땀이 흘렀다.

"사실인지 아닌지만 대답해라."

"사실⋯⋯입니다."

"한 가지만 더 묻자. 너 정말 후계자 자리에 욕심이 있는 거냐?"

"네? 갑자기 왜 그런 말씀을⋯⋯."

이상한 질문이었다. 아니, 이상하다기보다 지금 이 시점에 맞지 않는 질문이었다. 그래서 시호는 권 회장의 말을 이해할 수 없었다.

"아무리 윤 비서가 뛰어나다고 하더라도 모든 결정권을 가지고 있는 사람은 아니야. 일에 앞서 자리를 마련하고 훈수는 둘 수 있어도 네가 직접 결정하거나 나서지 않으면 안 되는 일들이었어. 네가 이 정도로 프로젝트에 열정을 가지고 있었는지 몰랐구나. 그래서 묻는 거야. 진정 후계자가 되고 싶은지 말이다."

무슨 말부터 해야 할지 몰라 한참을 고민하던 시호는 어렵게 말을 꺼냈다. 처음으로 아버지에게 자신의 마음을 털어놓는 기분이었다.

"욕심이 없었다면 거짓말이겠죠. 하고 싶었어요. 능력이 이것밖에 되지 않아 실망하셨을 테지만 그래도 아버지 아들인데 닮은 구석이 조금이라도 있다면 할 수 있지 않을까 생각했습니다. 아버지에게 인정받고 싶었으니까요."

"못난 놈. 고작 이만한 일로 본부장의 자리까지 버릴 기세구나. 아직 이 파일은 공개되지도 않았어. 포기하기에는 이르지. 난 다만 네 생각을 알고 싶은 거야."

"제 욕심으로 오를 수 있는 자리가 아니잖아요."

"난 네가 불행까지는 아니더라도 행복하지 못한 삶을 살고 있다 생각했다. 그것도 내 아들이라는 이유로 말이야. 하고 싶은 것을 포기하고 짐스러운 이 삶을 너에게까지 물려주고 싶지 않았어."

그래서 시작된 반항이라고 권 회장은 생각했다. 그림을 좋아했던 시호를 원치 않은 대학에 밀어 넣으며 후회했다.

자신이 아닌 아내를 닮아 그림에 더 소질이 있는 시호였다. 하지만 시호에게는 선택의 여지가 없었고 그 모습을 지켜보며 이런 삶을 아들에게까지 고집할 이유가 있을까라는 의문이 들었다.

권 회장 자신도 누구보다 잘 아는, 힘들고 고단한 삶. 지금까지 희생양은 자신 하나로 충분하다는 생각이었는데 시호의 능력을 확인하고 보니 잘못된 판단일 수도 있겠다는 생각이 들었다. 권 회장의 머릿속이 복잡했다.

"아버지 아들이라는 이유로 후계자가 되는 것은 원치 않아요. 어떤 처분을 내리시든 받아들이겠습니다."

이제 선택은 권 회장의 몫이었다. 죽은 쌍둥이 형의 유언이었고 시호의 삶을 위해서도 지호가 후계자가 되는 것이 더 나은 선택이라고 생각했다. 하지만 지금은 달랐다. 지호와 시호, 두 사람 모두 동등하다는 생각이 들자 권 회장은 고민에 빠졌다.

"전 이만 나가 볼게요."

"이 자료가 어떻게 내 손에 있는지 궁금하지도 않은 거냐?"

자리에서 일어나려던 시호의 몸이 멈췄다. 파일이 존재한다는 것조차 몰랐던 시호의 눈동자가 흔들렸다. 궁금하지 않다면 그것은 거짓말이었다.

"네 큰어머니가 전해 주더구나. 지호를 후계자로 공표함과 동시에 널 본부장의 자리에서 내려오게 하라고 말이야. 그렇지 않으면 이 파일을 공개하겠다고 협박하더구나."

"그래서…… 큰어머니께 뭐라고 하셨어요?"

큰어머니가 무엇을 요구할지는 짐작하고도 남았다. 다만 시호에게 중요한 것은 아버지의 심중이었다. 아들인 자신을 버릴지, 아니면 감싸 줄지 그것이 궁금했다.

"고작 이 정도로 본부장의 자리를 빼앗을 수는 없다 말했지. 칼자루는 당신만 쥐고 있는 것이 아니라고."

칼자루? 시호의 눈빛이 예리하게 빛났다.

"아버지가 쥐고 계신 칼자루가 뭔데요?"

"언제까지 아비에게 숨길 참이야? 상처가 그 정도로 아물었으면 이제 도와 달라 청할 때도 되지 않았니? 널 그렇게 만든

놈들이 누군지 말이다."

시호는 순간 움찔했다. 이렇게 빨리 알게 되실 줄은 몰랐다. 시호 자신도 어젯밤 모든 사실을 알고 정리가 되지 않은 상태였기에 뭐라 대답을 해야 할지 몰랐다.

"누군지…… 아세요?"

"알다마다. 이미 합당한 대응책도 마련해 두었단다. 네가 원한다면 역으로 지호를 물러나게 할 수도 있어."

며칠 전 김 실장에게 그간 있었던 일들을 보고받은 권 회장은 혜선의 용서 못 할 짓에 분노하며 역성을 냈다. 당장 모든 사실을 혜선의 앞에서 밝히고 한국을 떠나라 윽박지르고 싶었지만 권 회장은 그러지 않았다.

시호와 지호를 누구보다 아끼기에 섣부른 선택은 할 수 없었다. 그렇게 고심하는 사이 혜선이 먼저 기름을 부었다. 자신은 관계없다는 가면을 쓰고 나타나 오히려 협박하는 모습에 치가 떨렸다. 이제 더는 결정을 미룰 필요가 없다고 생각한 권 회장이 드디어 칼을 뽑았다.

"아니에요. 굳이 그러실 필요 없으세요."

지호와 예린의 얼굴이 아른거렸다. 아무리 미워도 가족이었다. 큰어머니의 죄로 괴로워하는 지호와 그런 지호를 바라보는 예린의 마음이 어떨지 알기에 시호는 입을 닫았다.

그리고 만약 이 사실을 이용해야 한다면 지금은 때가 아니라는 생각이 들었다. 훗날 예린과 지호를 위해 남겨 두는 것이 현명하다는 결론을 내렸다.

"이대로 물러나겠다는 뜻이냐?"

"생각할 시간을 좀 주세요."

"그러마. 하지만 빨리 결정하는 것이 좋을 거야. 침묵은 상대를 자극할 뿐이니까."

"알겠습니다."

이제 정말 선택의 기로 앞에 섰다. 모두를 위해 어떤 선택이 좋은 것일까? 시호는 회장실을 나와 복잡한 마음으로 발걸음을 옮겼다. 하율이 너무도 보고 싶었다.

❀   ❀   ❀

"아! 자, 잠깐만요. 아파요."

수업 도중 강의실 문을 벌컥 열고 들어와 교수에게 정중히 인사를 한 시호는 매의 눈으로 하율을 찾았다.

맨 끝 구석진 자리에 앉아 놀란 토끼눈을 하고 있는 하율을 향해 윙크를 날린 시호는 아주 뻔뻔한 말을 교수에게 던졌다. 데이트를 지금 꼭! 해야겠다고.

강의실 안은 여학생들의 탄성으로 술렁거렸고 하율은 시호의 손에 질질 끌려가는 중이었다. 강제로 차에 올라탄 하율이 운전대를 잡는 시호에게 물었다.

"지금 어디 가요?"

"양평."

"양평? 아니, 올라온 지 얼마나 됐다고 또 양평이에요?"

"내 맘."

우씨! 하율은 입안에서 말을 삼켜야 했다. 그리고…… 또 한 번 같은 고민을 머릿속에 떠올렸다. 무슨 속옷을 입었지? 점심에 뭘 먹었더라?

교정을 빠져나와 달리는 차 안에서 하율은 조용히 목소리를 깔았다.

"저기…… 그냥 궁금해서 묻는 건데요. 우리…… 자고 와요?"

하율의 양 볼이 빨갛게 달아올랐다. 자신을 바라보는 시호의 눈빛이 느껴졌다.

"원한다면 그날보다 더 뜨거운 밤을 보낼 수도 있고."

시호의 장난스런 목소리가 하율을 더욱 창피하게 만들었다.

"아니, 나는 그냥 물어본 거예요. 내일 학교도 가야 하고 그러니까. 뭐, 다른 뜻이 있는 건 아니고. 그렇다고요."

손사래까지 치면서 부정을 해 보았지만 늦었다. 구차한 변명만 늘어놓은 것 같아 하율은 입을 닫았다. 그때 시호의 손이 하율의 머리를 천천히 쓰다듬었다.

"널 또 아프게 할 수는 없겠지? 그냥 바다나 보러 가자."

"아니, 왜? 그냥 양평…… 가도 되는데……."

"오늘은 수다 떨고 싶다."

응? 수다? 하율은 그제야 시호의 옆모습을 세심하게 살폈다. 눈동자가 보이지 않아 잘 모르겠지만 표정이 조금 어두웠다. 하율은 시호의 볼을 조심스레 쓰다듬었다.

"마음이 아프면 말을 하지."

"이제 말하려고."

두 사람을 태운 차는 조용히 바다로 향했다.

"와우! 바다다!"

아이처럼 모래사장을 뛰어다니던 하율은 바다를 향해 소리를 질렀다.

"내가 왔다, 바다야! 그리고 그때 예의 없던 멋진 남자도 같이 왔다. 내 남자야."

하율의 소개에 피식 웃어 버린 시호는 나란히 바다를 보고 섰다. 시원하면서도 습한 바람이 짧은 머리카락을 날렸다. 한동안 시호는 바다만 바라보았다.

"지금도 날 위해 배려 중인가?"

시호는 자신을 따라 바다를 바라보는 하율에게 물었다. 여전히 시선은 바다에 고정한 채였다.

"반성하고 있어요."

"반성? 무슨 반성?"

"왜 그때나 지금이나 당신을 위해 해 줄 수 있는 것이 아무것도 없을까. 나란 여자 참…… 매력 없다."

"이하율……."

"하지만 매력 없어도 난 당신 곁에 있을 거예요. 그러니까 혼자라는 생각은 하지 말아요."

자신의 마음을 읽는 하율의 능력에 시호는 또 한 번 감탄을 했다. 여기까지 오면서 내내 무거웠던 마음이 조금 가벼워지는 느낌이었다. 혼자가 아니라서 말이다.

"넌 내가 본부장이라는 직함을 내려놔도 괜찮겠어? 아무것도 할 줄 모르는, 야식만 축내는 그런 남자여도 괜찮아?"

"왜 아무것도 할 줄 모른다고 생각해요? 다른 일은 해 본 적이 없어서? 아니면 도전하는 것이 겁나서?"

시호는 하율의 말을 곱씹었다. 그럴수록 정말 그렇구나 하고 고개를 끄덕이게 되었다. 서른이 넘은 나이에 20대처럼 앞날을 걱정하는 모습이 한심했다. 그것도 자신이 사랑하는 여자 앞에서.

"그동안 살면서 하고 싶었던 일도 있었을 테고, 하지 못했던 일도 있었잖아요. 그걸 하면 돼요. 지금도 늦지 않았고 잘할 수 있어요. 그때보다 더 절실하니까."

"넌 도대체 뭘 믿고 그렇게 긍정적이야? 안 될 수도 있다는 생각은 안 해?"

"안 해요. 대신 해 보고 실망하죠. 해 보지도 않고 후회하는 것보다 낫다고 생각해요. 인생에서 경험은 가장 값진 선물이라고 아빠가 그러셨거든요."

"왜 갑자기 네 앞에서 작아지는 기분일까."

"그러게요. 키는 당신이 이만큼 더 큰데."

하율이 까치발을 하고 시호의 어깨에 손을 올렸다. 시호의 두 팔이 자동적으로 하율의 허리를 감싸 안았다.

"이제 내가 보여요?"

"응. 보여. 아주 잘 보여."

"내 눈에도 당신이 잘 보여요. 본부장이 아니라, 후계자를 욕심내는 그런 사람이 아니라 나만 바라봐 주는 내 남자로 보인다고요. 난, 그런 권시호를 사랑해요."

"나도 널 너무 사랑해."

"그럼 키스해 줘요. 바다가 우리 사랑을 질투할 만큼."

시호의 따뜻한 입맞춤이 하율의 가슴을 타오르게 만들었다. 사랑은 이렇게 하는 거라고, 바다 앞에서 자랑하듯 그렇게 하율은 시호의 입술을 탐했다. 두 사람을 시기하듯 파도 소리가 요란했다.

늦은 저녁, 집에 도착한 시호는 하율을 방으로 들여보내고 지호를 찾았다. 단순히 후계자 자리를 넘겨준다고 끝날 일이 아니었다.

아무도 모르게 지호를 공원으로 끌어낸 시호는 한동안 말이 없었다. 확인하고 싶은 것이 있었지만 사실일까 봐 두려워 쉽게 말을 꺼내지 못하고 있었다.

"한 가지만 묻자."

마주 선 두 사람의 눈빛이 가로등 불빛 밑에서 흔들렸다.

"후계자 자리, 내가 포기하면 예린이를…… 지킬 수 있는 거야?"

"으응."

자신 없는 지호의 대답에 시호는 불안감을 감출 수 없었다.

"내가 네 말을 어떻게 믿지?"

"한국에 오기 전 어머니와 거래를 했어. 내가 후계자가 된다면 예린이를⋯⋯ 며느리로 받아 주시겠다고."

"하! 모자 지간 아주 화끈한 거래를 하셨군. 마지막으로 한 가지 더."

"말해."

"네가 후계자가 된 후 큰어머니의 마음이 바뀌시면 그땐 어쩔 거야. 그러고도 남을 분이시잖아. 안 그래?"

지호는 시호의 말을 부정할 수 없었다. 자신도 이런 생각을 하지 않은 것은 아니었다. 혹시라도 어머니의 마음이 변한다면 어떻게 해야 하는가에 대해 생각이 많았다. 그래서 시호의 물음에 답할 수 있었다.

"내가 후계자 자리를 버리면 그만이야. 어머니에게는 날벼락 같은 소식이겠지."

"어쩔 수 없이 예린이를 인정하게 만든 거구나. 신화그룹 안주인이 되고 싶으시다면 다른 생각은 못 하시겠네. 이런 말을 듣고 기뻐해야 하는지, 아니면 슬퍼해야 하는지. 예린이를 생각하니까 입안이 씁쓸하다."

어쩔 수 없는 선택이었고 슬픈 현실이었다. 친동생은 아니지만 지금까지 아끼며 가깝게 지낸 예린을 지호에게 준다는 것은 어쩌면 다행일지도 모르는 일이었다.

서로 이미 오래전부터 마음을 주고받은 사이라고 하니 반대할 이유가 시호에게는 없었다. 하지만 자신만큼 순탄한 결혼 생활을 시작할 수 없게 만드는 큰어머니의 존재가 마음에 걸렸다.

눈에 차지 않는 예린을 며느리로 받아 준다는 것은 큰 흠이 될 수 있는 일이었다. 예린이 힘겨운 길을 가야 한다는 사실이 시호를 가슴 아프게 만들었다. 과연 자신이 물러나는 것이 모두를 위해 옳은 일일까?

"너와 큰어머니가 한 거래는 예린이가 모르는 편이 좋겠다. 그 녀석이 이 사실을 알게 된다면 괴로워할 거야. 그 누구보다 비참할 테고."

"알아."

"네가 좋아서 포기하는 거 아니야. 그러니까 괜한 상상하지 마."

시호는 늘 속마음과 반대로 말을 뱉었다. 그것을 알기에 지호는 마음이 울컥했다. 형제에게 희생을 강요해서라도 곁에 두고 싶은 여자가 있었기에 지호는 가슴 깊은 곳에서부터 올라오는 감정을 꾹꾹 눌렀다.

"미안해하지도 마. 내가 하기 싫어서 물러나는 거니까."

회사에 대한 시호의 열정을 모르는 것도 아니었다. 그래서 더 목이 메어 오는 것 같았다. 자신과 예린의 행복을 얼마나 바라고 있는지 알기에…….

"고맙다는 말은 내가 해야겠지? 덕분에 하율이와 알콩달콩 신혼을 만끽할 수 있게 됐으니까. 나중에 딴말하기 없다. 힘들다고 징징거리며 그만하겠다고 해도 나, 눈도 깜짝 안 할 거야. 그러니까 딴생각 말고 죽을힘을 다해서 네 실력을 보여 줘. 내가 후회하는 일 없도록."

가슴이 미어진다는 말을 이럴 때 쓰는 걸까? 시호의 말을 듣고 있으니 지호는 숨이 막혀 왔다. 도대체 누굴 위해 시작한 일이고 누가 행복해지는 것일까. 참고 있던 감정이 올라와 코끝을 찡하게 만들었다.

"한 번만 안아 보자."

미안하다, 고맙다, 잘하겠다는 말은 필요 없었다. 그저 형제를 느낄 수 있는 따뜻한 포옹이면 다 전해졌다. 그래서 지호는 시호에게 먼저 다가갔다.

표현할 줄 모르는 시호가 이만큼 용기를 내어 준 것에 대해 자신이 해 줄 수 있는 최선이었으니까. 시호를 바라보는 지호의 눈빛에는 고마움이 넘쳐흘렀다.

"남자끼리 무슨 포옹이야. 쑥스럽게."

말은 그렇게 하면서도 지호의 포옹을 밀쳐내지 않았다. 시호는 오랜만에 지호의 뜨거운 마음을 느낄 수 있었다. 거짓과 의심과 욕심은 두 사람에게 해당 사항이 없었다.

두 사람의 포옹을 뒤에서 조용히 지켜보던 예린은 입을 막으며 오열했다. 시호의 뒤를 따라 지호가 나가는 것을 본 예린은 또 주먹질이 오갈까 봐 걱정스런 마음에 뒤를 밟았다. 그리고 뜻하지 않게 엄청난 사실을 알게 되었다.

자신 때문에 그토록 아끼는 두 사람이 아파하고 있었다. 이제 선택은 두 사람이 아닌 예린 자신이 해야 한다는 것을 인식하게 되었다. 두 사람의 포옹만큼 예린의 눈물도 뜨거웠다.

❋　　　　❋　　　　❋

　이틀 뒤 권 회장은 시호의 결정을 받아 주었다. 시호가 어떤 마음으로 후계자 자리를 포기하는지 알고 있었다. 그 결정이 헛되지 않도록 권 회장에게는 아직 할 일이 남아 있었다.

　퇴근 후 권 회장은 서재로 수연을 불렀다.

　"너답지 못하게 급했더구나."

　권 회장의 첫마디에 수연의 눈동자가 흔들렸다.

　"시호가 하지 않은 일을 잘도 꾸몄어. 그것도 허접하기 짝이 없게."

　수연의 등에서 식은땀이 흘렀다. 권 회장이 모든 사실을 알았다면 빠져나갈 방법은 없었다. 언제까지 권 회장을 속일 수 있다 생각한 것은 아니지만 시기가 빨랐다.

　"덕분에 난 널 내칠 수 있는 명분을 얻었다. 고맙다고 해야겠지?"

　권 회장의 물음에 그제야 수연은 속으로 탄성을 질렀다. 권 회장이 원하는 대로 움직인 자신이 한심하면서도 우스웠다.

　그 누구보다 똑똑하다 생각했는데 이런 실수를 저지르고 보니 혼자만의 자신감에 사로잡혀 살았다는 생각을 떨칠 수 없었다.

　인생의 경험이란 이런 상황에서 발휘되는 걸까? 자신이 실수할 때를 기다린 권 회장의 식견에 수연은 감탄하지 않을 수 없었다. 권 회장 앞에서 자신은 한낱 어린 양이었다.

"언제부터 절 내칠 생각을 하신 건가요?"

수연의 목소리는 바닥까지 가라앉아 있었다.

"네 눈이 시호를 남자로 바라보던 그때부터."

"아……."

모두를 속일 수 있다고 장담했다. 그리고 자신 있었다. 당사자인 시호도 모르게 숨겨온 마음이었지만 권 회장에게 들통 나고 말았다.

수연은 씁쓸한 미소를 지으며 자신의 두 손을 맞잡았다.

"하율 씨는 되고 전 안 되는 이유라도 있으세요? 그 이유가 타당하다면 물러나겠습니다."

이 물음조차 예상했는지 권 회장은 전혀 흔들림이 없었다. 그런 권 회장의 모습에 수연은 또 한 번 놀랐다.

"넌…… 형수님을 닮아 가고 있었어. 욕심을 사랑이라고 착각하는 것조차 말이야. 형수님 손아귀에서 그것을 사랑이라 굳게 믿는 형을 지켜봤는데 내 아들까지 그 전철을 밟게 할 수는 없었다. 네 욕심을 사랑이라고 착각하지 마라. 욕심이 자라서 집착을 만들었고 그 집착이 널 악하게 만든 거야. 여기서 멈춘다면 형수님처럼 되지는 않을 거다. 넌 아직 젊으니까 진정한 사랑을 할 수 있는 기회는 얼마든지 있어."

"사랑은 사람을 선하게도, 악하게도 만들 수 있어요. 그것이 꼭 욕심과 집착 때문이라고 단정 지을 수는 없지 않을까요?"

벼랑 끝에 몰려 발악을 하는 것이 아니었다. 아니라고, 내 사랑은 욕심이 아니라고 외치고 싶었다. 아무도 알아주지 않는 자신의 사랑을 지키고 싶었다.

"네 사랑이 진심이었다면 시호의 마음이 흔들렸어야 해. 하율에게 움직여서는 안 되는 거야. 너도 알면서 내게 묻는 이유를 모르겠구나."

외면하고 싶었던 현실이 파도처럼 밀려왔다. 높은 파도에도 휩쓸리지 않으려고 두 다리에 힘을 주었지만 부질없는 짓이었다.

수연의 눈에 눈물이 고였다. 억울해서 눈물이 흐르는 것이 아니었다. 지난 시간이 너무 허무하고 자신이 가여워서 스스로 하는 위로였다. 단지 그뿐이었다.

"그 사람도 제게 그런 말을 할까요? 사랑이 아니라고 말하면 전…… 앞으로 어떡하죠?"

수연이 뻔뻔해서 권 회장에게 이런 물음을 던진 것은 아니었다. 현실을 회피하고 싶은데 길이 보이지 않았다. 도와주는 이도 없었고 자신을 감싸 줄 이도 없었다. 알몸으로 서 있는 것 같아 창피하고 무서워 떨고 있었다.

수연의 이런 마음은 고스란히 권 회장에게 전해졌다.

"사랑에 빠진 남자의 마음을 확인하려 하지 마라. 변하는 것은 아무것도 없단다. 네가 할 수 있는 선택은 시호의 기억 속에 능력 있고 멋진 비서로 남는 거야. 네가 시호에게 여자이고 싶을수록 그놈 기억 속에서 넌 사라지겠지. 어떤 선택이 옳은 것인지 결정은 네가 하려무나. 이것이 내가 너에게 해 줄 수 있는 최선이란다."

마지막으로 권 회장은 수연의 앞에 통장을 내밀고 서재를 나갔다. 그 통장이 무엇을 의미하는지 알기에 수연은 쓴웃음을 지었다.

자식을 아끼는 아버지의 마음이라 할 수도 있을 테고 그동안 수연 자신이 시호 옆에 머문 시간의 보상일 수도 있을 것이다.

그저, 돈으로 환산할 수 있는 그런 시간이었고 그 정도밖에 되지 않는 자신의 모습을 수연은 마지못해 받아들였다. 권 회장의 말대로 변하는 것은 아무것도 없었으니까.

서재에 혼자 남은 수연은 소리 없이 눈물을 쏟았다. 하지만 오히려 마음은 그 어느 때보다 편안했다.

한참이 지나서 서재를 나온 수연은 시호를 발견하고 움찔 놀랐다. 언제부터 이곳에 있었는지 모르겠지만 수연은 나약한 모습을 보여 주고 싶지 않았다. 그래서 시호를 더 당당히 마주 섰다.

"회장님이 저더러 비서직 그만하래요."

"그래서?"

"그만하려고요."

"그렇게 쉽게…… 대답이 나와?"

"서로 사랑하는 사이도 아닌데 시간 끌 필요 없잖아요."

수연은 돌려 말했다. 당신은 나, 사랑하지 않느냐고. 나는 가슴이 미어지는데, 다시 볼 수 없다는 사실이 서글픈데 당신은 아무렇지 않느냐고. 우리가 보낸 시간이 이토록 짧은 인사를 나눌 만큼 아무것도 아니었냐고 묻고 있었다.

"사랑하는 사이는 아니었어도 손발이 잘 맞는 파트너였지."

시호는 일을 하면서 그 누구보다 수연에게 믿음이 있었다. 미처 생각지 못한 것들을 수연이 확인해 줄 때마다 그녀의 능력에 감탄하며 고맙다는 생각이 들었다.

언제나 냉철하고 이성적인 판단을 하는 수연에게 솔직히 사랑이라는 감정은 좀처럼 느낄 수 없었다. 바늘로 찔러도 피 한 방울 날 것 같지 않는 수연의 성격은 여자라기보다 파트너로서의 느낌이 강했다. 너무도 예리하고 냉정한 사고에 몸서리를 칠 때도 많았다.

"내가 사랑이었다고 말하면 믿어 줄래요?"

수연은 흔들리는 눈빛으로 시호를 바라보았다. 그 앞에 단 한순간만이라도 여자이고 싶다는 생각이 들었다.

"날 소유하고 싶었던 마음을 사랑으로 포장하지는 마. 네가 원했던 사랑은 마음이 아니라 내가 가지고 있는 배경이었어. 날 정말 사랑했다면 하율이와 결혼하게 두지는 않았을 거야. 넌 그저 결혼을 하지 않고도 남자를 소유할 수 있다는 우월감을 보이고 싶었겠지. 그래야 다른 여자들과 달라 보일 테니까."

시호의 말에 수연은 순간 웃음이 나왔다. 그 누구보다 자신의 마음을 꿰뚫어 보고 있는 남자 앞에서 처음으로 작아지는 기분이었다. 언제나 자신이 한 수 위라고 생각했는데 아니었나

보다. 그래서 수연은 시호의 앞에 당당히 오른손을 내밀 수 있었다.

"멋진 남자였고, 훌륭한 상사였어요. 오래도록 기억할게요."

"아끼는 마음이 없어서가 아니라 네 마음을 받아 줄 수 없어서 잡지 못하는 거야."

시호는 수연과 마지막 악수를 했다. 그렇게 수연은 자신의 마음에서 시호를 떠나보냈다.

방으로 돌아와 짐을 정리하던 수연은 빠진 것이 없는지 다시 한 번 확인했다. 이 방에서 가지고 나갈 수 있는 것은 옷가지와 책이 전부였지만 이곳을 떠난 후 남들 손에 자신의 물건이 버려지는 것이 싫어 수연은 꼼꼼히 둘러보았다.

자신을 떠올릴 그 어떤 것도 남겨 두기 싫었다. 물론, 이 집에 자신을 기억해 줄 사람이 있는지 그것을 먼저 생각할 필요는 있겠지만.

6년 전 부푼 꿈을 안고 이 집에 들어왔다. 대학을 졸업하자마자 대기업 비서가 되었고, 회장님에게도 나름 능력을 인정받아 이 집에서 지낼 수 있게 되었다.

전에 살던 지하 단칸방에 비하면 이곳은 천국과 같았다. 종일 햇살이 가득 들었고 한겨울에도 반팔을 입을 만큼 따듯했다. 그러나 이제 더 이상 자신의 방이 아닌 곳을 둘러보며 수연은 씁쓸한 미소를 지었다.

처음 이 방을 둘러보던 그때의 마음이 수연의 발목을 잡았다. 왜 작은 것에 행복할 줄 몰랐을까. 6년을 지내다 보니 이 세계에 물들어 가는 것을 인지하지 못했다.

커져 버린 욕심에 한 남자에 대한 집착을 사랑이라 믿었다. 그러나 후회는…… 없었다.

'안녕, 꿈같은 내 6년의 시간.'

마지막 인사를 하고 방을 나온 수연은 멀찌감치 서 있는 하율을 발견할 수 있었다. 수연이 여행 가방 두개를 섬돌 아래로 내려놓자 하율이 가까이 다가왔다.

"하나는 제가 들어 줄게요."

"무겁지 않아요."

"나 편하려고 하는 거예요. 그러니까 이리 줘요."

수연의 손에서 가방 하나를 빼앗듯 받아 든 하율은 앞서 걷기 시작했다. 잠시 하율의 뒷모습을 바라보던 수연도 말없이 뒤를 따랐다. 두 사람은 주차장에 도착해서야 마주 섰다. 어색한 공기를 깨고 먼저 입을 연 사람은 수연이었다.

"난 착하지 못해서 본부장님과 잘살라는 말은 하지 않을 거예요. 그렇다고 두 사람을 저주할 마음도 없으니까 안심해요."

"저도 착하지 못해요. 그래서 훗날 다시 보자는 말은 안 할 거예요."

"입바른 소리보다 낫네요. 그래요, 그럼. 여기서 영원히 안녕하죠."

수연은 여행 가방을 차 트렁크에 실었다. 쿵 하는 소리와 함께 트렁크가 닫히자 수연은 운전석 쪽으로 걸었다. 차에 오르려는 순간 하율의 목소리가 들렸다.

"사랑은…… 다시 와요. 윤 비서님이 아니라고 해도 사랑은 다시 찾아올 거예요."

"내가 사랑도 못 하고 죽을까 봐 걱정해 주는 건가요? 나 윤수연은 사랑 없이도 지금까지 잘살아 왔어요. 앞으로도 그럴 거예요."

"다시 찾아온 사랑을 밀어내지 말라는 뜻이에요. 사랑은 아니었어도 그 사람을 생각해 주던 윤 비서님의 마음은 진심이었잖아요."

"예린이도, 본부장님도, 그리고 회장님마저 사랑은 아니라고, 욕심이라고 말했는데 하율 씨만 내 마음이 진심이었다는 말을 하는 건가요? 참 기분 더럽네요. 하율 씨에게 이런 말이나 듣고."

"윤 비서님이 그 사람 곁에서 보낸 6년의 시간을 난 인정해요. 기분은 나쁘지만 분명 그 사람 기억 속에 추억으로 자리 잡을 테니까. 그것까지 지워 버리라고는 하지 않을 거예요. 내가 끼어들 수도 없고, 부인할 수도 없는 두 사람만의 시간이니까요. 부러워서 하는 말이에요. 정말 부러워서……."

사람의 감정은 어떤 식으로든 설명이 다 되지는 않았다. 사랑도, 미워했던 마음도 영원한 건 없었다. 하율의 한마디에 그래도 6년의 시간은 건질 수 있었다.

'고마워요. 하지만 고맙다는 말은 하지 않을 거예요.'

수연은 대꾸도 없이 차에 올랐다. 짧은 눈인사도 없이 차를 몰고 주차장을 빠져나왔다. 백미러로 우두커니 서 있는 하율의 모습이 보였다. 수연의 입가에 잔잔한 미소가 번졌다.

❁ ❁ ❁

일주일 뒤 시호는 본부장의 자리에서 물러났다. 6년 동안 열정을 쏟았던 일에서 벗어나자 시원섭섭한 마음이 들었다.

하기 싫었던 적도 있었고, 힘들어 포기하고 싶었던 적도 있었다. 그때마다 수연의 다그침이 있었지만 정말 이 길이 내 길인가 하는 고민을 떨쳐 버릴 수가 없었다.

그런데 이렇듯 너무 쉽게 손을 놓으니 가슴에 구멍이 뚫린 기분이었다. 시호는 시린 가슴을 채워 줄 사람에게 달려갔다.

"놀아 주라."

"네?"

수업 도중 끌려나온 하율은 시호의 말에 가슴이 뭉클했다. 뭐라 위로의 말을 해 줘야 좋을지 생각조차 나지 않았다.

"실업자가 되니까 당장 뭘 해야 될지 모르겠네. 회사 일에 미쳐 있을 때에는 하고 싶은 일이 그렇게도 많더니 지금은 바보가 된 기분이야. 나 정말 한심해 보이지?"

"정상인데요. 나조차도 그런 마음이 들 것 같아요."

"편들어 주니까 이하율 같지 않잖아."

"편들어 달라고 나한테 왔으면서."

"훗, 맞아. 위로받고 싶어서 왔지. 너밖에 없어서……."

"그럼 이제부터 데이트 좀 해 볼까나?"

"데이트를 하자고?"

시호를 차 안에 밀어 넣은 하율은 운전석에 앉았다. 차 키가 꽂혀 있는 것을 확인하고 시동을 켠 하율은 안전벨트부터 맸다.

"잠깐! 네가 왜 운전석에 앉는 거야?"

"이틀 전에 면허를 취득했으니까. 짜잔."

지갑에서 면허증을 꺼내 시호의 얼굴 쪽으로 당당히 내민 하율은 양쪽 어깨를 으쓱거렸다.

하지만 면허증을 확인하고도 시호는 불안할 수밖에 없었다. 운전대를 넘겨줘도 마다할 시기에 서슴없이 운전을 하겠다고 하니 기가 막힐 노릇이었다.

시호는 우선 안전벨트를 매고 하율을 유심히 살폈다.

"좀…… 빠르지 않나? 시내 주행은 나중에 내가 천천히 가르쳐 줄게. 그러니까 오늘은……."

"예린 언니하고 연습했어요. 걱정 말아요. 당신 오토바이보다 안전하게 운전할 테니까."

"그럼 차량이 좀 적은 외각으로……."

"명동 갈 거예요."

"뭐! 그 복잡한 곳을 가겠다고? 무슨 똥배짱이야! 이게 위로야! 자살 행위지!"

"나를 믿으시라. 하하."

말은 이렇게 했지만 하율의 운전 실력은 믿을 것이 못 되었다. 거북이 주행도 모자라 차선 변경조차 되지 않으니 여기저기서 경적 소리가 울려 퍼졌다. 30분 뒤 유료 주차장에 차를 세운 하율은 멋쩍은 표정으로 시호에게 차 키를 넘겼다.

"당분간 운전대 잡지 마라."

"네에."

풀이 팍 죽은 하율은 고개도 못 들고 있었다. 예린과 연습할 때는 이렇게까지 답답한 운전 실력은 아니었다.

차근차근 조용한 목소리로 알려 주던 예린과 달리 시호의 잔소리가 하율을 잔뜩 긴장하게 만들었다. 자신의 운전 실력보다 시호의 잔소리가 더 원망스러웠다.

"여기는 도대체 왜 오자고 한 거야?"

나란히 걷는 것조차 힘들 정도로 사람이 많았다. 손을 잡지 않으면 지나다니는 사람들 사이를 요리조리 피해 다니다 서로를 잃어버리기 쉬었다. 더구나 키가 작은 하율이 인파에 묻히면 찾기도 힘들었다.

"아직 멀었어?"

"다 왔어요. 여기예요."

하율의 손끝을 따라 시호의 눈동자가 움직였다. '미친 닭발'이라는 간판이 그의 시야에 들어왔다. 닭발은 알겠는데 미친 닭발은 무슨 뜻이지? 시호는 고개를 갸웃거리며 들어가길 꺼렸다.

"빨리 들어가요. 자리 없으면 기다려야 된단 말이에요."

"지금 이걸 먹자고?"

"네. 이 닭발집이 얼마나 유명한데요."

싫어하는 시호를 잡아끌고 안으로 들어간 하율은 잽싸게 비어 있는 테이블을 꿰찼다. 물론 구석인 데다 자리도 비좁았지만 기다리지 않은 것만 해도 감지덕지였다.

하율은 한 손을 높이 들며 친근감 있게 이모를 불렀다. 메뉴판도 없이 물과 컵만 내려놓은 50대 중반의 아주머니가 하율에게 물었다.

"있는 거, 없는 거?"

"있는 걸로 2인분이요. 그리고 파인주스도 주세요."

도무지 시호가 알아들을 수 없는 주문을 한 하율은 잔뜩 기대에 부풀어 있는 표정이었다. 시호는 그런 하율의 모습을 이해할 수 없었다.

"도대체 뭘 주문한 거야?"

"닭발이요."

"나한테 묻지도 않고 네 맘대로 주문하면 어떡해?"

"여기는 메뉴가 닭발밖에 없어요."

"있는 거, 없는 거는 뭔데?"

"뼈가 있느냐 없느냐 그 차이죠. 자고로 닭발은 뼈가 있어야 발라 먹는 재미가 쏠쏠하거든요. 한번 먹어 봐요. 간판에 적혀 있는 것처럼 미치도록 맵고 맛있는 닭발이니까."

주위를 한번 둘러보라는 하율의 손짓에 시호는 고개를 돌렸다. 한 손에 위생장갑을 끼고 뼈를 발라 내는 사람들의 모습에 시호는 인상을 찌푸렸다.

남자, 여자 할 것 없이 품위라고는 전혀 찾아볼 수 없는 행동을 아무렇지 않게 상대편 앞에서 하고 있었다. 고개가 절로 저어졌다.

"여기서 꼭 먹어야겠어?"

"응. 결혼하고 도통 올 수가 없어서 가끔 잠 안 오는 밤에 생각났단 말이에요. 날 믿고 먹어 봐요."

"날 위해서가 아니라 널 위해서 여길 왔다는 말이군."

"단것과 매운 것을 먹으면 스트레스가 풀린다고 하잖아요. 얼얼할 정도로 매운 것을 먹으면 허한 마음을 잠시 잊어버릴 수 있을 거예요. 앞으로 뭘 해야 할까는 내일부터 고민하고, 오늘은 그동안 열심히 일한 당신을 위해서 하루 정도 망가지는 것은 어때요? 남의 시선 생각하지 말고, 그동안 하지 못했던 것들을 하는 거죠."

"이것도 이하율이 말하는 배려인가?"

"그렇게 알아주면 고맙고."

"너 자꾸 말이 짧아진다."

"뭐, 결혼하면 동급이라잖아요. 히히."

잠시 후 두 사람 앞에는 매운 양념에 빠진 닭발이 놓여졌다. 양복 재킷을 벗고 하얀 와이셔츠에 묻지 않도록 빨간 앞치마까지 한 시호는 한 손에 위생장갑을 꼈다.

이런 자신의 모습이 문득 우스워 입에서 피식 웃음이 새어 나왔다. 그때 어디선가 찰칵 하는 소리가 들렸다.

"뭐하는 짓이야?"

"증거로 남겨 놔야죠. 이런 모습을 언제 또 보겠어요."

휴대폰 카메라로 시호를 찍은 하율은 혼자 히죽거리며 사진을 확인했다.

"지워라."

"잘 나왔는데 왜 지워요. 자, 직접 봐요. 잘 나왔죠?"

하율의 휴대폰 사진을 확인한 시호는 딱히 어떤 표정도 짓지 않았다. 한심한 듯 웃는 자신의 모습에서 가식은 전혀 찾아볼 수 없었다.

사진이 잘 나왔다는 말은 잘생기게 나왔다기보다 사실적인 모습을 담았다는 의미에 더 가까웠다. 시호는 아무 말 없이 휴대폰에서 시선을 돌려 닭발 하나를 집어 들었다.

"어떻게 먹어야 하지?"

"나처럼."

휴대폰을 내려놓고 닭발을 집어 한입 베어 문 하율은 입을 조물조물하더니 잔뼈를 하나씩 뱉어 냈다. 시호는 그런 하율의 모습에 기가 찼다.

"꼭 그렇게 먹어야 해?"

"잔뼈까지 꼭꼭 씹어서 먹는 사람도 있어요. 그렇게 드시든가."

여기까지 왔으니 먹어야지. 시호는 하율의 보여 준 것처럼 닭발 하나를 해치웠다. 그리고 입에서 불이 나는 느낌에 물을 벌컥벌컥 들이켰다. 정신이 다 아찔해지는 기분이었다. 하율의 말처럼 다른 생각은 전혀 할 수가 없었다.

"맛있죠?"

"아니. 매워서 무슨 맛인지 모르겠어."

"처음엔 다 그렇게 시작하는 거예요."

하율의 먹는 속도의 반도 쫓아가지 못했지만 시호는 먹는 것을 멈추지 않았다. 행복해하는 하율의 모습과 그런 하율의 옆에서 자신이 조금씩 변해 가는 것이 어색하면서도 뿌듯했다.

서로를 알아 가는 시간이 이토록 소중하고 감사한 시간인 줄 알지 못했다. 하나를 잃고 나니 다른 하나를 얻은 기분이었다.

"천사의 선물인가?"

"뭐가요?"

"너."

그래, 하율은 시호에게 천사의 선물이었다. 어느 날 갑자기 하늘에서 뚝 떨어진 그런 선물. 원하지 않았던 선물을 밀어내기 바빴던 지난날을 떠올리며 시호는 지금 이 순간이 얼마나 행복한지 새삼 느끼게 되었다. 이제 하율이 없는 자신의 삶은 상상조차 하기 힘들었다.

"다 먹었다."

30분이 지나자 테이블 위에는 잔뼈만 가득 쌓였다. 그제야 위생장갑을 벗고 입을 닦은 하율은 외투를 주섬주섬 입었다. 서둘러 앞치마를 벗어 던진 시호도 재킷을 챙겨 입었다.

"이제부터 뭐할 거야?"

"팔짱 끼고 길거리 쇼핑."

"알아보는 사람이 있을 텐데. 괜찮겠어?"

"그건 당신 생각이죠. 요즘 사람들, 누가 지나가는지 몰라요.

관심도 없고. 엄청 잘생긴 연예인 아닌 이상, 당신 정도는 눈에 띄지도 않을 거라고요."

"나 못생겼다고 까는 거야?"

"헤헤, 눈치도 빠르셔."

"야!"

버럭 소리는 질렀지만 입가에는 미소가 가득했다. 계산을 하고 두 사람은 거리로 나왔다. 인파 속을 나란히 팔짱을 끼고 걸으며 시호는 마냥 아이처럼 신기하고 재미있었다.

정말 하율의 말은 거짓말이 아니었다. 지나치는 사람 중 그 누구도 시호를 알아보는 이는 없었다. 다들 바쁜 일이라도 있는지 스쳐 지나가는 발걸음이 빨랐다.

시호는 자신은 다른 사람과 격이 다르다는 바보 같은 생각을 오늘에서야 떨쳐 버릴 수 있었다. 자신이 만든 세상의 틀이 깨지는 순간이었다.

"나 저거 사 줘요."

"뭐? 머리핀?"

"응. 예쁘죠?"

길거리 좌판 앞에 선 하율은 여러 가지 장신구에서 눈을 떼지 못했다. 정신없이 이것저것 고르며 묻는 하율의 모습에 시호도 옆에서 거들었다. 그때 시호의 주머니 안에서 휴대폰 진동이 요란하게 울렸다.

"여보세요?"

전화를 받고 시호는 한동안 말이 없었다. 점점 낯빛이 어두워져 가는 시호를 보며 하율은 들고 있던 머리핀을 내려놓았다. 왠지 모르게 불길한 기분이 들었다.

"무슨 일이예요?"

"예린이가 집을 나갔대."

"네? 가출했다고요?"

"사라졌다고 하는 것이 맞겠지. 미안하지만 데이트는 나중에 하고 집에 들어가야겠다."

"당연하죠. 빨리 가요."

"잠깐, 계산은 하고."

서둘러 지갑을 꺼낸 시호는 좌판 주인에게 말을 건넸다.

"우리 와이프가 예쁘다고 한 거 다 주세요."

헉! 시호의 통 큰 씀씀이에 하율의 입이 떡하고 벌어졌다. 그렇게 두 사람은 아쉬운 데이트를 마치고 급히 집으로 돌아왔다.

이미 집 안은 큰어머니와 지호의 언성으로 시끄러웠다.

예린을 찾으러 나가겠다는 지호와 그런 지호를 말리는 큰어머니의 의견은 좀처럼 좁혀지지 않았다. 내일이 후계자 공식 발표날이었으니 지호를 잡아 두고 싶은 마음은 당연할지도 몰랐다.

두 사람의 목소리가 별채를 넘어섰지만 식구 중 누구도 끼어들지 못했다. 지호와 예린의 관계를 인정해 달라 큰어머니께 강요할 수는 없는 일이었으니까.

지호를 만나기 위해 별채로 들어섰던 시호와 하율은 발걸음을 돌려야 했다.

"이제 어떡해요?"

방으로 들어온 하율이 시호 옆에 나란히 앉으며 물었다. 친언니처럼 기대었던 예린을 위해 해 줄 일이 없자 입안에서 나오는 것은 한숨뿐이었다. 답답하기는 시호도 마찬가지였다.

"나란 놈, 한심하다."

"왜요?"

"예린이가 집을 나갔는데 어딜 잘 가는지, 누구와 친한지도 모르니까. 전화할 사람도 없고, 어디부터 찾아야 할지도 모르겠고. 말로만 오빠라고, 너희가 날 배신한 거라고 악담을 퍼부었으니……."

그때는 정말 자신이 세상에서 가장 불쌍한 놈이라고 생각했다. 형제도 잃고, 여동생마저 제 편이 아니라는 사실은 큰 충격과 동시에 외로움을 몰고 왔다. 그래서 견딜 수 없었다. 원망의 대상이 있어야 자신이 버틸 수 있었으니까.

"아직 늦지 않았어요. 분명 예린 언니를 위해 좋은 방법을 찾을 수 있을 거예요."

"과연…… 있을까? 예린이를 위해서 내가 해 줄 수 있는 일 말이야. 최선의 방법이 아닌 최악의 선택밖에 할 수 없을까 봐 무서워. 내 곁에 남은 사람이 없을까 봐……."

하율은 슬픔에 잠겨 두려움에 떨고 있는 시호를 살포시 안아 주었다. 혼자가 아니라고, 말이 아닌 자신의 온기를 나눠 주었다.

"당신 곁에 내가 있잖아."

속삭이듯 말하는 하율의 목소리가 시호의 외로움과 두려움을 채워 주는 듯했다.

"그래, 처음부터 내 곁에는 네가 있었지. 왜 너란 존재의 고마움을 몰랐을까? 일찍 깨달았다면 널 마음 아프게 하는 일도 없었을 텐데."

하율의 품에서 나온 시호가 그윽한 눈빛으로 바라보았다. 늘 그렇듯 시호의 눈빛은 사람을 빠져들게 만들었다.

"아프지 않았다면 사랑인 줄 몰랐을 거예요. 아픈 만큼 서로 사랑하게 되었잖아요."

하율의 대답에 시호의 입가가 양쪽으로 올라갔다. 시작은 더딜지라도, 서로의 가슴에 상처는 되었을지라도 지금은 그 누구보다 행복했다.

앞으로의 일은 알 수 없듯이 방법을 찾는다면 최악의 경우는 피할 수 있을지도 모른다는 희망이 생겼다. 시호의 머릿속이 빠르게 정리되고 있었다.

"방법이…… 있을지도 모르겠다."

"정말?"

"지호가 결정을 내려 준다면…… 그래, 그렇게 해 준다면 가능해."

"무슨 결정?"

"큰어머니와 예린이 중 한 사람을 택해야겠지."

"선택은 당연히 예린 언니겠죠?"

"그래야지. 그래야 내가 도와줄 수 있어."

생각의 정리가 끝났는지 시호는 굳은 결심을 한 표정이었다. 하율도 시호의 방법이 최선이길 바랐다. 그렇게 결전의 날은 서서히 밝아 오고 있었다.

❋   ❋   ❋

주총 시작 시간이 10분도 채 남지 않았다. 초조한 표정으로 시계를 확인하는 혜선을 바라보며 시호는 누구를 애타게 기다리고 있는지 알고 있었다. 그토록 원했던 일이고, 이제 당신 뜻대로 이루어졌다 생각하실 텐데 그 믿음을 자신의 입으로 깨트리려니 미안함도 없지 않아 있었다.

누구나 싫은 소리는 하고 싶지 않을 것이다. 그러나 더 많은 이들의 행복을 위해 누군가가 나서서 해야 한다면…… 꼭, 그래야 한다면 차라리 자신이 하는 편이 옳다고 생각했다. 미움은 자신만 받으면 될 테니까. 점점 더 얼굴색이 어두워져 가는 혜선을 지켜보며 시호의 마음도 무거웠다.

"앉아서 기다리세요."

"됐다."

자신보다 먼저 출발한 지호의 모습이 보이질 않자 혜선은 안절부절못했다. 어젯밤 그렇게까지 엄포를 놓았음에도 통하지 않았는지 혜선은 같은 자리를 서성이고 있었다.

'아닐 거야. 나타날 거야. 죽은 아버지의 유언이었고 내 소

원인데 안 들어줄 아들이 아니야. 그럼, 날 위해서 꼭 올 거야. 그래야 하고말고.'

스스로 주문을 걸어 보았지만 시간이 지날수록 혜선은 불안감에 온몸이 떨렸다.

"지호, 못 올지도 몰라요."

"뭐? 못 온다고? 네가 뭘 알아! 내 아들이야! 내 아들은 꼭 올 거야."

시호의 한마디에 혜선은 발끈했다. 고지를 눈앞에 두고 이렇게 물러설 수는 없었다.

"기다리는 사람은 늘 안 오더라고요."

시호의 말이 불안감을 고조시켰다. 그때 혜선의 휴대폰 알림이 울렸다. 떨리는 손으로 문자를 확인하던 혜선의 동공이 커졌다.

〈죄송해요.〉

"아니야, 아닐 거야."

혜선은 고개를 세차게 저으며 통화 버튼을 눌렀다. 하지만 연결음만 들릴 뿐 지호의 목소리는 들리지 않았다. 혜선은 반복적으로 통화 버튼을 눌렀다.

"받아! 받으라고!"

악에 받쳐 휴대폰을 던져 버린 혜선은 비명까지 질렀다. 자신을 버리고 예린을 선택했다는 현실 앞에 혜선은 털썩 주저앉았다. 아들을 잃어버린 기분이었다.

"안 돼! 여기서 끝낼 수 없어! 이렇게 무너질 수는 없다고!"

혜선의 입에서 울분이 토해졌다. 손만 뻗으면 자신이 다 가질 수 있다고 믿었다. 물론, 그래야 한다고 생각했었다.

하지만 그나마 갖고 있던 것마저 빼앗겨 버렸다. 자신의 희망이었고, 삶의 이유였던 지호의 선택에 혜선은 정신이 다 혼미해졌다.

'큰어머니……'

시호는 혜선의 괴로움을 지켜볼 수밖에 없었다. 아들에 대한 실망감과 배신감에 지금은 그 누구의 말도 귀에 들어오지 않을 것 같았다. 시호는 조급하게 생각하지 않고 혜선의 화가 조금 가라앉을 때까지 기다렸다.

그렇게 얼마 지나지 않아 시호는 어려운 말을 꺼냈다.

"큰어머니, 예린이 인정해 주시면 안 돼요? 두 사람 너무 사랑해요. 큰어머니가 생각하시는 것보다 더 서로를 원하고 있어요. 말려서 갈라 놓을 수 있는 사랑이 아니에요."

혜선의 날카로운 시선에 시호는 몸이 얼어 버리는 것 같았다. 하지만 피할 수는 없었다. 혜선을 설득할 사람이 자신뿐임을 너무나 잘 알고 있었다.

"하! 사랑? 사랑이 뭔데? 더 많은 것을 가질 수 있고, 더 높은 자리에 오를 기회를 두고 무슨 사랑 타령이야! 네 나이 때는 사랑이 전부인 것 같지? 천만에! 이 세상에 영원한 사랑은 없어!"

"영원한 권력과 부도 없어요. 한순간에 바닥으로 떨어질 수 있다고요. 하지만 사랑은 영원하지 않아도 서로 의지할 수 있어요. 혼자서는 할 수 없는 일을, 용기가 없어서 하지 못했던 일을 사랑은 할 수 있게 만들어 주거든요. 그러니까 제발 이쯤에서 물러나 주세요."

"그래, 네 속셈은 그거야. 지호의 약한 마음을 흔들어서 다시 후계자 자리를 꿰차려는 거지? 내가 모를 줄 알고? 절대! 물러나지 않을 거야!"

지호의 집무실 안이 혜선의 목소리로 쩌렁쩌렁했다. 혜선의 목소리가 커질수록 시호의 목소리는 오히려 차분해졌다. 사람은 누구나 악을 다 쏟아 내면 이성적인 판단을 하기 마련이었다. 시호는 그때를 기다리며 다시 말을 이었다.

"저…… 이제 후계자 욕심 없어요. 아버지께서 왜 큰아버지 유언을 지키려고 했는지 아세요? 그 누구보다 절 아끼셔서 그러셨어요. 저한테 맞지 않은 옷이라고 생각하셔서 억지로 입히지 않으려고 하신 거라고요. 제가 불행해질 거라고 믿으셨으니까."

시호의 말을 혜선은 받아들일 수 없었다. 그 자리가 바로 세상 모든 것을 가질 수 있는 자리인데 주지 않으려고 한다니 말이 되질 않았다.

혜선은 이를 바득바득 갈며 시호를 노려보았다.

"억지로 입히려고 하니까 도망가잖아요. 정말 입히고 싶으시면 옷걸이에 걸어 두세요. 그렇게 기다리다 보면 지호가 먼저 입어 볼 수도 있어요. 대신 그 방에는 예린이도 있어야 해요. 그래야 들어갈 테니까."

맞는 말이었다. 하지만 인정하고 싶지 않았다. 자신의 아들이었으니까. 자신이 원하는 대로 하길 바랐으니까 말이다. 언제 입을지도 모르는 옷만 바라보며 시간을 허비하고 싶지는 않았다.

그러나 품 안에 있던 자식은 어느새 훌쩍 커 버렸고 자신이 쳐 놓은 울타리를 뛰어넘어 버렸다. 더는 가둬 둘 수 없음을 한탄할 수밖에 없었다.

"예린이만 인정해 주신다면 큰어머니께서 저지르신 사건, 묻을게요. 앞으로 평생 입 밖으로 꺼내지 않겠다고 약속드려요. 그러니까 제발 예린이 받아 주세요."

"너 지금 뭐라고 했니? 내가 저지른 사건이라니? 도대체 무슨 말을 하는 건지 모르겠구나."

혜선의 흔들리는 눈동자를 확인한 시호는 확신했다. 이 방법이 비겁한 수법임을 알지만 이렇게라도 해서 두 사람의 사랑이 이루어졌으면 했다. 자신이 해 줄 수 있는 최선이었다.

"아버지도 아세요. 제 말 한마디면 후계자 자리는 고사하고 다시 외국 생활을 하셔야 할지도 몰라요. 하지만 그렇게까지 하고 싶지 않아요. 8년 전에는 어쩔 수 없었다지만 지금은 제가 어떤 선택을 하느냐에 따라 모든 사람이 행복해질 수 있거든요. 이제 큰어머니께 달렸어요. 예린이, 며느리로 받아 주세요."

잠시 혜선은 생각에 잠겼다. 아니, 그럴 수밖에 없었다. 그 사건을 시호와 권 회장이 알고 있다면 빠져나갈 구멍은 전혀 보이지 않았다.

　"지금 협박하는 거니?"

　혜선의 목소리가 떨리다 못해 갈라졌다.

　"제 말이 협박으로 들리세요? 저는 거래를 하는 거예요. 큰어머니, 거래 좋아하시잖아요."

　시호는 동정의 눈빛으로 혜선을 바라보았다. 어떻게든 놓지 않으려고 발버둥 치는 모습이 애처로워 보였다. 저 욕심에서 헤어 나오지 못할 지호의 모습도 눈앞에 선했다.

　"착한 예린이 데려다 지호에게 억지로 옷 입히라고 강요하지는 마세요. 두 사람 다 불행해져요."

　"네 말대로 하면 지호가 그 옷을 입을까? 만약 입지 않으면? 그 옷이 낡아서 영영 못 입게 된다면 그때는 어쩔 거야? 그때도 두 사람의 사랑과 아들의 행복을 들먹이며 기다리라고 나한테 당당히 말할 수 있겠니? 그럴 수 있어?"

　"아버지가 제게 그러셨던 것처럼 큰어머니도 한 번만 물러나 주시면 안 돼요? 제가 이제야 아버지의 부정을 알았듯이 지호에게도 큰어머니의 모정을 느낄 수 있도록 해 주시면 안 되냐고요. 지호, 사랑하시잖아요."

　혜선의 가슴이 뭉클해졌다. 이 세상 어느 부모가 자식을 사랑하지 않겠는가. 시작은 욕심에서 비롯되었을지 몰라도 끝은 지호에게 좀 더 나은 삶을 주기 위한 일이었다. 그래서 혜선은 목이 메었다. 지호를 사랑하니까. 앞으로도 영원히.

"나 좀 일으켜다오."

시호는 말없이 혜선을 부축해서 의자에 앉혔다. 그리고 마주 앉아 혜선의 답을 기다렸다. 그 어느 때보다 긴장되고 떨리는 순간이었다.

"정말 너희 둘은 많이 닮았구나. 그래, 친형제처럼 자랐으니까 그럴지도 모르지. 네 말대로 내 욕심이었다 치자. 지호, 미워하지 않을 자신 있니? 내 허물을 무덤까지 가져갈 자신 있어?"

"가족이니까요. 행복할 수만 있다면 잘할 자신 있어요. 이제 저도 혼자가 아니니까. 다른 이를 배려하고 사랑하는 법을 배웠거든요. 베풀면 내가 얻는 것보다 더 많은 감동이 있다는 것을 가르쳐 준 사람이 있어요. 저처럼 지호도 사랑하는 사람과 함께 행복했으면 좋겠어요."

"사랑이 무서운 거구나. 새삼 이 나이에 알았다."

혜선은 시호에게 그 한마디를 남겨 두고 집무실을 나갔다. 한바탕 꿈을 꾼 기분이었다.

❀   ❀   ❀

한 달 뒤 모든 것들이 제자리로 돌아왔다. 시호는 본부장의 자리에, 지호는 기획실장으로 회사에서 열심히 맡은 바 책무에 충실했다. 물론, 신화그룹 후계자는 아직 정해지지 않았다. 2년

뒤 두 사람의 능력을 객관적으로 판단해서 결정하겠다는 권 회
장의 의견에 모두 찬성했다.

예린과 지호는 결혼 준비로 분주했고, 혜선은 혼자 여행을
떠났다. 주총 다음 날 혜선이 여행을 떠나겠다고 했을 때 식구
중 말리는 사람은 없었다. 그녀에게 현실을 받아들일 시간이
필요하다는 것은 모두 알고 있었으니까 말이다.

그리고 시호와 하율은 오늘도 어김없이 닭발 집에 들어섰다.
이제 하율보다 시호가 더 매운 맛을 즐겼다.

"양이 좀 줄어든 것 같지 않아?"

시호가 마지막 닭발을 뜯으면서 웅얼거렸다.

"댁이 많이 드셔서 그래요."

"내가? 그랬나?"

뻔뻔하다는 눈빛으로 시호를 바라본 하율은 순간 피식 웃고
말았다.

"왜 웃어?"

"한 손에 위생장갑 끼고 앞치마까지 한 당신 모습, 볼 때마
다 웃겨 죽겠어요."

"이게 다 너 때문이거든."

"바람직한 현상이죠. 변화는 빨리 받아들이는 것이 좋아요."

계산을 하고 가게를 나와 나란히 걷는 두 사람은 눈만 마주
쳐도 웃음이 나왔다. 서로를 마주 보며 웃는 모습이 닮아 간다
는 것을 알고 있었다.

한쪽이 변하면 다른 한쪽도 변한다. 그렇게 변화를 주다 보

면 사랑은 가장 최적의 조건에서 행복감을 안겨 주었다. 마치 지금처럼.

"내가 말했던가?"

"뭘요?"

"사랑한다고."

"음…… 당연히 했죠. 아침에 침대에서 눈 뜨자마자 날 꼭 안고 말해 줬잖아요."

"그럼 이건 처음이겠네?"

"뭐가? 어!"

인파 속에서 보란 듯이 하율을 와락 안은 시호는 나지막하게 속삭였다.

"이 많은 사람 중 너만 사랑해."

사랑은 죽도록 힘들고 아파도 끝까지 지킬 가치가 있는 가장 아름다운 감정이었다. 그래서 사람은 누구나 사랑을 갈망한다. 이 험난한 삶을 이겨 낼 힘을 주니까. 사랑하는 시호의 품에서 오늘도 하율은 가장 행복한 여자가 되었다.

Will you Marry Me?

에필로그

"이제 급한 프로젝트도 끝났으니 더 늦기 전에 다녀오너라."
"네? 갑자기 어딜 다녀오라는 말씀이세요?"
"신혼여행."

권 회장의 권유로 시호와 하율은 결혼 8개월 만에 신혼여행을 떠났다. 급히 떠나는 여행이라 계획도, 준비도 없이 두 사람은 비행기에 몸을 실었다.

활주로를 달리는 비행기 안에서 하율은 짧은 한숨을 내쉬었다. 신혼여행지가 제주도라니……

보통 신혼여행이라면 해변이 펼쳐진 휴양지를 떠올릴 것이다. 더구나 지금은 해가 바뀐 2월 초였다. 추운 겨울이다 보니 해변과 푸른 바다가 그리운 것은 당연했다.

그래서 하율이 휴양지를 적극 추천했지만 그때마다 돌아오는 시호의 답변은 똑같았다. 제주도가 서울보다 따뜻하다고. 맞는 말이었다. 서울보다야 따듯한 곳이지. 같은 한국 땅이라는 것이 함정이지만.

사실 해외로 안 가는 것이 아니라 못 가는 처지였다.

신혼여행을 떠나라고 받은 휴가는 겨우 2박 3일. 이마저도 때를 놓치면 언제 갈 수 있을지 모르는 상황이었다.

심지어 마지막 날에는 제주도에서 바이어 미팅이 있다나? 울며 겨자 먹기로 나서기는 했지만 마음 한편은 섭섭함이 가득했다.

제주도는 하율 자신보다 시호를 배려한 선택이었다.

비행기가 서울 상공을 벗어나자마자 시호는 두 눈을 감고 잠이 들었다. 피곤할 만도 할 것이다. 프로젝트 준비로 한 달 가까이 휴일도 없이 일에 매달렸으니까. 결과는 기대 이상이었지만 시호의 체력은 바닥이었다.

제주공항에 도착해 차로 40여 분 정도 달려 도착한 곳은 한적한 별장이었다. 평지보다 높은 곳에 위치해 있어 앞이 탁 트여 있었다.

두 사람은 차 트렁크에서 캐리어를 꺼내 문을 열고 들어갔다. 생각보다 집 안 공기가 따뜻했다. 도착하기 전 별장 관리사가 춥지 않도록 준비해 준 덕분이었다.

캐리어를 현관 문 앞에 던져 놓고 유리창 앞에 선 하율은 시원한 바닷가를 내려다보았다. 거실 정면이 다 유리창이라 바다를 감상하기에는 딱 좋았다. 답답한 서울을 빠져나와 겨울 바다를 바라보니 가슴이 뚫리는 기분이었다.

"좋다."

"난, 너와 단둘뿐이라 더 좋다."

시호가 옆으로 다가와 하율의 어깨에 손을 올렸다. 두 사람의 입가에 잔잔한 미소가 가득했다. 오랜만에 느끼는 여유로움을 깨고 싶지 않아 서로 말을 아꼈다.

"뭐부터 할까?"

시호는 막상 둘만 있게 되니 뭘 해야 할지 몰랐다. 관광객들 틈에 끼어 제주도를 구경해야 하나 고민하던 시호는 벽에 걸린 시계를 바라보았다. 오후 2시를 가리키는 시곗바늘에 시호는 아랫배를 살짝 매만졌다.

"밥부터 먹자."

"뭐가 있나?"

주방으로 들어가 냉장고를 열어 본 하율은 울상을 지었다. 냉장고 안에는 생수만 가득했다. 미련 없이 냉장고를 닫고 주방 서랍을 모조리 열어 본 하율은 양념들을 어렵지 않게 찾을 수 있었다. 언제 구비해 놓은 건지는 모르겠지만 오래된 것은 아니라서 다행이었다.

"배고파도 조금 참을 수 있죠?"

"뭐하려고?"

"간단하게 장 봐서 밥하려고요."

"신혼여행 와서 밥하는 신부가 어디 있어. 귀찮으니까 나가서 사 먹자."

"오다 보니까 재래시장이 있더라고요. 가깝기도 하고 필요한 것만 사면 금방 해요."

"재래시장으로 가면 추울 텐데. 차라리 마트 갈까?"

시호의 물음에 하율은 고개를 저었다. 서둘러 목도리와 장갑까지 챙기고 현관문을 나서는 하율을 따라 시호도 어쩔 수 없이 발걸음을 옮겼다.

재래시장에 도착한 하율은 시호와 나란히 걸으며 필요한 식재료를 구입했다. 검은 봉지가 하나하나 늘어갈수록 시호의 표정은 점점 구겨졌다. 끝내 시호의 입에서 불평이 나오기 시작했다.

"추운데 무슨 고생이야."

"좋잖아요. 사람 사는 냄새도 나고. 당신이랑 이렇게 평범한 부부처럼 시간 보내니까 난 너무 좋은걸? 서울에서는 꿈도 못 꾸는 일이잖아요."

하율의 한마디에 시호의 불평은 쏙 들어갔다. 구입한 식재료를 들고 다녀야 하는 불편함은 있었지만 하율의 말처럼 서울에서는 느낄 수 없는 일상이었다.

살림을 도맡아서 해 주는 아주머니가 있으니 시호가 직접 장을 볼 일은 없었다. 생각해 보니 지금이 아니면 살면서 평생 할 수 없는 일일지도 몰랐다.

시호는 고맙다는 말을 속으로 삼켰다. 하율과 함께여서 할 수 있는 일이었고, 소소한 일상을 선물 받은 기분이었다.

시호는 부지런히 고개를 움직이며 좌판을 둘러보는 하율을 바라보았다. 작은 것에도 감사하는 하율의 마음에 또 한 번 가슴이 뭉클했다. 늘 하율에게 배우는 기분이었다.

"배고프죠?"

"당연하지."

"그럼 우리 군것질 좀 할까요?"

"뭘 해?"

"시장에 왔으면 이것저것 먹는 재미도 있어야죠."

하율이 시호를 끌고 간 곳은 포장마차였다. 뜨거운 김이 모락모락 올라오는 어묵꼬지를 든 하율은 작은 입으로 호호 불기 시작했다. 그 모습을 지켜보던 시호의 입안에 침이 고였다.

마음 같아서는 두 개씩 집어 먹고 싶었지만 시호는 그럴 수 없었다. 양손 가득 시장 본 것들을 들고 있었으니까. 심지어 좁은 포장마차 안에는 짐을 내려놓을 공간도 없었다.

"인상 그만 써요. 내가 먹여 줄 테니까."

표정만 보아도 하율은 시호의 마음을 알 수 있었다. 하율은 열심히 식힌 어묵을 시호 입 쪽으로 가져갔다. 기다렸다는 듯 한입 크게 베어 물은 시호는 자지러지듯 몸을 떨었다.

"뜨, 뜨거워!"

시호는 뜨거운 어묵을 뱉지도 못하고 입안에서 요리조리 굴리며 괴로움에 몸부림을 쳤다.

"미안해요. 덜 식혔나 봐."

"너, 일……부러 그랬지!"

"내가 당신인 줄 알아요? 자, 먹어 봐요. 이번엔 잘 식혔으니까."

조금 망설이다 다시 한 번 어묵을 물은 시호의 표정에는 만족감이 가득했다. 어묵 하나에 이토록 행복해질 줄 미처 몰랐다.

"어때요? 맛있죠?"

"어. 진짜 맛있네."

"배고프면 뭘 먹어도 맛있는 법이에요."

"넌 안 먹어?"

"당신 먼저 먹이고. 난 참을 만해요."

"그러면 내 체면이 뭐가 돼. 먹을 것 앞에서 찌질한 남자 같잖아."

"언제부터 권시호라는 남자가 이렇게 남을 생각해 줬대요? 별일이네."

자신을 놀리는 하율의 말투에도 시호는 기분이 상하거나 화나지 않았다. 하율을 만나기 전에는 그랬지만 지금은 그때와 달랐다.

"넌, 남이 아니잖아."

시호의 따뜻한 한마디가 하율의 얼어붙은 몸을 녹였다. 남이 아닌, 서로의 인생에서 가장 가까운 그런 사이. 이렇게 되기까지 먼 길을 돌아왔지만 그 시간이 결코 헛되지는 않은 것 같았다.

시호를 바라보는 하율의 입가에 미소가 잔잔히 퍼졌다.

"그럼 나도 한입. 으음, 맛있다."

어느새 한 번씩 주고받으며 나눠 먹은 어묵꼬지 개수가 15개를 넘어섰다. 멀뚱히 그 모습을 지켜보던 주인아주머니가 기가 막힌 표정으로 두 사람을 바라보았다.

하지만 그 모습이 예뻐 보이는 것은 사실이었다. 말하지 않아도 신혼부부 티가 팍팍 났으니까. 다만 점점 사라지는 어묵꼬지를 채우느라고 두 손을 분주하게 움직였다.

"이제 그만 가자. 이러다 저녁도 못 먹겠다."

급한 시장기는 가셨는지 시호가 먼저 자리를 떴다. 어묵을 입안으로 밀어 넣고 계산을 한 하율이 그 뒤를 따랐다.

앞서 가는 시호에게 팔짱을 낀 하율은 남은 어묵을 먹느라고 입을 오물거렸다. 맛있게 먹는 하율의 모습에 시호는 피식 웃고 말았다.

"맛있게도 먹는다. 어쩜 이렇게 미운 구석이 하나도 없는지."

"헤헤. 난 이하율이니까."

"그 뻔뻔함은 뭐냐?"

"당신한테 배웠지."

서로 조금씩 닮아 가는 모습이 싫지 않았다. 무엇을 좋아하고 싫어하는지 알게 되면서 이해하고 배려하는 마음이 생겨났다. 두 사람은 어느새 짓궂은 장난도 서슴없이 하는 그런 사이가 되어 있었다.

별장으로 돌아와 뚝딱 저녁을 해치운 하율은 설거지를 끝내고 주방에서 나왔다. 그러나 거실에는 스포츠 채널에 맞춰진 TV만 혼자 떠들고 있을 뿐 시호의 모습은 보이지 않았다.

주위를 두리번거리다 소파에 앉은 하율은 습관처럼 채널을 돌렸다. 한동안 하율은 드라마 재방송을 시청하면서 시간 가는 줄 몰랐다. 그러다 방송 중간에 광고가 나오고서야 시호의 존재를 떠올렸다.

'이 사람이 어디 갔지? 잠들었나?'

침실 문을 열어 봤지만 시호는 없었다. 흐트러짐 없는 이불을 보며 하율의 시선은 화장실 쪽으로 향했다. 하지만 반쯤 열린 문틈 사이로는 캄캄한 어둠만이 보일 뿐이었다.

시호를 찾는 하율의 발걸음이 점점 빨라졌다. 침실 문을 닫고 2층 계단으로 향한 하율은 이내 걸음을 멈췄다. 시호가 2층 계단 위에서 자신을 내려다보고 있었다.

"놀랐잖아요. 지금까지 2층에 있었어요?"

"어. 내가 없어졌을까 봐 놀란 거야?"

양쪽으로 살짝 올라간 시호의 입가에 장난기가 가득했다.

"당연하죠. 이런 별장에 혼자 있으면 무섭단 말이에요."

"바보야. 내가 왜 널 두고 없어져. 절대 그런 일 없어. 죽어서도."

무심코 장남 삼아 던지는 것 같은 말투였지만 시호의 대답은 하율의 가슴에 잔잔한 감동을 선사했다.

혼자 둘 일 없다는, 죽어서도 같이하겠다는 시호의 말뜻을 되새기며 하율은 감사했다.

시작은 어긋났을지 몰라도 그때의 선택에 후회는 없었다. 멀리 돌아온 만큼 행복은 두 배로 다가왔으니까.

"올라와. 보여 줄 것이 있어."

시호가 하율을 향해 오른손을 뻗었다.

"뭔데요?"

아이처럼 성큼성큼 계단을 올라온 하율이 시호의 손을 잡았다. 시호는 대답 대신 2층 복도 끝으로 하율을 안내했다. 문 앞에 서서 잠시 뜸을 들이던 시호는 하율을 향해 씽긋 웃어 주었다.

"웃지만 말고 열어 봐요."

하율의 재촉에 시호는 활짝 문을 열어 주었다.

"와우!"

눈앞에 펼쳐진 광경에 하율은 탄성을 질렀다. 정면이 유리로 되어 있어 밖이 훤히 내다보이는 욕실은 노천탕과 흡사했다. 나무로 된 욕조 주위에는 아로마 향초가 놓여 있었고 둥근 욕조 안에는 붉은 꽃잎이 떠다녔다. 하율은 입을 다물지 못한 채 시호를 바라보았다.

"혼자 준비한 거예요? 날 위해서?"

"어. 그런데…… 두 번은 못 하겠다."

괜히 부끄러워 그런지 시호는 하율의 눈빛을 피했다.

"고마워요."

하율은 시호의 목을 와락 끌어안았다. 시호가 직접 이 모든 것을 준비했다는 사실이 믿어지지 않았다. 한편으로는 꿈일까 봐 불안하기도 했다.

"물 다 식겠다. 옷부터 갈아입어. 저쪽에 준비해 놨어."

하율은 시호가 가리킨 쪽으로 걸어갔다. 탁자 위에 놓인 검은색 비키니를 들어 올린 하율은 할 말을 잃었다.

"이걸 지금 나보고 입으라고요?"

비키니라고 하지만 야한 속옷에 가까운 수영복이었다. 중요 부위만 살짝 가려 줄 뿐 나머지는 살갗이 비칠 정도로 얇은 망사였다. 하율은 어이없는 표정으로 시호를 노려보았다.

"왜? 싫어?"

"싫은 정도가 아니라 못 입겠어요."

"내 취향이야. 그러니까 입어."

"제 취향도 존중해 주시죠."

"입기 싫으면 다 벗고 들어가든가."

예전의 권시호로 돌아간 느낌이었다. 오만하고 당당한 표정에 못 입을 이유가 없지 않느냐는 뻔뻔함까지. 한 대 때려 주고 싶은 마음이 굴뚝같았다.

"그래도 벗고 들어가는 것보다 입는 편이 덜 민망할 거야."

하율의 선택은 늘 이랬다. 최선이 아닌 최악에서 빠져나오기 위한 선택. 하지만 어쩔 때는 이마저 별 차이가 없는 경우도 종종 있었다. 지금처럼.

"오호, 상상했던 것보다 더 섹시한데?"

시호는 먼저 욕조 안에 들어가 비키니를 입은 하율의 모습을 지켜보며 감탄사를 연발했다. 봉긋한 가슴선을 살짝 덮어 주는 상의는 유두 부분만 가려 줄 뿐 가슴을 그대로 드러냈다.

얇은 끈이 골반을 지나는 하의는 뒤쪽이 모두 망사였고 앞쪽은 겨우 음부만 가려 주었다. 상상 그 이상의 자태에 시호의 만족도는 한껏 상승했다.

"엉큼해."

민망함에 서둘러 욕조 안으로 들어간 하율은 시호와 떨어져 앉았다. 도저히 옆에 앉아 눈을 맞출 수가 없었다. 시호가 어떤 모습을 상상하며 비키니를 골랐을지 머릿속에 그려졌다. 얼굴이 다 붉어졌다.

"자, 받아. 와인이야."

시호가 가까이 다가와 유리잔을 건넸다. 사실 그 어느 때보다 술기운이 필요했다. 시호의 뜨거운 눈빛을 피하며 하율은 유리잔을 받았다. 두 사람은 살짝 잔을 부딪쳤다. 모든 것이 다 완벽했다.

"우리의 사랑을 위해."

시호가 먼저 잔을 비웠다. 잠시 망설이다 와인을 들이켜던 하율은 순간 멈췄다. 무엇인가 와인 잔 안에서 움직였다.

'어? 뭐지?'

반쯤 마신 와인 잔을 들여다보며 하율이 고개를 갸웃거렸다. 와인 잔 안으로 손가락을 집어넣어 물건을 건져 낸 하율은 기쁜 표정을 감추지 못했다.

그것은 열쇠 모양으로 된 목걸이였다. 하율의 손바닥 위에 놓인 목걸이에서 붉은 와인색 물이 뚝뚝 떨어졌다.

"내가 주는 선물."

"뭐예요. 사람 여러 번 놀라게 하네."

"돌아 앉아. 내가 걸어 줄게."

시호는 하율에게 목걸이를 받아 목에 걸어 주었다. 양쪽 쇄골 사이에서 열쇠 펜던트가 물빛에 빛났다.

"내 마음을 여는 열쇠야. 이제 너만 내 마음을 열 수 있어."

시호의 두 팔이 하율의 허리를 천천히 감쌌다. 등 뒤에서 시호의 낮은 목소리가 귓가에 들렸다. 하율에게는 사랑 고백을 하는 노랫말처럼 들렸다.

"널 만나고 변해 가는 내 모습에 가끔…… 나 자신이 낯설게 느껴질 때도 있어. 아침에 일어나 거울 속에 비친 내 모습을 보며 '사람이 이렇게 변할 수도 있구나'라는 생각을 하지. 늘 한 가지 표정만 가지고 있던 나인데 널 만나고, 널 이해하면서 그렇게 사랑을 하고, 마음이 열리니까 또 다른 내가 보이더라고. 하지만 너에 대한 내 사랑이 커지면서 문득 두려움도 밀려와. 일방적인 사랑은 아닐까, 이 행복이 영원할 수는 없겠지, 언젠가 네가 살던 세계로 돌아가겠다 하면 난 어쩌지? 내가, 너 없이 살 수 있을까? 너 없는 이 세계에서 전처럼 얼음 같은 심장으로 버틸 수 있을까? 과연…… 너 없이 내가?"

시호의 말이 순간 뚝 끊겼다. 그리고 하율은 느꼈다. 자신을 뒤에서 안고 있는 시호가 떨고 있다는 것을. 하율은 말없이 시호의 손을 잡아 주었다. 그럴 일 없다는 무언의 확답이었다.

"너로 인해 사랑을 배웠고, 그 사랑을 조금씩 표현하면서 알게 됐어. 사랑은 받는 쪽보다 주는 쪽이 더 불안하다는 것을 말이야. 너에게 내 모든 것을 다 준다 해도 아깝지 않은데. 널 위해 죽는 것도 무섭지 않은데. 왜 너 없는 세상은 생각조차 하기 싫은지…… . 늦은 밤 너와 나란히 같은 침대에 누워 잠들 때가 가장 행복해. 그리고 아침에 눈뜰 때가 하루 중 가장 무서워. 네가 내 곁을 떠나고 없을까 봐…… ."

"일어나지도 않을 일에 대해 두려워하지 말아요. 난 당신을 두고 떠나지 않아요. 내가 더 당신을 사랑하는데 무슨 그런 걱정을 해…… ."

시호의 고백에 하율의 눈동자는 촉촉하게 젖어 있었다. 사랑한다는 말보다 몇천 배는 더 하율의 가슴을 뭉클하게 만들었다.

"너에게 미쳐 가나 봐. 내 마음 다 줄 테니까 다른 사람이 우리 사랑을 훼방 놓지 못하도록 그 열쇠로 잠가 버려. 나와 살면서 지칠 때 너 혼자 꺼내 봐. 그 열쇠의 주인은 오로지 너…… 한 사람뿐이니까."

"이렇게 중요한 걸. 잊어버리면 안 되겠다."

하율은 펜던트를 만지작거렸다. 시호에게 자신의 마음을 더 말해 주고 싶었지만 목소리가 잠겨 그럴 수 없었다. 행복한 눈물이 볼을 타고 흘러내렸으니까.

"난 아무것도 준비 못 했는데. 받기만 해서 어떡해요."

하율이 마음을 진정시키고 겨우 내뱉은 말이었다.

"괜찮아. 오늘 밤 널 가질 수 있다면 그것으로 됐어."

시호의 입술이 목덜미에 닿자 하율이 몸을 움츠렸다. 입술이 목덜미를 지나 어깨를 핥았다. 침대에서보다 더 짜릿한 전율이 몸속에 흐르는 기분이었다.

"으……음."

하율의 신음에 시호의 두 손이 가슴을 움켜쥐었다. 물에 젖은 수영복 위로 유두가 불룩 튀어나왔다. 시호는 손가락으로 유두를 잡아 돌리며 하율의 매끈한 등을 탐했다.

"아, 하……."

마음을 전하고 난 뒤에 나누는 정사는 그 어느 때보다 달콤하고 황홀했다. 그저 성적인 쾌감에 반응하는 것과 달리 마음도 같이 살아서 하나가 되는 기분이었다. 하율의 몸이 점점 뜨겁게 달아올랐다.

"하, 하……악."

배꼽 아래를 향해 내려가는 시호의 손길에 하율의 숨소리가 점점 거칠어졌다. 수영복 사이를 비집고 들어온 시호의 손가락이 위아래로 움직이며 하율을 자극시켰다. 하율은 온몸으로 전해지는 전율에 허벅지를 오므렸다.

"사랑의 열쇠를 줬으니까. 너도 나에게 열어 줘. 네 안에 들어갈 수 있도록."

시호의 강한 팔 힘에 하율의 허벅지가 맥없이 벌어졌다. 그 틈을 놓치지 않고 손가락을 깊숙하게 집어넣은 시호는 쾌감에 취해 있었다. 손끝에 닿는 부드러움이 시호를 미치게 만들었다.

"더는…… 못 참겠어."

하율의 몸을 돌려 자신의 무릎 위에 앉힌 시호는 수영복을
거칠게 벗겼다. 얇은 망사 수영복이 시호의 손 안에서 찢겨져
물 위를 둥둥 떠다녔다.

"아악!"

시호의 분신이 밀고 들어왔다. 곧게 세워진 분신을 그대로
받아들인 하율의 얼굴에는 고통과 쾌감이 교차했다. 하율은 한
손으로 시호의 목을 감싸고 다른 한 손으로 욕조를 잡은 채 중
심을 잡았다. 시호의 강한 부딪침에 하율의 몸이 휘청거렸다.

반동이 거세지자 욕조 밖으로 물이 튀었다. 시호는 하율이
빠져나가지 못하도록 두 손으로 허리를 잡아 돌렸다.

하율의 몸이 위아래로 움직일 때마다 풍만한 젖가슴이 시호
의 얼굴에 부딪쳤다. 시호는 서슴없이 하율의 가슴을 입안 가
득 물어 빨기 시작했다. 잔뜩 부풀어 오른 유두가 혀끝에 닿아
입안에서 춤을 췄다.

"하, 하율아…… 사랑해."

시호는 하율의 속살 안에서 사정했다. 정사는 끝났지만 쾌감
과 전율은 피를 타고 온몸을 돌아다니며 괴롭혔다. 한동안 두
사람은 서로를 끌어안고 떨어지지 않았다.

두 사람의 사랑을 축복해 주듯 하늘에서 하얀 눈이 내렸다.

그리고 한 달 뒤.

요즘 하율은 이유 없이 잠에 시달렸다. 자도 자도 졸리고, 먹
어도 먹어도 배가 고팠다.

잘 자고, 잘 먹는 것을 나쁘다고 할 수는 없겠지만 평소와 다른 모습에 자신도 놀랄 때가 많았다. 그렇다고 자는 것과 먹는 것을 포기하기에는 하율의 정신력이 너무도 나약했다.

오늘도 하율은 시호를 기다리다 소파에 쓰러져 잠이 들었다. 저녁을 먹고 TV를 시청하며 시호를 기다리던 하율은 어느새 병든 닭처럼 꾸벅꾸벅 졸기 시작했다.

끝내 들고 있던 리모컨이 바닥으로 떨어졌고 그와 동시에 하율의 몸도 소파에 쓰러졌다.

'대체 요즘 왜 저러지?'

시호가 퇴근한 것은 저녁 9시를 막 넘긴 시각이었다. 전 같으면 눈을 말똥말똥 뜨고 반겨 줬을 하율이지만 요즘은 잠든 모습밖에 볼 수 없었다. 잠자는 공주도 아니고 나른해지는 봄도 아니건만 시도 때도 없이 자는 하율을 보며 시호는 섭섭한 마음이 들었다.

'퇴근을 더 일찍 해야겠다.'

일이 많기는 하지만 시호에게는 하율이 먼저였다. 매일 자는 모습만 보며 대화도 없이 아침을 맞이하는 것보다 일을 싸들고 와서라도 재잘재잘 떠드는 하율의 목소리를 듣는 편이 더 활력소가 됐다.

시호는 잠든 하율을 조심스레 안아서 침대로 옮긴 뒤 그렇게 품에 안고 잠이 들었다.

새벽 2시를 넘긴 시각. 시호는 목이 말라 눈을 떴다.

'어디 갔지?'

옆이 허전하다는 것을 깨달은 시호는 침대에서 빠져나와 불을 켰다. 하지만 하율의 모습은 방 안 어디에서도 볼 수 없었다. 서둘러 주방 쪽으로 발걸음을 옮긴 시호는 식탁에 앉아 있는 하율의 모습에 화들짝 놀라 뒷걸음질을 쳤다.

"지금 뭐하는 거야?"

"보면 몰라요? 배고파서 밥 먹잖아요."

"이 시간에?"

정확히 말하면 밥이 아니었다. 갈비였지. 저녁때 먹고 남은 갈비를 꺼내 입안으로 집어넣으며 하율은 행복한 표정을 지었다.

하율은 육식을 즐겨 먹는 편이 아니었다. 그러나 요즘은 주방 일을 봐 주시는 아주머니께 고기를 해 달라고 조를 때가 꽤 있었다. 심지어 밥을 먹고도 돌아서면 금방 배가 고파 군것질을 입에 달고 있을 때가 많았다.

자신이 왜 이럴까 고민했지만 먹고 싶은 유혹을 쉽게 이기지는 못했다.

"너 지금 뭐하니?"

이런! 시어머니까지 이 새벽에! 편히 야식 좀 먹으려고 했는데 글렀다. 양 손가락에 묻은 양념을 쪽쪽 빨며 하율이 개미 목소리로 답했다.

"저기, 배가 고파서……."

"저녁도 그렇게 많이 먹은 애가 이 새벽에 자다 말고 배가 고프다고?"

아니, 뭐 그럴 수도 있는 거지. 하율은 자영의 물음에 눈동자만 요리조리 굴렸다.

"너 어디 아픈 거 아니야? 병원 가자."

걱정되는 마음에 시호의 목소리가 떨렸다. 근래 들어 하율의 일정이 빡빡해진 것은 알고 있었다. 자영과 함께 대외 활동을 하면서 오는 스트레스에 의한 폭식증이 아닐까 하는 추측도 들었다.

"병원은 무슨…… 나 아프지 않아요. 단지, 배만 고플 뿐이지."

야식 좀 먹었다고 아픈 사람 취급하는 시호를 향해 하율은 눈을 흘겼다.

딱히 하율의 행동이 나쁘다고 지적할 수는 없었지만 설명이 되지 않는 것은 사실이었다. 그래서 자영은 하율의 행동에 답을 찾기 위해 고심했다. 자영이 답을 찾는 데까지는 오랜 시간이 걸리지 않았다. 같은 여자였으니까.

"생리는 했니?"

"네? 갑자기 무슨……."

갑작스런 자영의 물음에 하율은 몸 둘 바를 몰랐다. 옆에 나란히 서 있던 시호도 당황스럽기는 마찬가지였다.

"이번에 조금 늦기는 하지만 간혹 이랬던 적도 있어서……."

하율은 끝말을 얼버무리며 답했다. 자영의 얼굴에는 미소가 번졌다.

"시호 말대로 병원에는 가 봐야 할 것 같구나. 내일 나랑 같이 산부인과에 가자."

"네?"

순간 '왜?'라고 생각했던 하율은 조심스레 '설마'라는 쪽으로 결론을 내렸다.

그렇게 시호와 하율은 그해 겨울, 아빠와 엄마가 되었다.

—fin

　얼마 만에 나온 책인지 모르겠네요. 그동안 너무 글을 멀리했더니 쓰면서 내내 고생을 좀 했습니다. 완결하는 날 혼자 만세를 불렀죠.

　사실 앞에 나온 책들이 모두 시대물이라 이번 글은 저에게 나름 의미가 있습니다. 현대물로 독자들을 찾아가는 첫 책이 되거든요. 그래서 이렇게 더 떨리나 봅니다. 늘 항상 책을 내면서 같은 마음이지만 이번에도 '괜찮네'라는 말을 듣고 싶네요. 가능……할까요?

　처음 출판 일정보다 두 달이 앞당겨져 당황스럽기도 했지만 능력 있는 분들을 만나 무사히 끝낼 수 있었습니다. 아무리 생각해도 올해 제 운세가 좋은 것 같아요. 오랜만에 쓴 글이 책으로도 나오고 다음 편도 계약이 되었습니다. 열심히 쓰기만 하면 될 일이죠?

다음 글은 지호와 예린의 이야기입니다. 연재할 때는 이 두 사람의 이야기도 넣었는데 출판사에서 따로 펴내는 것이 좋을 것 같다는 의견을 주셨어요. 다음 글은 연재 때보다 이 두 사람의 이야기가 풍성하게 그려질 것 같습니다. 기대해 주세요.

글을 쓰면 항상 이런 생각이 듭니다. 시대물을 쓰면 현대물이 쓰고 싶고, 현대물을 쓰면 이상하게 시대물의 구성이 막 떠오릅니다. 결론은 한 작품에 집중하지 못하고 다음 작품을 욕심내고 있다는 뜻이죠.

아마도 이런 현상은 자신의 부족함에서 나오는 것 같습니다. 지금 쓰는 작품에 미흡함이 채워지지 않아 다음 작품을 갈망하는 현상이지 않을까 합니다. 그래도 이런 갈망이 저는 좋습니다. 끝이 아니라 시작을 뜻하니까요.

이렇게 책이 나오면 늘 주위에 고마운 사람들이 있습니다. 제 글을 기획해 주고 다듬어 주신 출판사 관계자분들께 감사 인사드립니다. 기획부터 교정, 표지까지 너무 신경 써 주셔서 미안하기도 하고 고맙기도 합니다.

사실 같이 일을 하면서 손발이 잘 맞는 한 팀이 될 수 있지 않을까라고 생각했습니다. 아직 한 번의 작업이 남아 다행이다 싶기도 하고요.

가장 고마운 사람은 남편입니다. 글 쓰라고 타 준 커피가 몇 잔일까요? 사실 남편이 타 주는 커피, 정말 맛있거든요. 그 힘으로 이렇게 책을 냈나 봅니다.

쉴 틈 없이 다음 글 연재를 바로 들어가야 하지만 행복하네
요. 저는 제가 가장 하고 싶은 일을 하면서 살고 있으니 분명
행복한 사람 맞습니다. 저는 행복합니다.

　　　　　　　　　　　　　　　　　　—신새라 올림.